COLLECTION FOLIO

Jacques Almira

La fuite à Constantinople

ou

La vie du comte de Bonneval

Mercure de France

Jacques Almira est né à Sélestat. Son premier roman, *Le voyage à Naucratis*, lui a valu le prix Médicis 1976. Ont suivi *Le passage du désir* (1978), *Le marchand d'oublies* (1979), *Terrass Hôtel* (1984), *La fuite à Constantinople ou La vie du comte de Bonneval* (prix des Libraires 1987).

A Hugues Terno

« Il vaut mieux déroger à sa qualité qu'à son génie »

Vauvenargues

— Vous m'oublierez !

— Comment voudriez-vous que je vous oublie, ma belle et douce amie ? Rien ni personne ne me détournera de penser à vous sans cesse comme à mon plus cher souvenir ; j'emporterai au bout de mes doigts le satin de votre peau ; dans mon cœur le parfum délicieux de l'amour...

Sophie regardait son chevalier ; ses yeux brillaient de tendresse. Elle était debout, pieds nus, simplement vêtue de son jupon et du joli caraco bordé de blonde que son amant lui avait offert la veille. Elle n'avait pas seize ans et les plus jolis attraits du monde. Dans son visage ravissant deux sourcils noirs relevaient la clarté bleue de ses yeux qui se fendaient quand elle riait. Ses cheveux magnifiques déroulaient sur son dos nu des vagues sombres.

— Venez près de moi, ma tendre amie, vous allez prendre froid ; réchauffez-vous contre mon cœur ; il brûle pour vous d'un feu qui ne s'éteindra jamais !

La jeune fille s'élança sur le lit défait ; son jupon rayonna autour d'elle comme un soleil léger au milieu de la chambre ; le chevalier la troussa de nouveau ; Sophie n'eut que le temps de murmurer les mots d'amour qui naissaient sur sa bouche que déjà le ministre écartait les portes du temple et la pénétrait assise, les jambes écartées comme le V de Victoire.

— Il faut que je m'arrache à vous, ma délicieuse amie ; il doit être tard ; je dois partir ; les ordres de M. de Tourville sont stricts qui m'intiment de quitter la ville avant la tombée de la nuit !

— Quand vous reverrai-je, mon beau chevalier ?

— Je vous écrirai.

— J'apprendrai à écrire pour vous répondre !

Son amant s'était levé et s'habillait avec cette indolence qui suit les gestes de l'amour.

— Laissez-moi vous attacher les cheveux !

Le chevalier, avec la docilité d'un amant heureux, s'assit au bord du lit, et Sophie à genoux derrière lui brossa ses longs cheveux qu'elle serra sur la nuque dans un cadogan de foulard noir.

— Ne perdez pas ce ruban, gardez-le toujours sur vous !

— J'en prendrai soin comme d'une amulette.

Le chevalier caressa la main de sa maîtresse et en baisa la paume en glissant sa langue entre les doigts.

— Cessez, cruel ! Vous rendriez insupportable ma nostalgie de vous.

Il prit son épée sur la table, son amie une fois encore dans ses bras, en s'oubliant un instant sur sa bouche, et s'en alla.

Sophie ne s'approcha pas de la fenêtre pour voir son amant enfourcher son cheval et disparaître au coin de la rue. Elle resta debout au milieu de la chambre, les bras ballants, en se demandant pourquoi elle n'avait pas eu le courage de lui parler de l'enfant, celui qu'il lui avait fait et qui déjà semblait donner des coups dans son ventre comme le pas du cheval qui résonnait sur les pavés et s'assourdissait en lui serrant le cœur.

Elle bougea enfin et ramassa les quelques effets qui lui appartenaient : la brosse en argent repoussé dont les soies blanches se mêlaient de longs cheveux blonds qu'elle conserverait, le miroir assorti, le chandelier en argent et la petite horloge en porcelaine d'Allemagne. Un à un, il lui avait donné ces objets précieux qu'elle garderait comme des reliques.

Elle promena son regard autour de la chambre pour s'assurer qu'elle n'avait rien oublié et descendit chez sa logeuse pour lui rendre la clef. L'escalier sentait la soupe et le suif; une chandelle fumait dans la loge et répandait une lueur jaune qui donnait aux traits de la bonne femme quelque chose de monstrueux.

— Alors, ma bonne demoiselle, on n'est toujours pas décidée pour le bâtard? Faudra voir à pas s'y prendre trop tard, parce que je pourrai plus rien. C'est le moment de vous décider!

— Je le garde!

— Le garder? Et votre mère? Vous y avez songé, à la mère Galinonière? C'est qu'elle est fière, la bonne femme! Vous croyez qu'elle prendra pour une bénédiction de vous voir grosse?

— N'importe, je le garde!

— Est-elle pas légère tout de même! Réfléchissez aux conséquences, quel homme voudra de vous avec un bâtard?

— Laissez-moi! Voici la clef, et ceci est pour vous!

Sophie laissa tomber deux louis dans la main calleuse de la vieille.

— C'est-y pas qu'elle est têtue! Vous me donneriez rien que la brosse et le miroir sans le chandelier, j'en ferais mon affaire et je promets que vous sentirez rien!

La jeune fille quitta la vieille sans répondre. Elle serra sur ses épaules nues son grand châle en laine et regagna tristement le logis maternel.

Sophie était la fille unique de la veuve Galinonière, mercière de son état et qui tenait boutique dans la rue de l'Eglise à Rochefort. Son mari était mort en mer.

Sophie aidait sa mère à servir une clientèle composée d'officiers de marine, de leurs épouses et de leurs filles. Les élèves de l'Ecole Marine venaient aussi acheter des cravates et des mouchoirs.

Claude Alexandre de Bonneval, enseigne de vaisseau âgé de dix-sept ans, entra un jour dans la mercerie pour voir cette beauté rochefortaise dont ses camarades vantaient les charmes intacts.

Sophie rougit quand elle déplia une cravate pour montrer au beau chevalier que la batiste était légère, et fine la dentelle. C'était un grand jeune homme, bien fait, avec un sourire agréable, quoique ses dents fussent un peu trop écartées. Ses yeux bleus étaient remplis de charme et il avait une tournure d'esprit qui plaisait d'emblée aux femmes. Cet esprit était chez lui naturel ; il s'était développé dans la liberté et la lecture.

Sophie et Alexandre se plurent. Ils s'aimèrent avec l'enthousiasme et la légèreté de leur âge. Afin de se voir tous les jours à l'insu de la mère Galinonière et des autres élèves de l'Ecole Navale, Bonneval loua une chambre chez une vieille femme dont il acheta la discrétion. Les adolescents s'y retrouvèrent pendant près d'un an deux ou trois après-dînées par semaine jusqu'au soir où le chevalier chercha querelle à un sous-officier dont la tête ne lui revenait pas et le provoqua en duel. L'affaire parut si grave que M. de Tourville, inquiet pour son jeune protégé, lui donna l'ordre de quitter Rochefort sur-le-champ sans chercher à revoir son antagoniste et de gagner Toulon où il était affecté.

Ce goût des querelles qui s'était tôt manifesté chez le chevalier semblait faire partie de lui-même et correspondre à une susceptibilité naturelle renforcée par l'habitude de se défendre seul contre les autres, supérieurs, subalternes et inférieurs auxquels il avait affaire depuis sa prime enfance.

Son insolence lui seyait bien et avait affiné son esprit de repartie pour faire de lui un homme dont l'agressivité augmentait le charme qu'il exerçait sur les autres.

A sept ans, à la mort de son père, on le fit entrer au collège des jésuites de Limoges dans l'espoir qu'il embrasserait la vie ecclésiastique. Mais ce séjour fut désastreux et Alexandre dut quitter ce pensionnat pour avoir traité d'ignorant un père qui lui avait tenu tête à propos de Plutarque ; enfin, c'est ce qu'il raconta. La vérité était plus prosaïque. Pour avoir envoyé des pois avec une sarbacane à la tête de ce père, Alexandre fut fouetté ; et comme il se révolta en hurlant qu'on ne fouettait pas un Bonneval, il fut renvoyé.

Dès son enfance, il avait pris l'habitude de puiser dans la bibliothèque de son père, vaste et bien fournie. Aux romans, il avait préféré les livres des Anciens et plus particulièrement ceux de Plutarque. A cet âge où l'intelligence s'éveille, il lisait *la Vie des hommes illustres*. Si celles de Coriolan, de Cicéron ou d'Alcibiade l'intéressaient, la vie d'Alexandre prit un empire immédiat sur son imagination. A dix ans, il s'identifiait au héros dont il portait le nom glorieux.

En rêve, il galopait à travers les plaines de la Perse, affrontait tout seul les armées innombrables et luttait contre des barbares sanguinaires. Il rêvait à des champs immenses où se livraient d'éclatantes batailles et il s'enorgueillissait de la grandeur de son nom. Dès lors se mit à grandir en lui l'ambition de devenir militaire. D'abord timide, ce rêve devint bientôt une nécessité d'être et l'enfant parla à sa mère, qui l'approuva et se lança immédiatement dans une série de démarches auprès de ses parents les plus importants afin de faire entrer le jeune garçon dans la Marine comme elle le souhaitait.

Ce fut au cours de l'été de 1687 que le destin d'Alexandre prit un tour nouveau. Il quitta le collège et retrouva le château de ses ancêtres où il recouvra une santé que l'air vicié du collège avait affaiblie.

Il occupait ses journées à lire dehors, sous la charmille où son père qui raffolait de son jardin avait fait disposer des bancs de pierre. Il se promenait dans les allées soigneusement recouvertes de sable fin qu'un jardinier passait son temps à ratisser. De son père, Alexandre ne se rappelait distinctement que les discours et la mort. Une scène arrêtée pour toujours se reproduisait identique à elle-même comme celle de la mort d'Alexandre sur la page de son livre. Elle ne l'effrayait pas, lui paraissait naturelle et ne constituait que l'aboutissement de la vie.

Dans sa main soignée sortant des dentelles de sa manchette, son père tenait en éventail ses cartes quand tout à coup il s'affaissait dans son fauteuil et se taisait; sa tête heurtait le tapis de la table. Le visage tourné vers l'enfant devenait noir et le regardait de ses yeux fixes.

Alexandre aimait cet homme qui l'emmenait par la main dans la châtaigneraie et lui racontait que leur famille était si ancienne que leurs ancêtres avaient écouté Cicéron au Sénat. Le marquis, au-dessus du linteau de la porte, lui montrait les armes des Bonneval surmontées des lettres S.P.Q.R. (*Senatus Populus Que Romanus*) qui prouvaient l'origine romaine de la famille. C'était la raison pour laquelle on avait donné aux garçons des prénoms romains. Le frère aîné d'Alexandre s'appelait César-Phœbus et le puîné Marc-Antoine. Mais Alexandre ne partageait pas leurs jeux.

L'enfant écoutait son père lui expliquer que depuis

que l'Empire avait été déchiré, les peuples de l'Europe n'aspiraient qu'à le reconstituer sans y parvenir jamais. Chacun des princes d'Europe voulait refaire l'Empire autour de sa puissance; cela provoquait des luttes intestines et des guerres nées du refus des autres de se laisser dominer par aucun potentat.

Un jour de cet été-là, la marquise de Bonneval fit appeler son fils. Alexandre trouva sa mère dans son appartement, occupée à faire des comptes avec le régisseur. Elle pria ce dernier de se retirer et son fils de venir s'asseoir auprès d'elle sur un tabouret.

C'était une femme plutôt petite, un peu forte et dont les cheveux blonds étaient mêlés d'argent; elle cachait ses premières rides sous une couche de blanc et passait ses lèvres au carmin. Du monde elle avait l'usage et même un air de cour qu'elle conservait dans la grâce de ses gestes. Elle portait une robe bleue garnie de dentelles et ne répugnait pas à montrer qu'une femme de qualité sait plaire sans ostentation. Le régisseur la regardait comme sa maîtresse; ainsi en était-il des autres domestiques et des gens du château. Pour les paysans elle était une reine... Son ton d'autorité était adouci par tant de grâce, qu'il eût été difficile à quiconque de lui résister. Alexandre craignait sa mère parce qu'il ne la connaissait pas. Son père l'avait crainte pour la connaître trop.

— Mon fils je vous ai fait mander afin de vous mettre au courant d'une affaire qui vous regarde.

Alexandre se tenait droit sur son siège pour donner de lui une bonne impression.

— Prenez un air moins raide, mon enfant. Il faut vous dégrossir si vous entendez faire carrière dans le monde! Nous ne sommes pas chez les pères où un air de modestie s'impose. Apprenez les usages du monde dès aujourd'hui. Il faut davantage d'aisance pour réussir là où seuls l'adresse et le bel air comptent. Soyez charmant; c'est un ordre! Vous êtes cadet, aussi devez-vous savoir que vous n'aurez rien de la succession de votre père; j'achèterai des régiments à vos frères mais vous, mon pauvre ami... je voudrais que vous eussiez de l'aisance...

— Mais, ma mère...

— Ne m'interrompez pas; serait-il possible que les jésuites vous aient fait perdre le peu d'éducation que je vous avais donné? On m'avait dit de me méfier d'eux; j'aurais dû écouter le conseil et prévoir que leur enseignement vous serait contraire. Dès aujourd'hui tout va changer en ce qui vous concerne.

La marquise se leva et se mit à marcher dans la pièce; son fils se leva derrière elle et l'accompagna.

— Asseyez-vous donc et écoutez-moi! Vous n'allez pas me suivre comme un petit chien jusqu'à votre mort! Vous êtes un homme désormais, Monsieur! Il faut que vous ayez l'air d'un homme! A douze ans, moi j'étais déjà telle que je suis; je n'avais pas vos niaiseries!

L'enfant s'assit d'un air contrit.

— Monsieur le Comte Amiral de Tourville dont j'ai l'honneur d'être parente vient de répondre à la lettre que j'ai pris la peine d'écrire pour vous. Il vous fait l'honneur de bien vouloir vous prendre à l'Ecole Navale de Rochefort. Vous y entrerez en qualité de garde-marine mais je ne laisse pas d'espérer que vous serez bientôt promu; il ne tiendra qu'à vous et à vos talents de conduire un jour une escadre et de faire honneur par la grâce du Roi à l'illustre famille dont vous êtes issu. Vous n'êtes pas sans savoir que Sa Majesté a consenti d'énormes efforts pour développer la Marine Royale. Un gentilhomme qui n'a d'autre fortune que celle que pourra lui laisser sa mère a tout intérêt à embrasser cette carrière. Je vous établirai en temps utile, mais dans l'instant j'attends de vous que vous vous montriez digne du nom que vous portez et que vous saurez prouver en mer le courage que vous tenez de moi...

— Mais, ma mère...

— Ne répliquez pas ; vous êtes un enfant aussi courageux que je l'étais à votre âge et que je fus toute ma vie. Grosse de votre frère, je me suis défendue un jour toute seule contre une bande de pillards qui voulaient m'égorger ; c'était en pleine nuit, sur une route déserte...

— Nulle âme ne vivait alentour et vous étiez seule...

— Vous connaissez la suite ; c'est bien ! Prenez modèle sur moi davantage que sur votre pauvre père ; vous ne l'avez guère connu ; mais que Dieu ait son âme et que le pauvre marquis repose en paix ! Dieu soit loué ! vous ne semblez avoir ni ses faiblesses ni son caractère ! Hormis le jardin, la table et sa bibliothèque, rien n'intéressait cet homme ! Ah ! j'oubliais les cartes ! Il est mort à force de jouer aux cartes ! Ne l'imitez pas ! Revenez glorieux et je vous ferai faire un grand mariage !

Par comparaison avec le collège des jésuites, l'Ecole Marine de Rochefort parut être au jeune garçon un lieu d'agrément ; ici l'on vivait au grand air ; on sortait en mer ; on apprenait des choses utiles et non pas seulement des prières, la manière de dire non, sans faire croire qu'on refuse, de dire oui sans accepter, d'être poli sans amour et de montrer de la religion sans jamais croire en Dieu. Alexandre se distingua tout de suite par son assiduité aux cours et l'intérêt qu'il montrait en tout. Faisait-on des manœuvres nouvelles, il demandait des explications, posait des questions, voulait savoir le pourquoi et le comment des choses. La discipline militaire ne lui rebutait point ; il la savait nécessaire ; il se souvenait qu'Alcibiade avait appris de Socrate que le désordre ne mène à rien de bon et quoi qu'on entreprenne, il faut suivre les règles qui s'imposent comme dans n'importe quel jeu. S'il acceptait la discipline militaire, c'était parce qu'elle ne concernait ni la vie privée ni l'âme ; elle permettait de devenir un soldat sans renoncer aux plaisirs ni aux désordres nécessaires au génie, comme le crottin de cheval aux rosiers pour fleurir. Monsieur le vice-amiral comte de Tourville était apparenté aux Bonneval. On le considérait comme l'un des plus grands capitaines de l'Europe. Il s'était distingué dans les courses contre les Barbaresques, dans les opérations contre les Algériens et les Tripolitains, il avait nettoyé la Méditerranée de ses corsaires. Il venait d'accomplir une nouvelle action contre Alger qu'il avait bombardée et ruinée ; sa gloire était grande et Bonneval était fier de compter parmi ses protégés. Féroce contre l'ennemi, il était aimable dans le commerce du monde ; il avait de l'esprit et toutes les qualités de cœur qui font un homme civilisé.

Guillaume d'Orange, Stathouder de Hollande et prétendant au trône d'Angleterre, effrayait les souverains d'Europe en leur représentant que Louis XIV ne poursuivait d'autre dessein que d'instaurer en Europe une monarchie universelle qui mettrait toutes les couronnes dans la maison des Bourbons. L'empereur d'Allemagne Léopold, les rois d'Espagne et de Suède, l'Electeur de Bavière, les princes de la Maison de Saxe et ceux du Haut-Rhin, l'Electeur du Palatinat et le duc de Holstein-Gottorp avaient formé une ligue autour du Stathouder de Hollande qui représentait les Puissances Maritimes ; ils avaient signé un accord à Augsbourg en 1686 afin d'empêcher Louis XIV d'arriver à ses fins. Cela revenait à dire que la France était seule contre toute l'Europe. On se battait dans le Nord où le brillant maréchal de Luxembourg conduisait les armées; on se battait en Italie où le maréchal de Catinat déployait son génie militaire, et l'on se battait sur mer. Le chevalier de Bonneval comme on l'appelait à l'Ecole Marine n'était pas en âge de sortir en mer sur un navire de combat, mais il insista tant auprès de M. de Tourville que son protecteur lui donna l'autorisation de monter à bord du navire du vice-amiral de Château-Renaud qui, à la tête d'une escadre de trente vaisseaux, rencontra tout à coup la flotte ennemie composée du double de navires. Le combat s'engagea sans tarder, et fut d'entrée de jeu d'une violence inouïe. Les Anglais, voyant que la flotte du Roi était moins nombreuse, s'acharnèrent sur elle et coulèrent en quelques heures plus de la moitié des bâtiments. Ce baptême du feu qui aurait rempli d'épouvante n'importe qui d'autre fit le bonheur d'Alexandre. Mais bientôt le navire même sur lequel il se trouvait fut touché. Un boulet fracassa le mât de misaine qui s'effondra en entraînant une partie de la voilure et, sous le coup d'un brûlot, prit feu. Les gardes-marine faisaient la chaîne avec les marins et les hommes d'équipage pour se passer des seaux d'eau qu'on puisait à la mer afin d'éteindre un début d'incendie. Les boulets tombaient avec un bruit sourd sur le pont, tuant et blessant. Alexandre fut projeté sur le beaupré et eut le bras blessé. Mais il se dégagea de dessous un tas de planches brisées et courut au secours d'un marin qui se mourait les jambes broyées. Son bras lui faisait mal; il tâchait de n'y pas penser. On s'affairait autour d'un nouvel incendie... Par une savante manœuvre, M. de Château-Renaud réussit à se dégager de la nasse où il était tombé et prit le large. Après une grande boucle pour rassembler ce qu'il restait de l'escadre, ils rentrèrent.

Le combat s'était déroulé si près des côtes françaises, que ceux qui s'y trouvaient avaient pu y assister et en avoir le détail avec les longues-vues. Le marquis de Seignelay, fils et successeur de Colbert au secrétariat de la Marine, se trouvait sur le quai pour féliciter les vainqueurs. Il monta sur le vaisseau de M. de Château-Renaud qui se trouvait très endommagé pour avoir essuyé le feu le plus intense et le plus prolongé.

Le ministre fut étonné de trouver à bord d'un navire de combat un garçon de quatorze ans qui de surcroît était blessé. Cela contrevenait aux règles en usage dans la Marine Royale. Alexandre représenta au ministre qu'il avait supplié M. de Tourville qu'on le laissât embarquer ce jour-là parce qu'on ignorait qu'on serait attaqué ; le chevalier de Bonneval déclara qu'il était fier d'avoir eu le baptême du feu, que maintenant c'était une chose faite et qu'il n'aurait plus jamais peur du canon. Mais le ministre ne l'entendait pas de cette oreille et parlait de réformer le jeune homme à cause de son âge. Alexandre un peu vivement, à son habitude, l'interrompit et s'écria :

— On ne casse pas un homme de ma sorte, Monsieur !

— N'importe, repartit le ministre charmé, le Roi casse le garde-marine mais le fait enseigne de vaisseau.

Cette affaire courut l'Ecole et la ville : Bonneval fut célèbre en un jour.

M. de Tourville prit le jeune enseigne sur son vaisseau quand, en juillet 1690, il sortit de Brest avec soixante-douze gros navires pour affronter l'ennemi sur les côtes du Sussex. Il coula dix-sept navires, en forçant les autres à se réfugier dans l'embouchure de la Tamise. Pendant ce combat qui fut d'une violence rare, Alexandre se conduisit avec un courage redoublé.

Par cette victoire, la France s'assurait l'empire des mers et le Roi fit frapper une médaille commémorative. Le chevalier de Bonneval la reçut des mains de M. de Tourville qui témoignait à tous sa fierté que son parent fût si vaillant. De l'aisance, Bonneval en avait acquis beaucoup, de celle qui fait qu'on ne tremble pas davantage sous le feu que devant quiconque. Il n'avait peur de rien ni de personne. Il prit l'habitude de la guerre, comme d'autres de leur métier ; il s'habitua au feu continu, au sang, au spectacle pénible des blessés, aux naufrages et à la mort, comme d'instinct il avait pris l'habitude de la vie.

Un jour, se disait-il, il deviendrait amiral et s'illustrerait au combat comme M. de Tourville, Beaufort ou l'amiral d'Estrée.

Sur les navires, on parlait du Roi comme d'un prince extraordinaire. Où n'avait-il pas porté sa gloire depuis qu'il était le maître ? Que n'avait-il fait pour la France ? La plus grande, la plus fière et la plus puissante nation d'Europe. On disait du Roi qu'il était l'égal des plus grands chefs de l'Antiquité. Nul en Europe ne le vaincrait ; aucune nation, sans l'aide des autres, ne parviendrait à lui tenir tête longtemps. La jalousie de Léopold, empereur d'Allemagne, la haine qui animait Guillaume d'Orange, Stathouder de Hollande, n'étaient pas des forces assez grandes, semblait-il, pour contrer l'ambition majestueuse du Roi des rois. Quand en Europe on disait le Roi, tout le monde savait de quel souverain on voulait parler ; même ses ennemis, et ils étaient nombreux, l'appelaient le Grand Monarque.

On ne faisait pas plus cas sur la mer d'un Anglais qu'un chat d'une souris. On bravait tous les dangers et chacun se dépassait dans l'espoir de plaire au Roi.

Tout l'univers avait les yeux tournés vers la France. A Vienne on ne pensait qu'à Versailles ; à Londres on portait des perruques depuis que Versailles en avait lancé la mode, et tout ce que le Roi faisait, les autres le voulaient faire. Dans toute l'Europe on parlait de ce palais gigantesque dont les murs reflétaient à perte de vue une foule vêtue d'or et d'argent. Nul roi disait-on, fût-ce Nabuchodonosor, ne s'était entouré d'une cour plus immense ni plus glorieuse. Même les barbares venaient des confins du monde se prosterner au pied de son trône, et le Roi était flatté de cette démarche et les recevait comme il était usité pour ces ambassadeurs non européens.

Le Roi distinguait, disait-on, ceux qui savaient le servir et les élevait. Dans une monarchie si guerrière, tous ceux qui aimaient la guerre et se battaient pour elle se donnaient la chance de plaire à Sa Majesté ; Bonneval attendait avec fièvre le moment de s'illustrer. Il gardait sur lui comme un talisman la médaille qu'il avait reçue de M. de Tourville et qui montrait dans l'argent le profil du Grand Monarque nimbé des rayons de sa gloire. Servir un tel maître était pour beaucoup exaltant et l'on serait parti se battre pour lui en Mongolie si ce roi eût été Mogol. La mort n'était rien en comparaison de la gloire que l'on jouait au combat.

La mort, Bonneval la vit en face pour la première fois au cours du plus terible combat qu'on pût imaginer. En brosser le tableau eût voulu dire accumuler avec des couleurs sanglantes les scènes atroces. Dans des vaisseaux éventrés la mer entrait comme la mort pour couler ces citadelles de chêne sculpté et doré grandes comme des églises, armées de cent canons de fonte avec quatre grands ponts qui régnaient depuis la proue jusqu'à la poupe élevée de sept étages où se trouvaient des salles magnifiques pour la grandeur et l'ornement. Colbert avait fait couvrir la France de chênes afin de construire ces vaisseaux que la mer bien souvent avalait en quelques instants. Quand ces cathédrales s'abîmaient, c'était comme un coucher de soleil sur l'océan.

Le Roi voulait profiter de sa puissance pour régler définitivement le conflit maritime avec l'Angleterre. Il donna l'ordre de livrer bataille sans différer, mais la flotte ennemie était du double supérieure. Tourville renommé pour sa valeur et sa capacité représenta au Roi par deux courriers la prodigieuse supériorité des ennemis et le défaut de ports et de tout lieu de retraite si la victoire demeurait aux Anglais qui brûleraient sa flotte et perdraient le reste de sa Marine. Ses représentations furent inutiles : il eut ordre de combattre, fort ou faible, où que ce fût. Tourville alors obtempéra, au désespoir. Les raisons de ce désespoir, il les donna à son jeune parent bien qu'un si jeune homme ne fût peut-être pas en mesure de les comprendre ou parce qu'il ne les entendrait pas. M. de Tourville avait été informé que M. de Pontchartrain, tout juste nommé ministre de la Marine, avait fait entendre au Roi que l'amiral manquait de courage et que sa lâcheté était seule cause de ses hésitations à combattre. Tourville se fût cru déshonoré pour toujours s'il manquait l'occasion qui se présentait. La flotte anglo-hollandaise contre laquelle Tourville allait engager un combat désespéré comprenait quatre-vingt-dix-neuf vaisseaux de ligne portant 6 994 canons et 46 675 hommes ! Trente-sept frégates et brûlots achevaient ce formidable armement, un des plus grands que l'on eût encore vu sur l'océan et qui dépassait de plus de la moitié celui que la France allait lui opposer et qui se composait de quarante-quatre vaisseaux et onze brûlots montés par 20 750 hommes d'équipage et pourvus de 3 250 canons.

Bonneval, sous les ordres du comte de Tourville, était à bord du *Soleil Royal* autour duquel quatre navires se rangeaient toutes voiles dehors dans un balancement commun. La flotte du Roi longea les côtes bretonnes puis celles de Normandie et parvint au large de Barfleur le soir du 28 mai. Le vent qui avait été contraire aux Français avait favorisé la jonction des flottes anglaise et hollandaise qui arrivaient dans le même temps. Le vaisseau-amiral de chaque escadre était reconnaissable aux divers pavillons flottant au mât de misaine ou au mât d'artimon. On dénombrait quatre-vingt-dix-sept bâtiments ! Certains officiers doutaient que l'on se battrait. Tourville mit en avant les ordres du Roi et ordonna de se placer en ligne de bataille. Des côtes, on pouvait dès le milieu de la nuit interpréter les manœuvres que des centaines de fanaux dessinaient au-dessus de l'eau noire et brillante comme les préparatifs d'une sorte de grande fête. Quelques cris, intraduisibles, perçaient l'obscurité. Il était quatre heures du matin. La brume se dissipa vers cinq heures. Les signaux furent lancés ; c'étaient des signaux dont avait eu l'idée Tourville et qui permettaient une communication rapide entre les bâtiments. Les quarante-quatre vaisseaux du Roi s'élancèrent dans un seul mouvement.

Tourville reçut dans cet instant un contrordre du Roi, mais il était trop tard et il n'était pas mécontent à présent de prouver au Roi qu'il n'était pas le lâche que l'on disait. La bataille était perdue d'avance mais Tourville allait jouer son honneur ; il le joua dans l'horreur.

L'ennemi ne pouvait pas aller à la rencontre des Français et ne crut pas possible leur témérité d'attaquer contre le double de vaisseaux. La stratégie de Tourville était simple : percer le mur naval et couper l'ennemi en deux, puis attaquer en virant, vent arrière, chaque moitié paralysée de la flotte ennemie.

A dix heures, les deux flottes sont à portée l'une de l'autre. Les Anglais semblent avoir peur ; la témérité incroyable des Français les fait douter s'ils n'ont pas été trahis par les Hollandais. Il paraissait en effet impensable que quarante-quatre vaisseaux s'enfoncent ainsi dans les lignes ennemies. Les Hollandais tout aussi troublés que les Anglais tâchent de communiquer avec l'amiral en chef Russel qui se trouve sur le *Great Britannia.* Tourville profite de l'hésitation que provoque son audace pour avancer encore. Soudain on entend le canon tonner. Un canonnier hollandais n'a pas attendu les ordres et s'est mis à tirer. Les autres navires hollandais l'imitent. Le *Saint-Louis* est frappé en pleine coque et riposte ; alors tous les vaisseaux français font un feu d'enfer. Le *Soleil Royal* affronte à lui seul trois vaisseaux. L'ennemi, en décapitant la flotte française, espère gagner et s'en prend au *Soleil Royal* avec une violence accrue.

Le château arrière est frappé en maints endroits. De nombreux incendies se déclarent. Les mâts flambent. Les hommes d'équipage courent dans tous les sens. Bonneval au milieu d'un tel feu n'a pas peur, mais il sent la mort prête à tout faire disparaître. Tourville coordonne l'action. Il garde tout son sang-froid. Ses traits semblent impassibles et n'expriment aucun sentiment ; les belles dentelles de sa chemise sont roussies par le feu et l'on peut reconnaître de loin la grande plume blanche de son chapeau. On a fracassé des mâts, les manœuvres ennemies en sont gênées. La fumée des canons est si épaisse qu'on ne voit plus rien. On étouffe ; des hommes meurent. Le *Soleil Royal* saigne de tous ses dalots. Bonneval regarde son chef. Pour lui plaire, il s'impose la même fermeté et lutte contre la peur qui se fait jour au milieu du brouillard de fumée, l'âcre odeur des vaisseaux qui brûlent, celle de la poix incandescente et les cris des blessés. Un matelot tout à coup fut décapité par un boulet; son compagnon qui se trouvait près de lui se dressant alors, contre toute prudence, se mit à courir, éperdu, frappé de folie, voyant qu'il avait les deux bras arrachés; il hurlait et commença à se taper la tête contre une cloison à se la fracasser. Un officier s'approcha de lui et lui brûla la cervelle d'un coup de pistolet.

Le centre anglais fléchissait tandis que l'avant-garde hollandaise reculait devant l'acharnement des Français. Le vent s'était calmé, mais vers deux heures il se remit à souffler en faveur des ennemis. Il dissipa la fumée. Autour du *Soleil Royal* sept autres vaisseaux se battent contre seize navires anglais. La ligne d'attaque des Français est très étirée et laisse des brèches; l'ennemi s'y glisse en masse et s'en prend au centre qui faiblit. Voyant cela, trois vaisseaux français font diversion et mettent à leurs trousses vingt-cinq vaisseaux anglais. Cette manœuvre éloigne le danger du *Soleil Royal*. Le marquis de Villette sur *l'Ambitieux* donne le signal du retournement de la marée; elle remonte; Tourville ordonne le mouillage. L'adversaire met du temps à imiter la manœuvre et s'en trouve déporté.

Le combat reprend tout à coup; mais quatre heures de lutte commencent à décourager les ennemis de parvenir à vaincre Tourville. La nuit tombe; la brume monte. Les Anglais envoient alors des brûlots mais ces brûlots sont détruits. Russel ordonne enfin la dérive; les Hollandais le suivent. A dix heures le calme semble revenu et la brume enveloppe les morts. Mille sept cents du côté français; cinq mille pour les Puissances Maritimes. La lune éclairait les corps mutilés surnageant au milieu des épaves.

Bonneval avait fait la connaissance de Sophie Galinonière depuis une année déjà et allait la voir tous les jours qu'il était à Rochefort et non en mer. Un soir qu'il rentra tard, après avoir bu et badiné toute la soirée avec Sophie, en passant devant le poste de garde il entendit deux hommes se disputer. L'un d'eux faisait l'éloge du Roi et disait qu'il était le plus grand monarque, l'autre disait du Roi des infamies, qu'il couchait toutes les nuits avec sa traînée de Maintenon, que c'était elle qui gouvernait, que le royaume était pourri et que le Roi était un tyran pour avoir envoyé aux galères son frère qui avait maltraité l'intendant. Il faisait du souverain un tableau de plus en plus foncé quand Bonneval, s'interposant, lui demanda ce qu'il avait à reprocher au Roi ; l'autre prit Bonneval au collet en lui répliquant que cela ne le regardait pas.

Bonneval le gifla en le traitant de grenouille qui veut s'enfler pour devenir un bœuf. L'insolent lui fit un geste obscène, sur quoi Bonneval tira son épée et voulut l'en transpercer, mais le soldat brandit la sienne et les deux hommes commencèrent à se battre au milieu de la cour. Bientôt, des fenêtres s'ouvrirent et des dortoirs entiers d'hommes vinrent assister au combat. Quand il eut du public, Bonneval se battit avec une grâce et un talent inégalés ; on sifflait aux fenêtres l'admiration que certaines de ses bottes suscitaient. Son antagoniste se rendait bien et les coups d'épée pleuvaient sur les deux hommes qui les esquivaient avec adresse.

Bientôt arrivèrent des officiers qui séparèrent les adversaires, Bonneval fut accusé d'avoir provoqué la querelle ; tout le monde le connaissait ; il ne cherchait jamais que les occasions de se battre. Les témoins étaient d'accord. Les duels étaient formellement interdits, le plaignant menaça de poursuivre Bonneval s'il ne faisait pas d'excuses, mais Bonneval ne voulut pas y consentir envers un homme qui ne respectait pas le Roi. M. de Tourville eut vent de l'affaire et fit en sorte qu'Alexandre fût muté à Toulon.

Bonneval quitta Rochefort sans regret si ce n'était pour Sophie dont il aimait la douceur et la jolie peau. Mais Toulon était le plus grand port de la Méditerranée, l'un des plus agréables aussi où la société passait pour brillante. Bonneval dès son plus jeune âge avait aimé la société et l'avait recherchée. A Toulon, il y avait de brillants officiers et de jolies femmes. La ville était située sur le chemin de la gloire. Il mit plusieurs jours à joindre les deux villes à cheval ; il eut un plaisir infini de traverser par beau temps cette magnifique région d'Aquitaine. Il avait des cousins partout sur la route, jusqu'en Espagne ; il s'arrêta dans des maisons échelonnées sur son chemin où l'on lui demandait des nouvelles de sa mère et de ses frères et l'état de sa carrière. Il racontait les combats, les naufrages, les victoires auxquels il avait assisté, la mort qu'il avait évitée. Dans ces assemblées de province où les jeunes filles étaient nombreuses, il devenait pour un temps le héros de leurs nuits, l'âme héroïque qui les viendrait éveiller à l'amour. Sa gloire faisait le tour de sa famille. M. de Tourville avait raconté comment le jeune homme s'était comporté dans la rage du combat et chacun, de château en château, suivant le rythme des visites et des réceptions, apprenait ou répétait que le chevalier de Bonneval prenait le chemin d'être un héros.

La guerre se poursuivait, et n'était la défaite de Tourville à La Hougue, partout des victoires magnifiques rendaient célèbres les généraux qui les avaient remportées. Le maréchal de Luxembourg battit Guillaume d'Orange à Fleurus, à Steinkerque et à Nerwinde. En Italie, le maréchal de Catinat gagna les batailles de Staffarde et de la Marsaille pendant que sur la mer Jean-Bart et Duguay-Trouin ajoutaient aux exploits de Tourville. Cette volonté de conquérir, de gagner, de l'emporter sur les ennemis ligués du Roi fouettait la France et lui donnait un génie qu'elle avait oublié.

Bonneval fut accueilli à Toulon avec enthousiasme. On connaissait sa réputation de bravoure, on savait qu'il s'était illustré aux côtés de Tourville. Il plaisait par la franchise de son caractère, sa gaieté, l'esprit qu'il mettait dans tout. Les hommes recherchaient son amitié ; les femmes raffolaient de ce bel officier. Il était de toutes les redoutes, des fêtes, des dîners et de tous les spectacles. A l'exemple du Roi, on s'amusait beaucoup ; on fêtait les victoires ; on tâchait d'oublier les défaites.

On jouait beaucoup et Bonneval comme son père se mit à aimer les cartes furieusement. Quand il comprit qu'il était chanceux, il se mit à ponter tous les soirs et gagna assez d'argent pour augmenter son train.

Il s'habillait désormais avec une élégance recherchée, choisissant le linge le plus fin et les étoffes les plus précieuses. Il écrivait peu à Sophie, mais n'oubliait jamais de lui faire tenir de l'argent afin qu'elle ne manquât de rien. Il eut même l'idée de lui commander son linge qu'elle faisait broder à ses armes par de petites mains et quand elle renvoyait le linge à Toulon, elle mettait à part les mouchoirs sur lesquels elle avait elle-même brodé un lion d'or orné et lampassé de gueules. Elle avait appris à écrire avec le curé de sa paroisse et de temps en temps rappelait à Bonneval par des phrases maladroites le temps où ils étaient heureux dans la petite chambre. Un jour, elle se décida à annoncer à son amant qu'elle avait accouché d'un beau garçon. Bonneval lui reprocha de ne lui avoir point dit qu'elle était grosse. Il lui envoya de l'argent en priant Sophie de donner la meilleure éducation à Auguste-César puisqu'il souhaitait qu'on appelât ainsi son fils. Sophie répondit qu'elle l'avait fait baptiser sous le nom de Claude. Bonneval promit d'aller à Rochefort voir la mère et l'enfant ; il n'en fit rien.

Il avait fait la connaissance lors d'un dîner en ville de la très riche Mme Cresset qui passait pour la plus belle femme de Toulon et que son vieux mari avait eu le bon goût de laisser veuve à vingt-deux ans avec cinq cent mille livres de rente. Bonneval en fut amoureux au premier regard qu'elle lui décocha de ses yeux verts dont la fente se relevait vers le sourcil quand elle riait. Elle était plus haute de taille que la plupart des femmes, altière, et ses cheveux avaient ce blond qu'on dit vénitien. Ils étaient si longs que dénoués ils couvraient son admirable corps jusqu'aux jarrets.

Soupaient-ils ensemble dans le secret de leur intimité, Bonneval demandait à Mme Cresset de défaire sa coiffure, de se mettre nue afin qu'incidemment telle partie de son corps particulièrement charnue émergeât de cette cascade et qu'il pût voir le marbre blanc de ses beaux seins ; l'ivoire pur de ses fesses qui dans leur mouvement délicieux écartaient ce rideau naturel, leur donnait le poli du cul de Vénus même.

Ils passaient de longs moments à badiner. A l'encontre de Sophie dont le charme venait de la naïveté, Mme Cresset avait l'imagination lubrique et savait inventer ces petits riens qui exaltent le plaisir et le portent à son apothéose. Rien n'était agréable à Bonneval comme de sentir son ministre gonflé de désir chercher le temple à travers les cheveux, se faire un chemin dans la claire fourrure qui, comme une mousse épaisse, donnait au portique du temple le velouté d'un fruit frais ; quand l'offrande était déposée, elle laissait au milieu de ces végétations les filaments d'argent d'une étoile filante.

La comtesse de Sanary donnait un grand dîner où devaient être réunis les officiers les plus en vue autour du nouveau secrétaire de la Marine qui venait se montrer à Toulon. Jérôme Phélypeaux, comte de Pontchartrain, n'avait pas vingt ans. Bonneval n'était pas seulement prévenu contre lui ; il le méprisait depuis la défaite de La Hougue et avait reconnu en lui l'âne chargé de reliques de la fable de La Fontaine.

Le ministre fit son entrée chez Mme de Sanary avec autant de pompe que s'il fût prince. Ceux qui le connaissaient s'inclinèrent jusqu'au sol pour lui plaire ; ceux qui ne le connaissaient pas le saluèrent comme un ministre. Bonneval le salua familièrement. Le ministre parut en être piqué. C'était un homme de taille ordinaire. Il avait un visage long, des joues grosses et pendantes, des lèvres lippues mouillées de bave et chargées de saburres, sa peau était gâtée par la petite vérole qui lui avait crevé un œil. On disait de lui que si la petite vérole l'avait éborgné, la fortune l'avait aveuglé. Faute d'avoir l'intelligence de son nouveau ministère, il avait la morgue de sa fonction et regardait les autres de très haut. L'œil de verre qui remplaçait son œil perdu était toujours pleurant et lui donnait une physionomie qui faisait peur. Il avait de l'esprit mais de celui qu'il ne faut point avoir. Son naturel pervers perçait partout. Il aimait le mal pour le mal et prenait un plaisir singulier à en faire. Si quelquefois il lui arrivait de faire du bien, c'était pour s'en vanter, mais jamais afin de rendre service, et toujours en se faisant payer d'une manière ou d'une autre de sorte qu'il trouvait moyen de se faire détester de ceux qu'il avait obligés. Noir, fourbe, traître et fier de l'être, il était fin à scruter, enquêter, espionner ceux qui travaillaient avec lui, avec comme unique dessein celui de nuire.

Pédant à l'extrême, il avait tous les défauts d'un homme gâté dès la naissance. Il pensait que tout lui était dû et il exigeait tout avec l'insolence d'un maître sûr de lui. Il se reconnaissait le droit de juger la conduite de chacun et il en exigeait des comptes. Outre qu'il était méchant, il était malin et hargneux jusqu'à la mort quand il en voulait à quiconque.

Ses propos ne démentaient point ses désagréments physiques. Il s'écoutait parler, interrompait les autres avec un ton d'autorité, voulait toujours être le maître de la conversation, prenant la parole pour répéter ce que les autres venaient de dire ; il était pris de ricanements au milieu des phrases. De surcroît, il était très envieux et jaloux de tous.

Aucun officier, même général, même pour des riens, n'était à couvert de ses sorties en pleine audience publique, et nul de ses airs d'autorité. Et cet homme n'avait que vingt ans. Il disait aux gens les choses les plus désagréables avec sur la bouche un air de volupté.

Il réprimandait durement en maître d'école et donnait toujours son avis quand on ne le lui demandait pas. Son délice était de tendre des pièges ; sa joie d'y voir tomber des gens. Ses victimes étaient surtout ceux-là qui lui faisaient confiance. Son plaisir était de refuser. De dire non simplement de la tête pour sentir le mouvement mou de ses joues qui allaient et venaient comme le battant d'une pendule.

Les Phélypeaux étaient de petits bourgeois de Montfort-l'Amaury que la faveur royale avait élevés. Si le père du borgne était un grand homme, son fils n'était qu'un nain méchant qui ne supportait rien qui pût faire douter de son pouvoir, mais souffrait en revanche qu'on s'en prît à son honnêteté plutôt qu'à sa naissance.

Le comte de Bonneval — puisque, depuis qu'il était à Toulon, Alexandre préférait se parer du titre de comte plutôt que de celui de chevalier comme on l'avait toujours appelé — se targuait d'appartenir à l'une des meilleures familles du royaume. Les Bonneval étaient apparentés à la famille royale et il était de bon ton dans la famille de rappeler que Henri IV appelait un Bonneval son cousin. Montluc déjà dans ses mémoires parlait de la noblesse des Bonneval.

Au milieu de tous ces anoblis qui constituaient la société, il n'était pas indifférent à Bonneval d'être de grande maison quoiqu'il ne fût point l'aîné. Il avait été élevé dans une idée féodale de l'aristocratie. Pour lui, il n'y avait de noblesse possible que celle acquise par les armes. Il pensait que c'est devant la mort qu'on prouve sa noblesse par son courage à défendre quelque chose, fût-ce une chimère : c'est dans le sang qu'on voit gravées ses couleurs ; sur les champs de bataille qu'on mérite un titre. Tous ces marchands, ces banquiers, ces ministres emperruqués, aveugles et poudrés, ces parvenus des grands chemins, ces intrigants de cour et ces fournisseurs de falbalas ne seraient jamais des nobles à ses yeux. Il refusait d'admettre que l'on pût acheter sa noblesse comme une charge.

Mme Cresset était à la gauche du ministre tandis

que la comtesse de Sanary se trouvait placée à sa droite. Le borgne lui tournait carrément le dos et ne lui adressait pas la parole bien qu'elle fût la maîtresse de maison. Il n'avait d'œil que pour Mme Cresset et ne doutant pas un seul instant d'être irrésistible, il le lui roulait doux. Il adressait à la jolie femme qui riait des compliments mielleux et plats en lui décochant des œillades en verre. Mme Cresset ne riait pas pour lui être agréable, mais afin de cacher à quel point elle était indisposée de ce voisinage. L'haleine que le ministre lui soufflait au visage en se rapprochant d'elle sans arrêt était fétide. Les quelques dents qu'on voyait encore n'étaient que d'affreux chicots. Mme Cresset ne le regardait pas davantage que la bienséance l'exige d'une femme à laquelle s'adresse un ministre de cette espèce-là. Elle regardait en face d'elle Bonneval vêtu de velours blanc brodé d'or. Sa chevelure libre pendait sur ses larges épaules. Il s'occupait avec beaucoup de grâce de ses deux voisines en même temps, les entretenait à leur grande joie d'histoires de guerre et de combats qu'il avait soutenus.

Le comte avait une façon irrésistible de parler de lui. Sans fausse modestie il se donnait la place qui lui revenait, le plus souvent l'une des meilleures et ne dédaignait pas de contester le mérite de ceux qui croyaient en avoir.

Ces femmes oubliaient de manger et regardaient ce héros avec l'espoir d'un sourire de lui qui leur serait plus particulièrement adressé et introduirait autre chose.

Mais c'était Mme Cresset que Bonneval couvait avec tendresse ; il lui soufflait des baisers à l'insu du borgne qui semblait n'y voir goutte mais poussa l'outrecuidance jusqu'à poser sa main droite sur la paume immaculée de Mme Cresset en l'appelant d'un nom doux.

Voyant que brillait à son annulaire un fort beau diamant, il ne put résister de lui promettre qu'il la couvrirait de pierreries si elle acceptait qu'il l'aimât.

Bonneval, alors, surgit au milieu des fleurs qui garnissaient la table entre les girandoles d'argent où brûlaient des bougies et dit :

— Votre Excellence semble n'avoir point vu la situation du bon œil. Madame Cresset n'est pas à vendre ; elle n'est pas une charge.

— Qui êtes-vous, Monsieur, pour prendre ainsi la parole sans qu'on vous interroge ?

— Le comte de Bonneval, Votre Excellence, et j'ai l'honneur d'être votre fidèle serviteur. Quant à Madame, je la sais respectable et généralement respectée sauf...

— Allez, outre, Monsieur, ne vous gênez pas ! parlez des goujats !

— Pardonnez-moi, Monsieur, mais il faut que je me retire et je sais que Madame Cresset a une affaire d'importance qui l'appelle.

Bonneval se leva dans le silence général, attendit sa maîtresse sur le seuil de la porte qu'il franchit à son bras sans se retourner. Le borgne était outré.

Des murmures parcoururent la salle et l'on craignait de voir succomber le ministre à un coup de sang. Il se remit, en cherchant au fond de son imagination mauvaise un moyen de se venger. On fit venir un chirurgien pour le saigner.

Le lendemain, Bonneval reçut une lettre pleine d'onction de son ministre, lui demandant à mots couverts le corps adorable de Mme Cresset contre tous les avantages qu'il pouvait espérer pour l'avancement de sa carrière et de sa fortune.

Bonneval se contenta de répondre qu'il était sensible à la proposition de Son Excellence mais que pour rien au monde, malgré l'envie qu'il en eût, il n'y pouvait souscrire sous peine de déroger aux règles de la chevalerie dans le respect desquelles il avait été élevé. Il insinua que si Son Excellence avait de la naissance... Il finissait sa lettre en rappelant à Son Excellence que c'était certainement parce qu'il descendait de marchands que M. Phélypeaux croyait que les femmes du monde étaient à vendre.

Le borgne, soufflé, ne répondit rien. Bonneval mit Mme Cresset au courant de l'affaire ; elle prit ouvertement parti pour son amant. La ville se sépara en deux. Beaucoup n'osaient pas se mettre du côté opposé à celui du ministre, mais ils encourageaient Bonneval à tenir bon. Ce qui accabla le ministre fut que Mme Cresset lui refusa sa porte et jusqu'à ses regards quand elle le rencontrait publiquement. Il fut si blessé par ces événements et surtout par le fait que quelqu'un osât lui tenir tête qu'il tomba dans un état proche de l'hypocondrie. Sa déconfiture fit rire toute la ville. Sans doute eût-il quitté Toulon sur-le-champ s'il n'avait eu à cœur d'insister auprès de Mme Cresset avec l'espoir fou qu'elle tomberait dans son alcôve.

Quelques jours plus tard, Bonneval accompagna M. de Tourville à un dîner qui se donnait pour le ministre à Marseille.

Bonneval alla saluer Pontchartrain comme si rien ne s'était passé entre eux ; le ministre ne lui rendit son salut que de mauvaise grâce en faisant une sorte de grimace mais sans proférer de parole. A table, Bonneval se retrouva assez loin de Pontchartrain mais près de Tourville, son parent. Il dit des plaisanteries qui firent rire tout le monde. Le Maréchal s'en tenait les côtes et s'exclama : « Il faut dire que Bonneval est bien aimable, qu'il a bien de l'esprit. »

— Il est vrai, répondit le ministre d'un petit air

pédant et décidé, qu'il parle bien mais qu'il n'est guère sage et se conduit bien mal !

— Ah ! Ah ! railla Bonneval, depuis quand, Monsieur, décidez-vous si affirmativement sur le compte de votre prochain ? Oubliez-vous qu'il n'y a pas si longtemps vous aviez un précepteur avec lequel je vous voyais le dimanche aller à la messe ? Vous avez bien profité, à ce que je vois, depuis ce temps-là !

Le ministre à ces propos perdit toute contenance, comme un enfant se mit à rougir et plongea le nez dans son assiette sans ajouter un mot. Les convives se pinçaient les lèvres et se donnaient la torture pour ne pas rire.

M. de Pontchartrain partit enfin pour la Cour fort indisposé contre Bonneval, qui ne l'était pas moins contre lui depuis que le bruit courait que le ministre avait fini par avoir la belle Mme Cresset. Il n'avait dans l'immédiat pas trouvé d'autre moyen de se venger de Bonneval que de faire croire à qui voulait l'entendre qu'aucune femme ne lui avait jamais résisté, et pas davantage cette Toulonnaise que les autres. Un soir, alors que la plupart de ces messieurs jouaient aux cartes chez Mme de Sanary, le lieutenant de vaisseau de Beaumont dit assez fort pour être entendu de tout le monde que Bonneval ne conduisait pas ses affaires si mal qu'on voulait bien le dire. N'avait-il pas vendu sa maîtresse au ministre de la Marine contre des avantages qu'il n'obtiendrait jamais parce que c'était un marché de dupes ?

Bonneval blêmit mais resta très calme et, s'approchant du comte de Beaumont, lui dit :

— Je suppose, Monsieur, à vous voir, qu'on vous paie pour médire ; cela doit être un moyen d'arrondir votre solde. Mais c'est un moyen qui ne m'agrée point, pas davantage que ne me fait rire votre outrecuidance. Il me semble qu'en homme d'honneur, si vous l'êtes, vous pourrez payer de votre sang votre insolence; si vous n'êtes pas seulement fanfaron et faiseur de commérages, je vous prie, Monsieur, de vous trouver demain à sept heures au bois du Fort-Louis.

Beaumont, se rappelant trop tard quelle réputation de bretteur avait son adversaire, répondit sur un ton qui semblait faussé :

— Très bien, Monsieur, je n'ai pas peur, les Beaumont valent bien les Bonneval.

Le lendemain matin, les deux hommes s'affrontèrent à l'épée dans le bois de futaie qui semblait avoir été conservé au milieu du paysage désertique autour du fort à dessein que les querelles pussent ici être vidées à l'abri des regards. Il dit à Bonneval qu'il ne voulait pas de quartier et qu'il ne lui en ferait point. Ce discours anima Alexandre. Il se battait depuis son plus jeune âge, il avait reçu des meilleurs maîtres les leçons les plus rares et son agressivité le servait. Il avait toujours adoré provoquer les occasions de se battre pour entendre dans le bruit des fers croisés les sifflements de l'épée fendre l'air en formant des figures magnifiques et brillantes comme des éclairs. Son visage avait cette pâleur qui accompagne la rage de vaincre. C'était un homme de combat.

Les deux hommes se battirent à outrance entourés de quelques témoins qui formaient un cercle noir à l'écart. Beaumont se défendait encore mais déjà manifestait des signes de fatigue; sa mort prochaine faisait passer dans ses yeux quelque chose de vaincu. Bonneval tout à coup allongea à son antagoniste un coup qui le perça au-dessus de la mamelle gauche et sortit au-dessus de l'épaule droite. Il le laissa étendu dans l'herbe et s'en fut. Beaumont n'était pas mort; il était simplement évanoui.

Les parents du lieutenant étaient liés avec le

ministre de la Marine et allèrent se plaindre à Pontchartrain. Celui-ci saisit l'occasion avec un à-propos qui n'étonna personne. Le ministre, par une lettre sèche, informa Bonneval qu'il valait mieux dans son intérêt qu'il démissionnât immédiatement de la Marine parce qu'il n'y avait pas de place pour les assassins sur les vaisseaux du Roi, à moins bien sûr qu'il se voulût voir enchaîner dans une galère. Bonneval se plaignit en disant que Beaumont n'était pas mort; qu'il n'était que blessé; qu'il lui avait laissé la vie sauve; le ministre n'en voulut pas démordre et menaça de faire arrêter Bonneval sous le prétexte que les duels étaient interdits.

Bonneval comprit l'avertissement et démissionna. Si le ministre ne l'avait pas écrasé, c'était grâce encore à la protection de M. de Tourville mais cette protection s'userait vite à ce train; le ministre était trop acharné à sa perte pour ne pas saisir la prochaine occasion de l'abattre.

La marquise de Bonneval écrivit à son fils qu'il avait mal agi mais qu'en attendant qu'il prît une décision concernant son état futur, il pouvait la venir rejoindre sur ses terres où elle séjournait. Bonneval quitta la Marine exaspéré contre l'autorité ou ce qui en tenait lieu mais bien décidé à ne point se laisser écraser.

En Limousin, le château de Bonneval dominait de sa masse féodale le bourg de Bonneval qu'il comprenait autrefois dans ses fortifications. C'était un bâtiment austère avec une tour ronde à chaque angle et un pont-levis qui permettait le passage d'un fossé où stagnait une eau verte pleine de grenouilles.

Cette forteresse imposante avait été construite au XIVe siècle avec ses épais murs crénelés et ses rangées de mâchicoulis d'où la pluie tombait en cascade comme autrefois l'huile bouillante sur les assaillants.

Dans la tour carrée du pont-levis, une fenêtre à meneau éclairant la bibliothèque était surmontée d'un panneau décoré des armes de la famille : l'écusson était d'azur au lion d'or orné et lampassé de gueules entouré de la devise en langue d'oc : *Victorious a tots lous azars* (Victorieux à tous les hasards). Les quatre lettres S.P.Q.R. (*Senatus Populus Que Romanus*), gravées en dessous, faisaient la fierté du marquis de Bonneval.

Alexandre, au lieu d'occuper la chambre où il avait passé son enfance, s'installa dans celle de feu son père. C'était une vaste pièce carrée qui d'un côté ouvrait sur une bibliothèque et de l'autre sur un cabinet rond dans la tour d'angle. Le mobilier en était vétuste, dans le goût du début du siècle. Bonneval fit monter ces meubles au grenier, convoqua un ébéniste de Limoges et lui commanda un mobilier en noyer qu'il voulait doré comme celui qu'il avait vu chez Mme de Sanary. L'ébéniste lui représenta qu'il n'y avait pas de doreur à Limoges ; il n'en connaissait qu'à Lyon. Bonneval ordonna qu'on fît venir le doreur ou qu'on envoyât les meubles de l'autre côté de la montagne. La marquise de Bonneval renâcla quand son fils lui présenta le mémoire pour les travaux.

Alexandre s'installait dans son nouveau décor pour sa nouvelle vie. Il passait de longs moments à lire des nouveautés qu'il commandait à Paris. Les *Fables* de M. de La Fontaine lui plaisaient jusqu'à les connaître par cœur ; les *Caractères* de M. de La Bruyère qui venait d'être élu à l'Académie française l'édifièrent ; cet homme avait décrit la société et les hommes jusque dans les moindres détails tels qu'ils étaient et seraient, semble-t-il.

Quand il avait fini de lire, il allait faire de longues promenades alentour redécouvrir les paysages de son enfance et s'asseoir sur les bancs en pierre où naguère son père lui parlait de l'Empire romain et de l'Europe.

Il passa plusieurs mois à dresser les plans d'un navire qu'il avait conçu afin de faciliter un débarquement de troupes en Angleterre. C'était un bateau capable de contenir un nombre considérable d'hommes, de chevaux et de canons et d'aborder n'importe quelle plage de sable sans qu'un port fût nécessaire. Comme il savait que le Roi caressait encore le projet d'une invasion de l'Angleterre afin de régler une fois pour toutes la question de la succession dans ce pays, il pensa que son bateau serait très utile. Le Roi voulait remettre Jacques II sur le trône plutôt que ce Stathouder de Hollande Guillaume d'Orange qui convoitait la couronne et voulait empêcher la France de s'agrandir. Bonneval entrait dans ce projet du Roi parce qu'il le jugeait seul capable d'écraser l'Angleterre, cette rivale redoutable.

Bonneval, du fond de sa bibliothèque dans cette forteresse du Limousin, rêvait qu'il serait un jour le conseiller du Roi qu'il aurait débarrassé des ministres qui l'entouraient et qu'alors la France, après avoir réduit les Puissances Maritimes à n'être que des vassales, après avoir vaincu l'Empire et dominé l'Espagne, étendrait jusqu'en Russie son pouvoir en unifiant l'Europe sous une même couronne, une même langue et une civilisation unique. Comme son Roi qu'il admirait, il rêvait de Monarchie universelle et d'un Etat si grand et si puissant que nul n'oserait plus l'affronter; un Etat qui régnerait sur les Amériques et sur les Indes, ferait de Moscou un faubourg de Paris, et de l'empire ottoman le premier voisin de l'empire européen. Dans sa solitude il s'enthousiasmait; puisque la France était la plus puissante nation d'Europe, que n'allait-elle par tous les moyens jusqu'au bout de son dessein? Mais pour que ce plan fût possible, il fallait d'abord assujettir l'Angleterre qui poussait les autres nations à lutter.

Il écrivit à M. de Tourville pour lui soumettre son idée ; l'amiral lui répondit qu'elle était excellente mais que tant que Pontchartrain serait ministre, il ne fallait rien attendre de lui que des rebuffades. Non seulement ce ministre ne faciliterait pas les démarches de Bonneval pour tâcher de présenter son projet au Roi, mais il ferait tout, au contraire, pour faire échouer ce plan. Tourville avait des espions autour de Pontchartrain. Déjà le ministre avait parlé de Bonneval à la Cour en disant qu'il était un débauché, fort gueux, joueur, bretteur et insolent. Ces bruits n'avaient pu manquer d'arriver jusqu'au Roi à qui le nom de Bonneval n'était pas inconnu. Pontchartrain faisait un tel tableau d'Alexandre à la Cour que tous ceux qui ne le connaissaient pas, et ils étaient nombreux, s'en faisaient une idée fort mauvaise. De sa bravoure, on ne parlait pas.

Mme de Bonneval gérait tant bien que mal un domaine qui rapportait difficilement de quoi faire vivre ses châtelains. Elle avait heureusement le revenu de biens personnels qui constituaient ce qui restait de sa dot et d'un bel héritage qu'elle avait fait d'un oncle. Bonneval, pour se désennuyer, entreprit de réformer les choses au château. Il voulait tout revoir. Ses deux frères, César-Phœbus et Marc-Antoine, étaient à l'armée. L'aîné était mestre de camp et se battait sur la barrière du Nord, le puîné n'était encore que cornette et se trouvait dans le Palatinat.

Le domaine de Bonneval revenait par droit d'aînesse à César-Phœbus mais Alexandre ne voyait pas pourquoi, puisqu'il était son frère et n'avait rien d'autre à faire, il n'aurait pas pu le gérer à sa place.

Il entreprit donc des travaux dans le jardin pour lequel, à la suite de son père, il fut pris de passion. Il dessina des parterres, creusa un plan d'eau dont il orna les angles de statues, planta des arbres, défricha un terrain boisé pour agrandir le parc et dépensa beaucoup d'argent.

Dans les lettres régulières qu'il lui écrivait, le régisseur fit part au marquis — César-Phœbus en l'occurrence — de ces bouleversements et des dépenses qu'ils occasionnaient. César-Phœbus répondit à son cadet qu'il outrepassait ses droits en régentant un château qui ne lui appartenait pas. Alexandre rétorqua qu'il hypothéquait ses biens pour ces embellissements.

L'aîné fut piqué et accusa son frère de vouloir prendre sa place. Alexandre pourtant ne bougea pas et continua de diriger des travaux pour le plaisir de faire quelque chose d'utile, qui le divertît.

Les démêlés avec son frère rendirent son séjour à la campagne moins agréable; comme il n'avait plus d'argent pour faire des travaux et que la lecture et la chasse ne suffisaient pas à éponger une énergie qui débordait de chacun de ses gestes, il entreprit des démarches auprès de M. de Tourville afin d'obtenir la lieutenance d'un régiment de gardes françaises. Eu égard aux services qu'il avait rendus, il obtint ce qu'il demandait et dès lors se dévoua aux soldats qu'il entraînait, dans une caserne de la plaine Monceau où ce régiment tenait garnison. Il leur parla comme à des hommes, ce dont ils n'avaient guère l'habitude. Ramassés comme des vagabonds dans les tavernes, ivres, ou engagés comme des mercenaires, ils étaient accoutumés d'être traités comme des soudards; on ne leur expliquait rien; les officiers ordonnaient. Bonneval justifiait ses décisions par des discours et il intéressait ses soldats aux exercices martiaux qu'ils pratiquaient.

Il loua une maison non loin de là, entourée d'un jardin qui d'un côté ouvrait sur la campagne et de l'autre sur le faubourg. Dans ce séjour, il mena bon train, fit bonne chère et joua tous les soirs avec les mauvais sujets qu'il invitait mais il n'oubliait pas de s'orner l'esprit ; il lisait, allait voir les tragédies au théâtre et ne manquait aucune occasion d'augmenter ses lumières par la fréquentation d'une librairie de la rue Saint-Honoré où il acquérait des ouvrages. Il eut des maîtresses, de ces femmes qui vivaient dans le monde des joueurs et des artistes et dans les parages de lieux où il ne déplaisait pas à un gentilhomme de se rendre.

Comme il s'ennuyait, qu'il n'était pas amoureux, il eut l'idée de faire venir Sophie. Dans son enthousiasme, il ne s'inquiéta pas de savoir s'il l'aimerait encore, si elle était restée jolie. Elle vint accompagnée de son fils ; il avait sept ans. C'était le portrait de sa mère dont il avait les yeux, la bouche charnue et le sourire. Bonneval l'aima parce qu'il lui trouva de l'esprit et beaucoup de gaieté.

L'eût-il rencontrée par hasard, le comte n'aurait peut-être pas reconnu sa gracile maîtresse de Rochefort dans cette femme épaissie, vieillie prématurément, dont les cheveux qui tenaient autrefois de la parure avaient perdu leur brillant et leur souplesse. Ils étaient longs mais semblaient desséchés, aussi Sophie les cachait-elle désormais sous un fichu.

Bonneval avait trop de cœur pour montrer sa déception. Il dissimula tant qu'il put sa déconvenue mais n'attendait déjà que le jour où il raccompagnerait Sophie à la diligence qui l'emporterait.

Faute de pouvoir entretenir avec la mère un commerce particulier, il s'occupa de son fils et découvrait de jour en jour combien l'enfant était charmant. Il l'emmenait à la caserne et l'enfant ébahi assistait à l'entraînement des soldats. Il allait flatter le museau des chevaux, apprenait à monter et à se battre ; les hommes raffolaient de ce garçon si vif. Bonneval lui apprit à manier une épée et riait de voir son fils chercher à imiter l'élégance des bottes et des gestes qu'il faisait. Le petit Claude se débrouillait très bien et Bonneval s'y attachait au point qu'il commença d'appréhender le jour où il faudrait se séparer de son élève. Pour l'amuser il lui fit tailler un uniforme et lui offrit une épée à poignée d'argent sur la lame de laquelle sa propre devise fut gravée : *Victorious a tots lous azars* (Victorieux à tous les hasards).

Bonneval apprit que le régiment de Labourd était à vendre. Il s'empressa d'écrire à sa mère afin de lui demander les fonds nécessaires à cet achat mais la marquise de Bonneval ne disposait pas des cent mille écus. Il fallait emprunter. Alexandre proposa à César-Phoebus de lui vendre les terres qu'il possédait ; un lot de terres sans eau et sans château mais qui, joint à celui de César-Phoebus, n'était pas négligeable.

Trente-trois mille livres seraient versées comptant et le reste en annuités. L'aîné accepta malgré lui ; la marquise travaillait pour lui à un mariage avec une certaine demoiselle dont la dot compenserait largement les frais qu'il engagerait pour favoriser l'établissement de son cadet. César-Phoebus trouvait son frère aussi prodigue que léger et porté facilement aux excès et aux désordres. Il le voyait un peu fou et au fond le jalousait d'être aussi libre. S'il était intervenu au sujet des embellissements c'était parce qu'il voyait son cadet se prendre pour Louis XIV et commencer un petit Versailles à Bonneval.

Cela avait de quoi effrayer un homme avare et borné dont l'austérité tenait d'une idée qu'il se faisait du gentilhomme. Ah ! oui, Alexandre était bien de son siècle avec son goût du faste et de la dépense ! César-Phoebus imitait malgré lui Caton l'Ancien plutôt que Lucullus. Alexandre avait parlé de faire venir des cuisiniers depuis Lyon sous prétexte que l'art y était plus abouti.

Mais Bonneval était voué au tumulte des armées et au fracas du grand monde. Il eut à peine le temps d'entraîner son régiment que la guerre éclata à nouveau.

La dernière guerre avait fini par la paix du Ryswick (1697) qui mettait le Stathouder de Hollande sur le trône d'Angleterre, sous le nom de Guillaume III, comme un formidable ennemi du Roi. La nouvelle guerre éclatait parce que le Roi avait accepté le testament de Charles II d'Espagne qui faisait du petit-fils du Roi, le duc d'Anjou, le nouveau roi d'Espagne.

Charles II, dernier Habsbourg d'Espagne, avait régné trente-cinq ans sur le plus grand royaume du monde. Outre l'Espagne elle-même, il comprenait la majeure partie de l'Italie avec la Lombardie, la

Sardaigne, les Deux-Siciles et les *presidios* de Toscane, les Pays-Bas catholiques, presque toute l'Amérique Centrale et du Sud, les Philippines et les Mariannes, les Canaries et les *presidios* d'Oran, Melilla, Ceuta, Larache et Mehdia en Afrique.

Pour la France, c'était une occasion d'acquérir une place décisive en Europe et de détruire à tout jamais l'empire de Charles-Quint qui avait réuni l'Espagne et l'Autriche sous une même couronne.

Les Puissances Maritimes et l'Empire formèrent à La Haye la Grande Alliance et proposèrent un partage de l'héritage espagnol. La France, au faîte de sa puissance, était épuisée par ses victoires mais ne voulait pas entendre parler de partage entre les Bourbons et les Habsbourg. Le Roi écoutait les conseils d'une femme qui ne possédait ni la force, ni le courage, ni la grandeur d'esprit nécessaires à la gloire d'un Etat.

Mme de Maintenon fit donner le ministère des Finances d'abord, puis celui de la Guerre à Chamillart, homme médiocre qui lui obéissait et n'avait de génie ni pour l'un ni pour l'autre de ces emplois.

Bonneval avec le grade de colonel, à la tête de son régiment, fut désigné pour servir en Italie sous le commandement du maréchal de Catinat.

Dès 1700, Louis XIV prévoyant que les impériaux entreraient en Italie avait obtenu l'alliance du duc Victor-Amédée de Savoie, père de la duchesse de Bourgogne et beau-père du petit-fils du Roi ; le duc profita des circonstances pour obtenir en faveur de sa deuxième fille Marie-Gabrielle la main du nouveau roi d'Espagne Philippe V, ci-devant duc d'Anjou.

Les armées impériales étaient conduites par le prince Eugène de Savoie. Il était né à Paris, avait voulu servir Louis XIV qui le rejeta. Eugène de Savoie, pour ne pas obtempérer aux ordres du Roi de rentrer dans les ordres, s'enfuit avec son ami intime le prince de Conti et se réfugia à Vienne. Il demanda à l'empereur Léopold l'honneur de le servir et dès ce jour devint un formidable général qui mit en déroute les Turcs et les vainquit sur la frontière est de l'Empire.

Le maréchal de Catinat était un fort habile homme qui s'était déjà illustré en Italie lors de la guerre précédant celle de la Ligue d'Augsbourg. Il avait par malheur peu de mouvement parce qu'il était tenu en laisse par la cour de Versailles d'où partaient les ordres.

Bonneval admirait le Maréchal et se rappelait la gloire de la victoire de Marsaille. Il ne rêvait que de se faire remarquer de lui.

La première campagne fut difficile. Le prince Eugène était cousin du duc de Savoie par qui il apprenait tous les projets des Français. Le maréchal de Catinat devait pourtant, bien qu'il sût qu'il les divulguait, mettre le duc au courant de tous ses desseins. Catinat voulait empêcher les impériaux de déboucher du Trentin. Versailles s'opposa à ce plan sous prétexte qu'il n'était pas de bon ton que la France commençât les hostilités. Il fallait qu'elle pût prétendre qu'on l'avait attaquée et qu'elle avait simplement cherché à se défendre. Ce fut une erreur parce que les impériaux se répandirent en Italie en suivant le cours des fleuves.

Dès le début de la campagne Bonneval acquit l'estime de Catinat qui reconnaissait la clairvoyance de ses idées. Bonneval observait tout, notait tout, se tenait au courant du déroulement des opérations et apprenait l'art de la guerre.

Catinat crut pouvoir empêcher les Allemands de franchir l'Adige; mais son armée était coupée en plusieurs corps et à cause de la situation du terrain le rassemblement de l'armée du prince Eugène était beaucoup plus facile que celui de l'armée française.

Le prince Eugène se servit de cet avantage et, par des mouvements de troupes astucieux, força le maréchal de Catinat à porter ses troupes dans le sens opposé à celui qu'il avait lui-même l'intention de prendre.

Le prince Eugène fit même semblant de travailler à la construction d'un pont en face de Ferrare comme s'il avait eu le dessein de franchir le fleuve à cet endroit pour faire passer son armée dans les territoires du duc de Modène que l'on savait affectionné à la Maison d'Autriche.

Ce mouvement détermina Catinat à s'étendre davantage qu'il n'était pour se porter à la rencontre du prince Eugène qui se mit alors à tailler en pièces l'armée du Roi disséminée. Eugène marcha à Carpi avec un corps de troupes et fit marcher son ami le prince de Commercy avec sa cavalerie. Seul un orage prodigieux qui éclata dans le moment même où les Français se crurent perdus empêcha la ruine complète de l'armée française. Bonneval perdit beaucoup d'hommes. Il les remplaça par des Wallons qui se trouvaient en Piémont ; ils avaient servi les Autrichiens et cherchaient à s'engager. Cet échec, bien qu'il ne fût pas décisif, servit de prétexte aux ennemis du maréchal pour le discréditer. Le soir de la défaite, Bonneval alla le voir sous sa tente et lui dit qu'il était affligé de ce qui était arrivé par la faute de la Cour qui, en empêchant de boucher le Trentin, avait tout provoqué.

Le maréchal était seul avec deux ou trois officiers. Il se tenait assis sur un tabouret en fer, les épaules défaites quoiqu'il eût ôté sa perruque et que son crâne chauve apparût poli comme une boule d'ivoire au bout d'une canne.

— Ah ! la Cour ! mon pauvre ami ! Connaissez-vous la Cour ? Quand j'ai écrit à M. de Chamillart pour l'informer que je soupçonnais M. de Savoie d'être celui-là même qui nous trahissait au prince Eugène, il me répondit que mes insinuations portaient atteinte à l'honneur de Madame la duchesse de Bourgogne. Derrière ce ministre, il y a cette femme... c'est d'elle que tout vient !

— Mme de Maintenon ?

— Elle perdra le Roi et la France, son esprit est médiocre. Ah ! ce n'était pas ainsi du temps de Louvois ! Mais depuis que le Roi se laisse gouverner par cette femme, les bêtises s'accumulent ! Notre Roi, Monsieur, est le plus grand roi que la terre ait porté depuis longtemps, mais ses femmes ! ses femmes ! Je ne devrais pas ainsi parler de mon Roi. Pourtant, le voir ainsi suivre d'aussi pernicieuses influences m'inquiète et me chagrine.

— Ne pouvons-nous rien contre cette fatalité ?

— Servir Sa Majesté avec plus de zèle est notre manière de lui prouver notre attachement et le seul moyen de la soutenir.

Le maréchal de Catinat fut remplacé par M. de Villeroi. Il avait sur le premier l'avantage d'avoir pour ainsi dire été élevé avec le Roi, qui l'aimait jusqu'à la faiblesse. S'il avait belle allure, son esprit était médiocre, ses talents nuls, son caractère docile jusqu'à la servilité. Il se rattrapait de cette faiblesse en aimant le commandement pour le plaisir de donner des ordres à ceux que leur position mettait en devoir d'obéir. Il arriva, la gueule enfarinée, sûr de la victoire.

Bonneval manifestait de plus en plus d'imagination dans la conduite des opérations qui lui étaient confiées et dans le militaire en général. Il conseilla au maréchal de Villeroi de porter ses efforts vers le Frioul pour aller au secours des Hongrois insurgés contre les Autrichiens qui occupaient leur pays. Leur chef, le prince François Rákóczy, évadé de la prison où la rigueur de l'Empereur l'avait enfermé, recevait de la France de l'argent et des officiers.

Monsieur de Villeroi n'aimait pas recevoir de conseils et n'en faisait qu'à sa tête. Il négligea l'avis de Bonneval en disant que son idée n'était pas bonne de joindre les Hongrois. Bien que le maréchal de Catinat l'eût mis en garde contre le duc de Savoie, Villeroi s'empressa de lui faire part de son intention d'attaquer l'avant-poste de Chiari. Catinat, apprenant cet ordre de la bouche même de Bonneval, se fit répéter l'ordre plusieurs fois, puis se tournant vers les hommes qu'il commandait lui-même, étant passé sous le commandement du maréchal de Villeroi, il leur cria : « Allons, Messieurs ! il faut obéir ! »

Le prince Eugène fut aussitôt averti du dessein des Français, auquel il s'opposa sans la moindre difficulté. Les Français perdirent beaucoup d'hommes dans un combat aussi vain que sanglant. Le duc de Savoie à la tête de ses hommes combattit comme quelqu'un qui aurait été content de la France et sans qu'on pût soupçonner qu'il était le traître auquel on devait la défaite.

Catinat, dégoûté, chercha à se faire tuer. Il fut blessé ; mais tout blessé qu'il était, voyant les troupes du Roi rebutées et le maréchal de Villeroi ne donnant point d'ordre, il fit la retraite, après quoi il quitta l'armée et alla à Versailles rendre compte de sa conduite au Roi en homme d'honneur sans se plaindre de personne.

Bonneval faillit être tué lors de cet affrontement ; il perdit beaucoup de ses soldats et des plus valeureux. La manière farouche dont il s'était battu aurait dû lui attirer quelque faveur mais le maréchal de Villeroi aimait moins les soldats courageux que ceux qui se tenaient loin du feu et lui faisaient leur cour. Il fit une promotion d'officiers dont Bonneval ne fut point. Les choses commençaient mal ; Bonneval enrageait. Mais que faire contre un maréchal si puissant qui refusait de l'entendre et qui faisait semblant de ne pas le voir ? Un jour, se présenterait une occasion de se rappeler à lui d'une manière éclatante.

Les soldats du régiment de Labourd aimaient leur colonel. Ses manières franches, son ton décidé, sa générosité les avaient attachés. C'étaient pour la plupart des Français, mais comme dans le reste de l'armée du Roi, il y avait aussi beaucoup de soldats que des nations étrangères louaient. Irlandais, Suisses, Wallons, Bavarois et Prussiens étaient de ces mercenaires.

Bonneval passait son temps à les discipliner et à établir une réunion étroite entre soldats et officiers comme le lui avait prescrit Catinat. Quand il était satisfait d'eux, et souvent le soir après l'exercice, Bonneval offrait à boire à ses hommes. Il lui arrivait même de jouer aux cartes avec eux sans craindre de déroger ou de perdre sur eux son pouvoir, au contraire.

Le maréchal de Villeroi savait combien le comte de Bonneval était populaire auprès des troupes et faisait semblant de croire ceux qui lui rapportaient que ce commerce était indigne d'un officier en insinuant même que le colonel se dépravait. Ces bruits couraient et s'ajoutaient à ceux qui faisaient sa réputation depuis Toulon, l'affaire Pontchartrain et le duel avec Beaumont qu'on prétendait mort. Certains disaient que Bonneval l'avait tué bien qu'il fût évanoui, d'autres que Beaumont était mort de honte quand il s'était réveillé de sa pâmoison. Un homme sage se devait de laisser courir les bruits sans chercher à les démentir, se disait Bonneval.

Bonneval était connu dans l'armée d'Italie ; Catinat avait raconté avec quelle injustice Villeroi avait remercié ce colonel de sa bravoure à Chiari. On s'intéressait à ce brillant officier qui faisait parler de lui.

Tous les jours il se retirait quelques heures pour lire. Sa tente était aménagée avec beaucoup de soin ; il jouissait d'un lit confortable, d'un bureau pour écrire et de sièges en fer tendus de cuir pour s'asseoir. Une bibliothèque contenait plusieurs centaines d'ouvrages. Bonneval avait dressé lui-même les plans de ce meuble et l'avait fait exécuter, par un ébéniste de Paris, en bois de merisier. Un valet qu'il venait d'engager le servait. C'était un Toscan industrieux, roublard et dégourdi. Il connaissait la région, et par le hasard des circonstances avait des intelligences dans le camp autrichien où ses cousins servaient. Tout ce qui s'y disait à voix haute était entendu et répété à Bonneval qui en prenait bonne note et tâchait de déduire de ces informations anodines les projets du prince Eugène qui lui apparaissait comme un général brillant, doué au plus haut point de génie militaire.

Le train de Bonneval lui coûtait cher. Sa solde n'y suffisait pas. Il tenait table ouverte et invitait, outre les officiers de son régiment, les officiers de passage qu'il ne connaissait pas mais qui repartaient charmés de son accueil et prêts à répandre ses louanges où ils iraient.

Ces réunions avaient aussi l'avantage de lui permettre de rencontrer beaucoup de monde avec lequel le plus souvent, après le souper, il jouait. Ses gains compensaient une partie de sa dépense. Quant au reste, il l'empruntait. Pour l'instant, le marquis de Franclieu était son banquier, qui se trouvait être riche d'un héritage. Ces échanges d'argent rapprochèrent les deux hommes qui furent bientôt liés d'une amitié étroite. Franclieu n'aimait pas se battre mais il était agréable causeur et de fort bonne compagnie. Bonneval l'invitait tous les soirs.

Le maréchal de Villeroi avait décidé de passer l'hiver à Crémone avec son armée, parce que cette ville était mieux défendue qu'aucune autre de la région. Il s'installa dans une maison avec le dessein de couler des jours heureux à faire le joli cœur loin de sa femme qui ne quittait jamais Versailles. Le maréchal l'avait épousée parce qu'elle était fort riche. Sans être franchement naine, Mme la maréchale de Villeroi était d'une grosseur démesurée avec des bras aussi gros que les cuisses d'un homme ordinaire et terminés par des mains qu'on disait jolies. Elle ressemblait beaucoup à un perroquet avec de gros yeux globuleux qui n'y voyaient goutte et tant de menton que le visage et le corps ne formaient plus qu'une suite. La maréchale pouvait à peine marcher mais elle savait faire courir les autres par son ton d'autorité et son don pour le commandement. Le maréchal la craignait.

C'était un homme vain et assez fat pour croire qu'aucune femme ne pouvait lui résister.

A Crémone, dès son arrivée, il fut pris de passion pour une certaine comtesse Lodi, fort jolie, de cette beauté naturelle et fraîche qu'on trouve souvent en Italie, avec des pieds faits pour danser et le goût du plaisir. Le maréchal alla tous les jours faire sa cour à cette déesse qui ouvrait sa maison. Le maréchal lui envoyait des poèmes branlants qui commençaient toujours par : « A ma belle Elodie. » Il se voyait sous les traits d'Apollon ou de Mars. Quand la comtesse daignait le recevoir et lui parlait, il se couchait à ses pieds et lui disait qu'il eût aimé devenir son tapis afin qu'à longueur de journée elle le foulât de ses pieds ravissants.

Un jour Bonneval alla chez la comtesse Lodi et la trouva si belle qu'il eut lui aussi envie de soupirer à ses pieds. Il ignorait encore que le maréchal était son rival. La comtesse le trouva charmant d'abord ; irrésistible quand on lui rapporta quelle était la mauvaise réputation du comte.

Elle accorda à son amant tout ce qu'elle refusait au maréchal en faisant croire à ce dernier qu'elle était chaste par goût de la chasteté et pour l'amour d'un mari qui se battait avec les Autrichiens, sous le commandement du prince Eugène.

Bonneval eut bientôt la clef qui lui permettait d'entrer et de sortir à n'importe quelle heure de la nuit de l'hôtel de la comtesse où il avait pris ses habitudes. Il filait avec la belle Italienne les délices de Crémone qui ne le cédaient en rien à ceux, célèbres, de Capoue.

On vivait à Crémone une vie agréable parce que la société y était nombreuse et qu'on y jouait beaucoup de musique. Bonneval aimait en entendre et invitait souvent des musiciens à venir jouer chez la comtesse. Le maréchal commença à trouver qu'il était bien souvent auprès de sa belle Elodie, ce gueux de Bonneval.

Un soir, après boire, Bonneval selon son habitude fut en verve de plaisanterie et devant une assistance nombreuse se mit à chanter un couplet de sa composition qui fit se tordre tout le monde, sauf le maréchal auquel on le répéta :

Mêle Lodi
à la ville du roi
naîtra-t-il une villanelle
ou bien un homme vil
et point roi.

Il se demanda ce qu'il ferait contre Bonneval et pensait agir le lendemain quand son imagination courte aurait accouché d'un projet de vengeance. Il commit l'imprudence de dire à la comtesse Lodi que Bonneval l'indisposait par ses procédés moqueurs, qu'on trouverait bientôt le prétexte de l'enfermer en prison et qu'on verrait s'il y chanterait encore des chansons. Mme Lodi niait toujours que le comte fût son amant. Dans la nuit du 2 février 1702, Villeroi dormait sur ses deux oreilles en berçant dans son rêve le projet de faire arrêter Bonneval le lendemain pour insubordination. Le prétexte serait ce couplet qui traînait sur toutes les lèvres des soldats en jetant dans les rangs un air de sédition. Bonneval poussait les hommes à se révolter contre lui ; il suffisait de l'accuser de trahir au profit des Autrichiens, desquels il n'était pas impossible qu'il reçût de l'argent. Le maréchal avait déjà écrit à Chamillart, le ministre de la Guerre, pour lui faire part du ton narquois dont usait Bonneval envers Mme de Maintenon. Dans cette lettre Villeroi avait purement inventé un bruit. Bonneval ivre aurait dit que la Maintenon était la p... du Roi et que Sa Majesté avait préféré sa catin à son Catinat et la paix de son intérieur à son maréchal. Parce que le Roi aimait Catinat et avait de l'estime pour lui, Villeroi détestait Catinat dont il était jaloux. Il fit un rapport noir sur Bonneval et le courrier emporta à Versailles la peinture d'un Bonneval libertin et paillard, peut-être même félon.

Bonneval cette nuit-là dormait paisiblement dans les bras de la comtesse Lodi dont le temple était resté ouvert longtemps. Un ministre fougueux avait sacrifié toute la nuit, déposant offrande après offrande dont l'âcre odeur dans la chambre se mêlait à celle des bougies refroidies. Tout à coup le dormeur sursauta et s'éveilla tout à fait; il se crut d'abord tombé dans un guet-apens de rêve puis il courut à la fenêtre. Dans la rue des hommes en chemise et pieds nus couraient le bras armé, et puis bientôt des Autrichiens, oui c'était bien l'uniforme des impériaux, coururent sus aux premiers. Il s'habilla à la hâte et descendit dans la rue brandissant son épée. Les cris étaient en toutes langues. Les Italiens criaient que tout était perdu; les Français appelaient à la garde, les Allemands donnaient leurs ordres secs qui ressemblaient à des coups de feu. L'on se battait dans tous les coins par petits groupes de six ou dix soldats mais il semblait y avoir quantité de ces bandes d'Allemands; ils faisaient prisonniers les Français qu'ils ne tuaient pas. Bonneval, voulant rejoindre son régiment stationné dans le nord de la ville, voyant une troupe nombreuse d'ennemis venir à sa rencontre, s'engagea dans une rue noire et fort étroite au bout de laquelle il se trouva confronté avec quatre Allemands de six pieds de haut. Il se battit à corps perdu contre ces hommes qui l'assaillaient de tous les côtés à la fois sans aucun respect de l'honneur. Les fenêtres des maisons restaient silencieuses; les gens dormaient sans se douter que leur ville était investie par l'ennemi. Bonneval commençait à faiblir. Une blessure à la cuisse le faisait souffrir et il perdait du sang. Il fut blessé au bras d'une autre entaille. Sa volonté de sauver sa vie ne suffisait plus à empêcher ces hommes de l'abattre quand un officier surgit du noir dans le dos des Allemands, qui cria :

— On ne vous savait point lâches, Messieurs! En garde!

Cet inconnu ferrailla avec une telle vigueur et un talent si soutenu qu'il allongea deux Allemands sur le pavé. Les autres s'enfuirent en criant : *Mein Gott! Mein Gott!*

— Ma botte oui, bande de lâches ! répliqua l'officier.

C'était un fort bel homme, plus grand que l'ordinaire, avec un regard noir et perçant et le nez fier d'un condor.

Bonneval perdait beaucoup de sang. L'officier essuya son épée à la culotte d'un Allemand étendu sur le pavé et la rangea dans son fourreau. Il s'avança vers Bonneval les bras tendus :

— Philippe de Gentils, marquis de Langalerie, Monsieur, lieutenant général sous le commandement de M. le duc de Vendôme.

— Comte de Bonneval, colonel du régiment de Labourd, votre obligé. Vous m'avez sauvé, Monsieur. Mon amitié éternelle sera-t-elle assez pour vous dédommager ?

— J'ai entendu parler de vous.

— Je suppose qu'on vous aura dit que j'étais un vaurien.

— Au contraire, on m'a dit que vous étiez courageux et je l'ai constaté de mes yeux cette nuit. Je vais vous aider à marcher, mon ami ! Passez votre bras sous le mien !

Ils allèrent par les rues remplies de soldats français en liesse. Ils demandèrent si l'on avait des nouvelles ; si l'on savait ce qui s'était passé.

Le prince Eugène qui avait des intelligences dans la place y avait fait pénétrer quatre cents hommes par un égout qu'un prêtre lui avait indiqué. Les hommes d'Eugène tuèrent la garde à l'une des portes de la ville et firent entrer le gros de la troupe.

Ce qui sauva l'armée du Roi fut que le marquis de Crenan, chef de l'infanterie, arrivé de Milan, voulait voir ce matin-là une partie de l'infanterie. Il avait donc ordonné que les bataillons qui se trouvaient logés du côté de la porte du Pô fussent sous les armes un peu avant le jour pour les passer en revue dès l'aurore.

En hiver on se trompe aisément, lorsque les nuits sont longues, sur le moment où le jour doit paraître. Ces bataillons se trouvèrent donc près de la porte du Pô plus tôt qu'il ne leur avait été ordonné. Ces soldats matinaux au lieu de leur capitaine furent étonnés de voir venir à eux des Allemands. Le combat engagé entre les impériaux et les soldats du Roi réveilla ceux qui dormaient. L'armée du Roi était sauvée bien qu'elle eût perdu beaucoup d'hommes. Mais on avait conservé Crémone et perdu le maréchal de Villeroi qui avait été surpris dans son lit.

Découvrant des Allemands dans sa ruelle et n'en comprenant point la raison, le maréchal se précipita sur le cordon de la sonnette pour appeler à l'aide mais personne ne vint; alors il sortit de son lit et voulut enfourcher son cheval, en chemise, sa perruque à la main qu'il agitait en l'air tout en éternuant à cause de la poudre qui lui venait dans les narines. Cela faisait tableau. On l'emmena dans cet appareil sans lui laisser le temps de s'habiller et quand le maréchal comprit qu'il était prisonnier, il pleura comme un enfant sur son cheval et s'essuya les yeux avec sa perruque où il enfouissait le visage de la honte. Il fut enfermé dans un château à Innsbruck puis à Graz avant d'être renvoyé à Versailles.

Le marquis de Langalerie avait emmené son nouvel ami dans une taverne en espérant trouver un chirurgien pour le soigner. On lui versa une pinte d'eau-de-vie sur la cuisse, une autre sur le bras et on lui en donna un grand verre pour qu'il le bût. Alors oubliant la souffrance qui lui chauffait la cuisse, il composa un couplet qu'il chanta et que tous les soldats s'empressèrent de reprendre. En moins de temps qu'il ne fallut pour le capturer l'aventure du maréchal fut de tous connue et toutes les bouches des Français chantaient :

Français rendez grâce à Bellone !
Votre bonheur est sans égal :
Vous avez conservé Crémone
et perdu votre général !

Bonneval eut un peu de fièvre mais comme il avait une constitution robuste il se remit bientôt de ses blessures grâce aux soins assidus de la comtesse Lodi ; elle ne le quitta pas qu'il ne fût guéri. Il restait étendu sur un lit dans une pièce claire dont la fenêtre donnait sur la belle tour du Torrazzo. Il lisait ou bien Mme Lodi lui faisait la lecture et ensemble ils disaient à voix haute de grands passages du Tasse ou bien des fables de La Fontaine que la comtesse découvrait.

— Je voudrais voir le visage de Bellone puisque c'est à elle que je dois ma vie.

— Il est vrai que cette déesse vous a exaucé si vous aviez fait le vœu d'échapper au maréchal jaloux. Saviez-vous qu'il avait l'intention de vous faire arrêter le lendemain de cette fatale nuit ?

— Je l'ignorais.

— Toutes les dispositions étaient prises !

— Ma tendre amie ! Voilà la raison par laquelle vous vouliez absolument me garder auprès de vous !

— Ce n'est pas moi !... Faites comme si vous ignoriez que je pourrais être celle qui a demandé à son confesseur de courir chez le prince Eugène pour le prévenir que le moment était venu de se servir de l'égout que je lui avais indiqué. Les Allemands savaient exactement dans quelle maison se trouvait Villeroi et n'ont eu qu'à le cueillir dans son lit au grand soulagement de tout le monde.

— Je serais aujourd'hui à Pignerol dans un cul-debasse-fosse ! Je préfère être dans le vôtre, ma douce et tendre amie !

Malgré sa cuisse blessée, Bonneval honora sa déesse. Un cri s'élança hors d'elle, comme la tour du Torrazzo fendait le ciel bleu de Crémone dont les frimas de l'hiver poudraient les toits rouges.

Le maréchal de Villeroi fut remplacé à la tête des armées d'Italie par le duc de Vendôme.

Louis-Joseph, duc de Vendôme, était l'arrière-petit-fils d'Henri IV. Il avait fait son apprentissage sous les leçons de deux grands chefs : Luxembourg et Catinat ; à Steinkerque avec le premier, à Marsaille avec le second.

Il était cousin du prince Eugène. Sa mère, Laure Mancini, duchesse de Mercœur et de Vendôme, était la sœur d'Olympe Mancini mère du prince Eugène, toutes deux nièces de Mazarin.

C'était un homme d'une taille ordinaire, un peu gros mais vigoureux, fort et alerte. Son visage était noble sans être beau et avait l'air hautain. Il avait de la grâce naturelle dans le maintien et dans la parole, beaucoup d'esprit et de la hardiesse au combat qui devenait facilement de l'audace. Il adorait être flatté, entouré, servi, aimé. Très glorieux de son nom, ce prince voulait qu'on lui donnât du « Monseigneur ». Il aimait les hommes d'une façon plus pressante qu'il n'est recommandé ordinairement et ne se cachait pas de son idolâtrie. Son plus grand plaisir était de passer sa vie au milieu de ses soldats ; ils vénéraient leur grand capitaine. Il avait si peu le genre militaire qu'on avait du mal à croire qu'il était le plus grand général de son temps. Il se levait tard, puis se mettait sur sa chaise percée, y dictait ses lettres et y donnait ses ordres pour la journée. Autour de lui se pressaient une douzaine de vigoureux soldats. Qui avait affaire à lui, c'est-à-dire les officiers généraux, c'était le temps de lui parler. Il y avait accoutumé l'armée. C'était une simplicité de mœurs, selon lui digne des Romains, qu'il tâchait de prendre en tout pour modèles.

Quand il avait fini ses lettres, il mangeait sans quitter sa chaise ; il mangeait énormément et pendant longtemps tout en continuant de se vider ; il répandait autour de lui une odeur que sa cour devait supporter.

Bonneval, à cause du nom qu'il portait et de la réputation qu'il s'était déjà faite, fut reçu d'emblée dans l'intimité du prince, c'est-à-dire qu'il avait le privilège de faire partie de ces élus qui assistaient au lever de Monseigneur ; mais cela n'incommodait pas Bonneval qui ne voyait là qu'une originalité parmi les autres. Etant donné que le génie chez un homme crée des défauts qui lui sont proportionnés, il déclarait que le génie de Vendôme étant reconnu et apprécié il fallait bien prendre en compte ses vices et ses habitudes. La référence aux Romains, de plus, était tout ce qu'il aimait ; l'idée que Vendôme se prît pour Scipion l'Africain le ravissait. Ce prince eut pour Bonneval une amitié spontanée dénuée de toute ambiguïté. Bonneval aimait trop le sexe pour qu'on pût souscrire à l'opinion que ses mœurs étaient différentes.

Un jour on annonça l'ambassadeur du duc de Parme. Bonneval se trouvait là parmi d'autres qui assistaient au lever de Vendôme. Monseigneur était encore couché dans son lit, entouré d'une demi-douzaine de chiens qui ne le quittaient jamais. C'étaient de petits chiens clairs et gras à museau noir écrasé que lui avait offerts la reine d'Espagne. Quand ils n'aboyaient pas pour s'exprimer, ils ronflaient en dormant sans paraître importuner le prince.

Vendôme se leva et se mit sur sa chaise comme si ce fût son trône et ordonna qu'on fît entrer l'ambassadeur. François II Farnèse duc de Parme avait chargé Alexandre Rancoveri, évêque de Borgo San Dannino, de venir voir le duc de Vendôme afin de négocier avec lui sur les conditions du passage des troupes françaises dans le duché et différents autres points de détail. Le duc ne se leva pas de sa chaise pour recevoir l'ambassadeur et pria d'un geste majestueux l'évêque de s'incliner et de faire sa révérence.

Monseigneur Rancoveri humilié jusqu'au tréfonds de son âme de diplomate fut si choqué que Son Altesse chiât devant lui, qu'il écourta l'entretien et s'en retourna vers le duc de Parme sans avoir rien négocié, en lui représentant qu'il était au-dessus de ses forces de subir les émanations pestilentielles de la chaise. Le duc de Parme le releva de ses fonctions et envoya à sa place un obscur abbé, fils de jardinier, que l'on jugea suffisamment important pour servir d'ambassadeur auprès du général français.

Alberoni, c'était le nom de cet abbé, qui pensa juste en mesurant que du succès de sa mission dépendait celui de son avenir, pénétrant sous la tente de M. de Vendôme pleine de monde, comme chaque matin, se jeta aux pieds de Son Altesse et déclara dans un français très altéré par son accent d'Italie qu'il tirait infiniment plus d'honneur d'être ambassadeur auprès de la sainte-chaise que du Saint-Siège.

Ce mot fit rire le duc et trouvant Alberoni bouffon, il l'écouta avec complaisance exposer le but de sa mission. Ce que le petit abbé fit avec intelligence, diplomatie et ce qu'il fallait de ruse pour prouver un talent inné pour l'intrigue.

Le duc enfin se leva de sa chaise et allait se torcher le cul quand Alberoni se mit à genoux devant ce derrière brenneux et s'écria en italien « O culo di angelo ! » en le baisant comme une relique. Rien n'avança davantage ses affaires que cette bouffonnerie.

Le duc de Parme fut enchanté du tour que prirent

dès lors les événements et dépêcha Alberoni auprès du duc de Vendôme pour toutes les occasions ; de sorte que l'abbé, flattant toujours Monseigneur et se mettant bien avec les secrétaires et les valets et tous ceux qui avaient l'habitude de l'approcher, entra si bien dans l'intimité de Son Altesse qu'elle le trouva indispensable pour lui torcher le cul. Bonneval plus qu'un autre parmi ceux qui entouraient Vendôme sut plaire à Alberoni qui ne se doutait pas que sous ses airs faciles le comte cachait autant de finesse qu'un Italien. Il avait tôt découvert dans cet étrange ambassadeur parmesan un poison dangereux qui pourrirait le corps où il s'introduirait. Quelque chose dans le regard d'Alberoni disait une ambition démesurée, sauvage, dévastatrice qui le pousserait loin pour faire sa propre place et garantir son intérêt privé.

Alberoni quitta bientôt le duc de Parme et s'attacha exclusivement au duc de Vendôme dont il devint le secrétaire avant d'entreprendre une ascension sociale fulgurante qui le mènerait aux plus hautes charges dans un avenir proche.

Monsieur de Vendôme, avec sa désinvolture accoutumée, bien qu'il se levât tard, reprit bientôt tous les postes que les Allemands avaient enlevés au vain M. de Villeroi, et ses troupes progressaient sur la rive droite du Pô. Philippe V roi d'Espagne, pour la couronne duquel cette guerre était menée, vint en Italie se montrer aux soldats à la tête de quelques escadrons de cavalerie ; il en acquit de la popularité.

Bonneval attaqua un détachement de l'armée impériale stationné à Crostolo auquel il infligea une défaite absolue. Rares furent les survivants qui purent s'enfuir. L'estime du duc de Vendôme pour ce vainqueur augmenta. Bonneval aimait son général parce qu'il était un homme hors du commun ; un de ces caractères très contrastés où l'homme du monde voisine avec le barbare. Son génie militaire, son goût de la gloire le lui avait fait porter jusqu'au plus haut. Le prince n'oubliait jamais de s'occuper de la campagne. Il étudiait les cartes de la région, se faisait conduire avec une petite escorte aux alentours, cherchait des sites où tendre des traquenards aux impériaux. Le Roi l'aimait parce qu'il était tout ce qu'on peut aimer quand on aime le grand, le noble, l'orgueilleux, l'homme de guerre victorieux. Le Roi comptait sur lui en ces temps difficiles pour remplacer les grands capitaines du passé qui avaient valu à la France tant de victoires et l'avaient placée où elle était : au premier rang de l'Europe. Si la France se faisait battre sur les fronts du Nord et d'Italie, sur la mer ou en Allemagne, partout où elle faisait la guerre, le Roi serait perdu. C'en serait fait de Versailles et de la monarchie. Les Puissances se partageraient le royaume. Le Roi vieillissait ; il comptait sur Vendôme parce que Vendôme avait le génie de la guerre et, au point suprême, de l'audace. Quant au reste, à supposer que ce fussent des défauts, ce n'était pas davantage.

Vendôme avait du sang italien par sa mère et il n'était pas éloigné d'avoir les mœurs de ces Borgia, princes excessifs qui n'avaient de mépris que pour l'ordinaire et le médiocre. Mais au luxe Vendôme préférait la luxure. Il choisissait le soir un soldat qui couchait avec lui. Il aimait les soldats les plus vaillants, les plus forts, les plus féroces ; mais il les voyait mourir sans regret un à un dans des combats aussi beaux que sanglants.

Le duc de Vendôme racontait à Bonneval comment son cousin le prince Eugène s'était enfui de France, avait trahi et s'était donné à l'empereur d'Allemagne pour de l'argent. Il tenait à Vienne un rôle unique, en dehors de la Cour, généralement détesté, mais adoré de l'Empereur qu'il avait sauvé de la ruine en arrêtant les Turcs. Il était parti une nuit, déguisé en femme, ce qui ne devait pas lui déplaire, avec son ami le prince de Conti que Louis XIV fit arrêter et ramener en France. Eugène avait gardé de Conti une bague de valeur qu'il vendit dans les premiers temps à Vienne afin de pouvoir vivre. Vendôme ne l'aimait pas ; il en était jaloux et ne pouvait souffrir ces Savoie. Aucun Savoie. Ni le duc, ni son cousin. Il ne rêvait que d'écraser ce dernier et de le ramener au Roi avec une chaîne autour du cou. Il vénérait le Roi.

Eugène avait une seule fois trahi le Roi, Victor-Amédée, lui, le trahissait tous les jours.

Les colonnes françaises marchaient le long du Pô avec précaution. On envoya des éclaireurs qui ne virent aucune trace de l'ennemi. Il fut donc décidé de dresser le camp dans la plaine où l'on se trouvait, près de Luzzara.

On dressa le camp. Mais le prince Eugène instruit du projet des Français s'était rangé avec des hommes derrière une digue au bout de cette plaine et attendait.

Quand tout le monde fut installé pour le repos, un officier français s'avisa de monter sur la digue pour voir ce qui se passait derrière. Toute l'armée d'Eugène était là, rangée en ordre de bataille, n'attendant que le signal pour fondre sur les Français. Cet officier donna l'alarme et courut avertir Vendôme. Bonneval à la tête de trois bataillons, qu'il rameuta à la hâte, fondit sur la digue accuser la première charge et donner au reste de l'armée le temps de se rassembler. Mais il y avait des soldats ivres, d'autres qui dormaient debout.

Plusieurs haies se trouvaient entre le front de l'armée et la digue, de sorte qu'il était impossible que les lignes pussent s'aborder de front. L'ennemi se hasarda pourtant à marcher en plusieurs endroits mais ce fut en vain.

Cela se passait le 15 août 1702. L'air était humide et la chaleur accablante. Des hommes avaient déjà commencé à se déshabiller, de là le nombre de blessés et de morts plus grand que si tout le monde avait eu sa cuirasse. L'action dura longtemps. Bonneval ne quitta pas le point d'affrontement le plus dangereux et il se battit avec un courage renouvelé. Enfin le prince Eugène se retira et laissa aux Français le champ de bataille où gisaient des milliers de morts autant Allemands que Français.

Le prince Eugène avait perdu le prince de Commercy auquel il était lié depuis longtemps déjà d'une amitié passionnée. Le prince de Commercy était français, comme Eugène et Bonneval, c'était un transfuge qui avait cherché auprès des Habsbourg ce que les Bourbons lui avaient refusé.

Pour fêter cette sanglante victoire, des *Te Deum* furent chantés aussi bien à Vienne qu'à Paris. Chacun restait convaincu qu'il avait vaincu l'autre.

Bonneval était estimé par le duc ; pour l'avantager, il l'autorisa à revendre les uniformes qu'on prenait sur les morts. En principe on ne devait pas les récupérer. Bonneval faisait venir un juif auquel il vendait les uniformes sans faire de détail ; le juif en revendait aux Autrichiens ravis de les récupérer à bas prix et à l'intendance du Roi qui avait du mal à se fournir en drap et en passementeries. Malgré cet apport d'argent, Bonneval se trouvait toujours en difficulté.

Vendôme, qui n'avait jamais écouté quiconque, prenait le plus vif intérêt aux conseils de Bonneval qu'il trouvait ingénieux. On parlait d'une jonction avec les troupes françaises qui se trouvaient en Allemagne du Sud sous le commandement du maréchal de Villars conseillé par Son Altesse l'Electeur de Bavière, allié de la France.

L'Electeur voulait qu'une première jonction entre les deux armées s'établît par les vallées du Tyrol. Villars et l'Electeur descendirent jusqu'à Innsbrück où ils firent célébrer un *Te Deum* pour la victoire future.

Cette habitude de mêler Dieu à la guerre en l'implorant donnait aux *Te Deum* quelque chose d'antique et de païen. Dans des églises pavoisées d'oriflammes, des armées entières s'engouffraient et offraient à Dieu leur cause ou ce qui leur en tenait lieu.

Vendôme de son côté avança jusqu'à la ville de Trente qui l'attendait derrière ses murs. Il la fit bombarder mais, harcelé par les troupes du général autrichien Graf Von Starhemberg, il dut bientôt battre en retraite. La jonction fut compromise. De plus, un événement auquel on aurait dû s'attendre modifia complètement la position de l'armée française en Italie. Le duc de Savoie Victor-Amédée, allié de Louis XIV depuis le début de la guerre, avait engagé des pourparlers secrets avec le prince Eugène son cousin et passait du côté de l'Empereur et de l'Alliance pour de l'argent.

Les troupes du duc de Savoie furent désarmées par les Français au milieu desquels elles étaient abandonnées par leur chef qui allait commander les armées impériales du prince Eugène.

Vendôme se retira sur le Piémont pour assurer les communications avec la France et ne point permettre à un corps étranger de se glisser dans la faille laissée libre. Le duc s'empara d'Ivrée en septembre 1704, y établit le lieutenant-général marquis d'Arennes afin de faciliter le passage des troupes françaises et espagnoles occupées au siège de la ville de Verue. Pendant ce temps, Bonneval eut ordre de Vendôme de réprimer les révoltes des populations dans la région qui, sous l'instigation d'agitateurs piémontais d'accord avec les Autrichiens, résistaient à l'occupation française en refusant de payer les redevances auxquelles par la loi de la guerre elles étaient soumises.

Bonneval, à la tête d'un millier d'hommes et de cent cinquante dragons à cheval, prit la situation en main. Il considérait que la population au lieu de payer l'impôt au duc de Savoie pouvait bien le payer à l'armée du Roi. Il fit approuver cette mesure par Vendôme qui signa l'ordre de procéder au recouvrement de cette somme. La solde des soldats était prévue par la réglementation que le ministre de la Guerre du début du règne, Louvois, avait mise en vigueur. Le Roi avait prescrit de ne se livrer à aucune exaction sur les populations civiles d'un territoire occupé. Les hommes étaient des soldats de métier. Beaucoup parmi les Allemands étaient engagés de force et vendus par leur roi à qui en offrait le meilleur prix.

Les Suisses s'enrôlaient parce qu'il n'y avait pas grand-chose à manger dans les montagnes helvétiques. Faire la guerre était à peu près le seul métier qui s'offrît à eux. On était nourri. Le roi de Prusse Frédéric Ier exigeait un thaler de dédommagement pour chaque homme qu'on lui tuait, et deux thalers pour un cheval.

On faisait venir beaucoup de chevaux de Silésie, de Prusse et de Holstein; il en mourait des millions depuis que le canon avait rapproché ses coups et que la baïonnette commençait à faire son apparition meurtrière sur les champs de bataille.

De pauvres bougres, sans savoir comment, parce qu'ils avaient bu un soir avec un inconnu se retrouvaient sur un champ de bataille avec l'ordre d'attaquer. C'était là les soldats dans tous les camps. Ils ne se battaient pas pour un pays, ils se battaient derrière un chef pour une solde. Pour faire entendre à tous ces hommes qu'il ne fallait pas piller, il eût fallu au moins les payer régulièrement. Il y avait toujours des retards, des complications, des atermoiements et l'argent n'arrivait pas. Les soldes des officiers pas davantage, et Bonneval, s'il avait payé son régiment cent mille écus, n'avait quasiment pas de quoi vivre puisqu'il vivait de sa solde et que cette solde avec celle de toute l'armée était versée avec irrégularité. Bonneval et Langalerie avaient projeté d'écrire un factotum ensemble au ministre de la Guerre Chamillart sur le mauvais approvisionnement des armées en armes et marchandises et sur le retard des fonds. Ils en avaient parlé au duc de Vendôme qui les avait approuvés.

Il n'y avait plus d'argent en France ; après trop d'années de guerre continue, la ruine commençait de geler le pays et les intendants aux armées payaient quand ils pouvaient. Les banquiers hésitaient à prêter de l'argent à un roi que l'Europe pouvait vaincre.

Bonneval obtint du duc de Vendôme l'autorisation de vendre les chevaux de l'armée impériale et ceux des déserteurs. Moyennant quoi il donnerait quatre pistoles au duc par tête vendue. Il se mit donc à vendre ses chevaux en y gagnant considérablement. Comme il n'avait pas d'équipage, il garda pour lui vingt-quatre chevaux dont le prix fut largement couvert par la vente des autres, de sorte qu'il tira de cette opération assez d'argent.

Son train augmentait avec sa prospérité. Il invitait davantage de monde, commandait chaque semaine un orchestre de Turin pour entendre de la musique de Marcello, musicien vénitien qu'il avait entendu chez Mme Lodi. De Paris il recevait des livres à grands frais ; mais c'était encore plus coûteux de les faire venir de Hollande jusqu'au front d'Italie.

Le duc de Vendôme chargea Bonneval d'organiser un hôpital. Le comte décida de sous-traiter l'affaire et d'engager un entrepreneur nommé Aventura afin d'effectuer les travaux. Comme Aventura, après avoir fini les travaux, ne fut pas payé faute d'argent, il poursuivit Bonneval, au bout d'un temps qu'il jugea excessif, pour lui réclamer son dû.

Bonneval pour avoir la paix — parce que, s'il aimait la guerre, il répugnait aux tracasseries — paya de sa poche ; puis, quand il eut collecté l'argent des impôts, avant de le renvoyer à l'intendant, il préleva les montants qu'il avait avancés pour la construction de l'hôpital. Il s'agissait de soixante mille livres.

L'intendant de l'armée ne l'entendit pas de la sorte et considérait que Bonneval n'avait pas à gérer les fonds du Roi comme s'ils fussent siens. On nia qu'il avait fait un hôpital. Mais comme le duc disait en avoir donné l'ordre à Bonneval, on décréta que le montant de la somme n'était pas exact et que Bonneval s'était mis d'accord avec un aventurier Aventura pour voler le Roi et l'Etat. On lui reprochait surtout d'avoir négligé d'écrire à l'intendant avant d'entreprendre quoi que ce fût. Vendôme pouvait bien décider qu'il fallait un hôpital ; l'intendant de l'armée, depuis Versailles, n'en voulait pas ; ou tout du moins n'entendait pas le payer.

Le duc de Vendôme en faisait des gorges chaudes, des grimoires de l'intendance. Ces messieurs n'avaient qu'à venir voir sur le front comment les hommes étaient vêtus, nourris et payés ! On était heureux qu'il n'y eût pas davantage de déserteurs ! L'intendance faisait comme si l'on n'était point en guerre, comme s'il n'était pas heureux qu'il y eût sur place des hommes comme Bonneval capable d'organiser les choses rapidement et de faire construire un hôpital en trois semaines quand il eût fallu trois ans en passant par l'intendant des armées!

Le duc exaspéré par tous les tracas qu'on faisait à son protégé parla de remettre son commandement au Roi et de se retirer dans ses terres, puisque les gens de plume empêchaient les chefs de guerre de mener leur action. L'affaire s'envenima; Bonneval traita l'intendant de paperassier, ce dernier en référa au ministre M. de Chamillart.

Quand Bonneval avait écrit au ministre pour se plaindre de la mauvaise distribution des soldes, il n'avait pas eu de réponse mais il ne fallait pas douter que le ministre sût qui était Bonneval. Sa réputation était mauvaise.

Le génie ou la liberté de vivre suffisent pour dresser les autres contre une image dont ils sont jaloux et qu'ils veulent détruire. Bonneval écrivit à Chamillart et, se sentant soutenu par le duc de Vendôme, il n'y alla pas de main morte. Il fit avec la plume ce qu'il avait déjà fait avec son épée; c'était la même ardeur qui conduisait sa main, la même fougue contre l'administration royale que contre qui l'insultait. Il fit sa lettre comme il était parti un matin au petit bois se battre avec le comte de Beaumont. Il la terminait en disant : « Je ne croyais pas qu'une dépense faite avec le consentement et l'approbation de Monseigneur le duc de Vendôme fût sujette à la révision des gens de plume; et plutôt que de m'y soumettre, je la payerai moi-même. »

La réponse du ministre ne se fit pas attendre :

« Monsieur,

J'ai reçu la lettre que vous avez pris la peine de me répondre au sujet des comptes du Biélois; si la somme en question avait été véritablement employée, vous n'offririez pas d'en faire le remboursement à vos dépens et comme vous n'êtes pas assez grand seigneur pour faire des présents au Roi, il me paraît que vous ne voulez éviter de compter. »

Bonneval reçut cette réponse comme un soufflet. Il riposta le jour même sans songer aux conséquences de ses menaces. Le duel avait commencé, et nul n'aurait pu l'arrêter. Il s'insurgeait contre ce ministre ainsi qu'il l'avait fait contre tous les chefs dont l'impéritie lui avait paru criante. C'étaient tous de petits parvenus sans histoire.

« Monsieur, écrivait-il, j'ai reçu la lettre que vous avez pris la peine de m'écrire où vous me mandez que je crains les gens de plume parce qu'ils savent trop bien compter. Je dois vous apprendre, puisque vous ne le savez pas, que la grande noblesse du royaume sacrifie volontiers ses biens et sa vie pour le service du Roi, mais que nous ne lui devons rien contre notre honneur; ainsi, si dans le terme de trois mois je ne reçois pas une satisfaction raisonnable sur l'affront que vous me faites, je m'en irai au service de l'Empereur où tous les ministres étant des gens de qualité, savent comment il faut traiter leurs semblables. »

Bonneval ne reçut pas de réponse à cette lettre, mais il apprit bientôt qu'un ordre d'arrestation parti de Versailles allait entraîner son internement dans une prison de Mantoue.

Aussi, sous prétexte de voyager en Italie durant les quartiers d'hiver, demanda-t-il un congé au duc de Vendôme qui le lui accorda d'autant plus facilement qu'il l'avait mis au courant de ce qui se tramait contre lui.

Langalerie, pour des raisons semblables à celles qui

avaient dressé le ministre contre Bonneval, craignait d'être arrêté à son tour quoiqu'il ne fût question d'aucun mandat d'arrêt le concernant ; il décida de se joindre à son ami et de demander lui aussi un congé.

Les deux hommes quittèrent le camp à la tombée de la nuit après avoir laissé leurs uniformes militaires et revêtu de simples habits gris.

Ils chevauchèrent toute la nuit afin de gagner Venise où ils pensaient se mettre à l'abri des poursuites de Chamillart.

Au début de ce siècle, Venise, qui n'avait plus de pouvoir politique et avait déjà perdu la plupart de ses colonies et de ses comptoirs, était devenue la plus grande ville des plaisirs en Europe.

Surtout pendant la période du carnaval qui, d'année en année, durait plus longtemps. La ville lagunaire était un lieu d'affluence cosmopolite où se retrouvaient des débauchés, des joueurs, des transfuges et des aventuriers venus des quatre coins de l'Europe. Tous ceux qui préféraient se cacher sous le masque de cuir du carnaval se glissaient dans cette foule bigarrée et déguisée ; les gondoles noires, longues comme des fuseaux tissaient au gré des canaux un réseau d'intrigues qui, comme une tapisserie de haute lice, racontait sous forme d'allégories le destin des hommes et de l'Europe. Elles étaient près de vingt mille, ces gondoles anonymes à sillonner les canaux où se reflétaient les façades gothiques des palais d'autrefois et celles de style classique que l'on construisait aujourd'hui. Dans le grand conflit qui déchirait l'Europe autour de la succession du trône d'Espagne, la Sérénissime République coincée entre l'Empire, la France et le duché de Savoie avait d'emblée affiché sa neutralité.

Les officiers des différentes armées présentes en Italie passaient leurs quartiers d'hiver à Venise quand ils en avaient les moyens parce que les courtisanes y étaient nombreuses et belles. Français, Napolitains, Espagnols, Hongrois, Autrichiens et Allemands, Anglais et Danois, se côtoyaient sans se reconnaître sous les Procuraties de la place Saint-Marc ou au Liston à l'heure où il était de bon ton de s'y promener ; les innombrables théâtres offraient des spectacles toujours nouveaux auxquels on s'empressait d'assister.

Ville de jeu, Venise comprenait autant de tripots que de maisons, et de salles de jeu que de palais. On jouait gros jeu ; on jouait sa vie et il n'était pas rare de voir dans l'eau glauque du petit matin le cadavre anonyme de ceux qui avaient préféré perdre leur vie plutôt que leur honneur. Ou bien c'étaient des corps masqués et transpercés de coups dont nulle enquête jamais n'éclaircissait la mort. Duel ou assassinat ? On déguisait en duels d'horribles attentats ; on provoquait des duels à seule fin de tuer.

Bonneval et son ami arrivèrent à Venise vers le soir et trouvèrent à se loger à l'auberge du Sauvage ; mais ils décidèrent de déménager dès le lendemain pour fuir la société de tous ces officiers qui séjournaient à l'auberge et parmi lesquels ils avaient déjà reconnu des Français. Ils craignaient d'être trahis et dénoncés à l'ambassadeur de France qui était un abbé très fourbe, ancien aumônier de quartier à la cour de Versailles et ami de Chamillart. Il s'appelait M. de Pomponne, et Bonneval prétendait que c'était parce qu'il passait plus de temps à se pomponner qu'en audiences pour le bien de l'Etat.

Ils trouvèrent à louer le premier étage d'une maison située au bout d'une rue morte qui aboutissait au canal de San-Samuel.

L'ambassadeur de l'Empire était le prince Ercolani que le marquis de Langalerie connaissait et avec lequel il entra immédiatement en relation. D'autre part, il connaissait quelques familles de la ville et emmena son ami chez la comtesse Pecci dont le palais se trouvait de l'autre côté du canal à San-Giustinian.

Ils descendirent au canal et n'eurent pas le temps de héler une gondole que déjà un barcarol accostait près d'eux comme s'il les attendait. Ils montèrent sans méfiance. Langalerie fut étonné de voir l'embarcation se diriger vers la douane au lieu de prendre à tribord vers le palais Pecci. Après avoir frayé son chemin dans le chenal encombré d'embarcations, le nocher s'engagea dans un canal adjacent fort étroit et obscur et s'arrêta près d'une gondole toute semblable à celle dans laquelle les deux transfuges se trouvaient.

Une main gantée de cuir écarta le rideau empêchant de voir qui se trouvait sous le felze — cette espèce de capot dont on couvrait les gondoles — et une tête masquée se pencha et leur dit en français que Son Excellence l'ambassadeur de Sa Majesté impériale et catholique les ferait prendre le lendemain à la même heure dans le plus grand secret pour les conduire en un lieu où se tiendrait une conférence qui les regardait.

Le rideau se referma; leur gondole s'écarta pour laisser passer celle de l'émissaire inconnu et ils reprirent le chemin du palais Pecci.

Bonneval s'inquiétait.

— Leur avez-vous vraiment demandé de servir sous l'Empereur? demanda-t-il au marquis de Langalerie. Ne voulez-vous pas attendre qu'on réfléchisse un peu?

— Oui, j'en ai écrit à l'ambassadeur à ce sujet.

— Mais je ne suis pas sûr de vouloir quitter aussi brusquement le service du Roi.

— Qu'allez-vous faire alors, comment allez-vous vivre? Croyez-m'en! Le plus tôt vous passerez à l'Empereur, le plus tôt vous serez en sécurité.

— Nous n'avons rien à craindre ici, personne ne peut nous reconnaître...

— Vous êtes bien léger, mon ami; je suis sûr que cet infâme Chamillard sait déjà que nous sommes ici et qu'il a déjà mandé à l'ambassadeur Pompon de nous faire arrêter!

— Il ne peut nous faire arrêter, nous sommes en terre étrangère...

— Mais il peut nous tendre un piège ou passer un accord avec les inquisiteurs d'Etat afin qu'ils nous fassent arrêter par leurs sbires et expulser du territoire de la République. D'ailleurs, il serait plus habile de nous masquer.

Ils se firent conduire chez un marchand de masques et ils choisirent des baütes que les Vénitiens appelaient « bauta ». C'était une sorte de mantelet pourvu d'un capuchon noir et d'un masque, qu'ils revêtirent pour circuler plus librement.

Le palais Pecci était une vaste demeure à laquelle on accédait depuis l'eau par un bel escalier en marbre blanc. Un nombre important de domestiques allaient et venaient vêtus de livrées rouges. Le salon était une vaste pièce au plafond décoré à fresque. Il y avait là nombreuse compagnie. On buvait du café ou du chocolat que deux nègres servaient, vêtus à la turque.

La comtesse était un modèle de beauté; la taille bien prise, les yeux d'un vert lagunaire et la chevelure magnifique de ce blond fauve des belles Vénitiennes. Jamais bouche ne fut bordée de lèvres plus vermeilles ni ornée d'un plus charmant sourire qui dévoilait des perles de nacre. Bonneval garda d'abord le masque des convenances, puis peu à peu s'enhardit et adressa force compliments à la comtesse qui riait derrière son éventail de plumes.

Un violoniste entra, suivi d'un petit homme qui alla s'asseoir au clavecin placé près d'une fenêtre. On écouta la plus agréable musique du monde. Bonneval n'en avait jamais entendu de plus douce ni de plus gaie. La comtesse Pecci fut étonnée qu'il ignorât les œuvres d'Arcangelo Corelli qui faisaient fureur en Italie. Les musiciens jouèrent plusieurs sonates et se retirèrent. Bonneval ne voulut point prendre congé que la comtesse ne lui eût promis qu'elle le recevrait en particulier pour lui faire entendre à nouveau des sonates. Elle rougit en lui tendant une jolie main que Bonneval baisa pour percevoir toute la chaleur d'une âme libertine que des principes acquis contraignaient dans une inutile vertu.

Langalerie avait retrouvé une de ses anciennes maîtresses. Elle avait rôti le balai, mais pouvait encore plaire avec sa bouche de volupté et ses yeux qui disaient le goût le plus effréné pour le libertinage. Le marquis était un roué de bon ton, avec de l'esprit, et plaisait aux femmes auxquelles il avait toujours préféré le jeu. Il raconta à Bonneval en sortant du palais que la femme avec laquelle il s'était entretenu était une princesse romaine fort riche, et généreuse si on la satisfaisait; elle avait de nouveau proposé à Langalerie de l'épouser pour lui laisser sa fortune.

— Alors, que ne l'épousez-vous, puisque vous ne cherchez que de l'argent et que vous êtes prêt à renoncer à la gloire militaire?

— C'est que je ne le puis!

— Par quelle raison, parbleu?

— C'est que je suis déjà marié!

— Vous ne m'en avez dit mot!

— Je l'oublie, cette épouse lointaine. Elle fut dame d'honneur de la duchesse d'Orléans. Mon père avait arrangé le mariage. J'ai fui après la noce et je préférai être un rat des champs en compagne qu'un rat de ville à Versailles. Allons jouer ! Je connais un endroit où nous gagnerons gros.

Ils abordèrent au quai des Esclavons et s'engagèrent dans une de ces calles étroites et obscures qu'on croit ne déboucher sur rien, où tout à coup se dressa la façade immense d'un palais. Un peu plus loin une maison de petite apparence avait une façade éteinte. Ils passèrent là la nuit dans une pièce basse et garnie de divans où des femmes, vêtues de pantalons à l'orientale, se promenaient le buste nu pour apporter sur des plateaux en cuivre ouvragé du café dans de petites tasses en porcelaine. Il s'agissait d'un établissement de jeu tenu par des Turcs. Là se retrouvaient des trafiquants, des marchands d'esclaves, des pourvoyeurs de fonds en relation avec des juifs de la ville. Ils gagnèrent beaucoup. Le lendemain à l'heure fixée, un barcarol vint les prendre au bout du jardin qui s'étendait entre la maison et le canal. Ils voguèrent un moment sur la lagune et rencontrèrent une autre gondole. Comme la veille, un homme en baüte écarta le rideau et leur dit :

— L'ambassadeur de France sait que vous êtes à Venise ; il vous cherche ; il va vous inviter à le venir voir ; surtout n'y allez pas, c'est un piège. On vous mettra en prison à Turin sous prétexte qu'à vous deux vous avez volé près de cent mille livres.

— Nous n'avons rien volé, s'écria Bonneval.

— Fuyez en Autriche, ne restez pas à Venise ; je vous ferai tenir des passeports pour Vienne. Vous avez la réputation d'être de bons soldats. Son Altesse le prince de Savoie a fait savoir à Son Excellence l'ambassadeur de Sa Majesté impériale et catholique qu'il était tout disposé à accueillir Monsieur le comte de Bonneval qu'il a eu l'occasion de voir en pleine action à Luzzara et pour lequel il est pénétré d'estime et d'admiration. Le Graf Von Starhemberg a suggéré que Monsieur le marquis de Langalerie, avec un grade équivalent à celui qui fut le sien dans l'armée du Roi et des émoluments supérieurs, pourrait commander un régiment sous Son Altesse...

— Dites à Son Excellence l'ambassadeur de Sa Majesté impériale et catholique que nous lui ferons réponse demain sur ce qu'il nous fait l'honneur de nous proposer, à l'heure qu'il vous plaira de la recevoir.

— Je ne doute pas que son Excellence se félicite de votre désir de rejoindre l'armée de Sa Majesté impériale.

— Je suis heureux qu'il s'intéresse pour nous de la sorte ; mais nous n'avons pas d'argent ; nous avons fui.

— J'y avais pensé ; voici cinq mille sequins !

Les deux gondoles s'éloignèrent et Bonneval donna l'ordre au barcarol de le déposer au palais Pecci.

La rencontre avec l'émissaire inconnu avait eu lieu derrière San-Giorgio et la gondole entrait dans le canal de la Giudecca quand vinrent à elle deux gondoles qui se séparèrent bientôt pour se placer à bâbord et à tribord de leur embarcation. Quand elles furent à hauteur, ils purent voir dans chacune deux hommes armés surgir de dessous le felze.

Bonneval comprenant immédiatement de quoi il s'agissait bondit sur le toit du felze et sabra vigoureusement. Langalerie l'imita et au bout d'un court combat, ils se libérèrent de leurs assaillants et purent s'enfuir. Ils décidèrent de quitter Venise tout de suite après qu'ils auraient reçu les passeports.

Bonneval voulait revoir Madame Pecci. Il la trouva chez elle dans un cabinet où l'une de ses femmes la coiffait. La lumière tombait de la fenêtre sur ses longs cheveux blonds qu'ils traversaient de rayons dorés. Il eut envie d'elle ; là, tout de suite, avant même de se jeter à ses pieds, mais il se contint sans rien manifester de son émoi dans la crainte qu'elle ne voulût seulement se jouer de lui. Devant la femme de chambre, ils purent parler tout à loisir en français ; ils échangèrent ces doux propos qui deviennent de plus en plus aimables jusqu'à susciter enfin le goût de la caresse.

Dans son palais la comtesse se sentait surveillée ; son mari pouvait surgir, ou l'un de ses fils. Ils montèrent en gondole afin de se mettre à l'abri des regards. Le felze à l'intérieur ressemblait à une alcôve. Les parois étaient tendues de satin rouge bordé d'une cimaise de satin noir. La zénia, ce tapis qui couvre le sol des gondoles et n'est ordinairement qu'un tapis de lisière, avait tout le moelleux et les belles couleurs d'un tapis turc. De plus, un grand divan fort bien conditionné avec des carreaux rembourrés de plume permettait de s'allonger. On était caché du barcarol par des rideaux.

Madame Pecci portait une robe ravissante en satin gris, ornée de dentelles si bien distribuées qu'on voyait dans leur lacis délicat tout ce que la nature avait donné à cette femme pour rendre un homme amoureux. Sa peau semblait plus fine que l'étoffe qui la voilait ; et quand elle s'assit au bord du divan apparurent des jambes que les grâces elles-mêmes avaient moulées. La cheville était d'une finesse à se briser et le pied semblait sculpté par le ciseau de Praxitèle.

— Vous prendrez bien un peu de Sillery ?

— Quelle délicieuse compagnie vous faites, Madame !

— Je vous répondrai qu'il y a peu de Vénitiens qui aient votre esprit.

Après quelque temps de ce badinage classique qui les avait enflammés, après avoir vidé deux bouteilles de champagne qui avaient plongé la comtesse dans cet état qui prélude à la fureur amoureuse, Bonneval approcha ses lèvres de cette bouche humide de la plus suave volupté, qui s'entrouvrait en laissant paraître une langue ravissante. La comtesse se pâma.

Dès qu'elle sentit près du sanctuaire de l'amour le ministre qui devait accomplir le sacrifice, elle perdit le silence qu'impose la bienséance. Bonneval pensait à Vienne ; à la vie qui l'attendait là-bas et, pendant que cette femme gémissait en italien, il se demandait comment la gloire arriverait jusqu'à lui mais ne doutait pas qu'elle vînt. On lui avait prédit un grand destin. Le jour de sa naissance, ce 14 juillet 1675, un orage dévasta la contrée tout autour de Bonneval et de Coussac et la foudre écrasa le clocher du village. L'horoscope tiré par le curé était inexplicable puisqu'il représentait un aigle tenant dans son bec une fleur de lys et surmonté d'un croissant. Seule l'image de l'aigle avait une signification claire pour le curé ; cela présageait la gloire de l'enfant. C'est pour cela que le marquis de Bonneval appela son fils Alexandre.

La comtesse Pecci était tendre avec Bonneval et gisait à moitié endormie. Ils firent des plans pour se revoir ; le comte Pecci devait se rendre à Vienne pour une mission secrète. La comtesse parlait français comme de source et lançait la tête en arrière quand elle riait aux éclats ; elle avait une jolie voix et elle lui avait fredonné un air de Corelli qu'il aimait. Ils partiraient le lendemain matin et monteraient d'une traite jusqu'au Trentin.

Bonneval n'était pas déterminé à se donner aux ennemis de la France ; il l'était à se soustraire à la justice ou à l'injustice du Roi et cherchait à la cour de Vienne un refuge provisoire.

Vienne, en ce temps-là, était en plein essor. Autour de l'ancienne ville plusieurs fois assiégée par les Turcs, affamée, incendiée, au-delà du glacis qui devait rester dégagé pour la défense, les grandes familles nobles de l'Empire avaient toutes fait construire des palais suivant la mode. Le prince Eugène de Savoie avait édifié le plus somptueux de tous, entouré de jardins magnifiques et pourvu d'une ménagerie qui regroupait des animaux sauvages que l'on avait capturés à grands frais dans la jungle d'Afrique. Ce palais était appelé le Belvédère. On dominait de là les alentours comme le prince Eugène dominait Vienne de son génie et de sa petite taille.

Le prince fit appeler Bonneval dès son arrivée en ville mais ne voulut pas voir le marquis de Langalerie.

Il reçut Bonneval dans un grand salon blanc dont les plafonds étaient peints à fresque et les lambris chargés de dorures. De plus loin qu'il le vit, il se leva et vint à sa rencontre. Celui qui osait tenir tête à Louis XIV était un petit homme rabougri, sans allure, chafouin à peau blafarde et aux joues flasques marquées de la petite vérole, sans beauté, sans grâce particulière, avec une lèvre un peu pendante, des yeux petits mais vifs et une constitution qui inspirait tout sauf la force. Mais pourtant quelque chose de fort, d'intrépide même émanait de cet homme nerveux, tendu, dont le ton était aimable et les manières des plus exquises.

Eugène était né le 18 octobre 1663 en l'hôtel de Soissons à Paris, le prince Eugène Maurice de Savoie-Carignan qui devait devenir comte de Soissons, titre qu'il tenait de son grand-père maternel, et d'Olympe Mancini. Son père mourut quand Eugène eut dix ans. C'est alors que la comtesse de Soissons glissa peu à peu de l'intrigue où elle avait toujours vécu à l'astrologie et aux sciences occultes jusqu'à tremper dans l'affaire dite des poisons. Elle avait fait préparer un philtre d'amour qui devait ramener à elle le royal amant qui l'avait abandonnée.

Louis XIV laissa à Olympe le choix entre quitter le pays ou être transférée à la Bastille afin d'y être jugée. La comtesse de Soissons emballa ses bijoux et quitta Paris par une froide nuit d'hiver.

Eugène et ses frères et sœurs furent confiés à leur grand-mère Marie de Bourbon-Soissons, princesse de Carignan. Il restait peu d'argent pour eux. Le plus affecté par l'exil de sa mère fut Eugène qui avait seize ans. Il gardait un bien mauvais souvenir du départ de sa mère au milieu des manifestations de rue organisées par Louvois qui la haïssait et de la pluie d'insultes subie par cette femme. Eugène en ce temps-là adorait sa mère. Il avait vécu son adolescence dans les désordres de l'hôtel de Soissons, au milieu d'une cour de garçons efféminés dont faisait partie le jeune abbé de Choisy qui était toujours habillé en demoiselle; on racontait qu'Eugène lui-même se plaisait à tenir un rôle féminin dans le groupe, qu'il se travestissait en femme et que ses contemporains l'avaient surnommé « Madame l'Ancienne ».

Dès l'âge de dix ans, on l'avait destiné aux ordres. C'était un ordre du Roi qui n'aimait pas ce prince travesti. Il fut tondu de force et dut porter la soutane. Le Roi l'appelait le « petit abbé ». Il n'avait ni bonne mine ni l'air noble et la duchesse d'Orléans écrivait à ses correspondants « qu'il avait de grandes dents qui lui sortaient de la bouche, qu'il était malpropre, qu'il avait les cheveux gras et ne les frisait jamais ».

Eugène souffrait et commençait à haïr ce roi qui avait fait le malheur de sa mère et voulait faire le sien. Religieux, il n'était pas question qu'il le fût; cet état lui faisait horreur. Alors, entre sa dix-septième et sa dix-huitième année, il changea tout à coup; il abandonna ses amis efféminés, développa son corps par la gymnastique et s'imposa une discipline de fer afin de prouver à tous qu'il était un homme. Il lisait *la Vie d'Alexandre le Grand* de Curtius et s'identifia à ce célèbre modèle. Quand il se sentit prêt, il demanda à son ami le prince de Conti de la présenter au Roi afin qu'il puisse lui demander l'autorisation d'entrer dans l'armée. Mais le Roi reçut le jeune homme avec malveillance et interdit au prince Eugène de prétendre à un autre état que celui de prêtre.

Eugène alors décida de quitter le pays sur-le-champ et de s'enrôler dans une armée étrangère. Il se jura qu'il ne rentrerait en France que les armes à la main.

Un des frères d'Eugène, Louis-Jules, qui était entré au service de l'Empereur un an auparavant, y avait été chaleureusement accueilli et, grâce à son cousin le margrave de Bade, avait reçu le commandement d'un régiment de dragons; mais il s'était fait tuer quelque temps après lors de la bataille de Petronell contre les

Turcs en 1683. Quand il apprit sa mort, Eugène décida de s'enfuir en Autriche et de reprendre le régiment de son frère. Il persuada son ami le prince de Conti de partir avec lui et ils se mirent en route pour Vienne déguisés en femmes et armés d'énormes épées. Dès que le Roi apprit leur fuite, il devint furieux, mais plutôt contre le prince de Conti. Comment était-il possible que son gendre, le mari de la fille qu'il avait eue avec Mme de La Vallière, le neveu du Grand Condé, pût s'enfuir publiquement avec un homme — si l'on pouvait donner au prince Eugène le nom d'homme — et passât dans le camp des Habsbourg ? Le Roi ordonna la fermeture des frontières, mobilisa ses missions diplomatiques et dépêcha un envoyé spécial à leurs trousses. Ils furent arrêtés à Francfort. Les menaces et les pressions faites sur le prince de Conti furent telles qu'il rebroussa chemin après avoir offert une bague de valeur à son ami qui prit la route de Vienne tout seul, sans argent. Le Roi ne le regrettait pas ; nul ne pleurait la perte du petit abbé.

L'Empereur reçut Eugène dont les nouvelles manières tout à fait ascétiques, si peu au goût de la cour de France, lui plurent. Il n'était ni fort, ni imposant, ni autrichien, mais c'était un réfugié français impatient de se battre. Cela suffisait.

Ce jour-là, le prince Eugène était vêtu de couleurs sombres et ne portait aucun ornement. Il faisait une tache terne au milieu du décor magnifique qui l'environnait. Le prince collectionnait les œuvres d'art pour lesquelles il nourrissait une passion et dont il emplissait son palais comme celui d'un roi d'Orient.

— Je vous ai vu à Luzzara, dit le prince à Bonneval ; je vous ai admiré et j'ai conçu pour vous une estime immédiate.

— L'honneur que vous me faites, Monseigneur...

— Je voudrais que vous fussiez pour moi un ami, un confident et non point que vous vous adressassiez à moi comme si je fusse votre maître. Lors de la bataille de Luzzara que j'ai perdue à cause de votre bravoure, j'ai perdu aussi mon meilleur ami le prince de Commercy que j'aimais comme mon frère.

— J'en ai entendu l'éloge ; c'était un homme brave, dit-on !

— Vous êtes téméraire ; au courage, vous ajoutez l'audace ! Je vous ai vu dressé sur votre cheval en haut de la digue, seul au milieu des Allemands déchaînés, le premier des soldats pour donner l'exemple sans pourtant donner l'idée que vous cherchiez à vous faire tuer. Non, il semblerait plutôt que la mort n'est rien pour vous.

— Vos compliments m'honorent, Monsieur, mais je crains qu'ils soient exagérés. Je prends goût au combat comme d'autres aiment la chasse ; si j'aime le jeu c'est pour gagner, et la guerre pour vaincre !

— On m'a dit en effet que vous étiez joueur. Si vous voulez faire votre place à Vienne, dissimulez vos désordres ; ils ne seraient pas au goût de ces gens-ci. En France on peut beaucoup ; ici, moins ; les mentalités sont plus simples et les usages plus grossiers. Les Allemands ne sont pas lourds que dans leur parler ; d'ailleurs vous ne devriez pas vous montrer avec le marquis de Langalerie ; il n'est pas de bon ton.

— Cet homme m'a sauvé la vie, alors comment voudriez-vous qu'il m'importe qu'il soit de mauvais ton ?

— Vos sentiments vous honorent. Vous êtes capable d'amitié ; si l'on venait vous dire de moi par exemple... je ne sais pas... que je puisse préférer Apollon à Vénus... l'amitié vous pousserait-elle aussi à prendre ma défense ?

— Je suis honoré, Monsieur, que vous me demandiez d'être mon obligé.

La simplicité d'Eugène n'était pas seulement dans sa mise, mais dans ses manières générales. C'était un soldat. Il n'était pas vaniteux. Il parlait de lui à cœur ouvert et Bonneval répondait sur le même ton. Ils devinrent amis. Il fut réglé tout de suite que Bonneval aurait d'abord un régiment de deux mille hommes et que ce régiment porterait son nom.

— Nous ferons se repentir le Roi, dit le prince Eugène, du peu de considération qu'il affecte d'avoir pour les gens de mérite.

A vingt ans, Eugène s'était distingué au siège de Vienne par les Turcs. C'était en 1683. La peur fut grande en Europe de voir le grand Sultan remonter très avant en Europe. Jean Sobieski, qui avait hypothéqué ses propres biens pour financer l'armée, donnant ainsi l'exemple du désintéressement que devrait toujours montrer un chef d'Etat, avait battu les Turcs et les avait obligés à lever le camp.

A trente-quatre ans, Eugène obtenait de l'Empereur le commandement et remporta la victoire à Zenta sur le Grand-Seigneur en personne, le Sultan des Turcs Mustapha II, qui amena la paix de Carlowitz.

Bonneval avait trente et un ans et n'était connu que pour ses frasques et ses duels.

A Vienne, tout le monde ne portait pas le prince dans son cœur. S'il était un des personnages les plus importants de la monarchie, il n'était pas le plus aimé. On lui reprochait d'être glorieux et de ne pas parler allemand. Eugène indiqua à Bonneval ceux qui ne l'aimaient pas quoiqu'ils fissent semblant du contraire.

Eugène eut à cœur que l'empereur Léopold reçût son ami le plus tôt possible. L'empereur Léopold accueillait et aimait tous ceux qui pouvaient l'aider à vaindre les ennemis de l'Empire. Il était monté sur le trône à l'âge de dix-huit ans, à la mort de son frère. L'Empire était en guerre contre la Porte ottomane. Louix XIV, pour l'aider à vaincre les Turcs, lui envoya un corps de six mille Français choisis qui prirent une grande part à la victoire que le maréchal Montecuculi remporta sur les bords du Raab le 1er août 1664. En remerciement de quoi Léopold garda toujours pour Louis XIV une sourde rancune nourrie d'une insatiable jalousie. Louis XIV était le lion de la Fable, les autres souverains se disputaient les dépouilles des autres animaux. On montrait du doigt les grenouilles qui voulait ressembler au bœuf, on nommait le rat qui se retirait dans son fromage, mais l'Autriche n'avait jamais couru au secours de la France. Mais Louis XIV avait engagé ses armées et la fleur de sa noblesse pour guerroyer contre les Turcs... Léopold eut ensuite à combattre la noblesse de Hongrie qui voulait que son roi fût hongrois et non autrichien. Il se montra sans pitié pour les révoltés. Il fit couler le sang sur les échafauds. Le comte Tekeli pourtant, à la tête des Mécontents, fut reconnu prince de Hongrie par les Turcs et les appela dans l'Empire, préférant transiger avec les musulmans qu'avec le pouvoir de Vienne. Une armée de deux cent mille hommes déferla sur Vienne et mit le siège devant la ville. L'Empereur eut peur et s'enfuit. Il ne savait ni manier une épée ni monter à cheval et n'aimait que la musique jusqu'à la passion. Jean Sobieski sauva sa couronne.

En commémoration de la libération de Vienne, on confectionna des petites brioches auxquelles on donna la forme du croissant, emblème de la sublime Porte. Ces pâtisseries le plus souvent en pâte feuilletée remportèrent un furieux succès...

La protection du prince Eugène fit que tout le

monde s'empressa autour de Bonneval. Il fut de toutes les fêtes. Sa faveur lui donnait un éclat qu'il soutenait par son mérite et par l'agrément de sa personne. De plus, on disait de lui qu'il avait la qualité d'aimer la guerre et de l'entendre. Dans cette cour comme dans toutes les cours, ceux qui gouvernaient sous l'Empereur n'étaient pas amis : chacun avait ses vues, ses créatures, et la vie de cour s'animait d'incessants conflits, de guerres intestines, de haines, de jalousies, de pièges qu'une politesse rigoureuse, qui voulait prendre son modèle à Versailles, cachait aussi soigneusement que les lambris dorés dissimulaient les murailles. On ne songeait qu'à s'élever, à plaire ou à nuire ; on ne connaissait pas l'oisiveté, on était toujours occupé à des intrigues. Eugène mit Bonneval au courant du caractère des principaux courtisans, de leur degré de crédit. Il lui désigna parmi ses amis ceux qui feignaient de l'être et ceux-là qui étaient indifférents à tout, même à leurs intérêts, par désinvolture ou par paresse. Il l'avertit de se faire aux manières allemandes le plus vite possible, d'apprendre la langue et d'éviter d'être des parties du roi des Romains. C'était le fils aîné de l'Empereur, celui qui serait empereur à la mort de son père. Il avait été élu roi des Romains en 1690, titre que portait l'héritier présomptif du trône impérial. C'était un homme aux mœurs libres qui s'adonnait au jeu et en disgrâce auprès de son père l'Empereur qui n'aimait que la musique, rien que la musique, et passait son temps enfermé dans son palais à en composer lui-même et à écouter celle des autres, abandonnant les affaires d'Etat à ses ministres et la défense de son empire à ses généraux.

Le prince Eugène invita Bonneval à s'installer chez lui. Il mit à sa disposition un bel et vaste appartement au Belvédère, dont les fenêtres donnaient sur l'un des plus magnifiques jardins qu'on pût imaginer. Le prince l'avait meublé avec magnificence et n'aurait pas été plus attentif s'il avait installé à demeure une maîtresse qu'il eût adorée.

A Vienne même, dans son palais d'hiver, Son Altesse proposa aussi un appartement à son ami, au dernier étage de la haute et somptueuse demeure. Il lui donna un équipage pour se déplacer, composé de huit splendides chevaux bais et d'un carrosse sur les portières duquel avaient été peintes les armoiries des Bonneval. Pour le servir, il eut un domestique français nommé Lacloche, ce qui fit sourire Bonneval.

— Mon brave, lui dit le comte, faites en sorte que je n'aie jamais à vous sonner !

— Je serai l'ombre de Votre Excellence !

— Connais-tu bien Vienne ?

— Comme ma poche !

— Et crois-tu que je puisse te faire confiance ?

— Comme à vous-même !

— Alors mieux vaut que je ne te mette jamais dans aucun de mes secrets, dit le comte avec bonne humeur.

— Pourquoi Votre Excellence m'a-t-elle demandé si je connaissais Vienne ?

Bonneval se méfiait de Lacloche parce qu'il était un domestique du prince ; aussi s'était-il ravisé avant de lui demander de se mettre en quête d'un logis agréable où il pourrait recevoir qui bon lui semblerait sans qu'on le sût.

Il trouverait lui-même ce logement bien qu'il ne connût pas Vienne. Son instinct d'homme aimant le plaisir le guiderait vers ces faubourgs qui sentaient la bière, où les filles étaient jolies, blanches et faciles et où les hommes les jouaient aux dés comme cette musique légère qu'on entendait dans les tavernes et qu'aimaient les Viennois et sur laquelle près du

Danube on dansait l'été jusqu'au petit matin. Le marquis de Langalerie, qu'il voyait en cachette, lui avait parlé de tripots ; il faudrait bien qu'il allât voir ; il ne souffrirait pas de rester toujours enfermé dans les demeures princières, surveillé comme dans une prison, au milieu des marbres et des bronzes, des statues de dieux, de déesses et de nymphes nus, suscitant le désir sans jamais l'assouvir et mettant sous les yeux des attraits agrandis, parfois simplement drapés d'un marbre de couleur différente. Chaque fois qu'il descendait le grand escalier du palais d'Hiver, que des atlantes immenses soutenaient, son regard se perdait dans les scènes mythologiques peintes aux plafonds où la beauté d'Apollon éclatait comme la guerre, tandis que sur la peau d'Omphale le soleil du soir mettait ses reflets pâles.

Non, il était à peine arrivé qu'il rêvait déjà d'aller caresser des chairs populaires et mortelles qui mettraient dans son cœur l'odeur vraie de l'amour et du plaisir facile.

Eugène partit faire la guerre contre les Français ; on laissait à Bonneval le temps d'entraîner son nouveau régiment. Pendant cette absence, Bonneval ne manquait pas de faire la cour à l'Empereur. Ce prince était inquiet de savoir la guerre si près de lui et parlait déjà de s'enfuir si les armées françaises déferlaient sur sa capitale. On craignait que l'Autriche fût à la veille d'être investie par son redoutable ennemi. Le roi de France s'apprêtait à mettre en pièces l'empire des Habsbourg et il réussirait, si l'Alliance ne parvenait pas à l'arrêter. Marlborough à la tête des armées des Puissances Maritimes, le prince Eugène commandant celle de l'Empire, conduisaient une armée dépenaillée, mal payée, mal nourrie, moins entraînée que l'armée du Roi.

L'empereur Léopold questionnait Bonneval sur la situation en France, sur ses ressources, sur le caractère des Français et l'esprit qui régnait à Versailles. Bonneval ne connaissait pas la Cour, mais en avait assez entendu parler pour en faire un tableau ressemblant. Bonneval expliquait à l'Empereur que la France était une ennemie formidable, qu'elle ne manquait ni de soldats ni d'officiers excellents, mais il dit aussi qu'elle perdrait la guerre parce que Chamillart était un mauvais ministre mis en place par la maîtresse du Roi ; qu'il y avait à Versailles une cabale de dévots depuis que cette femme y régnait et que le Roi vieilli écoutait de mauvais conseils et faisait perdre à la France tout ce qu'il lui avait apporté. Ces dévots voulaient exclure du commandement tous ceux qui n'allaient pas à la messe. Il y avait en France deux partis opposés : l'un qui approuvait les efforts qu'on faisait pour soutenir le duc d'Anjou sur le trône d'Espagne, l'autre qui les blâmait. Les deux partis s'affrontant sans cesse, le secret était impossible et la France s'enlisait.

— Comment ce roi pourrait-il gouverner l'Europe, demanda l'Eupereur, s'il ne parvient pas à faire régner l'ordre chez lui ! Tous ces désordres autour de lui, ces meurtres et même l'assassinat, dit-on, de ses enfants entre eux évoquent la Cour de l'antique Rome. Ce roi a toujours cherché à diviser pour régner ; voilà le fruit de ses entreprises ! On se bat jusque sous son nez et ses meilleurs hommes le quittent parce qu'il leur préfère des favoris ! Non, les Français ne nous gouverneront pas !

Bonneval, devant son impérial interlocuteur, se dominait mais il n'aimait guère entendre dire par la bouche d'un étranger du mal de son pays et de son Roi. Qu'il en dît lui-même l'amusait mais qu'un

Autrichien se mît à dauber sur le plus grand roi de la terre, non, cela n'était pas possible.

L'Empereur voulait que Bonneval lui parlât des généraux. Celui-ci dit que le maréchal de Villars savait conduire une armée, que Marsin était moins à redouter ; que le maréchal de Tallard, qu'on enverrait à leur secours si les Anglais réussissaient à rejoindre Eugène et le prince de Bade, n'était pas doué de génie ; que le maréchal de Villeroi était une oie et trop peu estimé des troupes pour qu'il pût réussir quoi que ce fût, mais que le duc de Vendôme, sous les ordres duquel il avait eu l'honneur de combattre, était un très grand chef qui joignait l'imagination au métier qu'il possédait au plus haut point, et qu'il n'y avait que le prince Eugène qui pût lui tenir tête.

Peu de temps après arrivèrent des nouvelles de la bataille de Hochstaedt que les Anglais appelèrent Blenheim.

L'Empereur fit avertir Bonneval dès qu'il sut que l'Alliance avait écrasé les armées françaises. Bonneval se rendit au palais que Sa Majesté s'était fait construire à Leopoldstadt, et alors qu'il entrait dans le salon où se tenait l'Empereur entouré de quelques courtisans, ce dernier, du plus loin qu'il le vit, lui cria : « Vous l'aviez bien dit, les Français sont battus comme ils ne l'ont jamais été. Le duc de Marlborough me mande qu'il a fait prisonnier le maréchal de Tallard ! » Cette nouvelle qui résonna sous les hauts plafonds du palais affligea Bonneval. La France battue ! C'était un comble. Mais il dissimula et accepta de boire le vin du Rhin que l'Empereur fit servir dans des verres en cristal de Bohême qui avaient la couleur de l'or, pendant qu'un petit orchestre jouait une pièce de sa composition que Bonneval trouva sublime par courtoisie. Bonneval s'était fait faire quantité de vêtements de cour qui lui seyaient fort bien. Les dames le remarquaient mais il n'avait encore fait la cour à aucune d'elles ; l'entraînement de son régiment l'occupait tout entier.

Beaucoup de soldats du régiment de Labourd qui était resté en Italie désertèrent après le départ de leur colonel et le joignirent à Vienne. Bonneval qui les connaissait bien leur demanda d'apprendre l'allemand et s'en servit comme d'instructeurs pour former à ses manières le reste des hommes qu'il enrôlait en choisissant de préférence de grands et forts Allemands.

Le roi des Romains vint un jour le voir à l'exercice. Bonneval s'appliqua à prouver l'adresse et l'excellence de son régiment. Le roi des Romains fut content et voyant les soldats qu'il avait dressés, il dit à Bonneval que deux mille hommes entraînés comme ils l'étaient en valaient bien quatre mille. Il invita Bonneval à le venir voir le soir dans son palais.

Bonneval s'y rendit malgré les avertissements du prince Eugène et trouva là une cour jeune, plus animée que la cour de l'Empereur, plus gaie aussi. Comme une ombre dans ce tableau clair, le mentor et le confident de Joseph, le prince de Salm, était un Flamand possédant mal la langue allemande et qui détestait le prince Eugène et, par conséquent, tous ses amis. Il était dans une grande considération par le crédit qu'il avait sur le roi des Romains et jamais favori n'avait porté l'orgueil et la vanité à un si haut point. Quelques tables étaient entourées de joueurs et le roi des Romains invita Bonneval à s'asseoir à la sienne pour une partie de cartes. Ils jouèrent ensemble longtemps avec une passion commune, pontant à tour de rôle des sommes importantes et prenant un plaisir évident à s'affronter de la sorte. Le roi des Romains ne jouait pas les rois et traitait les gens présents en amis plutôt qu'en courtisans.

La comtesse Batthyany faisait souffler sur cette cour un air léger, presque français, pourtant elle venait de Budapest et parlait français avec une pointe d'accent slave. Bonneval la vit; elle lui plut. C'était une femme plutôt courte de taille, aux beaux yeux verts, et d'une certaine beauté; Eléonore Batthyany était la veuve d'un officier hongrois. Sous sa langue les r roulaient et son rire tombait en cascade d'une des plus jolies bouches qu'on pût voir. Malgré sa petitesse, elle avait le corps d'une statue descendue de son piédestal dans la grande galerie du Belvédère. Bonneval imaginait à raison que sa chevelure défaite lui recouvrait les fesses qui étaient comme du marbre blanc et restaient fermes sous la caresse. Il émanait de cette femme quelque chose de puissant qui allait bien avec la guerre; sa robe était sombre comme la forêt de Transylvanie, ses yeux verts comme le ciel des Carpathes. Ils se retrouvèrent tard dans la nuit, à l'insu de tous, au premier étage d'un palais de la Landstrasse. Leurs corps signèrent un pacte de plaisir qu'ils gardèrent secret. Bonneval se cachait de faire la cour au roi des Romains; Mme Batthyany se faisait faire la cour par ce même roi et l'avait envoyé voir le régiment de Bonneval à seule fin de faire la connaissance de cet aimable Français dont tout Vienne parlait et dont s'était épris le prince de Savoie.

Eugène rentra de sa glorieuse campagne. Un triomphe fut organisé. On donna des fêtes partout et l'Empereur ordonna un grand bal. Eugène ne quittait pas Bonneval et le montrait à tous comme son meilleur ami, pendant que la comtesse Batthyany, vêtue d'une robe bleue comme le manteau du roi de France, ne perdait pas Bonneval des yeux. Elle dansa plusieurs fois avec lui et se trouva jalouse quand il souriait à une autre femme et lui adressait quelques compliments en français. C'était à Vienne la langue de l'amour ; la langue des conversations subtiles où l'on maniait le paradoxe comme l'épée.

Avec la comtesse Batthyany, Bonneval jouait de l'équivoque que le français plus qu'aucune autre langue rend facile et se donnait le plaisir de montrer de l'esprit à ces Viennois qui l'adoraient parce qu'il était français.

Eugène racontait à Bonneval la bataille de Hochstaedt.

— Les Français ne valent plus rien ; c'est la fin ! Ils se sont laissé battre. Quels généraux ! Vendôme n'était pas là ! Quelle pitoyable conduite ! Faire battre la cavalerie sans lui donner aucun soutien d'infanterie ! Je n'ai garde de parler de la sorte en public ; notre gloire en souffrirait ; sur mon honneur, un enfant les aurait battus. Tallard n'était pas à son aile quand on l'a attaqué ; il s'est fait prendre étourdiment avec deux de ses aides de camp !

Les liens d'amitié des deux hommes se resserrèrent. Malgré le silence dans lequel Bonneval tenait sa liaison avec la comtesse Batthyany, il semblait que les deux hommes n'eussent aucun secret l'un pour l'autre. Ils se voyaient tous les jours, dînaient et soupaient ensemble, allaient au spectacle, en suite de quoi Bonneval se glissait dans l'alcôve de la Landstrasse qu'il quittait au petit matin pour rentrer au Belvédère ou au palais d'Hiver. L'empereur Léopold mourut en écoutant un concerto de sa composition. Le roi des Romains monta sur le trône de son père avec le titre de Joseph Ier. L'estime et l'amitié qu'il avait pour Bonneval ne se démentirent pas. L'hiver viennois commença dans la joie.

Le nouvel Empereur était jeune et plutôt beau pour un Habsbourg. La nature lui avait épargné leur disgracieux prognathisme. Et pendant qu'à Versailles la mort peu à peu étendait son masque de tristesse et son voile de silence, Vienne bruissait sous la musique. Partout l'on entendait de la musique. La Cour du nouvel empereur était nombreuse et plus brillante que celle de son père. Bonneval y paraissait nimbé de son succès. On pouvait désormais jouer à la Cour et Bonneval joua un train d'enfer qui l'enrichit. Cela provoqua des rumeurs orchestrées par l'envieux prince de Salm contre ce nouveau favori et contre les Français qui régnaient sur la cour de Vienne.

Le prince Eugène vint enfin lui annoncer qu'il l'avait demandé à l'Empereur pour le servir en Italie. Bonneval accueillit cette nouvelle avec joie ; on lui donnait l'occasion de prouver son talent.

Par bonheur pour les Autrichiens, le maréchal de Villeroi se fit battre en Flandre dès l'ouverture de la campagne. Il abandonna la France aux Anglais et aux Hollandais. Ce désastre obligea Louis XIV à rappeler une partie des troupes qui marchaient en Italie et le duc de Vendôme pour remplacer Villeroi dans le Nord. Le duc d'Orléans remplaça Vendôme mais n'eut pas carte blanche de la Cour ; il devait se ranger aux avis du duc de La Feuillade. C'était le gendre de Chamillart et le plus malhonnête homme du monde. Il fut nommé pour aller combattre le duc de Savoie qui était passé du côté des Autrichiens et partit faire le siège de Turin en mai 1706. Vauban qui avait fortifié la ville offrit de diriger le siège comme ingénieur.

« J'espère prendre Turin à la Cohorn ! » répondit avec suffisance le maréchal de La Feuillade. (Cohorn était le Vauban hollandais.) Mais le siège traînait en longueur et La Feuillade ne prenait rien du tout et donna au prince Eugène le temps d'arriver. Le duc d'Orléans vint devant Turin, mais ses justes observations contrariées par La Feuillade ne servirent qu'à prouver sa supériorité.

Le prince Eugène et le duc de Savoie tenaient de

fréquents conseils auxquels participait Bonneval. Eugène était un excellent général et Bonneval força son estime par ses observations. Le prince soutenait que les Français ne les empêcheraient pas de passer les deux fleuves qui les séparaient de la ville, pour aller camper dans la plaine dite des Mille-Fleurs.

Quand ils furent seuls, le prince Eugène révéla à son ami qu'il savait tout ce qui se décidait à Versailles, d'où la campagne était menée, par le duc de Savoie qui avait ses intelligences à la cour de France. Bonneval n'aimait pas le duc. Il se rappelait les déboires du maréchal de Catinat à cause des trahisons de Sa Fourberie du Piémont, comme il se plaisait à l'appeler.

Eugène décida de forcer le quartier dit du Ballon parce qu'il savait que les retranchements étaient mauvais de ce côté-là. A peu de distance du centre de Turin, les hauteurs de Superga permettaient une vue magnifique de la ville. Eugène, accompagné du duc de Savoie et de Bonneval, chevaucha jusqu'à leur sommet afin de lorgner les lignes ennemies. Ils furent stupéfaits. Les Français étaient dans un complet désordre et n'avaient même pas achevé les lignes de circonvallation au nord-ouest de la ville. Eugène se tournant vers les deux autres dit : « Il me semble que ces gens-là sont à demi battus. » Eugène fit le vœu de délivrer la ville ; le duc de Savoie celui de faire édifier une église pour commémorer la victoire, et par la suite, la basilique de la Superga fut construite en souvenir de cet événement. Eugène décida de contourner la ville à partir de la villa Stelloni et d'attaquer l'ennemi entre la Doire et la Sture là où les retranchements étaient les plus faibles. Il fit part de ses intentions au Graf Von Daun qui était à l'intérieur de la ville assiégée par les Français pour qu'il s'apprête à tenter une sortie de la forteresse, le moment venu. Le soir du 6 septembre, Eugène et ses trente mille hommes étaient en position de bataille rangée. Bonneval, à la tête de son régiment, avec son uniforme de colonel impérial aux couleurs de sa famille, évoquait un modèle de peinture ; le prince Eugène le regardait comme tel, quand il le vit se préparer à l'offensive.

A l'aube du jour suivant, les armées impériales avancèrent. Bonneval dès le début de la bataille s'illustra par un coup d'éclat. Il réussit à retourner contre les Français leurs propres canons. Les impériaux se battaient bien. Aux contingents d'Autrichiens et d'Allemands se joignaient des Hongrois. La cavalerie était sous les ordres du brillant baron de Kriechbraun et l'infanterie sous ceux du marquis de Langalerie. Il y avait aussi un corps d'infanterie prussienne sous le commandement de Leopold d'Anhalt-Dessau qu'Eugène avait surnommé le Bouledogue parce que ses joues tombaient sur ses mâchoires édentées en lui donnant l'air endormi d'un vieux chien. Mais au combat sa rage devenait aussi celle d'un chien féroce et il se lançait en avant, sabre au clair, en se donnant en exemple aux soldats.

Le nombre de morts était considérable. Depuis que la baïonnette avait fait son apparition sur les champs de bataille de la guerre de Succession d'Espagne, on tirait mieux et plus vite. Les Français avaient inventé la baïonnette à douille qu'on fixait directement au bout du fusil dont on faisait à la fois une arme de jet et une arme d'hast. Vauban en avait imposé l'usage à toute l'infanterie du Roi en 1706. Les impériaux adoptèrent alors le même usage et les morts sur les champs de bataille augmentèrent considérablement. Les combats furent plus féroces qu'avec la lourde pique d'autrefois qu'il fallait transporter en plus de son mousquet.

Eugène se battait en première ligne et Bonneval

près de lui. Le cheval du prince fut tué sous lui. Eugène tomba en semant la consternation dans les rangs, jusqu'au moment où il se releva en criant qu'il n'avait rien et, en enfourchant un nouveau cheval magnifiquement caparaçonné aux couleurs de la Maison de Savoie, il reprit le combat.

Bonneval, en se battant, s'était éloigné des premières lignes et se mettait à la merci du détachement de Français qui fondaient sur lui. Ils étaient des ennemis par le seul fait qu'ils attaquaient ; compatriotes ou non, il y avait en face de lui des hommes qui cherchaient à le tuer. De toute façon, les guerres européennes se faisaient entre frères ; alors, un peu plus ou un peu moins ne changeait rien à la question. Les balles pleuvaient autour de lui. Un cavalier allait l'atteindre quand tout à coup le cheval de cet homme éclata sous lui. Le cavalier s'effondra au milieu des viscères de l'animal mourant. Bonneval n'était plus seul. Un détachement de Hongrois l'entourait et lui prêtait main-forte. Les heyduckes brandissaient un sabre courbe qui envoyait les têtes comme des balles en l'air.

Les Français se battirent mal. Marsin, voyant que tout était perdu, chercha à se faire tuer. Il courait en avant dans les endroits les moins protégés à la merci d'une balle ; il fut mortellement blessé. Le duc d'Orléans, quoiqu'il ne cherchât pas la mort, fut blessé à l'épaule ; la blessure était grave et le rendit incapable d'agir ; il était assommé de douleur ; le narcotique que les médecins lui administraient afin qu'il souffrît moins faisait le reste et il gisait au fond de sa tente, inconscient. L'offensive avait eu lieu et était quasiment terminée.

Bonneval passait sur son cheval au milieu d'un champ couvert de blessés quand tout à coup il vit son frère : César-Phoebus ! Que faisait-il là ? Il le croyait dans les Flandres avec Vendôme ! Il se jeta en bas de son cheval et s'agenouilla près du blessé. Ils ne dirent rien et se tenaient la main en attendant du secours. Bonneval fit enlever son frère rapidement et transporter à l'hôpital constitué par un ensemble de tentes à l'écart du champ de bataille.

Dès qu'il eut mis son frère à l'abri du danger, il se précipita à nouveau en première ligne. Non loin de lui, Langalerie se battait avec la même fureur afin de faire une brèche suffisante dans la ligne française. Enfin elle céda et ce fut bientôt la déroute de toutes les troupes qui commencèrent à reculer dans le désordre. Le siège fut levé.

Les pertes des impériaux étaient aussi importantes que celles des Français, soit environ trois mille morts et blessés, mais ils firent six mille prisonniers et prirent trois mille chevaux.

Les Français au lieu de s'enfuir vers l'est en Lombardie où ils auraient trouvé des renforts et pu ainsi garder la maîtrise du Milanais, s'enfuirent à l'ouest vers la France. Eugène et Bonneval se félicitèrent que l'Italie fût à eux. Eugène était blessé à la tête, Bonneval n'avait rien. Lors de sa chute, le prince avait reçu un coup près de la tempe ; sa perruque avait tout d'abord caché la gravité de sa blessure. Bonneval l'alla voir sous sa tente et lui parla de son frère qu'ils tenaient prisonnier. Le prince Eugène dit qu'il fallait que tous les prisonniers fussent comptés en suite de quoi le marquis de Bonneval serait libre, mais puisqu'il était blessé il fallait attendre qu'il guérît d'abord avant de risquer le voyage jusqu'en Limousin.

César-Phoebus occupait un lit dans la partie de l'hôpital qui était réservée aux officiers. Amis et ennemis étaient ensemble ; les prisonniers l'étaient sur parole.

— Vous n'étiez pas en bon état quand je vous ai trouvé...

— J'ai été percé sous la côte par la baïonnette d'un Hongrois. Sont-ils vos hommes, ces heyduckes ?

— Non, ce sont ceux du baron Palfy !

— Quels soldats ! Ils n'ont peur de rien.

— Beaucoup de ces hommes se sont déjà battus contre les Turcs, cela vous aguerrit ! Quelles nouvelles de France ?

— Il y en a de votre procès. Lorsque la nouvelle de votre nomination et de celle de M. de Langalerie parvint au Roi, il ordonna de procéder contre vous par contumace. Le jugement a été rendu et vous déclarait coupable de lèse-majesté et de félonie. Il fut proclamé que vous étiez tous les deux privés de tous vos offices et dignités et condamnés à avoir la tête tranchée sur un échafaud par effigie en un tableau attaché à une potence. Cette exécution a eu lieu. Tous vos biens devant être confisqués, j'ai réussi grâce à beaucoup d'adresse à me les faire attribuer, de sorte que je les ai sauvés.

— Je suis fort aise de l'entendre ; vous pourriez alors me faire tenir les fonds dont j'ai besoin pour mon établissement à Vienne ?

— Je ne dispose d'aucun argent vous appartenant pour l'instant ; il faudrait que je misse en vente des terres ; mais vous les avez hypothéquées, vous vous en souvenez, et sans qu'il y ait à proprement parler mainmorte, il est impossible de débloquer des fonds. De toute façon, les cent mille écus que je vous ai prêtés sont remboursables, c'est vous qui l'aviez décidé ainsi, par les terres que vous m'aviez prié de mettre en vente...

— Si vous ne les avez pas vendues...

— Je les ai vendues.

— A qui ?

— A moi.

— A vous ?

— Pour les sauver, j'ai dû faire procéder à une vente fictive, mais tout cela est trop compliqué pour que nous nous en expliquions ici ; il me faudrait vous montrer les actes !

— Vous ne les avez point ?

— Croyez-vous que je pensais vous rencontrer sur un champ de bataille et que j'imaginais que vous me sauveriez la vie ? Je vous croyais encore à Vienne ou parti faire la guerre aux Turcs. Je n'aurais pas cru possible que vous acceptiez de tirer sur vos compatriotes.

— Vous manquez d'imagination, mon ami ! Vous eussiez peut-être préféré que je finisse mes jours dans un cul de basse-fosse pour que vous puissiez gérer mes biens pendant ce temps ?

— Monsieur ! Comment osez-vous insinuer ?

— Vous êtes bien comme votre roi et ses ministres, des emberlificoteurs !

— Vous osez parler ainsi de votre Roi ?

— Oui, parce qu'il n'est pas le roi que je croyais qu'il était. Cet homme est outré par la jalousie et par d'autres défauts moins avouables !

— Oh !

— Je ne suis pas de ceux-là qui confondent l'âne et les reliques qu'il porte sur son dos !

— Jamais personne n'avait osé traiter le Roi d'âne devant moi.

— Ainsi soit-il ! Vous serez libre, Monsieur, de rentrer chez vous dès que les prisonniers dont vous faites partie auront été comptés, Son Altesse le prince Eugène m'a fait la grâce de vous libérer tout de suite.

— Je vous en suis reconnaissant.

— Je dois vous dire adieu parce que j'ai l'honneur

de joindre le prince de Savoie qui va mener son armée en Provence.

— Dois-je aussi vous souhaiter la victoire et la ruine de notre Roi et de la France ? Voudriez-vous vraiment que notre pays fût à la merci des Autrichiens et des Anglais ?

— Votre roi est un despote qui persécute les gens de qualité et veut aujourd'hui détruire tout ce qu'il a construit !

— Vous divaguez !

— Comment se porte notre Mère ?

— Elle se porte bien !

— Dites-lui que je lui suis très affectionné !

Le duc de Marlborough avait convaincu le prince Eugène que si les Puissances Maritimes attaquaient les Flandres, l'Autriche et la flotte anglaise réunies devaient attaquer Toulon afin d'ouvrir au sud une brèche et d'envahir la France des deux côtés à la fois.

Eugène se mit en route au début de l'été 1707 par une chaleur accablante. Bonneval le rejoignit à Nice après avoir fait un court séjour à Linz où la comtesse Batthyany l'attendait. Elle avait obtenu la complicité de son amie la comtesse de Steyregg qui possédait une maison à proximité de cette ville où elle passait l'été.

La force qu'avait Bonneval au combat, il la perdait en face de cette femme. Mme Batthyany avait d'emblée senti chez son amant la facilité avec laquelle il cédait à ses demandes; elle l'aimait d'un amour qui était devenu violent. D'un caractère autoritaire et d'une beauté de reine, elle se faisait servir par l'Empereur et avait réussi à assujettir toute sa cour avec lui. Du temps que Joseph n'était encore que roi des Romains, elle avait pris sur lui un empire total et Sa Majesté l'écoutait. Elle était née princesse de Transylvanie et descendait de cette fameuse Elisabeth Bathory célèbre pour ses crimes; on dit qu'elle prenait plaisir à se baigner dans le sang des jeunes paysannes qu'elle avait torturées. Le Graf Von Batthyany, par sa complicité apparente avec les Autrichiens, avait obtenu les privilèges que Vienne accordait à ceux qui joignaient sa cause et qui, avec les Palfy et quelques autres, étaient montrés comme des exemples de soumission aux Habsbourg, aux insurgés hongrois qui derrière leur roi et certains de leurs princes luttaient pour l'indépendance. Mais il n'était pas sûr que le comte Batthyany ne fût pas secrètement lié aux insurgés qu'il aidait de renseignements secrets.

Il mourut. Sa femme, en restant veuve, s'était fait connaître ; sa beauté était si grande qu'on disait d'elle à Vienne qu'il n'y avait jamais eu de femme plus jolie. Son mari l'ayant introduite dans la cour du roi des Romains, elle y resta quand elle fut veuve où chacun crut devoir la consoler et l'honorer comme si elle fût déjà impératrice.

Bonneval entra dans sa vie tout à coup ; elle calcula la manière de le rencontrer, fit organiser la rencontre par son amant, mais depuis elle ne calculait plus ; elle avait perdu la tête pour ce Français qui la séduisait comme un homme ne l'avait jamais fait. Elle était plus âgée que lui ; cela augmentait l'ascendant qu'elle avait sur lui naturellement, mais qu'elle perdait quand Bonneval s'éloignait d'elle quelque temps. Elle devint vite jalouse des autres femmes sans pourtant montrer cette jalousie qui restait secrète et la rongeait comme un poison. Elle devait tenir sa place auprès de l'Empereur et nul ne devait se douter qu'elle aimait Bonneval ; elle en était arrivée à craindre l'indiscrétion de son amant parce qu'il était d'un naturel bavard et ne gardait guère de discrétion quand il était ivre. Ses nouveaux amis le duc d'Arenberg et le prince de Ligne avec lesquels il jouait et passait des nuits entières à battre les cartes, ne manqueraient pas tôt ou tard de connaître la vérité et s'empresseraient d'aller dire à l'Empereur qu'elle était la maîtresse de Bonneval.

Bonneval et Mme Batthyany passèrent cinq jours ensemble à Linz sans jamais sortir de leur appartement, si ce n'était pour de rares promenades à la tombée de la nuit, comme deux personnages de la mythologie grecque marchant pieds nus dans l'herbe et qui recherchaient dans le petit bois une clairière au milieu de laquelle se trouvait un bassin. De la bouche ouverte d'un dauphin en pierre, l'eau coulait fraîche en descendant des montagnes. Ils se baignaient dans l'onde de la clarté de la lune. Quelquefois ils s'allongeaient dans l'herbe et caressaient leurs corps blancs comme la pierre dans laquelle on sculptait les statues. Le corps de Bonneval était un corps musclé, solide, capable de rester à cheval plusieurs jours durant et de se battre pendant de longues heures à l'épée dans des combats acharnés ; ses bras, près de l'épaule, près du coude aussi et son buste par-ci par-là étaient marqués par les cicatrices de blessures anciennes ; des estafilades qu'il ne comptait pas. Si on le lui demandait, il disait qu'il n'avait jamais été blessé depuis qu'un mât s'était effondré et qu'il avait eu le bras cassé par un éclat de bois. Il ne comptait pas toutes ses balafres qui sur son corps mettaient leur paraphe comme la preuve qu'il était un soldat.

Le corps d'Eléonore était aussi beau que celui de Diane de Poitiers ; les proportions en étaient parfaites et les fesses si fermes au toucher qu'on les eût dites de marbre.

La comtesse de Steyregg était allée passer ces cinq jours chez une cousine voisine, afin que les deux amis pussent se retrouver seuls. Mme Batthyany riait de son rire de cristal quand elle jouait au clavecin quelque air de Corelli qu'elle venait d'apprendre pour plaire à son amant. Bonneval lui avait parlé de la comtesse Pecci, en lui racontant comment ils s'étaient connus à Venise. Eléonore ne disait pas à son amant qu'elle ferait tout pour empêcher cette Mme Pecci de venir à Vienne, dût-elle l'accuser de n'importe quoi afin de convaincre l'Empereur de lui interdire l'accès de sa capitale. Elle ne lui dit pas qu'il ne reverrait jamais cette Italienne; et Mme Batthyany riait d'avance de voir cette rivale éliminée.

Bonneval ne disait pas à Mme Batthyany qu'il avait supplié le prince Eugène de l'emmener avec lui à Toulon parce qu'il espérait bien revoir Mme Cresset et se distraire de l'ennui du siège dans ses bras. D'instinct, il avait tu l'existence de la belle Toulonnaise; non qu'il perçût la jalousie de sa maîtresse, mais simplement parce qu'ayant vécu depuis longtemps entre plusieurs maîtresses, il avait l'habitude de se montrer réservé. Sa réputation de bavard lui permettait de garder des secrets sans que quiconque pût se douter qu'il celait quelque chose. Bonneval quitta Mme Batthyany à Trente où elle l'accompagna et l'abandonna à tout ce que l'amour et la jalousie peuvent faire sentir de plus cruel, puis il rejoignit Eugène à Nice.

La marche vers Toulon commença. La chaleur semblait augmenter à chaque pas. Tout leur était contraire. Les prisonniers qu'ils avaient faits à la bataille de Turin se mirent à déserter en masse dès qu'ils pénétrèrent en Provence. Ces soldats rejoignaient les Français auxquels ils donnaient des renseignements utiles sur les Autrichiens. Les hommes se plaignaient de la soif et tombaient comme des mouches aux bords des chemins pierreux où nul arbre ne jetait son ombre. Les habitants du pays refusaient de vendre aux armées impériales de la nourriture sous prétexte qu'ils n'en avaient pas et il fallait réquisitionner de force en retardant l'avance de l'armée. Eugène n'arrêtait pas de dire à Bonneval combien il était opposé à cette expédition. Il n'avait accepté de s'y joindre que parce que Marlborough avait insisté en prédisant que le nom de Toulon s'associerait à celui d'une victoire de l'Alliance.

Eugène, suivi de Bonneval, monta à bord de *l'Association* où les attendait l'amiral anglais Sir Cloudesley Shovel qui dirigeait l'attaque navale sur la ville pendant qu'Eugène l'attaquerait par la terre. Ils ressortirent de l'entretien un peu plus confiants dans le succès de l'entreprise; Bonneval faisait des plans pour joindre au plus vite Mme Cresset. Il ne pouvait pas lui dépêcher un courrier; il fallait attendre qu'ils fussent arrivés aux abords de la ville. Ils campèrent enfin à l'est de Toulon dans une plaine desséchée dont le sol crevassé servait de nid aux vipères. Chaque jour, quatre convois de glace y étaient acheminés de la part du maréchal de Tessé qui, par cette civilité, adoucissait le feu auquel était soumis le camp et montrait la courtoisie que permet l'état d'ennemi. On était en guerre, disait-on, mais ce n'était pas une raison pour manquer aux usages du monde entre gens de bonne compagnie. Bonneval écrivait à Mme Cresset qu'il était au pied des fortifications et qu'il trouverait le moyen de les franchir si elle lui en donnait l'ordre, à moins qu'elle ne préférât le rejoindre dans la maison que possédait Mme de Sanary au bord de la mer, à une lieue de la ville.

Mme Cresset prit le prétexte du danger dans lequel on vivait à Toulon pour se réfugier chez son amie Mme de Sanary qui, au lieu de tenir le secret sur la réunion qu'elle protégeait, invita tous les anciens amis que Bonneval avait encore à Toulon, à venir souper dans sa maison de campagne.

Bonneval fut fort surpris en arrivant de trouver autour de son ancienne maîtresse une assemblée d'hommes et de femmes qui parlaient, buvaient, badinaient et faisaient de la musique comme autrefois.

Il y avait là le comte de Relingue qui rappela à Bonneval ce fameux dîner avec Pontchartrain à Marseille où le comte de Tourville avait failli mourir de rire à table. La réunion dura jusque fort avant la nuit. Bonneval revint ivre sans avoir pu approcher la belle Mme Cresset qui aimait le comte de Nesmond et en était aimée.

Le siège de Toulon fut un échec. Eugène, après avoir perdu beaucoup d'hommes, dut se replier avec ses troupes en abandonnant le bastion français. Bonneval et lui rentrèrent à Vienne.

A peine arrivé, Mme Pecci lui fit savoir que, son mari n'ayant pas obtenu la mission qu'il escomptait remplir, le voyage à Vienne était ajourné. A la place du comte Pecci vint un autre ambassadeur dont Bonneval rencontra la femme lors d'un dîner chez le Graf Gundacker Von Starhemberg.

L'ambassadrice n'était pas belle, mais sa taille était grande et son port majestueux ; elle ne paraissait pas avoir plus de vingt-cinq ans et le teint le plus frais du monde. Elle avait la réputation d'une femme rangée ; l'ambassadeur avait le naturel d'un homme aimable. Bonneval s'insinua dans son amitié et fut invité chez ces Vénitiens, au grand détriment de la comtesse Batthyany qui avait appris par la comtesse Steyregg, qui le tenait du comte Schulenburg, présent au dîner qu'avait donné Son Excellence l'ambassadeur de la Sérénissime République, que Bonneval avait passé la soirée à badiner avec l'Italienne à l'insu de son mari et de tout le monde, la faisant rire et sans doute cherchant à la faire pleurer. Mme Batthyany se tenait près du feu, altière, quoique beaucoup plus petite que la cheminée, droite, vêtue d'une robe de brocart rouge garnie de blonde; blanche quant à la peau contre laquelle sa chevelure noire poudrée de bleu ressemblait au turban d'un Turc. Sa jolie main pendait dans le vide. Elle portait à son doigt le beau rubis aux armes de Transylvanie qu'elle s'était fait offrir par son impérial amant le jour que ce rubis fut à vendre. L'insurrection contre les Autrichiens coûtait cher et les princes qui la soutenaient vendaient leurs trésors afin de se procurer des armes. Des éclairs de feu s'échappaient des yeux de la comtesse et la rage faisait trembler sa voix bien qu'elle eût à cœur de ne pas manquer à la bienséance en élevant le ton.

— Vous êtes un infidèle et je me vengerai, disait la comtesse; je prendrai le temps qu'il faudra, mais vous ne m'échapperez pas, Monsieur!

— Vous vous égarez, ma douce amie, en me traitant de Turc à More; et la fureur vous porte à des excès de langage qui pourraient vous desservir auprès d'un autre que moi. Modérez-vous, Madame! Qui vous parle d'une ambassadrice, si ce ne sont gens poussés à me nuire? Vous savez bien que le comte Schulenburg ne m'aime pas, et vous n'allez pas faire semblant de ne pas savoir que la Steyregg, sous couvert de vous aider, ne manque pas une occasion de vous inquiéter ou de vous blesser. Elle est votre meilleure amie, dites-vous?

— Avec votre ruse habituelle, Monsieur, qui consiste à détourner l'attention de votre vis-à-vis sur quelque autre sujet que celui qui nous préoccupe, vous ne parviendrez pas à me faire changer d'opinion sur vous. Vous êtes infidèle. Ma jalousie me rend plus sensible et je crois percevoir d'avance les commerces qui vous occuperont, mais j'ignorais que vous fussiez si volage qu'il suffisait qu'on mît quelque autre femme à la place de Mme Pecci pour que vous en tombiez amoureux.

— C'est parce qu'elle est différente. Si Mme Pecci était venue à Vienne, peut-être ne l'aurais-je plus trouvée à mon goût ; cela m'est arrivé déjà. Lorsqu'on s'est séparé des gens, qu'on en a connu d'autres, on revoit plus difficilement ses anciennes connaissances ; il me semble que cela se produit comme la preuve que la lassitude existe et que l'ennui n'est pas un vain mot.

— Soyez clair ! Voulez-vous dire que vous en avez assez de moi ?

— Faut-il que j'aie été compliqué pour que vous ne compreniez pas que je vous aime et que je n'éprouve aucune inquiétude. L'ambassadrice ne m'intéresse pas ; soyez tranquille. Je suis forcé cependant de faire ma cour à l'ambassadeur et si je vais dans cette maison, j'y suis appelé par la raison politique !

— La politique, mon ami, la vôtre n'a qu'un nom, et votre goût pour un certain commerce vous tient lieu de morale !

— Ma douce amie, cessez de déraisonner et montrez-moi davantage que vous m'aimez en venant près de moi.

La comtesse vint à lui d'un pas de reine conquise, comme Zénobie enchaînée aux pieds de l'empereur de Rome, et se coucha sur le lit de jour qui se trouvait là, relevant ses jupes qui dénudèrent un ventre blanc où une mousse noire formait comme une étoile.

On était bien reçu chez l'ambassadeur, mais il avait établi qu'à la différence de quelques personnes qu'il retenait à souper, tous les autres se retirassent vers neuf heures du soir. Bonneval y alla plusieurs fois sans qu'il reprît son badinage avec l'ambassadrice de peur qu'une des personnes présentes n'en rendît compte à Mme Batthyany. On avait ses espions. Mais peu à peu, il multiplia ses visites ; elles devinrent assidues sous prétexte que l'assemblée était moins tumultueuse qu'ailleurs et qu'on y jouait plutôt pour s'amuser que pour gagner.

Parce qu'il était naturellement gai, la conversation de Bonneval était fort enjouée, mais il devenait rêveur quand il était chez l'ambassadeur et chaque jour parlait moins. On lui fit la guerre; l'ambassadrice surtout. Bonneval en rejeta la faute sur ses affaires de famille. Il dit que son recours en grâce le préoccupait.

Avec la comtesse Batthyany, il se montrait au contraire très enjoué, drôle, d'humeur délicieuse de sorte que la jalousie de sa maîtresse s'endormit.

Un jour qu'il se rendit chez l'ambassadrice et la trouva seule, elle lui dit : « Je veux absolument que vous me disiez la cause de votre mélancolie. » Il lui répondit qu'il n'avait point de secret pour elle pourvu qu'elle promît de garder celui qu'il lui confierait. La comtesse était curieuse d'avoir ce secret. Bonneval s'expliqua bientôt dans des termes tendres mais respectueux. Il jouait l'amant passionné et soumis. Sa déclaration n'effaroucha pas la prude ambassadrice mais elle fut reçue avec sérieux; on lui dit qu'on lui tiendrait la parole qu'on lui avait donnée et qu'on le priait de prendre pour se retirer la même méthode qu'il avait suivie pour se procurer la liberté qu'il venait de se donner. Cette réponse sèche ne le fit point désespérer. Il n'eut garde d'obéir à l'ordre qu'on lui intimait; il fut plus assidu que jamais et il reprit sa gaieté. Il expliqua d'où venait son changement et dit devant l'ambassadrice que, depuis qu'il avait exposé son affaire à un bon avocat, il en espérait le bon succès. Sa persévérance toucha la Vénitienne; peut-être n'avait-elle voulu que l'éprouver! Un soir en sortant, elle lui serra la main et lui dit : « Est-ce tout de bon? Demain à quatre heures et demie. »

Son mari devait être en conférence avec quelque ministre et, sous prétexte d'indisposition, elle fit dire dès le matin qu'elle ne recevrait pas ce jour-là. Bonneval la trouva dans son appartement qui donnait sur un fort joli jardin où l'art avait été joint à la nature pour en faire un séjour enchanté. Deux de ses femmes de chambre étaient auprès d'elle dont elle renvoya celle qui n'était pas dans sa confidence.

— Parlons à présent à cœur ouvert, dit-elle à Bonneval en le faisant approcher, je crois que vous m'aimez, deux mois d'épreuve pour un homme de votre caractère seraient insoutenables sans un véritable amour; car enfin quel mérite auriez-vous à me tromper?

Mille protestations de la part de Bonneval la confirmèrent dans ce sentiment; elles n'étaient point fausses parce que Bonneval croyait vraiment l'aimer; en disant qu'il l'aimerait toujours, il pensait dire la vérité.

La femme de chambre se retira dans l'antichambre et leur laissa tout le temps qu'il leur fallut pour se prouver qu'ils s'aimaient.

— Il faut nous revoir, dit l'ambassadrice à Bonneval avant de le renvoyer; l'occasion dont je me suis servie reviendra. Point de lettres! N'en attendez pas de ma part et je vous défends de m'en écrire; concertez avec la femme de chambre; elle m'est dévouée. Dans ma position, il serait désastreux que l'on connût notre commerce; dans le secret nous pouvons nous être utile l'un à l'autre.

Bonneval noua une intrigue tout à fait secrète avec l'ambassadrice et poussait la discrétion jusqu'à ne lui presque point parler en particulier dans le monde; il affichait une amitié pour l'ambassadeur chez qui peu de gens fréquentaient parce qu'on s'y ennuyait; à moins qu'on se satisfît d'un petit jeu. Mais le prince Eugène ne jouait pas; ni Madame Batthyany; et les autres savaient à quel commerce Bonneval passait son temps. Mais cela ne dura pas parce que guerre il y avait; elle l'appelait en Italie pour une mission d'importance qui plaisait énormément à Bonneval désireux de connaître Rome et la région romaine afin d'en visiter les ruines. L'Empereur l'avait désigné à la tête d'un corps de troupes d'occupation dans les Etats pontificaux.

Clément XI avait reconnu Philippe V comme roi des Deux-Siciles. L'Empereur à la Diète de Ratisbonne déclara qu'il ferait valoir les droits de l'Empire en Italie.

Le pape n'ayant pas réussi à former une ligue avec les alliés d'Italie, les Français, le duc de Mantoue et celui de Parme, leur voulut donner un exemple qui les pressât de l'imiter. Il leva des troupes de tous côtés, munit ses places, fortifia divers postes, prit à son service des officiers généraux partout où il put. Il tâcha de suspendre le luxe de sa cour et de tirer de l'argent des cardinaux riches. Il obtint, quoique avec peine, les suffrages et les signatures du sacré collège pour tirer du château Saint-Ange le trésor que Sixte V y avait amassé et laissé pour les plus grands besoins de l'Eglise. Il y avait cinq millions d'or; il se servit de cinq cent mille écus pour payer ses troupes, et pourvoir aux préparatifs de guerre qu'il commença et fit assez heureusement contre le peu d'impériaux épars en Italie; leur gros était dans l'armée du prince de Savoie. Tout changea lorsque Bonneval arriva. Il débusqua les soldats du pape des forts où ils étaient retranchés, attaqua les places et fit partout la chasse aux troupes pontificales. Il s'installa à Camacchio, réquisitionna le plus beau palais de la ville et vécut là comme un vainqueur. Pendant ce temps, les soldats auxquels on avait donné le droit de se livrer au pillage s'en donnaient à cœur joie et commettaient toutes sortes d'exactions; la campagne romaine était à feu et à sang. Bonneval n'aimait pas ce pape et voyait d'un bon œil les déprédations auxquelles se livraient ses soldats.

Au cours d'un affrontement rapide dans la rue entre un détachement de soldats du pape, au demeurant des Espagnols, des Portugais et des Suisses, et son escorte à la tête de laquelle il marchait à découvert, il reçut une balle qui lui toucha le même bras gauche qu'il s'était déjà brisé. Un chirurgien lui posa des attelles et lui donna l'ordre de se reposer ; mais il se leva au contraire, malgré la souffrance que lui occasionnait sa blessure, pour recevoir dans son palais Auguste II roi de Pologne, qu'il avait connu chez le prince Eugène et avec lequel il s'était spontanément lié d'amitié. En même temps qu'il avait fait refaire le palais, il avait commandé au meilleur orfèvre de Rome un service complet d'argenterie pour quatre-vingts personnes frappé à ses armes qui surmontaient les clefs pontificales comme symbole de son occupation des lieux. Il se considérait comme le seigneur de Camacchio et reçut le roi fastueusement sans savoir s'il se prenait pour l'ambassadeur de la France ou le serviteur de l'Empire. Les deux hommes s'exprimaient en français ; Auguste ne régnait pas en ce moment, mais errait à travers l'Europe en attendant de remonter sur le trône qu'il aurait reconquis. Charles XII de Suède l'avait dépossédé et il passait son temps à entraîner des troupes afin de prendre sa revanche, ce qu'il fit en 1709 après la bataille de Poltava.

Tous ceux qui étaient invités au somptueux souper de quatre-vingts couverts que Bonneval donna dans la galerie qui occupait tout le premier étage du palais remarquèrent qu'il avait posé ses armes comtales dessus les armes du pape. Bonneval avait trop de ressentiment contre les jésuites, pour les avoir connus de près à Limoges pendant les premières années de sa vie, pour ne pas éprouver beaucoup de plaisir à piétiner l'autorité du pape.

A Rome, le plénipotentiaire de l'Empire, le marquis de Prié tâchait de convaincre Clément XI de reconnaître l'archiduc Charles comme roi des Espagnes. Le pape exigeait d'abord qu'on cessât de mettre au pillage ses Etats en bafouant ses troupes. Prié voulait une signature et en l'attendant laissait faire. Lorsque Bonneval avait invité le marquis de Prié au souper qu'il avait donné pour le roi de Pologne, le marquis, au lieu de lui en être reconnaissant, se montra jaloux. C'était un Italien de petite extraction qui à force de ruse et de menus services rendus au plus puissant s'était hissé jusqu'aux premiers rangs de l'Empire. Mais le roi de Pologne ne soupait pas chez lui parce qu'il n'était pas cousin du roi de France ni cousin du nouveau roi d'Espagne. De plus son amitié avec le prince Eugène mettait Bonneval au-dessus de tous et faisait de lui une espèce de favori. Depuis qu'il avait participé à la bataille de Turin et s'était si bravement conduit, Louis XIV savait quel était cet homme qu'on avait décapité en effigie en place de Grève. On commençait à parler de Bonneval à la Cour. L'affaire de l'argenterie frappée y fut connue et certains faisaient remarquer que Bonneval n'avait pas fait graver les armes de l'Empire mais un blason français...

Prié chercha querelle à Bonneval qui l'esquiva par tous les moyens. Il se domina tant et si bien que Prié en éprouva un double dépit. Lui qui croyait ce Français irascible au point de chercher le duel! Bonneval ne répondait à aucune vexation de Prié et les choses en restèrent là quand le prince Eugène rappela Bonneval, pour le seconder dans les Flandres.

[illegible]

L'armée impériale se forma sur la Moselle comme si les Allemands avaient eu de grands desseins de ce côté-là puis tout à coup tourna sur elle-même et partit rejoindre Marlborough. Les Français furent battus à Audenarde. Ce ne fut pas une grande bataille mais les Français se désorganisèrent. Ils eurent de nombreux tués ; quatre mille hommes et sept cents officiers furent faits prisonniers.

Le lendemain de la bataille, le duc de Marlborough, qui n'avait pas donné à dîner depuis longtemps et se faisait toujours inviter chez le prince Eugène sous prétexte que ce dernier savait mieux recevoir, et en fait parce qu'il était extrêmement parcimonieux et n'entendait dépenser d'argent que pour sa femme, Lady Sarah, qui gouvernait entièrement la reine Ann, et pour aménager son somptueux château de Blenheim que l'Angleterre reconnaissante lui avait offert pour sa victoire de Hochstaedt, donna un grand dîner auquel il invita les prisonniers de haut rang qui n'étaient pas blessés. Ni le duc de Saint-Aignan, ni le marquis d'Ancenis ne purent se lever de la couche où ils perdaient leur sang, mais le marquis de Biron vint, ainsi que le comte de Croy-Solre, le marquis de Rothelin et quelques autres officiers.

Il n'y eut point de champagne. Le duc fit servir un mauvais vin, deux plats de viandes et un rôti seulement, et en guise de dessert, au lieu de confiseries et de sorbets, une infâme bouillie qui sentait le suif et que les Anglais nommaient du sobriquet de « Pudding ». Marlborough demanda au marquis de Biron comment se portait le prince de Galles qu'il savait être dans les rangs des Français. Biron ne comprit pas tout de suite que Monseigneur parlait du roi d'Angleterre que la révolution avait chassé de son royaume, parce qu'en France il se faisait modestement appeler « chevalier de Saint-Georges ». Comme le marquis dit qu'il se portait bien, Marlborough et les quelques officiers anglais qui se trouvaient présents en manifestèrent de la satisfaction.

Le marquis de Biron avait une figure d'esprit ; de cette sorte d'esprit qui consiste à flatter et à chercher à plaire. Il adressa force compliments à Son Altesse le prince de Savoie qui fit l'éloge de la manière dont les Français s'étaient battus, et surtout les troupes suisses qui, en effet, s'étaient fort distinguées. Biron les loua beaucoup ; le prince Eugène en prit occasion d'en vanter la nation et de dire à Biron que c'était une belle charge en France que d'en être colonel-général. « Mon père, le comte de Soissons, l'avait, ajouta-t-il d'un air allumé. A sa mort nous espérions que mon frère la pourrait obtenir ; mais le Roi jugea plus à propos de la donner à un de ses enfants naturels, le duc du Maine, que de nous faire cet honneur-là. Il est le maître, et il n'y a rien à dire ; mais aussi n'est-on pas fâché, quelquefois, de se trouver en état de le faire se repentir des mépris ! »

Biron ne répondit pas et le prince Eugène, content d'un trait si piquant sur le Roi, changea poliment de conversation. Elle roula sur la Cour. Bonneval demanda des nouvelles du duc de Vendôme dont on avait pu voir au loin le panache. Biron appelait Bonneval son cousin et cria qu'il fallait la guerre pour qu'ils se retrouvassent. Avec un sourire, Bonneval remarqua qu'ils ne s'étaient jamais vus tout cousins en effet qu'ils étaient. « On ne peut plus cousins ! » s'écria Biron, et tout le monde put l'entendre dire qu'ils avaient comme ancêtre commun le roi de France Henri IV. Le marquis cita encore le mot de Montluc : « Des Cars Richesse, Bonneval Noblesse ! » Biron avait le cœur de plaire à Son Altesse le prince de Savoie et dit qu'il était souhaitable qu'il n'eût jamais faim et soif en même temps. Il n'avait en effet qu'un bras pour avoir perdu l'autre à Kaiserslautern pendant le siège de Landau. Mais on sentait qu'il rêvait que le bras qui lui restait poussât et devînt le plus long possible... Pour flatter Son Altesse, il flattait son favori, faisait des grâces aux Anglais et aux Hollandais.

— Ah, mon cher cousin, me la demanderiez-vous en mariage, je vous donnerais ma fille !

— Vous avez une fille à marier ?

— J'en ai dix !

— Je n'ai guère envie dans l'instant de me marier !

— Il le faudra bien pourtant !

— Ce n'est pas une nécessité...

— Je n'insisterai pas, mais vraiment, mon cousin, vous verriez mes filles... elles sont faites à peindre, élevées d'une manière exemplaire, et douées de beaucoup de génie ; richement dotées bien sûr...

Eugène se pencha à l'oreille de son ami et lui dit à voix basse :

— On se demande bien avec quoi il doterait ses filles... Il n'a rien !

— Tout cela demande réflexion, Monsieur, dit Bonneval à Biron.

— Je suppose qu'un homme de votre génie ne doit

pas manquer de brillants partis... mais songez que nous sommes cousins... réfléchissez, je ne suis pas pressé... mais songez-y, une jolie vierge...

— Laissez-moi rire ! Vous êtes bien le seul père, à notre époque, qui puisse jurer que ses filles sont intactes... et d'ailleurs, rajouta Bonneval, quelle importance cela a-t-il ?

— Vous avez raison, c'est sans importance ! L'esprit est plus important chez une femme que son innocence... mais vous êtes taquin, mon cher cousin, et superbe !

Tout le monde rit au mot après avoir craint un instant que la remarque de Bonneval ne provoquât un incident.

Le prince Eugène se leva et proposa à la compagnie de venir sous sa tente entendre un peu de musique.

Quel contraste entre la tente de Marlborough, son accueil et celui du prince de Savoie. Des laquais en livrée servaient un excellent champagne fabriqué selon la méthode du moine Dom Pérignon et qui gagnait en légèreté et en finesse sur les vins de Champagne qu'on buvait d'ordinaire. L'orchestre était petit mais les musiciens ne manquaient pas de talent et jouèrent plusieurs morceaux pendant que dans un coin des tables avaient été dressées autour desquelles on jouait gros jeu. Quand le duc de Marlborough commença à perdre, il se leva et refusa de jouer davantage. Ce vainqueur n'aimait que gagner.

Marlborough partageait avec Eugène le commandement de l'armée de l'Alliance, et les deux hommes s'entendaient bien. Bien que tous les officiers généraux eussent un respect profond pour les deux chefs, ils marquaient une préférence tacite et en tout pour le prince Eugène sans que le duc de Marlborough en prît jalousie.

Il en était autrement chez les Français depuis que le Roi avait cru qu'en faisant paraître à la tête des troupes l'héritier présomptif de la Couronne, le duc de Bourgogne, son petit-fils, il ranimerait le courage des troupes. Le Roi lui avait donné pour le seconder le duc de Vendôme, mais ce grand capitaine n'était pas beaucoup écouté. A ses conseils, le duc de Bourgogne préférait ceux de sa petite cour sur laquelle régnaient les marquis d'O et de Gamaches qui s'y entendaient mieux en cabales que dans l'art de la guerre. Les divisions naissaient à propos de tout et ce furent ces divisions qui perdirent l'armée française. Pourtant, ce fut la plus grande armée qu'on eût jamais réunie. L'armée de Louis XIV en ce temps-là fut plus importante que l'armée romaine à l'apogée de l'Empire ! Jamais on n'avait vu cela, de mémoire d'homme ! Cette formidable armée marcha à Tournai. Monseigneur de Beauvau, évêque de Tournai, publia des dévotions pour implorer la bénédiction de Dieu sur les armes françaises. Il y eut une procession générale, mais que pouvait Dieu contre les dissensions, les disputes, les insurmontables rivalités de courtisans élevés à se combattre plutôt qu'à faire front contre un ennemi commun ? Que pouvait Dieu contre l'incapacité des Français à s'unir pour une cause commune bien plus importante que les intérêts particuliers ?

Lille était défendue par le maréchal de Boufflers qui soutenait le siège avec une véritable armée. C'était un grand homme, et l'on disait de lui qu'il avait l'âme d'un Romain choisi dans les plus beaux jours de la République. Elève de Turenne et digne en tout d'un tel maître, il avait été blessé sous ses yeux à la bataille d'Enzheim en Alsace en 1674. Il se couvrit de gloire à la défense de Lille qu'il soutint quatre mois contre toutes les forces réunies de l'Alliance. Il était adoré de la garnison pour ses vertus, son caractère intrépide, sa bonté avec les soldats et les habitants de la ville qu'il convertit en autant de soldats. Bonneval se distingua au cours d'une opération difficile. Il s'agissait de faire passer un convoi de munitions qui venait d'Ostende jusqu'à Lille où le prince Eugène manquait de tout.

Le Dauphin avait dépêché le comte de La Motte avec vingt mille hommes pour empêcher ce convoi de passer. Il fut battu à Winendal par une armée trois fois moins nombreuse à la tête de laquelle Bonneval chargea avec une énergie inouïe.

Le comte de La Motte s'étant réfugié à Gand avec une garnison de quinze mille hommes, Marlborough fit le siège de la ville qui se rendit après seulement cinq jours. Trois jours plus tard, le plus grand froid qu'on eût jamais senti s'abattit sur la France et sur la plus grande partie de l'Europe. Toutes les rivières furent gelées et la terre à une profondeur incroyable. Presque tous les arbres gelèrent et éclatèrent comme des orages. Le bétail mourut. Chaque jour, on espérait que le temps se radoucirait; chaque matin, il semblait faire encore plus froid que la veille.

Les hommes mouraient; d'autres pour ne pas mourir éventraient leurs chevaux et se glissaient dans les entrailles jusqu'à ce qu'elles fussent gelées. Il manquait de bois; il manquait de pain. On apprit que les oliviers avaient péri dans le Midi; que l'espoir d'une récolte pour l'année suivante était mort. Il y avait peu de réserves; elles furent épuisées tout de suite. Bonneval s'intéressait à tout ce qui concernait la France, il demandait des nouvelles à son frères sur l'état de leur terre; son frère répondit sèchement que beaucoup d'arbres étaient morts, mais que l'inquiétude de son cadet était injustifiée; le domaine des Bonneval ne lui appartenait plus! De partout venaient des nouvelles désastreuses; les grains que les

Français auraient pu faire venir des Echelles du Levant ou d'Afrique risquaient d'être pris par l'ennemi auquel les Français n'avaient presque plus de vaisseaux de guerre à opposer, la flotte s'étant sabordée à Toulon.

En plus de tous ces malheurs, les trafics sur le blé et les fourrages finirent de ruiner le pays pour l'enrichissement seulement de quelques-uns.

Il n'avait pas fait aussi froid depuis plus de cent ans. A Paris il mourut 24000 personnes entre le 5 janvier et le 2 février ! Les loups faisaient rage et entraient dans les villes. Ils allèrent jusqu'à dévorer le courrier d'Alençon et son cheval et près du Mans ils attaquèrent à deux un marchand qu'ils dévorèrent ! Partout l'horreur, la peur, la faim, le froid ! Les Alliés avaient plus de ressources. Les Hollandais surtout disposaient de réserves considérables qui leur permettaient de mettre dans l'abondance les armées de l'Alliance pendant que les armées du Roi mouraient de faim. Beaucoup de soldats désertaient et fuyaient dans les forêts à la recherche de n'importe quoi qu'ils pussent manger mais la plupart étaient à leur tour dévorés par les loups. D'autres tâchaient de s'enrôler dans l'armée ennemie simplement parce qu'on n'y manquait pas de soupe.

Même Versailles était frappé. Maints grands seigneurs dans le dessein de se faire bien voir proposèrent au Roi leur vaisselle d'argent ; ce bruit de vaisselle fit un grand tintamarre à la Cour ; chacun n'osait pas ne pas offrir la sienne ; chacun y avait grand regret. La perte et le dommage furent inestimables de toutes ces admirables moulures, gravures, ciselures, de ces reliefs et de tant de divers ornements achevés dont le luxe avait chargé la vaisselle de tous les gens riches et de tous ceux du bel air. Tout ce qu'il y eut de grand et les gens considérables se mirent en huit jours en faïence, en épuisèrent les boutiques et firent monter les prix de cette marchandise pendant que les gens médiocres continuèrent à se servir de leur argenterie. Le Roi se demandait s'il allait se mettre à la faïence ; il envoya sa vaisselle d'or à la Monnaie et se servit de vaisselle de vermeil et d'argent. Cependant, les donneurs de vaisselle n'espérèrent pas longtemps avoir plu ; au bout de trois mois, le Roi sentit la honte et la faiblesse de cette belle ressource et avoua qu'il se repentait d'y avoir consenti. Ainsi allèrent alors les choses et pour la Cour et pour l'Etat. On ne mangeait plus dans Paris que du pain bis et Mme de Maintenon mangea publiquement du pain d'avoine pour donner l'exemple de renoncement. Pourtant on ne la sentait pas prête à renoncer au pouvoir qu'elle exerçait sur le Roi. Sa Majesté était plus que jamais charmée de sa vieille beauté. Tous passait par ses mains et tout allait de travers comme la taille de la vieille dame. Elle tirait de l'argent de tout et apprenait ce métier à la duchesse de Bourgogne. Elle connaissait tous les secrets d'Etat et les communiquait à celle-ci qui les disait à son père, Victor-Amédée de Savoie, de sorte que rien ne restait caché et que dans les rangs de l'Alliance on se réjouissait que la France fût tombée en d'aussi mauvaises mains...

Louis XIV était forcé de demander la paix. Bonneval accompagna Eugène à La Haye où devait se tenir le congrès chargé des négociations.

Le prince de Savoie avait été nommée plénipotentiaire avec le duc de Marlborough ; le grand pensionnaire Hensius leur était dévoué.

Le fils puîné de Colbert, frère de feu M. le marquis de Seignelay, devenu à vingt et un ans ministre des Affaires étrangères, représentait la France. Il était gendre de M. de Pomponne, frère de l'abbé ambassadeur de France à Venise, et s'appelait M. de Torcy. Il avait déjà conduit les négociations de la paix de Ryswick. Bonneval avait pour lui beaucoup d'estime et regrettait que tous les ministres du Roi ne fussent pas aussi inspirés que lui.

Les deux hommes, quand ils étaient seuls, parlaient de la Cour. Bonneval apprit avec joie que celui qui l'avait forcé de s'enfuir de France était à son tour en disgrâce. Chamillart ne nuirait plus aux gens dévoués ; de protégé de Mme de Maintenon il en était devenu la victime et s'était réfugié dans ses terres.

M. de Torcy lui dit que le duc de Vendôme aussi allait vers la disgrâce ; tout se détraquait à Versailles ; le Roi abandonnait son ancien protégé. Si celui-ci avait souvent menacé de se retirer dans son château d'Anet, du ton de Ponce-Pilate qui eût voulu se laver les mains de ce qu'il adviendrait du monde, il ne l'avait jamais fait. On se demandait s'il n'y serait pas forcé. Du temps qu'il avait la gloire, les courtisans le suivaient ; aujourd'hui c'était tout juste si on ne le fuyait pas. Il se retirait dans son particulier au milieu de ses gens et de cet entourage de protégés obscurs et d'anciens soldats restés fidèles à leur chef qui pratiquait avec eux l'étrange et éternelle alchimie de Sodome.

M. de Torcy aimait le duc de Vendôme ; Bonneval gardait de lui un excellent souvenir et regrettait que le Roi perdît un grand général. Cela n'arrangerait pas les affaires du royaume. Les dévots l'emporteraient. Il serait bientôt interdit de rire à Versailles ; les défaites s'accumulaient ; la famine avait ravagé le pays ; les morts se comptaient par milliers ; l'or était fondu. La superbe du Roi était en berne. M. de Torcy s'inquiétait, et aux diplomates étrangers demandait au nom de son pauvre pays accablé par tant de maux qu'on ne l'accablât pas davantage. Sa ruse devait réussir. Il cherchait à émouvoir les ennemis ligués contre la

France et qui étaient sûrs que, dès qu'elle se relèverait, elle referait la guerre. Torcy, avec beaucoup de talent, tâchait d'obtenir la paix sans rien céder; surtout pas le trône d'Espagne. Pour Louis XIV il n'était pas question de renoncer à l'Espagne! D'ailleurs les Espagnols s'étaient attachés à leur nouveau roi, on ne pouvait plus revenir en arrière! Mais Marlborough poussé par toute l'Angleterre disait : « Pas de paix sans l'Espagne! » M. de Torcy insinuait des solutions, timidement proposait un traité, mais les Alliés tenaient bon; la France était à genoux; elle devait céder.

Un matin, le prince Eugène reçut deux lettres par la poste, dans l'une desquelles il ne trouva qu'un papier gras et sale sous l'enveloppe; il le jeta aussitôt par terre sans émotion; mais le général Dopf, son aide de camp, qui voulait le ramasser s'en trouva incommodé et comme on soupçonna qu'il y avait du poison, on l'attacha au cou d'un chien. Il en mourut peu de temps après. Bonneval lui demanda si c'était la première fois qu'il recevait ce genre de lettres; le prince Eugène prétendit en avoir reçu souvent, écrites de toutes les manières.

M. de Torcy fut navré de cette affaire qui faisait reculer les siennes. Il n'y avait qu'un Français pour chercher à empoisonner Eugène, pensa-t-on d'abord, à moins que ce ne fût un Anglais... M. de Torcy confia à Bonneval que les Anglais commençaient à négocier une paix séparée avec la France. Ils en avaient assez de cette guerre. En éliminant Eugène, aucun obstacle ne subsisterait pour retarder cette paix devenue tout à coup si nécessaire à la cour de Londres. Bonneval fut prié par M. de Torcy d'amener le prince Eugène à connaître les manœuvres anglaises afin de pouvoir se dégager. Il devait absolument tenir le secret. Il le tint et remplit sa mission. Il communiqua au prince les informations qu'il avait. Eugène se refusait à croire que Marlborough savait que son pays était en train de trahir l'Alliance. Il pensait au contraire que Marlborough ferait les frais de cette perfidie. Pour Bonneval, Marlborough était anglais, donc tout était possible. Il avait trahi Jacques II au profit du Stathouder de Hollande, puis il avait trahi Guillaume III et s'était retrouvé enfermé dans la Tour de Londres pendant deux ans. Son visage joufflu n'exprimait pas la rigueur ; ses yeux qu'il plissait quand il s'interrogeait lui donnaient un air de ruse et tout dans le duc de Marlborough disait à quelle hauteur il plaçait son intérêt particulier ; alors une trahison de plus...

Les propositions de paix ayant été sans effet bien que les négociations continuassent, Marlborough et Eugène ne pensaient qu'à pousser leurs avantages. Les Hollandais acheminèrent sur la frontière quantité de vivres et de munitions. Le maréchal de Villars occupait déjà le terrain. Eugène alla le voir de près, mais n'osa l'attaquer. Il se dirigea vers Tournai et mit le siège devant la ville.

Villars s'était remis en marche. Eugène alors se hâta pour contenir le maréchal entre deux bois d'où il pourrait ensuite le cerner, mais le maréchal de Villars fut plus rapide et s'y retrancha. Eugène et Marlborough décidèrent de l'en chasser. Bonneval était d'accord avec eux pour une action rapide et qui fût d'envergure. Les députés des Etats généraux auxquels Marlborough devait toujours demander leur avis se rangèrent à la majorité. A eux seuls, les Hollandais finançaient plus de la moitié du budget militaire des Puissances Maritimes. Ils fournissaient plus d'hommes que les Anglais.

L'action de cette bataille dite de Malplaquet fut la plus meurtrière et la plus vive de toute la guerre de Succession d'Espagne. Les Français combattaient avec une frénésie inhabituelle. La faim avait poussé nombre d'hommes à s'engager sous les drapeaux; tous ceux qui, en France, étaient en âge de tenir un fusil fuyaient les campagnes brûlées par le gel de l'hiver précédent, et partaient se battre afin de manger à leur faim. Villars était un excellent chef. Eugène le connaissait pour l'avoir rencontré autrefois quand le maréchal était le représentant de la France à la cour de Vienne. Dans l'esprit du Roi il remplaçait Vendôme. Il représentait l'illustre espoir militaire. Le prince Eugène commandait l'aile droite composée de troupes impériales renforcées de soldats danois et de la cavalerie hollandaise. Il leur fallait s'emparer du bois de Sart dont les voies d'accès étaient barricadées et le centre fortifié. Le comte de Schulenburg, à la tête de l'extrême droite sous les ordres directs du prince Eugène, fut repoussé par l'ennemi à sa première tentative. Bonneval fit remarquer au prince que le maréchal de Villars pour fortifier sa gauche avait dégarni son centre. Bonneval eut l'ordre d'y marcher avec son régiment et quelques autres. Les gardes françaises lâchèrent pied. Bonneval s'empara du vide qu'ils laissaient et s'établit sur cette partie du retranchement. La bataille faisait rage; il ne voyait autour de lui que des soldats éventrés, des chevaux qui tombaient sous les boulets en hennissant, des bras arrachés, des yeux crevés par les baïonnettes, du sang, des ruisseaux de sang que la terre buvait. Il se crut perdu; le découragement le gagnait et montant comme la mer lui vint l'envie de crier qu'il avait peur. D'où venait cette lâcheté? Jamais il n'avait eu peur! Etait-ce parce qu'il vieillissait? A force de voir des morts autour de lui, craignait-il de mourir? Le brouillard des canons assourdissait les cris, les cliquettements des fers, le galop des chevaux. D'ordinaire, Bonneval ne pensait qu'à la bataille qu'il était en train de livrer. Il n'était préoccupé que de donner ses ordres à ses sous-officiers afin qu'ils les transmettent aux hommes ; mais aujourd'hui sa raison vacillait. Tout à coup il se dressa et tua deux hommes qui s'aventuraient sur le retranchement. Mais une balle l'atteignit, il sentit une vague douleur à l'épaule ; cela ne ferait jamais qu'une blessure de plus. Mais la peur montait, une peur obscure et sans nom. Alors, bien qu'il n'eût aucune disposition pour les choses de la religion, pour la première fois de sa vie, il remit son existence entre les mains de Dieu en priant le destin de l'épargner, la Providence de lui être favorable. Par un court discours qu'il improvisa, il tâcha de convaincre l'Etre Suprême qu'il n'était coupable de rien, qu'il avait toujours suivi sa nature et qu'il était innocent d'être tel qu'il était ; il s'était toujours battu parce que c'était son métier. Au lieu de morts, de cris, de sang, des souvenirs agréables de nuits passées dans les bras de jolies femmes lui revinrent, il perçut des odeurs de cheveux, crut toucher les plus beaux seins du monde et caresser le marbre blanc de deux fesses magnifiques. Comme il était agréable de s'éloigner ainsi du champ de bataille... Tout à coup il vit Mme Batthyany devant lui vêtue d'une robe verte comme la forêt, les yeux limpides comme de l'eau !

— Restez avec moi, lui dit-elle, je veux que vous couchiez ici, vous partirez au petit matin !

— Votre hospitalité vous honore, Madame, mais je préfère me retirer !

Il se rappelait qu'il avait rendez-vous avec une ravissante beauté rencontrée la veille en sortant de chez Eléonore.

— Vous le regretterez.

— Peut-être...

— Vous abusez de mon amitié pour vous.

— Bonsoir, Madame.

— Ne me laissez pas seule !

— J'ai besoin de prendre l'air...

— Dites que je vous étouffe.

— Ne me faites pas dire, Madame, ce que je n'ai point dit !

Il se rappela avoir marché ce soir-là. Il gagna à pied le quartier de Saint-Etienne ; il neigeait ; il venait de louer dans une petite maison deux chambres aménagées. Il amenait là des femmes de rencontre ou des joueurs qui venaient avec Langalerie. Il engagea un domestique italien et passait là des bouts de nuit quand il était à Vienne afin d'être tranquille, ignorant si la police secrète du comte von Brockhausen était au courant. Il s'était fait connaître à sa logeuse sous le nom de Chamillart, en disant qu'il était un voyageur, heureux de porter le nom d'un homme honni, comme les légionnaires de Lydie portaient sur leurs épaules la dépouille de la panthère qu'ils avaient tuée. La ravissante beauté aux yeux sombres et brillants ne fut pas longue à convaincre ; elle était bohémienne et chantait le soir dans les tavernes. L'homme qui l'accompagnait au violon s'éloigna avec un air mauvais, il portait un anneau d'or à l'oreille comme les Maltais. Bonneval se rappelait un corps blanc sculpté par le ciseau du plus voluptueux artiste ; il en fut amoureux et, chaque jour, donnait à cette beauté deux pièces d'or pour la dédommager de ne pas chanter dans les tavernes. Un jour, elle disparut ; il s'inquiéta, alla dans la taverne où elle avait l'habitude de chanter, mais on lui dit qu'on ne l'avait pas vue ; elle avait disparu avec son compagnon. Il l'attendit tous les soirs pendant quelque temps, la regretta ; puis, peu à peu, l'oublia dans les bras d'autres femmes au milieu de nuits si profondes que leur corps y laissait leur empreinte comme des pas dans la neige.

Tout à coup, Bonneval fut arraché à son souvenir

par un boulet qui explosa non loin de lui. Le prince Eugène l'avait rejoint avec ses hommes ; ensemble, ils forcèrent la deuxième ligne puis la troisième. Bonneval n'avait plus peur ; son songe l'avait guéri des pressentiments mauvais et l'angoisse de la mort s'était évanouie. Tout à coup, Eugène tomba... blessé d'une balle derrière l'oreille. On voulut le panser mais il répondit qu'il attendrait le soir quand la bataille serait finie. Sur l'aile gauche, celle-ci avait commencé un peu plus tard pour devenir bientôt aussi violente. L'infanterie hollandaise sous les ordres du jeune prince d'Orange fut remarquable ; elle dut affronter un ennemi deux fois plus nombreux. La victoire d'Eugène sur l'aile droite obligea le maréchal de Villars à se replier ; cela lui fut contraire. Eugène le comprit et amena Villars par la ruse à commettre une autre erreur tactique. Resserrant les rangs de ses bataillons, le prince Eugène chargea subitement la ligne française avec une telle fougue que Villars se crut contraint de concentrer toutes ses forces contre lui pour ne pas être anéanti, compromettant ainsi sérieusement ses communications avec son aile droite. Boufflers qui la commandait, se trouvait isolé. Villars fit reculer l'ennemi à la pointe des baïonnettes puis lors même qu'il voulait rejoindre Boufflers, il tomba frappé par une balle qui l'avait atteint au genou ; il quitta le champ de bataille. Boufflers prit le commandement, mais voyant le peu d'espoir qui restait de gagner, préféra sonner la retraite ; il veilla à ce qu'elle se fît avec tout l'ordre possible.

Les Alliés avaient à Malplaquet vingt-quatre mille morts et blessés contre seulement douze mille pour la France. Ce qui faisait trente-six mille morts. Jamais de sa vie Bonneval n'avait vu autant de cadavres sur un champ de bataille. La terre était rouge comme, les soirs d'été, le ciel quand le soleil se couche au milieu de l'Océan d'où lui revenaient des images semblables de corps décapités, estropiés, flottant au gré de la vague. Depuis le combat de La Hougue, il n'avait rien connu de plus sanglant que cette dernière parmi les ultimes batailles de la guerre de Succession d'Espagne.

L'état-major retourna à La Haye. Les discussions avaient continué entre les représentants des Alliés et ceux de la France. Bonneval s'entretenait pendant de longs moments avec chacun d'eux et voulait tout savoir sans jamais leur donner l'impression qu'il les interrogeait. On ne parlait que de la mauvaise foi et de l'ambition de la France. On voulait qu'elle restituât la monarchie espagnole qu'elle avait usurpée. Il fallait rendre l'Espagne. Certains étaient convaincus que Louis XIV ne cherchait qu'à diviser les Alliés pour reprendre les hostilités ensuite et les accabler les uns après les autres. Ces pourparlers de paix avec les Anglais étaient une ruse du Roi, disait-on. Il fallait mettre la France hors d'état de rompre ses engagements comme elle fit tant de fois en voulant imposer à l'Europe sa Monarchie Universelle.

Eugène devait rentrer à Vienne. Il était président du Suprême Conseil de Guerre aulique et il entrait d'abord dans sa tâche de présider le Conseil. Eugène, après l'Empereur, était le maître suprême des affaires militaires. Le Hofkriegsrath était responsable de la direction générale de la guerre ainsi que de toutes les questions d'organisation et de nomination. Mais le prince Eugène n'avait aucune autorité sur les finances et l'approvisionnement. Cependant il influençait les instances auxquelles incombait la responsabilité des questions financières : la Hofkammer que présidait Thomas von Starhemberg. Eugène avait hâte de retrouver son palais où il passait le plus clair de son temps à faire changer les objets de place afin de les mieux voir ; il ne cessait d'acquérir des œuvres d'art et montrait un grand discernement pour les belles choses. Il veillait à l'ornementation des jardins et suivait le travail des artisans qui œuvraient pour lui. A son retour à Vienne, quantité d'objets, tableaux, statues et vases antiques attendaient dans la salle des arrivages du palais que le prince voulût bien leur trouver un emplacement. Quand Bonneval allait le voir, le prince lui demandait son avis puis ils parlaient ensemble de leurs lectures. Le prince Eugène voulait inviter Leibniz avec lequel il était en correspondance. A La Haye, Bonneval avait acheté quantité de livres sur l'histoire romaine, l'histoire de la décadence de l'empire grec et l'établissement de celui des Turcs, les œuvres de Tite-Live.

Bonneval retrouvait Mme Batthyany toutes les nuits et n'importe quel observateur posté au coin de la Landstrasse et de la Kriegstrasse à l'heure où la lune éclairait la nuit comme en plein jour, aurait pu voir un homme descendre de voiture, entrer, par une petite porte dont il avait la clé, dans les œuvres vives d'un palais blanc nouvellement construit qui alignait ses hautes colonnes entre des trumeaux bleus. Cette femme mettait dans sa vie un ordre secret qu'il n'avait pas connu ; monotone, cet ordre lui pesait. La répétition des rendez-vous, à laquelle Eléonore tenait tant, lui paraissait inopportune mais il n'en disait rien et espérait simplement le prochain départ en campagne ; cette contrainte s'ajoutait aux autres. La vie viennoise n'était pas celle qu'il aimait. Il préférait plus de liberté : les cartes, le vin, des aventures vécues comme des coups de feu ; une vie rapide et dangereuse, non point cette vie qui coulait comme le Danube, ralentie par l'étiquette, contenue par les préjugés et tous les interdits qui l'arrêtaient dans la boue des usages. Mme Batthyany le surveillait. Pour elle, Bonneval arrangeait des récits qui niaient ses débauches, les nuits qu'il passait à jouer vautré au milieu des chairs blanches des filles sur des divans rouges.

Avec Eugène le commerce était celui de l'esprit. Les deux amis se retrouvaient le plus souvent dans la bibliothèque du prince qui était l'une des mieux fournies de Vienne. Ils parlaient de Leibniz, de Plutarque, de La Bruyère et du héros qu'ils avaient tous les deux vénéré : Alexandre. Mais Bonneval avait pris le parti de cacher à Eugène tout ce qui regardait les femmes. Il ne lui avait pas dit qu'il avait revu Mme Cresset à Toulon ni qu'il avait troussé la jolie rousse si bien tournée qui vendait du fromage et dont le corps montrait là où il fallait des rondeurs d'Edam. Les rondeurs des dames hollandaises à la peau blanche comme du lait étaient peintes sur le tableau que le prince Eugène avait acheté à Amsterdam sans se douter que le modèle avait été la maîtresse de son ami.

C'était pendant les négociations, à Geertruidenberg. Bonneval avait rencontré en ville une ravissante femme si bien tournée vers lui avec un sourire d'éclatante jeunesse qu'il l'avait suivie ; elle servait de modèle à un peintre. Bonneval était venu en ville afin d'acheter quelques livres. Elle lui offrit de la suivre chez ce peintre ; il fut heureux de l'aubaine et trouva au dernier étage d'une maison, sous un toit en verre, un vieil homme occupé à peindre le fond sombre d'une toile, au premier plan de laquelle une jeune fille au visage encore dénué de traits versait du lait dans une jatte.

Bonneval aima le tableau à cause du modèle. Le soir, comme il dînait avec le prince et le comte Sinzendorf, il parla du peintre ; Eugène voulut l'aller voir sur-le-champ ; on eut peine à l'arrêter sous prétexte qu'il était trop tard. Le lendemain, il se rendit chez l'artiste accompagné de Bonneval et d'une suite ; il aima le tableau et l'acheta le double du prix qu'en voulait le peintre. Il était ordinairement généreux. Depuis que ce tableau était accroché au mur du palais d'Hiver de la Himmelpfortgasse, pendant que Bonneval parlait au prince, il revoyait le corps blanc et charnu de Grete qui, le soir, l'avait emmené dans sa chambre. L'artiste avait su rendre le satiné de la peau et cette douceur puerpérale du teint ; les yeux avaient le bleu des faïences de Delft. Le prince Eugène et

Bonneval étaient sur le point de quitter Vienne pour regagner les Flandres afin de reprendre la guerre quand tout à coup l'empereur Joseph Ier attrapa la petite vérole et mourut ; c'était le 17 avril 1711. Pour Eugène, ce fut un rude coup ; pour Mme Batthyany, une catastrophe ; pour Bonneval, une chance. Depuis quelque temps, il semblait que l'empereur Joseph se doutât qu'un commerce existait entre Mme Batthyany et Bonneval ; il en avait manifesté de la froideur envers ce dernier et, sans pouvoir obtenir de preuve, il menaçait Bonneval d'une disgrâce prochaine qui n'était différée que par la protection ouverte du prince Eugène. Bonneval, qui avait senti le vent tourner depuis longtemps, évitait d'entrer ouvertement en conflit avec l'Empereur et préférait se cacher de sa vue. La bravoure de Bonneval à l'armée forçait l'Empereur à une reconnaissance de façade ; il remplissait mal ce rôle, tant sa jalousie était animée ; il faut ajouter que l'Empereur avait changé de caractère au fur et à mesure que les décisions de l'Empire lui parurent plus lourdes ; il semblait devenu plus mélancolique. L'archiduc Charles honora Bonneval de son estime et de son amitié quand il s'aperçut que son frère se détournait de son ancien protégé. Il était sûr que son frère devenait fou.

On ne regretta pas l'Empereur ; il ne fut pas pleuré. L'archiduc Charles qui devenait empereur à la place de son frère sous le nom de Charles VI se trouvait à Barcelone quand il apprit la mort de Joseph. Il tenait tête aux Français qui assiégeaient la ville. Il rentra à Vienne. Parmi les lettres de condoléances qu'il reçut des ambassadeurs de tous les princes d'Europe, il y en avait une du roi d'Espagne Philippe V. Charles refusa de l'ouvrir. Il considérait que Philippe lui avait volé la couronne d'Espagne.

L'entourage de l'Empereur changea. Des intrigants

le suivaient depuis Barcelone. Cette coterie espagnole prit le pouvoir à la Cour. Elle était appelée la Camarilla. En plus de l'impératrice Elisabeth, qui avait gouverné la Catalogne pendant quelque temps, et de ses conseillers, il y avait le comte Rocca Stella que l'on appelait « le corbeau de nuit » de Charles à cause de son assiduité nocturne auprès de l'Empereur ainsi que l'avocat Ramon de Vilana Perlas, anobli par Charles avec le titre de Marquis Rialp. Madame Batthyany était évincée; Eugène n'était pas aimé du nouvel Empereur qui lui gardait rancune de n'avoir pas voulu se battre en Espagne pour tâcher de sauver sa couronne. Charles refusait de signer la paix.

Les changements arrivés en Angleterre modifièrent la disposition des esprits. La guerre de Succession d'Espagne finissait étrangement. L'Autriche était abandonnée de l'Angleterre; la France avait réussi à convaincre la reine Ann de faire alliance avec elle; la Hollande perdait tout dans cette guerre. L'Angleterre gagnait des avantages considérables : elle recevait de l'Espagne l'Asiento, c'est-à-dire le monopole de la vente des nègres dans leurs colonies, concédé à diverses sociétés, moyennant une part du bénéfice réalisé et un droit fixe pour chaque nègre importé.

Lorsque Philippe V était monté sur le trône d'Espagne, une Compagnie de l'Asiento se constitua à Paris pour l'exploitation de ce monopole. L'Angleterre le reçut en 1713, ce qui constituait pour elle une source de revenus importants, le trafic des nègres étant de plus en plus développé.

La reine Ann qui depuis tant d'années subissait le joug de Sarah Jenning, duchesse de Marlborough, signifia à celle-ci sa disgrâce. Elle remplaça l'impeccable duchesse, lady Macbeth du royaume des Whigs, et prit une autre conseillère; lassée de la guerre comme les tories, elle fit engager par son premier ministre

Harley des pourparlers de paix séparée avec M. de Torcy qui les avait suggérés.

Marlborough fut continué dans le commandement des armées, mais avec un titre inférieur à celui qu'il avait eu jusqu'alors et d'autres restrictions qui annonçaient que sa disgrâce serait prochaine à moins qu'il n'eût la souplesse de se dévouer aux nouveaux ministres qui avaient supplanté ses amis et sa famille.

Eugène revint du Rhin et reprit l'offensive dans les Flandres ; dégoûté par l'attitude de l'Angleterre, inquiet de ne plus trouver auprès du nouveau roi l'oreille attentive qui était pour lui celle de Joseph Ier, le prince Eugène semblait avoir perdu de son imagination militaire. Le maréchal de Villars, qui était remis de sa blessure, tomba tout à coup sur les postes de Denain, de Saint-Amand et de Marchiennes où étaient les magasins des Impériaux, les enleva et se servit des munitions qu'il trouva pour prendre Douai. La déroute des Impériaux fut extrême ; sur cinquante bataillons, ils en perdirent quarante. Eugène, au fait des difficultés qui attendraient l'armée sans le soutien des Anglais, était prêt à transiger, poussé par Bonneval qui faisait tout pour adoucir le prince en faveur de la France. Enfin, ils se rendirent ensemble à Rastadt où les attendaient le maréchal de Villars, le comte du Luc et M. de Contest. Eugène et Villars se connaissaient, s'estimaient et n'étaient pas dénués d'affection l'un pour l'autre, mais Eugène en voulait au Roi et n'attendait que l'humiliation de la France. A quoi Bonneval répliquait que ce ressentiment était davantage l'effet d'un mauvais caractère que d'un raisonnement. Le prince se fâchait, déterminé à tout faire pour écraser son ancien pays. Bonneval lui tenait tête et, plus d'une fois, le ton monta. Le prince finit pourtant par accorder, à son protégé, un soulagement pour la France.

La France gardait Strasbourg et Landau mais rendait toutes les forteresses de la rive droite du Rhin. L'empire acquérait les anciens Pays-Bas espagnols, Milan, Naples, la Sardaigne ainsi que les forteresses et les ports de la côte de Toscane. Les Electeurs de Cologne et de Bavière étaient réinstallés dans leurs territoires. Les traités d'Utrecht entre l'Angleterre et la France et celui de Rastadt mettaient fin à une guerre qui avait duré quatorze ans et dévasté la majeure partie de l'Europe en faisant des centaines de milliers de victimes. Mais cette guerre avait été inutile. Les belligérants, par des négociations, auraient pu obtenir les mêmes résultats. Ainsi pensait l'abbé de Saint-Pierre qui publia en 1712 un *Projet de paix perpétuelle en Europe* que Bonneval lut dès sa parution.

« Il se forme de temps en temps parmi nous des espèces de Diètes générales sous le nom de Congrès où l'on se rend solennellement de tous les Etats de l'Europe pour s'en retourner de même ; où l'on s'assemble pour ne rien dire ; où toutes les affaires publiques se traitent en particulier ; où l'on délibère en commun si la table sera ronde ou carrée, si la salle aura plus ou moins de postes ; si un tel plénipotentiaire aura le visage ou le dos tourné vers la fenêtre ; si tel autre fera deux pouces de chemin de plus ou de moins dans une visite et sur mille questions de pareille importance, inutilement agitées depuis trois siècles et très dignes assurément d'occuper les politiques du nôtre. »

A Rastadt c'était ainsi que se déroula le ballet de la paix ; puis les plénipotentiaires se retrouvèrent à Bade en Argovie dans l'ancienne citadelle des Habsbourg où eurent lieu les ultimes pourparlers de paix. Cela ressemblait à une bataille en ceci qu'il y avait des mouvements, des percées, des attaques, des ruses et des pièges. Côté français, Villars, et derrière lui le comte du Luc avec qui Bonneval se lia spontanément d'amitié. C'était un petit homme à figure d'esprit, aimable, lettré et plein de grâce quoiqu'il eût perdu son bras à la bataille de Cassel. D'ailleurs les du Luc et les Bonneval étaient cousins éloignés. Il était ambassadeur en Suisse mais l'on parlait déjà de lui pour Vienne. Le poste clé s'il parvenait à négocier en faveur de la France ou tout du moins pas à son détriment.

Le comte du Luc nia évidemment que Louis XIV avait rêvé d'instaurer en Europe la monarchie universelle. C'était une accusation du Stathouder de Hollande, roi d'Angleterre, Guillaume III qui portait sur la tête deux couronnes en accusant son voisin d'en vouloir faire autant. Non, Louis XIV n'était pas responsable de la guerre; elle était inévitable; seule l'union en Europe permettrait de l'éviter, sinon, comme l'écrivait l'abbé de Saint-Pierre : « Toute société sans lois ou sans chef, toute union maintenue ou formée par le hasard doit nécessairement dégénérer en querelles et dissensions à la première circonstance qui vient à changer; l'antique union des peuples de l'Europe a compliqué leurs intérêts et leurs droits de mille manières; ils se touchent par tant de points que le moindre mouvement des uns ne peut manquer de choquer les autres; leurs divisions sont d'autant plus funestes que leurs liaisons sont plus intimes; et leurs fréquentes querelles ont presque la cruauté des guerres civiles. »

Un soir que quelques officiers étaient réunis chez le prince Eugène, la conversation tomba sur la France et le Roi. Bonneval qui sortait d'une conversation à bâtons rompus avec le comte du Luc, sur le Roi justement, sa faiblesse depuis qu'il était tombé sous la coupe de Mme de Maintenon et d'autres considérations du même genre sur la Cour, l'impéritie de nombreux ministres, l'ignorance de certains et la mesquinerie des courtisans, n'apprécia pas que le comte von Krugel dît que Louis XIV aspirait à la monarchie universelle. De la part d'un Prussien, c'était porter une accusation ; si du Luc ou lui-même avaient dit pire, on l'aurait oublié dans l'instant, mais un Prussien... de quel droit se permettait-il ? Le comte von Krugel était un petit pot à tabac blondasse aux bras collés sur un ventre qui lui cachait ses pieds et remuait sans cesse ses petites mains en parlant et en tapant sur les consonnes avec son accent prussien.

— Vous ne savez pas ce que vous dites, Monsieur !

— Comment ? Il est clair que Louis XIV n'aspirait à rien t'autre qu'étaplir la monarchie universelle en Europe. Les Français feulent une Europe française ! Nous foulons une Europe allemande et les anklais foutdraient tout posséder, alors quoi ? Louis XIV a forcé le roi t'Espagne Charles, sur son lit de mort, à signer en fafeur du tuc t'Anjou plutôt que de l'archituc Charles ; foilà la férité ! Je ne parle pas français avec fotre subtilité, Monsieur, en maniant comme fous l'équifoque à longueur de phrase, mais je sais que les Français ont prétendu s'emparer de l'Europe et que cette prétention resurgira tant que la France sera !

— Vous oubliez, Monsieur, que je suis français et que vous insultez à mon honneur en vous exprimant de la sorte sur mon Roi, je vous prie en conséquence de retirer ce que vous venez de dire !

— Fous foutriez que je retire la férité ? Que je ne tise pas que Louis XIV a foulu étaplir la monarchie universelle ? Ah ! Monsieur ! Je ne retirerai pas la férité !

— Prenez garde à vous !

— Fous ne me faites pas peur, Monsieur de Bonneval, tout français que fous êtes !

— C'en est trop ! Ces messieurs seront témoins que vous m'avez provoqué !

Mais le prince Eugène arrêta Bonneval dans son élan en lui représentant qu'il n'était pas question de se battre dans l'armée impériale. Bonneval finit par se calmer mais exigea des excuses du comte von Krugel ; le prince Eugène pria ce dernier de s'excuser afin de régler le plus vite possible cette affaire sans l'ébruiter. Le pot à tabac en fumait de rage, mais s'excusa en maugréant qu'un jour il se « fencherait » et que c'en serait fait de tous ces Français qui prennent les autres nations pour des ilotes. Tout le monde rit et Jean-Baptiste Rousseau que le comte du Luc avait amené avec lui fit de cet incident une épigramme.

Jean-Baptiste Rousseau, prince des poètes lyriques français, né à Paris en 1671 d'un cordonnier rue des Noyers, manifesta son génie dès l'enfance ; et après les études les plus brillantes, il parut comme un phénomène dans le monde littéraire. Ami de Racine et de Boileau, initié par eux aux principes sévères du goût ; par eux introduit dans la meilleure compagnie de la Cour et de la ville, secrétaire du maréchal de Tallard qu'il suivit à Londres, ami de M. de Breteuil, ses succès, ses talents lui firent, dans la très mesquine République des Lettres, des ennemis implacables, et il ne sut pas assez les mépriser. Il se plut à écraser la médiocrité envieuse. Ses épigrammes, supérieures à celles de Marot, marquaient ceux qui en étaient frappés au fer rouge.

En 1710 dans un café que Rousseau fréquentait, il s'assemblait une société de gens de lettres, pour la plupart fort médiocres si l'on excepte Crébillon et le protégé de Fontenelle et de la duchesse du Maine, Antoine Lamotte-Oudard qui faisait figure de précurseur. En 1707, Rousseau disputa le siège de Thomas Corneille à l'Académie à Lamotte-Oudard. Il avait toutes les chances d'être élu quand il se répandit des couplets satiriques sur plusieurs académiciens et d'autres gens en place, que l'on imputa à Rousseau ; il ne s'en défendit que faiblement quoiqu'ils ne fussent pas dignes de lui. Grand procès au Châtelet puis au Parlement dans lequel tout Paris comme d'habitude prit parti pour ou contre. Disputes et querelles se multipliaient. Lamotte-Oudard avait pour lui d'avoir donné une traduction de *l'Iliade* où, sous prétexte de bon goût et de bienséance, tous les passages un peu colorés, lestes et poétiques, avaient été supprimés ; la protection de la duchesse du Maine faisait le reste. Sur les conseils de ses amis, Rousseau s'enfuit en Suisse. Un arrêt rendu par contumace le 7 avril 1712 déclara Rousseau convaincu d'avoir voulu suborner des témoins (parce qu'il s'était disputé avec l'un des folliculaires présents dans le café, nommé La Faye, et lui avait donné une paire de gifles pour lui apprendre à mentir et à médire) et d'être auteur et distributeur de vers impurs et satiriques. Cet arrêt le bannissait du royaume à perpétuité. Le comte du Luc, ambassadeur de France auprès des Républiques helvétiques, l'accueillit à Soleure et le prit sous sa protection. A Bade, Rousseau plut au prince Eugène qui l'attacha à sa personne, et le ramena à Vienne avec lui.

Les traités d'Utrecht et de Rastadt furent complétés par le traité de Bade entre la France et les princes de l'Empire ; il s'agissait surtout de l'Electeur de Bavière et de l'Electeur de Cologne. Dans ses grandes lignes, ce traité reproduisant le traité de Rastadt répétait l'article 2, très important pour Bonneval puisqu'il accordait l'amnistie en termes généraux :

« Il y aura de part et d'autre une amnistie et un oubli perpétuel de tout ce qui aura été fait par rapport à l'occasion de la dernière guerre... que toutes les injures ou violences faites de part ou d'autre par écrit, par paroles ou par actions, soient entièrement abolies sans aucun égard aux personnes, ni aux choses, de manière que tout ce que l'un pourrait prétendre sous de pareils prétextes envers l'autre, soit enseveli dans un éternel oubli. »

On enterrait douze ans de guerre et tous ceux qui y avaient péri dans un texte bien tourné ; et l'on but du champagne au repos éternel de ces héros. Bonneval remit aux plénipotentiaires français, en présence du prince Eugène qui l'appuyait de toute son autorité auprès de Villars, un mémoire relatif à son cas personnel. Il pria M. du Luc au nom de leur amitié nouvelle de le soutenir auprès du Roi. Le mémoire contenait la « relation véritable de l'affaire que le comte de Bonneval alors chevalier a eue en France, l'an 1705, avec Mgr de Chamillart qui l'a contraint d'abandonner le service du Roi, sa patrie et ses biens et de chercher fortune dans les pays étrangers ». Ce mémoire qui citait des lettres échangées avec le ministre sur les faits reprochés était suivi d'une requête de réintégration dans les services du Roi :

« La paix étant conclue entre le Roi et l'Empereur, le crime d'avoir porté les armes contre son souverain se retrouve remis par l'article d'amnistie... Le sieur de Bonneval se reproche encore le malheur d'avoir été forcé d'abandonner le service du Roi. Il ose donc joindre sa prière à celle que Mgr le prince Eugène a faite à MM. les plénipotentiaires de France d'interposer leurs offices pour lui obtenir des lettres de grâce qui le remettent pleinement en son premier état, en imposant silence à tous les juges et les tribunaux sur les fautes dont il est coupable... »

Le comte du Luc fut nommé ambassadeur à Vienne mais il attendit quelque temps à Soleure, en Suisse, avant de rejoindre son poste. Son intervention était utile pour régler des questions entre les Etats helvétiques et la France. Dès son retour à Bade, il s'empressa d'écrire à M. de Torcy et de joindre la requête de Bonneval et la relation sur l'affaire Chamillart.

Le ministre qui soutenait Bonneval soumit la requête au Roi, dès l'arrivée du courrier. De son côté, la marquise de Bonneval, comme lorsqu'il s'était agi d'écrire à M. de Tourville pour faire entrer son fils dans la Marine, écrivit à tout le monde quand elle eut l'espoir que Claude-Alexandre pourrait rentrer en France.

Le marquis de Torcy crut que l'affaire était dans le sac et que le Roi donnerait son accord. Il écrivit à la marquise et au comte du Luc que tout allait pour le mieux.

Mais le Roi se ravisa. Il ne voulait pas faire casser un jugement rendu par le Parlement pour une affaire qui lui paraissait mince; en même temps, il souhaitait faire la paix avec l'Autriche et plaisir au prince Eugène dont il reconnaissait un peu tard la grandeur. Le prince insistait afin qu'on amnistiât Bonneval; enfin le Roi dit : « Non, on ne peut pas mécontenter les parlementaires en faisant casser un jugement solennel ! »

Le marquis de Torcy écrivit au comte du Luc le 7 février 1715 : « Vous savez le mauvais succès de la demande faite en faveur de M. de Bonneval. Il ne faut pas cependant désespérer et je souhaiterais qu'il obtînt par vos bons offices pendant votre ambassade ce qui lui a été refusé jusqu'à présent. »

Le comte du Luc apportait toute la diligence d'une amitié active. Il écrivit de Soleure à Bonneval le 9 mars 1715 : « Je n'aurais rien à vous demander, si vous vouliez, au lieu de cette fichue Excellence, me qualifier d'un titre qui me flatterait infiniment; ce serait celui de cousin ou au moins celui de tendre et cher ami; accordez-moi je vous en conjure ma requête. »

Il en profita pour lui signaler amicalement que, dans ces circonstances délicates, il commettait une imprudence en entretenant des relations avec M. Pesmes de Saint-Saphorin, gentilhomme vaudois, agent de Berne auprès des Alliés durant la dernière guerre où il s'était montré très hostile au Roi. Chaque jour M. de Saint-Saphorin écrivait à Londres et renseignait le Cabinet des Affaires étrangères sur le détail de la vie de chacun afin de jouer de toutes les notes dans ce concert de ruses qu'orchestrait l'Angleterre en se servant des autres comme d'instruments.

Bonneval était entré dans l'intimité de M. de Saint-Saphorin parce qu'il savait par M. de Torcy qu'il était un espion à la solde des Anglais. En faisant semblant d'être sa dupe il en retirait des renseignements qu'il communiquait ensuite secrètement, à l'insu même de l'ambassadeur de France à Vienne, au Cabinet de Paris. Mais il était difficile d'expliquer à M. du Luc de quelle utilité lui était Saint-Saphorin; il préférait lui faire accroire qu'il ne le fréquentait que parce qu'ils jouaient ensemble et passaient la nuit à deviser et à boire du vin de Hongrie.

Eugène insista pour que satisfaction fût donnée à Bonneval et mentionna expressément que ce serait un bon moyen pour faciliter la paix entre l'Espagne et l'Empereur. Enfin du Luc écrivit directement au Roi pour soutenir la cause de ce colonel qui lui plaisait et qui était son cousin. Charles VI, pour montrer à quel point il soutenait Bonneval, l'éleva au rang de général Feldzugmeister et en même temps le nomma colonel propriétaire d'un des plus vieux régiments d'infanterie d'Autriche.

Le prince Eugène donna une grande fête au Belvédère; Mme Batthyany vint. Elle avait trop d'ambition pour rester longtemps sans exercer son goût du pouvoir ; depuis la mort de l'Empereur, elle n'avait plus d'appui à la Cour. Le comte Sinzendorf, membre du Conseil privé, la poursuivait de sa méfiance et dressait la Camarilla contre elle. Elle fit en sorte, à force de prévenances et d'assiduité auprès de sa personne, de se rapprocher du prince Eugène avec le dessein de le gouverner. Comme Son Altesse n'était pas à proprement parler un homme à femmes, elle ne se servit pas de ses attraits mais aiguisa d'autres armes et travailla sur la réputation du Prince auquel elle fit comprendre qu'elle ne recherchait avec lui qu'un commerce d'amitié, tout en laissant entendre au public que des liens plus doux l'attachaient à ce prince solitaire. Elle alla jusqu'à laisser entendre à la comtesse de Rocca Stella, qui était une sorte de gazette vivante par laquelle passaient tous les ragots et les bruits vrais et faux sur la Cour et la ville, que ceux qui prétendaient que Son Altesse n'était pas viril avec les femmes n'avaient simplement pas su lui plaire, mais qu'elle était bien placée pour dire qu'il y avait peu d'amants à Vienne qui fussent aussi vaillants. Le Prince fut flatté de la réputation que lui faisait la Batthyany ; il lui trouva de l'esprit, du meilleur, et la jugea d'excellente compagnie au point de désirer l'avoir toujours auprès de lui. Ils faisaient ensemble d'interminables parties de piquet quand le public croyait qu'ils se livraient à tous les plaisirs de l'amour. La Batthyany bientôt s'insinua plus avant dans l'esprit du Prince et au bal du Belvédère on eût pu croire qu'elle était la princesse de Savoie. Son Altesse s'éprit d'elle au point de lui offrir des bijoux ; il lui envoyait ses équipages et fit d'elle une sorte d'épouse morganatique que tout le monde se voyait forcé de respecter. La Camarilla mit une sourdine à ses cabales et le comte Sinzendorf fut forcé de saluer bien bas son ennemie.

Bonneval balança s'il ne préviendrait pas le Prince qu'il était en train de tomber dans un piège redoutable, et d'autant plus dangereux qu'il n'entendait rien aux femmes, mais il le voyait si entêté de sa nouvelle amie qu'il crut que cela ne servirait à rien d'autre qu'à aigrir Son Altesse contre lui. Il se tut et laissa faire Eléonore qui ne quittait plus le palais du Prince. Elle crut de la sorte se rapprocher de Bonneval dont elle semblait de plus en plus éprise, mais il s'éloigna davantage de son impérieuse maîtresse et la menaça même de dévoiler leur commerce si elle le pressait encore. Bonneval passait pour n'avoir point de femme parce qu'il les pouvait toutes avoir, et nul ne doutait qu'il fît de nombreuses conquêtes. On le recherchait; les femmes l'aimaient; les hommes l'admiraient et l'enviaient.

Louis XIV répondit au comte du Luc qu'il ne reviendrait pas sur sa décision et n'avait nulle disposition à faire grâce au comte de Bonneval. Il fallait chercher à circonvenir le Roi en lui parlant en privé sans le heurter sur une question de principe. C'est alors qu'intervint un modeste personnage qui deviendrait bientôt cardinal et ministre.

L'abbé Dubois, fils d'un apothicaire de Brive-la-Gaillarde, était un petit homme maigre, effilé, chafouin, à perruque blonde, à mine de farine, à physionomie d'esprit qui était en plein ce qu'en mauvais français on appelle un sacre, « un homme sans conscience ». Mais que l'on accuse les désordres de sa vie privée, peu importe. Dubois n'en a pas moins dirigé avec talent et succès les relations extérieures de la France. Au début il se contentait de diriger le duc d'Orléans, futur Régent, auquel il était attaché en qualité de secrétaire. En ce temps-là il n'avait pas encore de pouvoir mais commençait pourtant d'être un conseiller avisé. Il était né à peu de distance du domaine de Bonneval.

Il était ravi de se faire valoir auprès de cette vieille famille seigneuriale de son pays et heureux de se mêler à une intrigue où se liaient des relations avec des personnages aussi illustres que le prince Eugène en personne. Dubois écrivit à Bonneval pour l'assurer de son dévouement ; il expliqua comment il cherchait à intervenir auprès du Roi par une personne interposée à qui il avait remis le mémoire de Bonneval. M. de Villeroi oubliait son animosité contre Bonneval et paraissait bien intentionné pour plaider sa cause. « Enfin, Monsieur, continuait Dubois, comptez que tout cela est en bon train et que vos amis n'oublieront rien pour parvenir à un heureux succès... J'ai eu l'honneur de voir Madame votre mère, à qui j'ai fait entendre la situation de votre affaire, afin qu'elle suspende toutes les démarches, jusqu'à ce que nous ayons vu l'avènement des nôtres. Je vous supplie, Monsieur, d'assurer le prince Eugène de mes respects et du plaisir sensible que me fait l'honneur de son souvenir et son estime que je garde comme la plus précieuse acquisition que j'ai faite. »

Un grand événement allait entraîner des changements importants en France et faciliter l'application de l'amnistie à Bonneval. Louis XIV mourut le 1er septembre 1715 en laissant pour héritier son arrière-petit-fils âgé de cinq ans.

Le comte du Luc se hâta de charger son secrétaire d'ambassade M. Mandat, qui rentrait à Paris, de toutes les pièces concernant l'affaire Bonneval en l'adressant cette fois au duc d'Orléans, Régent du royaume. Il écrivit encore à M. de Torcy pour que la grâce fût accordée au plus tôt : « Si l'on diffère de l'accorder, écrit-il, elle viendra peut-être dans les suites ; mais ce sera moutarde après dîner. »

Le secrétaire d'Etat Torcy fut bientôt remplacé par un conseil des Affaires étrangères présidé par le maréchal d'Huxelles. Du Luc écrivit à d'Huxelles : « Vienne, 13 novembre 1715. A l'égard du comte de Bonneval, je crois, Monsieur, avoir épuisé les matières, et quand on refusera la grâce que le prince Eugène demande pour lui, je crois que ce refus sera dans les règles ; mais je crois aussi qu'il sera très contraire aux vues de Mgr le Régent : les suites prouveront mon dire, mais il sera difficile d'y apporter remède. » En marge de cette lettre, en face du mot grâce, se trouve écrit de la main du Régent : « L'accorder quand et comment il le jugera à propos, mais la faire valoir au prince Eugène. »

A Vienne l'affaire de la grâce agitait les esprits. Bonneval y tenait plus qu'à tout au monde ; il voulait pouvoir rentrer en France quand bon lui semblerait ; il était né en Limousin, cela était une raison suffisante. Aujourd'hui il comprenait mieux ce que Jean du Bellay exprimait dans ses poèmes romains ; la lointaine patrie lui apparaissait sous un jour nouveau. Il pensait au château de ses ancêtres, à l'agréable séjour de ce lieu entouré de châtaigniers et d'étangs de soleil, et puis revoir Paris !...

La nouvelle de la grâce arriva ; le comte du Luc surgit un matin en criant depuis la porte : « Voilà, mon cher cousin, vous l'avez obtenue ! » Bonneval fut heureux et satisfait que les événements eussent tourné à son avantage. Bien qu'il fût tôt et qu'il eût beaucoup bu la veille, il fit quérir du Sillery, et demanda qu'on allât immédiatement chercher M. Rousseau afin qu'il bût avec eux.

Jean-Baptiste Rousseau vivait aussi chez le Prince dans un appartement donnant directement sur la bibliothèque, de sorte qu'il avait tout loisir d'y travailler. Bonneval, par son goût des lettres, s'intéressa tout de suite à ce poète banni comme lui de France pour des raisons qui auraient dû faire honte à ceux qui les avaient invoquées.

Rousseau lisait à ses nouveaux amis ses œuvres au fur et à mesure qu'il les composait et le Prince était toujours flatté quand le poète lui demandait son avis. M. Koch, le secrétaire du Prince, faisait partie du cénacle. En ce moment, la victime du poète était le prince de Salm qui depuis sa disgrâce poursuivait Eugène de sa vindicte en faisant répandre dans Vienne des bruits fâcheux sur les mœurs princières.

Rousseau avait un visage plutôt joufflu, une physionomie d'esprit et de belles boucles brunes qui lui tombaient sur les épaules ; quand il imitait le prince de Salm parlant, il faisait semblant de baver comme un bègue et faisait rire la société par ses bons mots.

Bonneval venait d'apprendre qu'il avait obtenu sa grâce quand il reçut une lettre de Rochefort lui annonçant la mort de Sophie qu'il savait malade depuis longtemps. Cette lettre lui apprenait aussi la survenue de son fils Claude. Il avait en effet promis à Sophie, s'il lui arrivait quelque chose, de s'occuper de son fils et même de le prendre avec lui s'il était en âge de servir.

L'enfant qu'il avait conduit à la diligence quelques années auparavant était devenu un jeune homme, fort bien tourné, à la taille bien prise avec une jolie figure plus féminine que masculine. On eût dit Sophie dans sa jeunesse. Le jeune homme laissait pendre ses cheveux au naturel sur ses épaules comme Bonneval lui-même en avait l'habitude autrefois. Il avait de bonnes manières, de la modestie, de l'esprit et même un peu de lecture. Bonneval l'interrogea et les réponses du garçon lui plurent. Il décida de l'adopter et de l'introduire dans l'entourage du Prince. Bonneval se rappelait les quelques temps qu'ils avaient passés ensemble autrefois à Paris comme des moments agréables ; puisque son fils aimait l'exercice et le maniement des armes, il en ferait un soldat. Voilà quelqu'un qui pourrait lui succéder un jour ; il paraissait avoir toutes les qualités qui font un militaire.

— Vous suivrez l'exercice avec mes hommes, lui dit-il, et ensuite je m'occuperai de vous ; vous servirez sous moi ! Mais je vous demande de garder le secret sur votre naissance ; vous vous appellerez désormais Latour et vous serez comte. Vous n'aurez qu'à dire que vous êtes cousin d'une vieille connaissance de mon frère que je veux obliger. De toute façon, personne ne posera de question ! Comte, oui cela est bien ! Je suis assez noble pour faire des nobles autour de moi ; en vous donnant seulement un de mes nombreux quartiers, je suis en mesure de poser sur votre tête une couronne. Mais il ne faudrait pas qu'on sût que vous êtes mon fils ; on ne comprendrait pas d'où je vous tiens et puis, il n'est pas besoin de donner prise au monde. Je pourrai faire pour vous beaucoup plus si l'on ignore nos liens et vous pourrez pour moi davantage.

Le prince Eugène a la bonté de me compter parmi ses amis ; soyez aimable ; je vais vous présenter de ce pas. Montrez-vous prudent avec la comtesse Batthyany, c'est une vipère, et tâchez de devenir son confident ou tout au moins son protégé ; cela nous servira. Vous habiterez avec moi au palais ; je doute que Son Altesse y voie quelque inconvénient ; je vais donner des ordres pour que l'on prépare votre appartement mais il faut dès aujourd'hui que vous voyiez un tailleur et qu'il vous fasse des habits. Prenez exemple sur moi ; n'ayez pas peur du bon goût ; restons Français au milieu de ces Autrichiens.

Bonneval envoya Lacloche chez le Prince demander si Son Altesse le pouvait recevoir pour une affaire d'importance. Son Altesse attendait le comte dans la bibliothèque. Pendant qu'ils parcouraient les immenses galeries du palais et traversaient des salles grandes comme des plaines, Latour regardait tant de magnificence avec des yeux étonnés ; son regard allait des plafonds décorés et surchargés d'or aux murs ornés et couverts de miroirs dans des cadres d'argent.

— Je lis dans vos yeux la surprise de voir tant de luxe, mais vous vous habituerez...

— Vais-je vraiment vivre ici ? demanda le jeune homme.

— Bien sûr puisque la providence l'a voulu ainsi et moi aussi.

Le prince Eugène se trouvait dans la bibliothèque avec M. Chiarini ; c'était un peintre italien qui exécutait en ce moment divers travaux d'embellissement au Belvédère et que Son Altesse protégeait.

— Que me vaut le plaisir d'une visite aussi matinale ? demanda le Prince en posant ses yeux sur Latour.

— Je voudrais présenter à Votre Altesse le comte de Latour qui passera quelque temps à Vienne afin d'y apprendre l'art militaire et serait infiniment flatté de recevoir quelquefois vos leçons !

— Approchez-vous, jeune Français, à moins que vous ne descendiez de l'Olympe avec la figure que voilà !

Latour rougit.

— Il est encore timide, dit Bonneval ; il arrive de sa province.

— Il est vrai, dit le peintre, qu'il a la figure la plus intéressante que j'aie vue depuis longtemps, et si ce jeune homme le voulait bien, il ferait un excellent modèle pour Enée que je commence à peindre.

— Quelle bonne idée, M. Chiarini ! Vous avez l'œil du peintre ! c'est tout à fait Enée ! *Arma virumque...*

— N'est-ce pas, cher comte, que vous accepterez de poser pour M. Chiarini ?

— Je... enfin... je...

— Il accepte ! s'écria Bonneval.

— Je vais lui faire préparer un appartement, déclara le Prince.

— Je m'étais proposé de le prendre chez moi.

— Il n'en est pas question ! Il occupera l'appartement du roi de Pologne ! Je le veux ! Il faut autour de tant de beauté un écrin !

— Puisque Votre Altesse l'ordonne nous n'avons qu'à obéir.

— J'espère que le comte de Latour me fera l'honneur de m'accompagner au Belvédère voir les travaux de M. Chiarini.

— J'en suis convaincu, dit Bonneval. Mais avant cela je sollicite de Votre Altesse la permission de l'amener à la revue de mon régiment !

Bonneval ne voulait pas qu'on sût que Latour était son fils à cause de cette affaire de mariage qui venait de surgir dans sa vie et dont il n'avait encore parlé à personne. Sa mère lui avait écrit plusieurs lettres où elle déclarait qu'il fallait absolument qu'il se mariât pour faire bonne figure ; et surtout pour s'établir. Le marquis de Biron qu'il connaissait déjà avait proposé l'une de ses filles, Judith-Charlotte. Elle était faite à peindre, avec une figure d'esprit et une très jolie dot... La marquise douairière de Bonneval de son côté proposait de donner à son fils une forte somme d'argent s'il se mariait. Bonneval n'en avait vraiment aucune envie mais il tenait à sa grâce et ne voulait pas contrarier sa mère. Elle s'impatientait qu'il n'arrivât pas à Paris. Des rumeurs malveillantes circulaient d'après lesquelles il aurait refusé la grâce accordée. Le chargé d'affaires de l'Empereur à Paris, M. de Penterrieder, l'avertit de ces bruits. Bonneval adressa une lettre au président du conseil des Affaires étrangères, M. le maréchal d'Huxelles :

« Monsieur,

Votre Excellence ne saurait imaginer à quel point la joie que j'ai ressentie en apprenant la grâce que m'a accordée Mgr le Régent s'est augmentée par l'intérêt qu'elle a témoigné d'y prendre et dont M. de Penterrieder a eu la bonté de me rendre compte.

J'ai reçu cette nouvelle, Monsieur, avec toute la reconnaissance imaginable et plein de l'envie de me conformer aux sages avis que Votre Excellence a daigné me donner par lui. Je n'ai jamais prétendu mon rappel que par les règles usitées en France, et il faut que quelque personne un peu trop officieuse ait voulu me faire penser autrement que je ne fais pour tâcher de diminuer les bonnes intentions de mes protecteurs et troubler en même temps le cours de la plus sensible faveur qu'ils me puissent faire. Je puis, Monsieur, assurer Votre Excellence que lorsque j'ai parlé à l'Empereur et à nos ministres afin de les intéresser pour moi, je l'ai fait avec tout le respect que je devais au Roi, à S.A.R. Mgr le Régent et aux lois du royaume. C'est dans ces sentiments que j'ai encore l'honneur de vous écrire. J'aurais été moi-même solliciter la générosité de Votre Excellence si je n'avais reçu les ordres de me tenir prêt à marcher en Hongrie au premier avril ; mais je ne perdrai pas un moment d'abord que je serai libre pour aller lui rendre mes très humbles grâces, n'ayant rien de plus à cœur que de lui témoigner ma juste et vive reconnaïssance et le respect infini avec lequel je suis, Monsieur, de Votre Excellence, le très humble et très obéissant serviteur. »

Al. Comte de Bonneval

Le Sultan avait attaqué la Morée, possession vénitienne. Aussitôt Venise, en application du traité d'alliance de 1684, demanda à l'Empereur de lui venir en aide. La Sérénissime au bord de la décadence n'était plus en mesure de se défendre seule. L'Empereur, sur les conseils du prince Eugène, déclara la guerre à la Sublime Porte.

Claude de Latour se joignit au régiment de son père en qualité d'aide de camp.

Le Grand Vizir en personne à la tête de cent cinquante mille hommes de troupes, de quarante mille janissaires, de trente mille spahis, le reste composé de Tartares, d'Egyptiens, de Valaques, d'Albanais, mena la campagne avec une cruauté fanatique faisant mettre à mort les soldats et même les officiers tombés entre ses mains. Il avait juré de s'emparer de Vienne. Eugène n'avait que soixante mille hommes. Plusieurs officiers autour de lui l'implorèrent de ne pas risquer une guerre de mouvement. Ils l'exhortèrent à laisser les Turcs s'épuiser dans une guerre d'usure contre la forteresse de Peterwaradin. Or le Prince qui oubliait toute prudence quand il s'agissait d'attaquer des Turcs estimait qu'une telle tactique affaiblirait le moral des troupes. Bonneval le soutenait de ses conseils; il mourait d'envie de se battre : c'était sa première bataille contre des Turcs dans ces plaines immenses de Hongrie où Eugène s'était illustré. C'était contre cet ennemi-là qu'on savait féroce que le Prince avait gagné sa gloire. Bonneval savait que son tour était venu d'être couronné de lauriers.

Eugène connaissait la force et les faiblesses des Turcs. Il disposa son armée de soixante mille hommes entre le Danube d'un côté, les fortifications de Peterwaradin de l'autre et en faisant usage d'une double ligne de retranchements construite vingt ans auparavant. Ensuite, il choisit un poste de commandement dont la situation permettait d'observer la progression de la bataille.

A sept heures du matin, le prince Eugène donna l'ordre au prince Alexandre de Wurtemberg d'attaquer avec sa brigade qui était de six bataillons ; ils percèrent l'ennemi et pénétrèrent jusqu'à une batterie de canons dont ils se rendirent d'abord les maîtres ; le comte Palfy avec sa cavalerie chargea avec le même succès. Déjà l'on parlait de victoire et l'on se félicitait du peu de sang qu'elle allait coûter quand tout à coup la ligne droite d'infanterie fut rompue par une cause qui aurait dû produire l'effet contraire : les retranchements, quoique fort ruinés, ne l'étaient pas assez pour être passés de front. Il fallut défiler et les fantassins le firent par huit ouvertures qui formèrent huit colonnes ; chaque colonne fut menée par un général major d'infanterie ou par un lieutenant feld-maréchal. Bonneval, Lancken, Wallenstein, reçurent l'ordre d'Eugène de s'étendre dès que les colonnes seraient hors de ligne de retranchement ; mais le peu d'espace qu'il y avait de là aux travaux des Turcs ne le permit pas. Les soldats impériaux étaient sous leur feu et les Turcs n'eurent pas plus tôt aperçu la tête des colonnes qu'ils sortirent de leurs trous avec des cris épouvantables ; ils ne furent pas mal reçus. L'infanterie impériale soutint leur choc avec une vigueur extraordinaire ; elle les repoussa et gagna sur eux plus de vingt pas de terrain en avant, mais cet avantage ne dura qu'un instant, le corps entier des janissaires posté dans la vallée vint fondre sur elle. Les colonnes à demi passées ne purent résister à une charge si brusque et si forte ; les Turcs profitant du trouble des Impériaux renversèrent les colonnes l'une sur l'autre en les poussant ; ils pénétrèrent jusqu'au premier retranchement et s'avancèrent même jusqu'au second. Bonneval tâchait de rétablir l'ordre. Wallenstein et Lanken essayaient d'en faire autant. Ils avaient beau exhorter, menacer, tout était inutile ; les soldats semblaient devenus sourds, la confusion augmentait et les Turcs continuaient à sabrer tout ce qu'ils rencontraient ; alors, en peu d'instants l'horreur fut complète ; avec leurs grands et larges sabres courbes, effilés comme des rasoirs, les Turcs, quand ils ne pouvaient pas décapiter un soldat, coupaient oreilles, nez, bras qui volaient comme des éclats de bois sanglant, et l'on voyait des membres écrasés sous les pas des soldats qui piétinaient sur place en poussant des cris horribles. Au-dessus d'eux, impavide, les manchettes éclaboussées de sang, vrai chef, calme et résolu, regardant tout autour de lui et surveillant ce massacre de l'œil du maître, Bonneval par son courage réussit à rameuter les troupes en désordre. Wallenstein tomba en voulant rassembler les siennes ; puis ce fut au tour de Lanken qu'un coup de sabre fendit en deux. Bonneval se retrouva seul au milieu des ennemis bientôt séparé de la colonne qu'il commandait et avec laquelle était resté Latour. Il n'avait autour de lui que deux cents soldats de son régiment. Néanmoins, il garda son calme et ne se déconcerta point. A la faveur du danger pressant et de son expérience, il disposa ses hommes à la hâte derrière les travaux mêmes des Turcs qu'il réussit à gagner et les rangea de manière qu'ils faisaient face de tous côtés. Cette troupe se défendit dans ce poste pendant plus d'une demi-heure, mais les deux cents ayant été réduits à vingt-cinq, force fut de céder. Il pensa à la retraite ; il fraya son chemin avec ses vingt-cinq hommes dans un gros de janissaires ; ce ne fut pas sans recevoir ni donner bien des coups. Sa culotte de peau était pleine de sang et malgré son casque en fer, un coup tout à l'heure sur la tête l'avait étourdi. Mais il fallait tenir au cœur de la bataille et se battre jusqu'au bout. Il avait une certaine manière de se servir de son bouclier à des fins d'attaque et de défense que les plus zélés de ses soldats imitèrent. La petite troupe fut pour ainsi dire passée par les armes; dix soldats y périrent encore; Bonneval lui-même soudain reçut un coup de lance qui le jeta par terre, mais s'étant relevé malgré une forte douleur, il passa son épée à travers le corps de celui qui l'avait blessé. Il perdait beaucoup de sang. Il se fit emporter par deux de ses hommes et traversa ainsi les lignes turques jusqu'au Danube où l'on put l'allonger en attendant des secours. Il souffrait beaucoup et croyait sa dernière heure arrivée.

Pendant que les Turcs battaient l'infanterie de la droite impériale, la cavalerie impériale maltraitait fort les Turcs. Les spahis vêtus de rouge l'avaient attaquée avec de grands cris en voltigeant et caracolant, mais les escadrons allemands serrés comme des murs noirs marchant d'un pas grave et réglé avaient réussi à pousser la cavalerie turque, à se rendre maîtres de son terrain et à le conserver, quoique les Turcs revinssent plusieurs fois à la charge. La brigade du prince de Wurtemberg se maintenait aussi; la réserve n'était point ébranlée et les flancs étaient gardés; le mal n'était donc pas sans remède. Les Turcs éblouis par ce rayon de victoire qui tombait sur eux ne prenaient pas garde qu'ils prêtaient leur flanc aux Impériaux et que ce flanc trop long et flottant serait percé au premier choc; les Turcs ne virent rien; le prince Eugène vit à leur place.

Il eut bientôt remarqué la faute des Infidèles; il en profita avec toute cette habileté et cette promptitude qui lui étaient si naturelles; il envoya ordre au comte

Palfy de détacher deux mille chevaux de la gauche pour passer à la droite et chargea en flanc les janissaires occupés à forcer le second retranchement derrière lequel la moitié de l'infanterie impériale ne pouvait pas faire une longue résistance contre un si grand nombre d'ennemis. L'ordre s'exécuta à merveille; les deux mille chevaux allemands eurent bientôt percé les bataillons flottants et ouverts des janissaires. Ils furent foulés aux pieds des chevaux et la bataille retentissait des cris des hommes que l'on semblait rouer. Leurs membres qui se brisaient sous le fer des chevaux produisaient un craquement qui se mêlait au choc des armes et aux hurlements des Turcs. L'avantage sur les janissaires donna le temps à la première et à la seconde ligne des Impériaux de se rétablir; les bataillons se formèrent et se remirent en ligne; le corps de réserve s'avança, l'artillerie de Peterwaradin tonnait contre les Turcs; les voilà entre trois ou quatre feux; ils ne savaient vers où se tourner. Bonneval oubliait sa souffrance et observait la bataille. Il se trouvait que l'endroit où il s'était retiré formait une éminence qui lui permettait d'en voir la plus grande partie.

Bonneval constata que les Turcs ne connaissaient pas l'art de former un bataillon carré. S'ils l'avaient su, se dit-il, alors ils auraient pu faire une retraite honorable, si tant est qu'ils n'eussent pas remporté la victoire. Ils ne voyaient d'autre parti à prendre que la fuite. La plupart se dirigèrent vers leurs travaux et se plongèrent dans les boyaux de leurs tranchées, mais ces trous qu'ils avaient creusés pour conserver leurs vies leur servirent de tombeau; la mort les y poursuivit à coups de baïonnette. Ils auraient pu se rallier pourtant à la faveur de ces tranchées, se dit-il, et tenir encore longtemps. Il regrettait que d'aussi valeureux soldats soient mis en pièces par ignorance et par manque d'organisation. Courageux, ils l'étaient, et forts à n'avoir peur de personne, mais leurs armes étaient anciennes et leur art de la guerre n'était pas aussi abouti qu'en Europe. Pourtant ils étaient beaucoup plus nombreux. Le Grand Vizir fut blessé mortellement par une balle autrichienne. La déroute des Turcs fut complète ; ils abandonnèrent, selon leur habitude, l'artillerie, les munitions, les tentes, les bagages, les femmes, les jongleurs, les fauves, qu'Eugène prit pour sa ménagerie, et leurs impedimenta. Il y avait des animaux et des vivres, des buffles, des bœufs, des chameaux et des mules ; dix mille moutons ; des quantités impressionnantes de blé ; des entrepôts entiers de farine, de sucre, d'huile et de café. Sous la tente même du Grand Vizir, des coffres contenaient des bijoux et de l'or ; le sol était recouvert de tapis précieux et même un perroquet pérorait sur son perchoir. Un grand divan au milieu de la tente était recouvert de magnifiques soieries et d'une couverture en peaux de zibelines. Le prince Eugène garda cette tente pour lui ; elle était si grande qu'il fallait cinquante hommes pour la dresser. Les tentes des pachas étaient remplies d'autres trésors, des armes à damasquinures d'argent, des harnais magnifiques rehaussés d'or et de pierreries.

On transporta Bonneval dans la tente d'un pacha afin de l'y soigner ; c'était une tente assez grande pour abriter plusieurs pièces, séparées les unes des autres par des cloisons en étoffe brodée d'argent. Les sièges étaient des tabourets d'ivoire ou de bois précieux incrustés de nacre ou de filets d'or et d'argent. Bonneval gisait sur un divan garni de peau de panthère. Il était inconscient ; on venait de l'opérer ; le chirurgien avait tant bien que mal recousu une blessure grave dans la partie inférieure du ventre près des glandes inguinales. Le chirurgien affirmait que si la plaie ne s'infectait pas il faudrait néanmoins que le blessé portât une plaque d'argent, afin que les entrailles ne sortissent point par là. Mais le comte avait cessé de souffrir et rêvait grâce à l'opiat qu'on lui avait administré.

Il était couché au milieu de gros coussins garnis de plume et recouverts de soie pendant qu'une esclave turque qu'on avait trouvée blottie dans un coin de la tente éventait le blessé avec un flabellum. Le prince Eugène se tenait près de lui quand son protégé se réveilla ; le comte de Latour aussi et Lacloche, le valet de chambre qui pourvoyait à tout et faisait en sorte que l'existence fût réglée comme une bataille.

— Vous avez été magnifique, dit le Prince. Quel courage ! Quel génie dans l'adversité ! J'ai tout vu ; comme je suis fier de vous ! Vous avez eu la part la plus dangereuse de l'entreprise ; la tente où vous êtes vous appartient désormais ; je vous la donne avec tout ce qu'elle contient en attendant que l'Empereur vous récompense !

— Les éloges de Votre Altesse me touchent, mais ils me semblent exagérés ; je n'ai fait que sauver ma vie ; croyez-vous que cela soit de l'héroïisme ?

— Sans doute lorsqu'on défend en même temps des couleurs et que l'on est au cœur de la bataille. Le comte de Latour s'est fort bien conduit au poste où il était et je me félicite qu'il ait à combattre sous vous, mon cher ami !

A peine réveillé, Bonneval allait mieux ; il buvait du vin de Champagne pour se remettre ; il en avait fait emporter depuis Vienne en se disant qu'à Peterwaradin, Lacloche trouverait certainement de quoi le rafraîchir. Le valet avait de l'ingéniosité et Bonneval s'y fiait comme à lui-même parce qu'il le savait dévoué. Lacloche était dans la confidence de beaucoup de choses. Quelquefois même partageait-il des secrets. Bonneval lui dictait des réponses à sa mère, la marquise douairière qui le bombardait de lettres où elle vantait sa cousine, une créature vraiment digne d'être épousée. Elle répétait qu'elle était faite à peindre, la taille bien prise, une figure d'esprit, l'usage du monde, de l'amour à revendre et bien d'autres qualités et surtout une dot importante et un père en odeur de cour auprès du Régent. Mais Bonneval se demandait parce qu'elle était sa fille si elle avait la figure du père Biron ; ce devait être un de ces visages dénué des beautés que les grâces accordaient aux femmes qu'il avait aimées.

Bonneval dictait à Lacloche des lettres à César-Phoebus qui se plaignait que son frère par son retour le mettait dans l'embarras et auquel Bonneval faisait répondre qu'il n'avait aucun dessein d'être à charge de personne. Le temps était révolu où il doutait de trouver de l'argent. A Vienne on lui prêtait ce qu'il demandait ; il était connu des banquiers ; un ami de Son Excellence le prince de Savoie, pensez donc, et de Sa Majesté impériale et catholique elle-même ! Il écrivait maintes lettres à Mme Batthyany qui lui en adressait deux ou trois par jour, pour le presser de rentrer au plus vite la serrer dans ses forts bras de héros. Elle lui disait que le prince Eugène avait écrit à plusieurs personnes dont l'Empereur que son protégé s'était distingué sur le champ de bataille. L'Empereur voulait lui donner un domaine. Mais Bonneval n'avait que faire d'un château en Hongrie ; sa terre à lui, c'était le Limousin. Il voulait être enterré auprès de ses ancêtres.

Mme Batthyany le fatiguait par son insistance, mais quand il était près d'elle il oubliait sa lassitude et reprenait le commerce là où il l'avait laissé ; toujours au même point ; alors on recommençait, et Bonneval trouvait dans le plaisir une compensation à l'ennui.

Au moins dans les batailles on ne s'ennuyait pas; c'était la vraie vie de voir courir à soi des janissaires hurlant, brandissant leur sabre d'une main et de l'autre un couteau. Une petite cuillère d'argent retenue par un lien en cuir pendait à leur ceinture. Leurs visages sauvages étaient barrés d'une moustache noire. Leur férocité n'avait d'égal que leur courage. Bonneval avait manifesté à Peterwaradin plus de talent qu'à Malplaquet parce que, l'ennemi étant turc, il avait tout à coup donné libre cours à sa force. A Peterwaradin il n'avait pas fait de quartier et s'il était blessé, il était sûr d'avoir envoyé dans l'autre monde à lui tout seul une bonne centaine de Turcs. Pendant la bataille, entre l'inquiétude d'être tué, pris ou blessé et la nécessité de commander aux autres, il n'y avait de place ni pour l'ennui ni pour la peur.

Bonneval sous sa tente jouait les pachas; il recevait nombreuse et brillante compagnie d'officiers en verve qui buvaient et jouaient autour de son divan. Lacloche trouva même à Peterwaradin de quoi composer un petit orchestre qui vint jouer pour le comte les pièces qu'il aimait.

Dans la bataille, les Turcs avaient perdu près de six mille soldats, contre seulement trois mille pour les armées de l'Empire. Mais il y avait aussi deux mille blessés dont le plus célèbre profitait de sa maladie pour jouer grand train. Il perdait et gagnait tour à tour et eût engagé sa somptueuse tente si Eugène ne l'en avait empêché. Tout le monde allait le voir. Il y eut tant de monde sous la tente qu'on fut obligé de supprimer les cloisons à l'intérieur, de sorte que l'on fit une très grande chambre au milieu de laquelle gisait le héros de Peterwaradin. Le butin royal consistait en une quantité prodigieuse de bombes, de boulets, de poudre, de grenades; on avait pris cent soixante-quatre pièces de canons tant grandes que petites. On ramassa sur le champ de bataille cent cinquante drapeaux et étendards, cinq queues de cheval et trois paires de timbales magnifiques habillées de leurs tabliers de candaux tiercelins. Le prince Eugène envoya ce butin à Vienne et l'Empereur le fit placer dans la cathédrale Saint-Etienne. Tout le reste fut abandonné aux soldats qui se gorgèrent des richesses de l'Orient. Le prince Eugène écrivit personnellement à la marquise douairière de Bonneval pour lui dire que son fils était hors de danger et s'était conduit en preux et grand capitaine.

On transporta Bonneval à Vienne et le Prince l'entoura de toute sa sollicitude. De retour au palais, le blessé se mit à recevoir de dix heures du matin à minuit sans discontinuer. Lacloche prenait sous sa dictée les nombreuses lettres qu'il envoyait à Paris. Jean-Baptiste Rousseau l'entretenait de sa conversation. M. du Luc passait dans la ruelle de Bonneval le plus clair de son temps ainsi que Mme Batthyany qui ne quittait pas son malade jusqu'à l'arrivée du prince Eugène avec lequel elle se retirait pour jouer au piquet.

Le prince Eugène repartit en Hongrie pour prendre Temeswar. La ville capitula le 13 octobre, de sorte que toute la Valachie se soumit à l'Empereur. Le 21 octobre Lacloche apporta à son maître une lettre de l'abbé Dubois. Il était devenu secrétaire du Cabinet, membre du conseil des Affaires étrangères. Le ministre lui représentait qu'il était important qu'il vînt à Paris pour faire entériner ses lettres de rémission qui étaient scellées et dont il avait reçu la copie par le comte de Penterrieder. Ces lettres ne pouvaient être enregistrées au Parlement qu'il ne fît lui-même pour le demander et pour purger le décret en se mettant prisonnier à la Conciergerie pour quelques heures : l'abbé Dubois insistait sur le fait que c'était une cérémonie dont la naissance et les dignités les plus distinguées n'exemptaient personne. L'abbé Dubois terminait sa lettre : « Adieu, Monsieur, je finis ma lettre comme Ovide son épître de Médée à Jason, *Nil mihi rescribas attamen ipse veni* (Ne me réponds pas, toutefois viens toi-même). »

Bonneval, accompagné de Lacloche, mit moins de quinze jours pour gagner Paris à petites journées. Cela faisait plus de dix ans qu'il n'avait pas vu cette ville. Elle avait beaucoup changé. Depuis que le jeune roi était aux Tuileries et M. le Régent au Palais Royal, tout se passait à Paris et non plus à Versailles où la Cour n'était plus depuis la mort de Louis XIV. Les grands seigneurs faisaient construire de spacieux hôtels dans des faubourgs qui agrandissaient la ville.

Il faisait froid; Bonneval s'installa chez sa mère. A la mort de Marc-Antoine, elle avait repris la maison qu'il louait près du quai des Morfondus pour laisser à César-Phoebus le domaine qui lui revenait.

La marquise que l'on appelait aujourd'hui douairière afin de ne pas la confondre avec sa bru avait vieilli bien sûr mais son fils ne trouvait pas que sa mère, avec son visage plâtré de céruse et sa perruque à la mode nouvelle, garnie de nœuds de ruban ponceau, avait changé. Elle virevoltait sur elle-même, racontait quel mal elle s'était donné pour cette affaire d'amnistie; quel combat elle avait livré contre les forces sourdes de l'opposition en cherchant par tous les moyens à faire triompher la cause de son fils. Elle le trouvait magnifique. Il l'était. C'était un homme de quarante et un ans passés, le corps fait à tous les exercices, grand et fort comme une statue ; il avait une démarche souple et facile, rien de pompeux, rien de rigide, beaucoup de grâce naturelle dans le maintien et un air martial tout à la fois. Ses cheveux étaient coupés d'une façon particulière en rond comme l'empereur Titus dont il avait acquis la réputation de générosité, d'esprit et de bravoure. Depuis Peterwaradin, la gloire de Bonneval avait grandi ; Jean-Baptiste Rousseau n'y était pas étranger, qui composa une ode qu'on disait dans tout Vienne.

Quel est ce nouvel Alcide
Qui seul entouré de morts
De cette foule homicide
Arrête tous les efforts ?
A peine un fer détestable
Ouvre son flanc redoutable ;
Son sang est déjà payé,
Et son ennemi qui tombe
De sa chair qui succombe
Voit fuir le reste effrayé.

Cette gloire viennoise avait gagné Paris en même temps que la nouvelle de la grâce accordée par le Régent. Et Paris comme d'habitude se scinda en deux, mettant d'un côté ceux qui donnaient tort au Régent d'avoir amnistié ce traître, de l'autre ceux qui lui donnaient raison d'avoir oublié le passé de ce glorieux et valeureux héros. Une cabale s'organisa ; comme toujours les envieux, les jaloux, les aigris se mirent du parti du refus et dans une même fureur, sous prétexte d'honneur, détestaient les Autrichiens et ceux qui les servaient. Mais ses admirateurs étaient beaucoup plus nombreux et parmi ceux-là se comptaient des gens importants et dignes. La faveur de Bonneval était éclatante et faisait enrager davantage ceux qui la contestaient.

Les amis d'autrefois défilaient dans l'appartement qu'il occupait chez sa mère ; de sa vie, elle n'avait jamais vu autant de mouvement ; même autour du Roi on s'agitait moins. Bonneval se réveillait, sonnait Lacloche ; on lui apportait son chocolat ; on ouvrait les portes de la chambre et les gens entraient. Sachant qu'il aimait les lettres, de jeunes auteurs venaient lui déposer leur ouvrage ; des poètes sollicitaient l'honneur de dire les œuvres qu'ils lui avaient consacrées et Bonneval laissait faire, amusé par tout ce remue-ménage ; cet homme aimait infiniment la compagnie et comme il voyait des gens de goût, leur société lui était agréable ; César-Phoebus fit le voyage du Limousin pour voir son frère. L'entrevue fut courtoise mais peu chaleureuse. La marquise de Bonneval était une femme de bon ton, de beauté médiocre et d'un caractère assorti. Non, décidément Bonneval n'aurait pas aimé vivre dans la société de son frère et de sa belle-sœur, elle paraissait fort ennuyeuse mais il s'amusait de leur embarras à lui représenter qu'il serait inopportun qu'il vînt s'installer au château. César-Phoebus demanda à son frère s'il était heureux de se marier. Il répondit qu'il ne se soumettrait pas à ce projet que sa mère avait préparé avec le marquis de Biron. Si on le forçait au mariage, il s'en irait après la noce, déclara-t-il.

La marquise douairière parlait tous les jours de cette demoiselle qu'elle avait dénichée dans le fond d'une famille nombreuse et qu'elle trouvait exquise. Enfin, la rencontre des fiancés fut prévue pour un dimanche après-midi.

Mme de Bonneval ouvrit ses salons, invita beaucoup de monde et allait de l'un à l'autre faire l'éloge de son fils. Bonneval vêtu avec une simplicité martiale s'ennuyait à répéter pour la dixième fois à tous ces trumeaux emperruqués et poudrés, affligés de goutte et de maladies puantes qui mettaient sous les plafonds décorés leurs relents sanieux, son action à Peterwaradin. Il remplissait les oreilles sourdes de vieux parents, et celles grandes ouvertes des jeunes filles ébahies qui faisaient cercle autour de lui, du récit de la charge des janissaires, des corps à corps sanglants et des détails de la bataille. Agglutinés en grappes de couleurs autour des petits guéridons sur lesquels des laquais essoufflés déposaient des assiettes de friandises, les invités parlaient du nouveau conseil de Régence où figurait M. de Saint-Simon qui s'agitait dans un coin d'embrasure en faisant retentir un filet de voix perchée afin de forcer l'attention de l'entourage et de rappeler qu'il était aussi l'homme du jour. Il dit ouvertement quoique à voix basse à M. de Lauzun assis près de lui, mais de sorte qu'il fût entendu de plusieurs dont M. le comte Turpin qui le répéta, qu'il était contre l'amnistie de Bonneval et l'avait dit au Régent. Le duc de Saint-Simon était petit, gringalet sur des jambes frêles avec une figure de ruse et une assurance dans le ton qui se voulait péremptoire. Mais il n'arrivait pas à convaincre de la turpitude de Bonneval et les gens s'éloignaient de lui après avoir entendu quelques phrases à la volée, pour agrandir le groupe autour du héros qui continuait d'épouvanter les jeunes filles par le récit des atrocités de la guerre contre les Turcs.

Les Biron arrivèrent, le marquis portait sur la figure, peinte avec toutes les nuances, la satisfaction d'un homme qui a vendu sa fille dans de bonnes conditions. Il avait peu de biens, une famille nombreuse et ce n'était pas sans un immense soulagement qu'il avait casé cette petite dernière au héros du jour, l'ami du prince Eugène, le protégé de l'abbé Dubois auquel Biron faisait une cour éperdue pour risquer tous les avantages. Son unique bras était devenu très long depuis qu'il ne quittait plus le Régent et l'on parlait déjà pour lui à mots couverts d'envie de duché et de pairie, de pensions et d'honneurs ! Il donnait à ce bras des mouvements de grâce en s'emparant le plus souvent possible d'un verre de vin de Champagne que lui présentait un laquais qui passait ; il faisait frémir ses dentelles afin qu'on vît qu'elles étaient belles. Madame au plus grand air joignait un assez joli visage où ne transparaissait pas trace de génie. Comme son époux parlait beaucoup et qu'elle le suivait, elle se taisait en se contentant de se tenir droite. Judith-Charlotte, sans être laide à proprement parler, n'était pas belle non plus quoiqu'elle eût les plus beaux yeux du monde et fort remplis d'esprit. Le marquis adressa des compliments à son gendre en l'appelant Tarquin le Superbe pour user jusqu'au bout son bon mot d'Audenarde, lui dit qu'il se flattait d'être un homme heureux d'avoir l'honneur et ainsi de suite. Bonneval répondit sur le même ton qu'il se félicitait d'une union devenue nécessaire. On fit semblant de ne pas comprendre que cette phrase était équivoque et témoignait peu d'amour et l'on continua de pépier sur tous les tons. Biron criait fort qu'il était au mieux avec l'abbé Dubois et l'adorait après avoir longtemps murmuré qu'il le haïssait. Il disait du bien des gens en place en agitant son bras, appelait Bonneval « mon cousin » et hurlait de sa voix cassée qu'il était l'honneur de la famille et du royaume ! Sur quoi le duc de Saint-Simon prit congé de l'assistance afin de ne pas en entendre davantage. Il salua Bonneval avec froideur sans chercher à lui cacher qu'il était contre lui et qu'il n'était venu à ces fiançailles que par égard pour Biron et par amitié pour le duc de Lauzun.

Le vieux duc de Lauzun, l'ancien cadet de Gascogne qui avait ravi le cœur de la Grande Mademoiselle, appelée le plus beau parti de France, qu'il avait épousée secrètement, avait quatre-vingts ans. Devenu veuf il avait épousé une jeune personne dont la famille escomptait la mort prochaine du vieil époux. Mais le duc était d'une verdeur exceptionnelle, toujours excellent cavalier et continuant d'entretenir des maîtresses chez lesquelles à tour de rôle il allait passer ses après-dîner à badiner en prétendant qu'il n'y avait que l'amour qui sût chasser la mort. Il était enchanté d'introduire dans sa parenté un homme connu pour son caractère, son courage, son libertinage et qui scandalisait tout le monde. Il avait proposé son hôtel pour la noce. Il logeait sur le quai Malaquais dans un bel hôtel construit par Mansart et qu'il habitait à la suite de Marie-Anne Mancini, duchesse de Bouillon, nièce de Mazarin qui l'avait fait embellir par Le Nôtre et Lebrun.

Bonneval fermait les yeux afin de ne pas voir ce qui se préparait. Le mariage lui faisait horreur ; il avait trop pris l'habitude de vivre à sa guise sans femme attitrée pour se résoudre à subir le joug d'un commerce aussi routinier. Mme Batthyany lui suffisait, qui avait tout le mauvais caractère d'une épouse impérieuse. Elle lui avait fait jurer qu'il ne se marierait pas et tiendrait bon quand on voudrait l'y forcer. Il recevait une lettre par jour de passion pure et de flamme jalouse qui brûlait les doigts. Alors il ne lisait presque jamais ses lettres, sauf les endroits qui traitaient de points précis concernant sa position à Vienne et des nouvelles de l'Empereur ou du prince Eugène qui écrivait de son côté des lettres pleines d'amitié, dans lesquelles il parlait des préparatifs de la prochaine campagne, de l'organisation de l'armée en représentant à son ami que sa présence serait nécessaire à la tête de son régiment pour rendre Mars favorable aux chrétiens contre les Infidèles.

Bonneval avait déjà dressé son plan. Puisqu'il ne pouvait éviter de convoler en justes noces, que c'était la seule façon de recevoir de l'argent de sa mère, il se marierait mais rejoindrait Eugène ensuite. En attendant il ferait bonne figure et par pure bienséance ferait tout ce qu'on attendait de lui. On prit date pour le mariage qui aurait lieu après la cérémonie d'abolition.

Le 5 février 1717 Bonneval se rendit au Parlement de grand matin. Les gens de robe noire et d'hermine d'un côté, les pairs de l'autre en manteaux dont l'or illuminait la couleur, se turent quand le Premier Président entra. Il commença par faire enlever la sellette qui était un petit escabeau en bois grossier où s'asseyaient d'ordinaire les accusés. Sous prétexte de blessure glorieuse et sur ordre de l'abbé Dubois qui avait exigé que la cérémonie fût le moins possible humiliante, la sellette fut remplacée par un coussin de velours. Le Président lut l'ancien acte d'accusation, le verdict du procès après sa minute et l'énumération des sanctions.

Bonneval promenait ses yeux sur cette assistance des hommes les plus importants du royaume. Ils étaient poudrés, emperruqués et couverts de mouches comme des fromages. Beaucoup dormaient sans savoir où ils étaient. On les avait aujourd'hui convaincu de voter pour, quand hier on leur avait demandé le contraire. Ils opinaient, gouvernés comme des marionnettes. On leur donnait des honneurs en échange de leur soumission, une place meilleure, un rang plus élevé à la Cour, de l'argent, un mari pour leurs filles... D'autres regardaient Bonneval d'un air mauvais, puis enfin quelques amis ou des gens intelligents savaient que cet homme était précieux pour la France et que cela seul comptait. Ils savaient qu'il était utile à son pays malgré tout le scandale qu'il provoquait et qui servait à cacher son action comme les seiches se dissimulent derrière un nuage d'encre ou les écrivains derrière leur fantaisie. Bonneval était devenu un agent indispensable au ministre des Affaires étrangères. Depuis Rastadt et sa rencontre avec M. de Torcy, il était en correspondance suivie avec Paris. L'intérêt attentif qu'il portait aux affaires du royaume et son désir secret de favoriser la monarchie universelle le poussaient à servir les Bourbons avec efficacité et discrétion. Pour la France, il s'agissait avant tout de veiller sur son jeune Roi que le Régent aimait et protégeait et de rester la plus grande nation de l'univers avec sa vocation toujours conquérante.

Parmi ces pairs et ces magistrats, il y en avait qui auraient donné leur vie et leurs biens pour le Roi et pour la France; d'autres qui auraient vendu le pays à l'encan en échange de quelque avantage personnel et trahi leur Roi pour un autre plus offrant. Seuls les premiers comptaient. Les autres, il fallait les ménager, les flatter, les séduire, les conduire, les gouverner et leur faire croire qu'ils étaient importants et qu'on ne les méprisait pas. Sages endormis à la chaleur de leur perruque et au murmure des délibérations de la Chambre, sursautant de temps en temps, s'éveillant aux coups de marteau qui scandaient les débats, prélats et secrétaires d'Etat, gouverneurs et gouvernés ne formaient qu'une foule de courtisans qui portaient des titres et des masques. Bonneval n'avait nulle envie de vivre parmi ces « cousins »; il n'avait rien en commun avec ces bonnets de nuit et préférait l'air plus libre du front et le bruit de la guerre au ronflement de ces barons.

Beaucoup le regardaient comme un coupable qu'on graciait mais il ne se sentait coupable de rien. Il était victime de l'ineptie d'un ministre, de son impéritie et de sa mauvaise foi. Désormais, depuis que Chamillart n'était plus, que la vieille dame avait été reléguée, que la duchesse du Maine frondait seule dans son coin pour tâcher de renverser le Régent, et que l'abbé Dubois gouvernait, les choses s'étaient retournées et ceux qui détenaient le pouvoir la veille étaient chassés aujourd'hui. Les maîtres qui tiraient auparavant les ficelles étaient ligotés par celles qu'ils avaient déroulées pour d'autres et le spectacle de marionnettes continuait sans eux.

L'amnistie était pleine et entière. De plus, le Régent voulait que cette amnistie fût approuvée par le conseil de Régence en présence du Roi. Certains s'y opposèrent mais elle fut approuvée néanmoins. Bonneval triomphait dans un pays qui osait enfin respirer après l'oppression pénible des dernières années du règne du Grand Monarque et de l'austérité ostensible des mœurs. Le retour de la Cour redonnait à Paris son air de capitale et les fêtes succédaient aux bals. Le Régent montrait aux Français l'exemple d'un libertinage que les plus hâtifs prenaient à tort pour de la liberté. Sous des airs de fête l'Etat suivait ses implacables machineries et ses desseins historiques.

Des tripots ouvraient en nombre de jour en jour plus grand et l'on ne comptait plus les bordels où se vendaient les filles et les jolis garçons. Pour être à la mode, les Parisiens s'adonnaient au libertinage comme la veille à la dévotion et les mêmes qui pour plaire à Mme de Maintenon se jetaient au pied des autels, pour complaire au Régent adoraient Vénus et sacrifiaient aux dieux du Plaisir. La duchesse de Berry suivait les leçons de son illustre père. On ne parlait que de la licence de la fille du Régent ; de son goût pour un neveu de Lauzun que l'on disait fort doté par la nature et fort doué à faire jouir les dames quoiqu'il eût une figure peu ragoûtante et pleine de boutons. Rion était un jeune cadet de la Maison d'Aydie, fils d'une sœur de Mme de Biron. C'était un gros garçon court, joufflu et pâle sans le moindre argent mais avec beaucoup de frères et sœurs qui n'en avaient pas davantage. Lauzun, ravi de cette aventure, se revoyait vivre sa propre vie avec la Grande Mademoiselle, maître du Luxembourg comme Rion l'était devenu en régnant absolument sur le cœur de la duchesse de Berry, ivre de tous les plaisirs et de toutes les liqueurs et folle de celui qui augmentait le principal. Rion fut bientôt vêtu des plus beaux habits et des plus fines dentelles, les doigts chargés de pierreries, la poitrine de décorations et de joyaux et marchant cambré, le bassin en avant, planté sur ses massives cuisses de dieu Pan, il dressait comme une proue la bosse qui lui valait sa fortune et faisait son triomphe.

Bonneval rencontra ce « cousin » une nuit chez le Régent. Le marquis de Biron l'avait invité à un de ces fameux petits soupers qui constituaient le délassement favori du duc d'Orléans.

Par un escalier dérobé l'on accédait à des appartements privés ornés avec magnificence. Des rideaux en soie rose frangée d'or cachaient les fenêtres ; la lumière des bougies était tamisée par des écrans roses qui donnaient aux femmes un teint uni et velouté et aux hommes l'air moins fatigué. La table était dressée avec raffinement. Au milieu d'une société peu nombreuse se tenait le Régent. Sur une ottomane garnie de coussins à la mode orientale, des femmes assises riaient entre elles. Il y avait là Mme de Tencin affichant sur le visage le plus gracieux la certitude de plaire et la volonté de gagner ; Mme de Prié, maîtresse en titre du Régent ; Mme de Sabran qui osait des cheveux défaits dont les boucles blondes couvraient ses épaules nues ; la duchesse de Gesvres aimant le plaisir comme les chats les caresses ; et Mme du Deffand introduisant dans ce monde relâché la rigueur d'une femme de raison qui vivait la vie par goût de la science et qui se débauchait pour faire des expériences sur ses sens : elle semblait être au-dessus de tout et promenait sur l'assistance un regard désabusé ; et enfin Mme de Nicolaï qui, malgré une épaisse couche de blanc de céruse, ne parvenait pas à cacher une peau grêlée de petite vérole.

Rion avait l'air chez lui et chuchotait à l'oreille de Bonneval que Mme du Deffand malgré ses airs de n'y point vouloir toucher adorait se faire f... par un de ces grands valets choisis pour leurs avantages naturels et qu'il suffisait de faire approcher d'un regard. Ils étaient quatre mesurant six pieds de haut et le pont du pantalon rempli de leur richesse. Mais elle n'aimait pas se faire baiser devant les autres et sous prétexte de pisser, disait-elle, elle allait se faire mettre dans un cabinet qui joignait le salon. Près du Régent le duc de Richelieu et le duc de Broglie sirotaient leur champagne en faisant des plaisanteries que le prince était fatigué d'entendre. Puis on parla du problème que posait le peuplement de la Louisiane. On avait suggéré au Régent de faire expatrier de force les gens sans autre état que le vol ou la prostitution. Il suffisait de vider les bordels et les prisons et d'en remplir des bateaux qui emporteraient en Amérique la lie du peuple français. Après tout, c'était aussi la France, là-bas ! Le Régent trouvait que c'était une bonne idée et qu'on allait la mettre en pratique. Le marquis de Biron allait de l'un à l'autre, se croyant à la Cour. On se demandait à quelle heure viendrait Nocé qu'on appelait Braquemardus ; Mme de Tencin insinua en riant que s'il était en retard il devait être occupé ailleurs et qu'on verrait bien s'il bandait encore quand il arriverait.

La conversation allait d'un sujet à l'autre. On parla de Voltaire que protégeait la duchesse du Maine et qui cherchait à provoquer le Régent par ses insolences mais le Régent, fatigué, en riait. Il rit davantage quand Biron se mit à parler de l'abbé Dubois en en disant pis que pendre. On énumérait ses défauts ; chacun rajoutait un détail et l'on se déchargeait ensemble des fatigues de son autorité. Bonneval, s'il connaissait le ministre, ne connaissait pas l'homme et il était assez mal à son aise d'entendre toutes ces horreurs sur un homme qui ne lui avait jamais fait que du bien et dont il admirait sincèrement les vues politiques. Cela fait partie du jeu, pensait-il ; Biron s'approcha de lui et lui dit à voix basse : « N'ayez crainte mon ami, que tout cela soit répété ; ici on dit le mal qu'on veut des gens, s'ils s'en doutent, ils ne l'apprennent jamais, c'est l'essentiel n'est-ce pas ? »

Bonneval se retira assez tôt ; Rion le suivit.

Ils se virent beaucoup pendant quelque temps. Lauzun était aux anges de voir les machines qui se préparaient. Mais quelques échanges de visites, des nuits de débauche ensemble, d'autres passées à jouer aux cartes, ils s'attrapèrent pour une dame de pique, ce n'était pas chez le Régent. L'assistance réussit à les empêcher de se battre. C'était une assistance bizarre du Paris de la nuit, mélange de gens qui trafiquaient les femmes, les nègres et d'autres qui vendaient des châteaux en Espagne. Ils se quittèrent fâchés...

Bonneval accompagna son futur beau-père le marquis de Biron chez le duc de Saint-Simon qui, bien qu'il ne voulût rien avoir à faire avec Bonneval, souhaitait le voir cependant, comme il en usait avec tous, dans le dessein d'observer le monde, semblait-il. Biron pria son gendre de ne pas parler de la nuit chez le Régent ; de ne pas dire qu'il connaissait Rion. Le duc était vêtu pour la deuxième fois de la même façon avec sa veste de drap noir bordée de brillant noir : austère.

Saint-Simon parla de la disgrâce de Pontchartrain. Le borgne avait été malmené depuis quelque temps et on lui faisait regretter sa morgue d'autrefois. Dans le conseil de Régence où siégeaient Saint-Simon, Villeroi et Torcy, Pontchartrain s'occupait de moucher les bougies. Mais les membres du Conseil et le Régent lui-même se lassèrent bientôt du spectacle de Pontchartrain réduit au rôle de valet de pied. Un jour qu'il était debout, appuyé au dossier de la chaise de M. de Torcy, le Régent lui fit sèchement :

— Allez quérir de la lumière !

Pendant que l'autre s'exécutait, le Régent ajouta :

— Il faudrait enfin chasser cet homme-là comme il le mérite puisqu'il ne se rebute pas de tout ce qu'on lui fait et de tout ce qu'on lui dit.

M. du Luc était à Paris mais Bonneval ne trouva pas un instant pour l'aller voir. Il n'en avait pas vraiment envie. M. du Luc l'ennuyait par son insistance à le vouloir faire rester à Paris. Il savait par Vienne que Bonneval allait repartir en Hongrie. Et Bonneval avait failli commettre l'imprudence de lui dire que ce serait pour toujours. Non, il respecterait la bienséance et fuirait en douce simplement loin de ce Paris trop étroit. Bonneval avait envie de se battre. Les nuits de débauches ne lui suffisaient pas, elles n'étaient pas aussi claires que le goût de la guerre.

Bonneval voyait l'abbé Dubois presque tous les jours en secret. Ils préparaient le sujet de l'intervention prochaine de Bonneval à Vienne. Connaissant l'Empereur, il pouvait être d'un grand secours dans une négociation très secrète. Il alla voir le marquis de Torcy chez lui. Ils parlèrent de l'Espagne et de ce qu'il fallait que la France fît pour contrer les menées d'Alberoni qui voulait renverser le Régent ; or il n'y avait pas de meilleur bouclier pour protéger le Roi que le Régent. L'ambassadeur d'Espagne à Paris, le prince de Cellamare, était la personne qu'il fallait surveiller.

Le mariage arriva et Bonneval se retrouva sous les plafonds dorés de l'hôtel de Lauzun en costume d'apparat bleu et or, ses cheveux coiffés au naturel, au bras d'une fiancée qu'il ne connaissait guère, vêtue d'une éclatante robe rouge au milieu de tout ce que la Cour et la ville comptaient de gens de haut parage.

On fit la fête en grand ; les appartements avaient été redécorés par Oppenord qui les remplit de girandoles entourées de lierre, de roses blanches et de buffets aux nappes rouges ornées de guirlandes de lierre illuminées de roses. La marquise douairière semblait suffoquer de colère et, malgré les sourires forcés dont elle honorait les personnes présentes, portait sur le visage la marque d'un grand bouleversement.

M. de Biron semblait lui aussi agacé. Depuis un moment déjà on dansait au son d'un grand orchestre quand on vit tout à coup la marquise douairière de Bonneval courir dans la galerie, éperdue, moitié hurlante et pleurant qu'on l'avait trahie. Elle se précipita un peu plus loin sur le quai Malaquais chez le duc de Béthune pendant que les salons se remplissaient de bavardages sur ce qui venait de se passer.

Quelqu'un avait assisté à la scène ; les beaux-parents avaient parlé de la dot ; le marquis prétendit qu'il ne la pouvait payer. La marquise douairière de Bonneval répondit que dans ce cas elle ne payerait rien non plus ; qu'elle n'était pas là pour entretenir sa belle-fille. Biron l'ayant traitée d'un fort gros mot, elle rétorqua tout aussi fort ; le ton monta et la marquise s'enfuit en vociférant, et disant qu'on avait fait le malheur de son fils et le sien propre.

La clameur fut grande, le tumulte aussi. Bonneval se sentait floué. Son frère César-Phoebus était consterné. Lauzun riait du bon coup de la dot mais ne parla pas de rien donner aux jeunes époux. La mariée pleurait dans son coin, entourée d'amies et de cousines. Elle ne savait pas si elle pleurait sa dot perdue ou son mari qui, sans avoir encore trouvé le temps de danser avec elle, se montrait plein d'égards pour la comtesse de Poitiers sa cousine. Il avait jeté les yeux sur elle ; il en fut souffert. C'était une veuve toute jeune, petite-fille de la sœur du maréchal de Lorge et que M. et Mme de Lauzun considéraient comme leur fille.

Bonneval l'invita à danser. Ils dansèrent beaucoup ensemble au grand scandale des Biron. Depuis que la marquise douairière de Bonneval s'était enfuie, l'atmosphère s'était chargée et l'on sentait un drame prêt d'éclater comme l'orage dont les éclairs sont les signes avant-coureurs. Bonneval pensa que c'était le moment de se retirer et passa sa nuit de noces dans tous les tripots de la ville, ivre, déçu, furieux contre lui-même de s'être laissé ainsi berner, et décidé à gagner l'Autriche le plus tôt possible. Il n'avait que faire de cette famille, de ces histoires d'argent, de dettes et de dot. N'était Mme de Poitiers qu'il comptait revoir, il serait parti cette nuit même.

Mais il avait trop caressé sa main pendant le bal, frôlé son corps souple ; il avait entrevu sous la gaze grise d'un voile de veuve pailleté d'or et sentant le jasmin deux globes d'albâtre moulés par les grâces, au bout desquels il imaginait une fleur épanouie comme un bonbon rose pour la bouche. Mme de Poitiers méritait qu'on s'attardât, qu'on se mariât, qu'on fît même semblant d'aimer à seule fin de la revoir dans le secret d'une alcôve obscure, au fond d'une petite maison dont elle lui avait parlé, que les Lauzun lui prêtaient à Passy. Son plan était arrêté. Il retrouverait sa femme demain ; lui présenterait des excuses ; remplirait son devoir auprès d'elle et ferait en sorte de rester quelque temps encore à Paris.

Le lendemain, vêtu de frais, le visage à peine marqué par l'insomnie de la nuit, le champagne, un jeu d'enfer et une malheureuse somme perdue, Bonneval se présenta de grand matin chez sa femme. Il la fit réveiller par ses gens endormis d'avoir servi la veille et qui s'alignaient affalés sur des banquettes dans l'antichambre, leur perruque sur les genoux.

La comtesse de Bonneval le reçut dans son lit vêtue d'un déshabillé trop convenable en batiste blanche, quand il les aimait en satin de feu. Sage, elle semblait l'être et elle commençait de lui inspirer de l'amitié par un je ne sais quoi de si sincère en elle qu'on ne pouvait froisser. Il surmonterait pourtant la difficulté de la trouver séduisante en découvrant qu'elle avait de l'esprit ; il saurait oublier la beauté pour lui préférer l'intelligence et la vertu. Il pensa à Mme de Poitiers et la vit nue à la place de sa femme allongée sur le ventre, ses ravissantes fesses toutes rondes et charnues surnageant à la surface de la mer bleue des draps comme un gros fruit où l'on avait envie de mordre avant de sacrifier aux dieux antiphysiques qui mettaient de la volupté où d'autres voyaient de l'infamie. Il mordait en rêve la nuque de Mme de Poitiers quand il sursauta :

— Vous ne trouverez pas mauvais, Monsieur, que je sois étonnée de votre visite ?

— L'amitié m'a conduit, Madame, à me jeter à vos pieds pour implorer de vous un pardon que je ne mérite guère pour ma conduite d'hier qui a dû vous paraître bien étrange et peu propre à susciter la compassion. Pardonnez-moi, Madame, si je vous ai blessée, mais il s'est passé en moi hier soir un bouleversement comme en tout homme de quarante ans qui se marie pour la première fois.

— Relevez-vous, Monsieur, j'accepte vos excuses ; un cœur comme le mien ne saurait résister à la sollicitation de sentiments plus doux que l'intransigeance.

— J'avais cru deviner, Madame, que vous étiez bonne...

Bonneval se glissa bientôt dans le lit de sa femme et après que ses doigts eurent joué l'ouverture de l'amour sur les marches du temple, il sacrifia au dieu en vainqueur, en dépucelant l'épousée avec toute la douceur et le tact qu'il savait propre à rendre cet objet amoureux. Il fit tantôt chercher ses effets chez sa mère et s'installa chez sa femme où il disposait d'un appartement contigu au sien, pourvu d'une vaste antichambre où dormait Lacloche.

Dès le lendemain il se fit annoncer chez Mme de Poitiers, elle habitait derrière une vigne d'assez vaste étendue une jolie maison entourée du plus agréable jardin du monde d'où l'on voyait Paris. Ils s'y promenèrent ensemble à l'abri des buis, à badiner avant de se glisser dans un cabinet dont la fenêtre jusqu'au sol donnait de plain-pied sur le jardin. Mme de Poitiers était comme il l'avait imaginée à la douceur près. Comment aurait-il pu prévoir qu'elle serait si agréable à toucher, d'un embonpoint si exquis ? Cuisselue, sa chair était arrondie par les grâces. Il pressentait déjà quel cruel arrachement serait le sien le jour qu'il lui faudrait rejoindre Vienne.

La comtesse de Bonneval était folle de son mari. Il passa dix nuits d'affilée avec elle en la couvrant de baisers et de caresses et en la faisant rire par ses plaisanteries. Quel homme d'esprit et elle ne cessait d'en faire l'éloge autour d'elle. Mais on lui souhaitait de joyeux lendemains comme si ce bonheur inopinément commencé ne pouvait que finir brusquement. C'est ce qui arriva.

Mme Batthyany n'était pas moins empressée que le prince Eugène de revoir son favori ; ils lui écrivaient tous les jours ; l'une pour lui dire qu'elle l'aimait, l'autre pour l'appeler au front. On allait commencer le siège de Belgrade ; Bonneval se devait de rejoindre son régiment.

Plusieurs seigneurs français avaient décidé de se joindre au prince Eugène. Le comte de Charolais, fils de Madame la Duchesse, le prince de Dombes, fils du duc du Maine, et le marquis d'Estrade ainsi que Maurice de Saxe, à peine sorti de l'enfance, partirent en Hongrie comme leurs ancêtres allèrent aux croisades. C'était pour eux l'occasion de s'illustrer contre les Turcs et de revenir à Paris chargés de gloire.

Un beau matin Bonneval décida de s'en aller et sans prendre congé de personne, sans même avoir jamais annoncé qu'il partirait, il fit emballer ses affaires, boucler ses malles et vint en coup de vent faire ses adieux à la comtesse de Bonneval, sa femme.

Mme de Poitiers lui avait déclaré net qu'elle ne voulait plus le voir et entendait interrompre leur commerce dès l'instant. Elle l'avait surpris la veille en train de serrer de trop près l'une de ses femmes de chambre entrée récemment à son service et qui était faite à peindre avec des yeux de libertine. Elle avait cru que son amant l'aimait d'un amour sincère révélé trop tard pour qu'elle pût l'épouser et que leur commerce stable et paisible durerait tant qu'elle vivrait. Elle découvrait un homme charmant avec toutes les femmes du moment qu'elles étaient jolies ; frivole et inconséquent comme sont souvent les hommes. Elle trouvait qu'il allait bien avec son époque, aussi dissolu et libertin que ce siècle et beaucoup trop léger pour elle. Bonneval voulait oublier Mme de Poitiers, sa femme, son mariage, Paris et n'eut plus qu'une envie : se battre, tuer, se vider de sa rage. Judith-Charlotte crut que la terre s'arrêtait de tourner. On dit que la marquise douairière de Bonneval avait fait entrer dans l'esprit de son fils qu'il pouvait quitter sa femme sans scrupules puisque M. de Biron avait pour ainsi dire rompu le contrat de mariage en refusant de verser la dot promise. Mais Bonneval n'écoutait pas sa mère. Il regrettait la dot certes, mais commençait surtout à s'ennuyer, et cela seul le préoccupait. Il avait envie de se battre, de faire la guerre. La vie du front lui faisait défaut ; il avait hâte brusquement de rejoindre son fils, ses amis, sa vie.

Il n'était pas à Vienne depuis une journée qu'il reçut la première lettre de Mme de Bonneval. Elle écrivait d'une écriture rapide :

« Il n'y a je crois pas d'exemples qui puissent servir à imaginer une conduite aussi singulière ; je n'en voudrais pas pénétrer la cause, par respect pour Madame votre mère. Je connais les sentiments que je vous dois dans sa personne, et c'est avec peine, ne me trouvant point coupable, que je suis obligée de penser que son motif n'est ni droit ni juste. Cependant elle a une qualité pour moi qui m'impose silence et vous me trouverez plus attentive à me taire qu'elle ne l'a été à me détruire dans votre esprit. Il me paraît qu'elle sait prendre son temps, puisqu'il est vraisemblable qu'une connaissance de dix jours ne peut point combattre les impressions que veut donner une personne à portée de me connaître, mais qui cependant me connaît si différemment de ce que je suis.

M. de Lauzun a été fort enrhumé ; à son âge il est peu de petits maux, mais il n'a point été à l'extrémité. Il me charge de vous dire qu'il est sensible à l'amitié que vous lui témoignez ; il vous aime infiniment. Il vous charge de dire à M. le prince Eugène qu'il l'honore et le respecte plus que personne au monde, et qu'il lui souhaite une campagne, cette année, aussi glorieuse pour lui que la précédente, s'il était possible qu'il y en pût avoir deux pareilles. Je vous prie de me répondre sur cet article et de faire la commission car il aime qu'on soit exact et me demandera sans cesse ce que vous m'en aurez mandé. »

Dès son arrivée à Vienne Bonneval fut accaparé par Mme Batthyany qui le tint enfermé deux jours et deux nuits dans sa maison de Lieb, où elle recevait autrefois l'Empereur. Mais Bonneval s'ennuya ; son attirance d'autrefois avait fané et le souvenir de Mme de Poitiers et de ses yeux rieurs l'empêchait de trouver un plaisir où il l'avait laissé. Il ne pouvait pas admettre que cette belle amie cessât de l'aimer seulement parce qu'il avait embrassé la femme de chambre ; elle l'aimait encore sûrement et s'il parvenait à la rejoindre, il réussirait, pensait-il, à renouer un commerce aussi délicieux. Mme Batthyany le trouvait changé et devina qu'il pensait à une autre femme. Il avoua que c'était à la sienne qu'il pensait pour ne pas troubler les choses davantage. Mme Batthyany n'avait pas les moyens de percer son secret.

Il fut heureux de rejoindre les troupes qui, sous le commandement d'Eugène, commençaient le siège de Belgrade que défendait une forte garnison turque. Il emmena Latour avec lui.

Située au confluent du Danube et de la Save, Belgrade était protégée par une garnison de trente mille hommes, dont l'élite des janissaires, commandés par le redoutable Moustapha Pacha. Alors qu'on construisait les lignes de siège autour de la ville, le gros de l'armée turque forte d'au moins deux cent mille hommes, plus imposante que n'importe quelle armée rassemblée jusqu'alors en Turquie, quitta Andrinople sous le commandement de Khalil Pacha. Tout espoir de prendre Belgrade avant l'arrivée de cette gigantesque troupe était emporté par la dysenterie qui ravageait les troupes autrichiennes. La chaleur en ce milieu d'été était accablante, la sécheresse aussi, la nourriture mauvaise; chaque jour Bonneval perdait des hommes; d'autres tombaient malades. De plus un violent cyclone avait détruit les ponts que le prince Eugène avait construits sur la Save et sur le Danube, dans le triangle desquels Belgrade se dressait. De nombreux navires de ravitaillement furent coulés. S'il ne voulait pas être écrasé entre les murailles de la ville et l'armée qui venait à lui, il se devait de vaincre cette dernière avant toute chose.

Cela voulait dire que cinquante mille Autrichiens affamés, loqueteux, qui avaient survécu à l'épidémie et sortaient de l'épreuve affaiblis, devaient affronter deux cent mille hommes reposés, bien nourris, habitués au climat suffocant de la Hongrie en été.

Le 1er août 1717 l'armée d'Eugène fut complètement encerclée. On la crut perdue. Bonneval et Eugène ne cessaient plus leurs conciliabules, auxquels se joignaient des princes de toutes les maisons d'Europe venus là pour guerroyer contre les Turcs et apprendre du prince Eugène l'art de la guerre. Les canons de Belgrade tonnaient sans cesse et bombardaient les lignes autrichiennes dont les soldats tombaient comme des quilles. Bonneval ne parvenait pas à croire qu'ils ne s'en sortiraient pas.

Presque chaque jour le courrier lui apportait une lettre de sa femme :

« Je suis chez le duc de Guiche avec M. et Mme de Gontaut, mon cher cousin, depuis trois jours. J'ai porté avec moi dans cette solitude un cœur bien rempli d'inquiétude; car vous êtes paresseux et vous pouvez par négligence laisser passer un ou deux ordinaires sans écrire; mais il y a trois semaines entières que je n'ai ouï de vous. Tous nos Français qui sont dans votre armée sont si réguliers qu'ils augmentent mes alarmes car vous ne pouvez pas être le seul qui ne trouve pas un moment pour dire en quel état vous êtes. Je vous prie de me faire écrire par votre secrétaire simplement que vous êtes en bonne santé. Vous ne savez point aimer, si vous n'êtes pas capable de cette attention; car mettez-vous un moment à ma place, avec beaucoup moins de tendresse pour moi que j'en ai pour vous, et songez quel peut être mon état. Je vous sais tous les jours exposé; je n'ai que votre exactitude qui puisse empêcher mon désespoir, et je suis privée de cette douceur. J'en suis dans un état digne de pitié; car je vous reproche votre oubli et je me représente avec cela tout ce qui peut tourmenter. Un cœur comme le mien est un meuble bien inutile pour l'agrément de la vie et bien à charge dans toutes ces circonstances. Ce qu'il y a même de plus cruel, mon cher maître, c'est qu'il peut le devenir aux autres pour être trop tendre, et c'est un effet, quoique injuste, qu'on éprouve presqu'autant qu'il s'en trouve de bonne foi. J'en connais peu de ce nombre à la vérité; mais on a raison de se désabuser d'une vertu aussi rare. Pour moi, qui n'ai point d'épreuve qui ait pu me guérir, je suis livrée entièrement à toute la vivacité et la sincérité d'un attachement qui ne connaît de guide que le penchant que mon devoir a formé et que mon inclination seconde si parfaitement. Il est bien juste au cas qu'il y ait de votre faute, quand je ne reçois point de vos lettres, que je vous punisse par ne vous entretenir que de mon inquiétude, puisque sans vous je n'en connaîtrais point. Ma mère m'a dit qu'elle vous écrivait exprès pour vous gronder. Elle, mon père et moi avons déjà pris la liberté de vous condamner; mais si j'imite leur exemple avec eux, je ne suis capable que de douleur, lorsque je suis livrée à moi et que je fais mille réflexions peu aimables.

Je m'en retourne demain à Paris qui est le jour de poste pour être à portée de recevoir de vos lettres — si j'en ai — un moment plus tôt.

M. et Mme de Gontaut grondent contre vous, et tous les gens qui vous aiment se donnent cette licence. Notre aimable belle-sœur est si faite pour recevoir des attentions qu'elle est étonnée qu'on en manque.

Je ne puis finir sans vous dire, mon cher cousin, que vous êtes de tous les hommes le plus tendrement aimé. Si ces sentiments ne vous sont pas chers, préparez-vous à la patience ; car je sens qu'ils seront éternels. Je vous embrasse de tout mon cœur. »

Mais Bonneval ne répondait que de temps en temps ; ses lettres se perdaient. Son épouse s'inquiétait en se demandant s'il faisait le mort ou s'il l'était déjà.

« Mon inquiétude augmente chaque jour en même temps que votre inexactitude ; et je suis aussi constante à me tourmenter que vous l'êtes à me négliger...

Ainsi ne pouvant changer mon cœur, il faut se conformer à vos maximes qui sont peut-être d'aimer en gardant un parfait silence. Il fallait m'en avertir pour empêcher la surprise d'un effet si singulier. »

Bonneval faisait le siège d'une autre citadelle et le temps lui manquait pour écrire à ces femmes qui croyaient être seules à aimer quelqu'un qui ne les aimait point. Il avait écrit à Mme de Poitiers mais elle n'avait pas daigné répondre sur le ton dont on use lorsqu'on va se laisser fléchir et qu'on attend simplement d'être un peu plus pressé. Il ne lui restait plus que ce doute que l'amour-propre laisse toujours pour les choses qui coûtent trop cher à croire.

Quand Eugène comprit que les Turcs n'attaqueraient pas, mais décimeraient les Autrichiens en les étouffant dans la nasse où ils se trouvaient, il fit part à Bonneval de sa décision de les prendre par surprise; l'entreprise était téméraire, mais Bonneval, contre l'avis des autres généraux, l'approuva. Une ultime réunion de l'état-major eut lieu le 15 août 1717 afin d'arrêter les détails de l'opération qui devait avoir lieu le lendemain contre Khalil Pacha. Le prince Eugène insista pour que les ordres fussent exécutés sans discussion. Seule une impeccable coordination entre toutes les parties de l'armée impériale pouvait rendre possible une victoire.

Le pillage était interdit sous peine de mort.

A l'aube du 16 août, l'armée impériale se mit en marche. Le premier coup de chance du prince Eugène fut qu'une nappe de brouillard vers trois heures du matin enveloppa ses troupes en les cachant aux sentinelles turques. Ce brouillard devint bientôt si épais que les soldats eux-mêmes eurent du mal à progresser. Sur l'aile droite conduite par le comte Palfy, la première ligne de cavalerie perdit ses points de repère et s'élança dans les tranchées que les Turcs étaient en train de creuser. L'alarme fut donnée et toutes les forces ottomanes surprises dans leur sommeil, prirent aussitôt les armes. Les spahis fondirent en un instant sur les cavaliers impériaux et les mirent en pièces. Bonneval commandait l'aile gauche de l'infanterie et avait d'entrée de jeu perdu beaucoup d'hommes au moment de l'assaut des Turcs; ils avaient enfoncé les lignes impériales en en coupant l'un des flancs. Mais avec son art habituel, il avait rameuté ses hommes en évitant la panique et avait rapproché les rangs afin de combler les trous. Eugène voyant le désastre que venait d'éviter de justesse Bonneval, ramena immédiatement sa cavalerie et sa seconde ligne de fantassins. Il combla le vide puis donna l'ordre à l'infanterie flanquée de chaque côté par la cavalerie d'avancer à l'attaque, toutes enseignes déployées et au roulement des tambours.

Le soleil se levait en éclairant la scène. On eût dit d'un tableau : brouillards déchirés au-dessus de la citadelle argentée ; immenses étendues vertes des plaines de la Hongrie, rayées par les rubans brillants de la Save et du Danube. Au premier plan, de part et d'autre d'une ligne de démarcation invisible, rangées par couleurs, les deux armées. Les Impériaux vert et blanc, azur et or, les plumes de couleurs aux cimiers flottant dans le vent, et les cuirasses en bronze des cavaliers ; jaune, vert rayé et or les Turcs, dont les culottes écarlates ressemblaient à du sang. Les spahis voltigeaient sur leurs chevaux ; les cavaliers impériaux galopaient de front comme un seul homme. On pouvait voir d'un côté toute la discipline occidentale et de l'autre le désordre oriental. Cette différence décida de la victoire. On commençait à en apercevoir l'aile glorieuse quand tout à coup Bonneval s'effondra frappé par une balle de mousquet. Heureusement, la plaque d'argent qu'il portait depuis sa blessure à Peterwaradin amortit le choc du projectile qui le blessa quand il aurait pu le tuer. Pendant que les Impériaux chargeaient à la baïonnette des janissaires affolés qui fuyaient ou mouraient en hurlant, le prince de Dombes, couché sur le corps du marquis d'Estrade, pleurait. Enfin Bonneval vit venir à lui Latour, son fils, son cher ami, qui embrassa son père et l'emporta avec l'aide d'un soldat.

La totalité de la ligne ennemie chancela. On voyait déjà poindre la fin de la bataille ; il était à peine neuf heures du matin. Ce qui restait de la gigantesque armée de Khalil Pacha s'était enfui en laissant derrière elle les fabuleuses richesses de son camp et plus de vingt mille hommes tués et blessés qui gisaient sur le champ de bataille. Les Impériaux quant à eux avaient perdu quinze cents hommes et comptaient trois mille cinq cents blessés.

La nouvelle de cette victoire gagna toute l'Europe. De Paris, la comtesse de Bonneval écrivait :

« Qu'il est difficile, mon cher cousin, à un cœur vivement pénétré de tendresse, de s'exprimer sur les différents mouvements qui ont agité le mien depuis bien du temps ! Cette circonstance où vous vous êtes trouvé m'a fait sentir la douleur ou la joie avec une violence qui n'a pu être modérée ; j'ai craint pour vous, et je me suis livrée à une inquiétude sans bornes ; je suis à présent un peu rassurée et je commence à goûter quelque tranquillité après toutes les horreurs des alarmes. Quel moment charmant à ajouter au plaisir de votre bonne santé, le seul qui m'ait occupé jusqu'à cette heure, celui de la victoire à laquelle tout le monde vous donne la plus grande part. Quoique je ne sois pas vaine, il serait impossible de n'être pas flattée de ce qui se publie sur votre compte : je ne fais pas un pas sans que j'en entende votre éloge et d'une façon que je vous avouerai qui séduit mon oreille et touche véritablement mon cœur. Il est bien juste que je tire quelque avantage d'une gloire que vous acquérez à un prix si cher pour mon âme et pour ma tranquillité ; car je vous avouerai que tant que vous êtes exposé, je voudrais moins compter sur votre valeur et pouvoir me reposer sur votre prudence ; mais elle se renferme à bien conduire les autres et abandonne un bien, dont vous ne devriez pas disposer à présent si librement puisqu'il n'est pas à vous seul.

Je voudrais savoir votre Belgrade prise et je serais contente car je ne puis m'empêcher de craindre encore. Il faut avouer que le ciel qui nous donne un bon cœur comme une vertu, nous fait un présent qui nous coûte bien cher ; et pour un moment de plaisir on le rachète par de cruels retours ; je ne puis pourtant désirer que le mien soit moins tendre car je sens qu'il n'est occupé qu'à vous aimer. Je le voudrais plus étendu, ne pouvant rien ajouter à la vivacité de mes sentiments, sans nul partage et pour toujours, sentant que par un goût supérieur je suis née pour vous aimer éternellement, il n'est pas difficile de le démêler. Le devoir sans doute autorise l'inclination mais sans ce devoir, cette inclination mérite déjà assez de distinction. Il ne tiendra donc qu'à vous mon cher maître, de me rendre la plus heureuse de toutes les personnes par votre tendresse : la mienne ne me laisse rien autre chose à désirer, et mon inquiétude ne sera jamais pour autre chose.

Ma mère nous aide dans vos affaires, avec une bonté sans exemple ; elle vous écrit aujourd'hui, ainsi je ne vous parle point d'elle, quoique sa joie et son inquiétude aient été bien obligeantes. Je croyais être attachée à ma famille par son amitié pour moi ; mais j'ai abandonné cette reconnaissance pour moi pour ne sentir que leur tendresse pour vous. Il n'est plus de mouvement dans mon cœur qui n'est pas par vous ou pour vous, aux dépens des autres qui sont pourtant dus aussi.

Mme de Nogent veut que je vous dise toutes sortes de belles choses de sa part ; elle est touchée de tout ce qui vous regarde avec un intérêt très vif ; et quoiqu'elle se soit attendue à tout ce qu'on dit de glorieux pour son petit-fils, elle ne peut s'empêcher d'en être flattée. M. le duc du Maine me dit avant-hier que j'allai chez lui, les plus belles choses du monde sur votre compte. M. et Mme de Lauzun me chargent de vous assurer qu'ils sont très sensibles à votre conservation et à tout ce qu'on écrit de vous et ce que Le Page a raconté. Il n'y a pas de Biron qui ne veuille que je vous fasse ses compliments en particulier et qui me gronde d'avance dans la crainte que je ne les ferais point... »

Eugène et Bonneval voulaient profiter de leur avantage sur les Turcs pour marcher à Constantinople mais la Cour de Vienne, préoccupée de la situation européenne, n'était pas favorable à ce projet. Entre la question de l'Espagne qui continuait d'agiter les esprits et celle des colonies qu'on se disputait comme des Eldorados, il y avait autant de prétextes de guerres et de brouilleries que d'alliances et de traités ; on s'alliait d'un côté, on se mésalliait de l'autre, on s'inquiétait que la couronne d'Espagne fût tombée entre les mains d'un fils de jardinier et l'on craignait Alberoni tout en cherchant à lui plaire. Bien clairvoyant eût été celui qui eût prédit le dénouement de cet interminable ballet européen, cela durait depuis des siècles et peut-être durerait toujours jusqu'à l'unité qui préluderait à une nouvelle désunion *ad vitam aeternam*.

Sur les parquets des palais et la musique mélangée des ragots, des mépris, des compliments, des mensonges, des accords et des flatteries, on ne s'entendait pas ; chacun voulait s'agrandir au détriment de l'autre et tous étaient prêts à se liguer contre le plus entreprenant.

L'Angleterre, comme d'habitude, voulait profiter de ce qui ressemblait à un désordre pour tirer des avantages. A l'intérieur de l'île, Whigs et Tories se battaient à grand renfort d'insultes et de camouflets et ne trouvaient de terrain d'entente que dans la lutte contre la France. La Cour de White Hall caressait l'Espagne en échange d'avantages commerciaux et tâchait de l'autre côté de pousser l'Empereur à s'emparer de l'Italie dont les princes désarmés et divisés craignaient une invasion turque. La Sublime Porte ne venait-elle pas de s'emparer de la Morée, possession vénitienne ? Mais les Espagnols avaient des vues sur l'Italie et les Français ne perdaient rien de vue. Avec la Hollande, l'Angleterre essayait de chasser la France des Indes et de grignoter son empire colonial pendant que le ton montait entre Madrid et Paris, au grand plaisir de tous ceux qui avaient assez craint les conséquences de leur amitié passée. Sur le front de l'Est, le pacha de Bosnie s'efforçait de s'opposer à l'avancée des troupes impériales et de retarder l'invasion. Eugène et Bonneval étaient sûrs de l'emporter mais on ne voulait pas les laisser faire ; l'Empereur avait peur. L'Angleterre le poussait à la paix et jouait les médiatrices entre Vienne et la Sublime Porte. Dès qu'ils étaient ensemble à la guerre, le prince et son protégé s'entendaient fort bien et leur vieille amitié reprenait son cours. Bonneval reçut une lettre lui annonçant que sa femme était malade ; il se crut responsable et s'appliqua désormais à lui donner souvent de ses nouvelles. La comtesse voulait qu'il rentrât en France ; Bonneval sans lui dire qu'il n'en avait aucune envie, ne lui faisait pas non plus de promesses ; il mettait en avant ses obligations militaires et lui disait des gentillesses sous la convention d'un langage plein d'amitié d'où pourtant était banni l'amour. Cela semblait suffire à Judith-Charlotte de Bonneval pour alimenter sa flamme.

« Je suis ici, mon cher cousin, dans le plus beau lieu du monde et en très aimable compagnie ; je devrais m'y trouver tranquille, mais au lieu de ce qui m'eût satisfaite uniquement autrefois, j'y trouve de l'inquiétude. Je sens qu'il m'en coûterait infiniment moins de me séparer de tout ce qui me fut cher et qui me l'est encore, que d'être éloignée de mon cher maître.

Je suis avec mon père, ma mère et Madame de Gontaut pour laquelle j'ai un attachement qui n'avait point connu comparaison ; mais sans qu'il y en ait eu j'ai senti qu'il pourrait y avoir des sentiments plus forts et auxquels tous les autres sont sacrifiés. Je ne voulais point vous écrire aujourd'hui mais la poste vient d'arriver de Paris et repart si à propos que je ne puis me refuser de vous entretenir un petit moment. Je le fais sans cesse dans mon cœur, et mon esprit s'accorde si parfaitement avec lui que, s'il pouvait cesser de s'occuper de vous, il y trouverait encore une ressource de laquelle je n'aurai jamais besoin.

Monsieur votre frère est venu faire sa cour à Madame la princesse de Conti, avec Madame votre belle-sœur et Mademoiselle votre nièce. Il faut avouer qu'ils ont peu l'air de la Cour et je n'osai jamais quitter Monsieur votre frère car je le sentais, lorsqu'il montrait son embarras et son petit génie, qu'il vous était trop près pour le livrer à la plaisanterie... Monsieur de Bonrepas passe sa vie à présent en pleurs car j'apprends que mon absence le livre à une douleur amère et dès qu'il est avec moi il s'attendrit au point que les larmes coulent. Expliquez-moi si vous pouvez un sentiment si profond. Vous n'avez qu'à voir si cette façon d'aimer ne vous paraît pas inquiétante ; pour moi, je m'en sens très touchée et ma vertu en est ébranlée. Je ne sais pas si ma tendresse pour vous sera plus forte ; je voudrais vous en répondre, mais je ne le puis. Je vous embrasse de tout mon cœur et vous voue une fidélité à l'épreuve de tout hors de Monsieur de Bonrepas. »

Bonneval n'aurait pas aimé savoir que quiconque courtisait Mme de Poitiers dans le tendre souvenir de laquelle il vivait, bien que ce souvenir commençât à faner et que la blessure qu'il en avait reçue guérît comme avaient guéri celles de Peterwaradin et de Belgrade.

S'il n'avait pas su que Mme de Bonneval essayait d'une ruse pour le rendre jaloux, s'il avait cru qu'elle disait vrai, il eût été heureux pour elle. D'imaginer que dans sa solitude elle avait peut-être trouvé un ami lui faisait d'autant plus plaisir qu'il ne savait pas quand il reverrait sa femme ni s'il la reverrait jamais.

Elle était tombée malade de chagrin, d'inquiétude; la passion qui la dévorait pour son mari, qu'elle cachait sous les grâces d'un style élégant, l'avait minée et mise à la merci du froid. Il lui écrivit comme à une amie à dessein cependant de ne point augmenter sa flamme mais de sorte de l'entretenir néanmoins, par plaisir plus que par vanité.

« Je suis un peu mieux, écrivait la comtesse le 1er février 1718, mon cher cousin, et je crois pouvoir vous dire à présent que je ne prendrai pas pour cette fois congé de la compagnie. Je ne puis trop louer votre régularité mais je crains de ne vous point montrer aussi vivement ma reconnaissance que ma peine. Cependant croyez je vous prie que mon cœur, plus porté à sentir les impressions du bien que du mal, se livre sans partage au plaisir et qu'il cherche toujours à combattre ce qui lui déplaît : et comme rien ne le touche si sensiblement que ce qui vient de votre part, je suis sans cesse occupée de tout ce qui a rapport à vous.

Je vous parle le moins que je puis de ma douleur d'être séparée de vous sentant qu'il est plus aisé de se taire entièrement que de parler faiblement de ce qui nous touche violemment.

Cependant, puisque vous avez commencé, examinez quelle doit être ma situation : il en est peu d'aussi tristes. Je vous connais à peine, j'anticipe sur le temps pour vous aimer et dès que vous possédez mon cœur, je vous perds par une absence aussi longue que notre connaissance a été courte.

Ces réflexions sont difficiles à soutenir ; mais j'espère que vous y pensez — je ne vous demande point qu'elles fassent en vous l'impression qu'elles font en moi ; je craindrais que trop d'inquiétude vous dégoûtât de l'objet qui les causerait : mais je désire qu'elles vous déterminent à venir auprès d'un petit monstre qui doit paraître sûrement sous cette forme par une aussi longue pénitence. »

Bonneval ignorait que son épouse dans son malheur avait acquis une beauté rare. Emaciée, mince jusqu'à la gracilité, Judith-Charlotte avait perdu tout ce qui avait encore d'enfance en elle à l'époque de son mariage pour prendre les grâces contrastées d'une femme délaissée. Sans voir qu'elle pleurait beaucoup, son entourage la trouvait d'une tristesse douce que le commerce du monde ne parvenait pas à gommer ; si la bonne compagnie la distrayait, rien ne pouvait lui faire oublier cet homme dont elle gardait un souvenir si fort.

Les négociations de paix entre le Grand Seigneur et l'Empereur se terminèrent par le traité signé à Passarowitz le 21 juillet 1718. La Sublime Porte était enfin exclue de la Hongrie et l'Empereur prenait possession de Timisoara, du Banat, de Belgrade, d'une partie de la Bosnie, de la Serbie et de la Valachie. Cette paix marquait la fin de la menace turque en Europe occidentale. La prise de Belgrade avait brisé la réputation militaire des Ottomans.

Le triomphe d'Eugène fut grand, auquel bien

évidemment fut associé Bonneval que l'Empereur fit Excellence Impériale avec la haute fonction de membre du Suprême Conseil de Guerre aulique. La comtesse de Bonneval s'empressa de féliciter son mari glorieux :

« Je viens tout présentement, mon cher cousin, de recevoir votre lettre du 25 de l'autre mois, par laquelle vous m'apprenez que votre sort est décidé d'une façon à flatter infiniment la gloire. Je vous fais compliment sur ce qu'une pareille distinction doit faire à un guerrier attaché depuis sa naissance au dieu Mars ; mais trouvez bon qu'une femme élevée à porter ses vœux à d'autres divinités, attende l'événement pour sentir une joie qui sera toujours troublée par une crainte que la tendresse et la timidité inspirent. Je ne veux cependant pas que vous me croyiez insensible à la distinction qu'on vous accorde : je le sens comme je dois, et encore plus le plaisir de vous la voir mériter.
Adieu, Votre Excellence veut bien me permettre de l'embrasser très respectueusement. »

A Paris la comtesse de Bonneval espérait en vain le retour de son mari. Elle attendait les ordinaires et comme son mari lui écrivait peu sans comprendre pourquoi elle était délaissée, elle souffrait.

Le 18 mai 1718 :

« Les mouvements d'une douleur aussi vive que l'est la mienne me paraissent trop justes pour pouvoir me refuser de vous en entretenir : je devrais peut-être ménager la vôtre ; mais comme je n'imagine aucune consolation pour des gens qui s'aiment et qui sont séparés, je ne trouve de douceur qu'à m'abandonner entièrement à tout ce qui peut entretenir la tristesse.

Pour moi, mon cher maître, je ne puis qu'être pénétrée de notre séparation, et votre éloignement m'occupera sans cesse. Je ne saurais désirer que votre absence vous fît ressentir tout ce qu'elle me fait souffrir ; et si je pouvais vous faire voir tout ce qui se passe en moi, je l'éviterais, de peur de vous toucher d'une pitié qui vous arracherait une sensibilité que je ne veux que pour moi.

Il faut avouer que l'épreuve d'un cœur qui a vécu dans l'indifférence est cruelle : j'en sens tout le poids, mais je ne puis m'en plaindre. La tendresse me dédommage en quelque sorte de l'état violent où je me trouve, qui me paraîtrait insupportable si je n'étais soutenue par le souvenir de mon bonheur passé, cause de mon malheur présent. Non, je ne me plains pas quoique je sois dans une situation affreuse, je ne saurais regretter la tranquillité de la vie qui l'a précédée. Il n'est rien sur la terre qui puisse m'être aussi sensible que d'être aimée de vous. Je me flatte que je jouirai de cette félicité sans changement : du moins je ne serais occupée que de vous plaire ; et je vous jure, mon cher maître, une félicité aussi durable que mon attachement est violent. Je ne crois pouvoir rien ajouter à la force de cette expression, ne sachant point dire ce que je sens. Ce sont des mouvements qui m'étaient si inconnus, qu'en me livrant à toutes les ardeurs, je ne puis les définir.

Expliquez, je vous prie, à votre cœur tout l'embarras du mien, et dites-vous souvent que vous êtes de tous les hommes le plus tendrement aimé.

J'ajoute à ces sentiments une estime qui doit être le lien de l'amour, dont la pureté fait le mérite. N'oubliez pas, je vous en conjure, votre pauvre petite femme et songez que je suis, ainsi que j'ai déjà dit, dans un état qui mérite votre compassion. Je vous jure que si je ne regardais que moi, la mort me semblerait une ressource à laquelle mes désirs auraient recours.

Je crains toujours que la gloire ne soit une rivale bien redoutable pour moi, il me semble que nous devrions balancer votre cœur : et lorsqu'elle vous fera exposer votre vie, je devrais vous faire les précautions qu'elle permet.

Faites donc réflexion à tout cela, mon cher maître, et que ma seule ambition est votre conservation, vous seul pouvant me rendre heureuse. Je ne puis vous parler que de moi aujourd'hui car je ne pense qu'à vous et tout le reste me devient insupportable.

Je vous embrasse de tout mon cœur et voudrais acheter de la moitié de ma vie le bonheur de cette lettre. »

Mais Bonneval n'avait guère le temps de répondre à sa femme ; ses affaires occupaient tout entier le temps qu'il ne passait pas avec la comtesse Batthyany ou le prince Eugène qui depuis son retour de la guerre ne quittait plus ses collections, il le passait en conciliabules avec l'ambassadeur de France ou l'Empereur qu'il tâchait de délicatement gouverner ; l'Europe était à nouveau menacée d'une guerre générale à cause de l'Espagne.

Alberoni, le fils du jardinier, petit collet au service du duc de Parme puis secrétaire dévoué au duc de Vendôme qu'il suivit en Espagne, s'était insinué auprès de la princesse des Ursins qui était venue à la Cour de Madrid à la suite de Marie-Louise-Gabrielle de Savoie, épouse de Philippe V ci-devant duc d'Anjou et petit-fils de Louis XIV.

Lorsque cette reine mourut, Alberoni qui était représentant du duc de Parme auprès de la Cour de Madrid persuada à la princesse des Ursins qu'il fallait marier le jeune Roi à la princesse Farnèse, fille du duc de Parme. Ce mariage, dont l'abbé fut le négociateur, le porta au premier rang des grandeurs. Alberoni eut un empire immédiat et total sur la jeune Reine qu'il ramena de Parme. Il convainquit Elisabeth qu'il fallait écarter la princesse des Ursins ; on la reconduisit à la frontière. Elle fut mise en carrosse avec une de ses femmes de chambre et sans aucune nourriture, ni chemise, ni quoi que ce fût pour se changer ou se coucher. Elle était en grand habit et parée comme si elle sortait de chez la Reine. Il était sept heures du soir. C'était l'avant-veille de Noël ; la terre était couverte de neige et de glace ; le froid, fort vif, extrême et piquant comme il est toujours en Espagne. Une longue nuit d'hiver, si obscure qu'on ne voyait qu'à la faveur de la neige, se passa ainsi tout entière dans un froid terrible, rien pour s'en garantir, et tel que le cocher en perdit une main. La princesse fut fidèle à elle-même. Il ne lui échappa ni larmes, ni regrets, ni reproches, ni la plus légère faiblesse.

Alberoni devint alors Premier ministre puis Grand d'Espagne et enfin cardinal. Il déploya les ressources d'un véritable génie de l'intrigue et se mit dans la tête d'imposer des lois à toute l'Europe. Il fit faire à l'Espagne une alliance avec le Czar Pierre de Russie, le roi de Suède Charles XII et la Porte ottomane. Il voulait ôter la régence au duc d'Orléans, soulever le royaume contre lui et à cette fin commença de destabiliser la France par des menées obscures et organisa une conjuration à laquelle participèrent le duc et la duchesse du Maine, avides de gouverner, à la tête de laquelle se plaça Antoine del Giudice, duc de Giovenazzo, prince de Cellamare qui était ambassadeur d'Espagne à Paris.

Mais l'abbé Dubois qui gouvernait le Régent n'était pas un intrigant de moindre taille que l'abbé Alberoni, et une partie de bras de fer commença par une guerre de plume entre les deux hommes.

Philippe eut de la nouvelle Reine deux fils, Don Carlos et Don Philippe qui ne pouvaient prétendre au trône d'Espagne puisqu'il y avait un héritier du premier lit, Don Louis. Il fallait donc leur conquérir des établissements en Italie. Pour mener à bien ces projets, renverser le traité d'Utrecht qui excluait l'Espagne de l'Italie s'imposait.

L'abbé Dubois entreprit avec l'Angleterre une manœuvre diplomatique d'envergure. Le traité de La Haye maintenait celui d'Utrecht et rassemblait en une triple alliance l'Angleterre, la France et la Hollande. Mais il était nécessaire d'obtenir l'adhésion de l'empereur d'Allemagne afin de bloquer l'Espagne dans cette étreinte.

Depuis qu'il était Excellence Impériale et qu'il avait sa place dans le Suprême Conseil de Guerre, Bonneval, par la considération dont il jouissait à la Cour et l'amitié personnelle de l'Empereur Charles VI, était dans tous les secrets du gouvernement.

L'abbé Dubois songea naturellement à demander à « son ami le comte de Bonneval » de bien vouloir user de son influence sur l'Empereur afin que l'Empire adhérât à l'Alliance. Bonneval accompagnait l'Empereur partout; il était dans la position idéale pour accomplir cette mission.

Afin de se rapprocher davantage de Sa Majesté impériale et catholique, Bonneval était devenu l'ami du comte d'Althan, un Moravien qui avait réussi, pour assurer sa position, à mettre dans le lit de l'Empereur sa femme, une très belle Andalouse aux cheveux d'ébène et aux yeux d'or.

Althan et Bonneval avaient en commun la passion des cartes et rien ni personne ne pouvait davantage rapprocher les deux hommes ; ils voyaient l'agent de Londres, Pesmes de Saint-Saphorin.

Autour de l'Empereur, la Camarilla continuait de régner et d'agir de plus belle et, en en faisant partie même si c'était de loin, Bonneval dut souffrir qu'on s'en prît au prince Eugène. L'Empereur, à beaucoup de jalousie, ajoutait l'indécision et un caractère très influençable. Malgré des protestations d'amitié, il n'avait pas digéré qu'Eugène eût refusé à l'empereur Joseph son frère d'aller en Espagne se battre pour la couronne que sous l'impulsion de sa femme Elisabeth il avait si ardemment convoitée ; l'archiduchesse s'était vue reine d'Espagne ; son dépit fut d'autant plus grand qu'elle apprit bientôt que la mort de son beau-frère la faisait impératrice d'Autriche et reine de Hongrie. Elle élevait Marie-Thérèse dans le même dessein de régner et le couple impérial, faute d'héritier mâle, avait mis dans leur fille l'amour de la couronne. A peine couronné à Francfort, l'Empereur avait commencé à faire accepter ce qu'on appelait la Pragmatique Sanction, qui reconnaissait l'archiduchesse Marie-Thérèse comme héritière de l'Empire. Il fallait que tous les souverains et ceux qui conduisaient les républiques signent et s'engagent. Un philosophe se fût étonné qu'un roi pût être assez naïf pour croire qu'on respecterait un mot de ses volontés quand il serait mort.

Bonneval avait l'intuition que ce serait là l'occasion d'une bonne guerre et qu'on se jetterait sur l'Autriche comme on s'était jeté sur la mourante Espagne, tout comme on avait voulu se jeter sur la France à la mort de Louis XIV. Les guerres naissaient les unes des autres, comme les inventions des savants, comme les maux des autres, en partant toujours d'une contradiction. La guerre serait renouvelée tant que l'Europe ne serait pas réunie sous une Chambre ou sous un roi.

On rêvait de Paix Perpétuelle, mais dans l'instant on ne cessait pas de se battre, en Europe et partout dans l'univers. On se disputait les sauvages comme les pays, les mers et l'or entre une poignée de nations faites pour être ensemble et faire régner sur le monde la paix ; à la connaissance se joindrait la prospérité...

Bonneval doutait que l'on fût capable de surmonter les jalousies. L'on continuerait de massacrer des mercenaires et d'acquérir ses titres de gloire dans cet inutile combat, simplement parce que les passions étaient plus violentes que la raison ; la raison est sage, pensa-t-il, mais, si l'on n'a pas la passion de la raison, la raison ne devient-elle pas vite inefficace ? Partagé entre la mission dont il était chargé par l'abbé Dubois et son amitié pour Eugène, il choisissait le devoir qu'il s'était imposé ; il ne soutenait pas Eugène et laissait dire en souffrant les pires mensonges sans prendre la défense de son protecteur ; en compensation, quand les Espagnols s'en prenaient à la Batthyany alors Bonneval éprouvait infiniment de plaisir. La comtesse de Rocca-Stella se complaisait à répéter à qui voulait entendre ce que la Batthyany lui avait dit de son commerce avec le Prince ; pour prix de ses confidences, la bonne amie la traitait de p... Sa Majesté, assise dans son fauteuil, souriait quand le récit prêtait à rire, et entendait dire avec plaisir du mal d'un homme dont il était jaloux parce qu'il défendait sa couronne. Le comte d'Althan, qui avait perçu chez l'Empereur cette faiblesse, excitait sa jalousie en lui laissant entendre qu'Eugène ne voulait rien de moins que gouverner à sa place. Quelquefois se joignaient à ces réunions Victor-Amédée de Savoie, que Bonneval ne pouvait pas souffrir et qui était devenu roi en se faisant donner la Sicile que les Espagnols rêvaient de reprendre. Il voulait abattre Eugène parce que le prince contrait ses ambitions. On disait à Sa Majesté qu'Eugène voyait Madame Batthyany tous les soirs, qu'ils jouaient ensemble au piquet, qu'ils parlaient des affaires de l'Etat que la comtesse connaissait bien. Le marquis Rialp prétendait savoir qu'elle était à la solde des mécontents de Hongrie, et soutenait secrètement Rákóczi. En dépit du bon sens, les langues allaient leur train et tout le monde faisait semblant de croire vrai ce que l'on savait faux, mais on assouvissait sa rancœur dans une intrigue compliquée. Le prince Eugène était indispensable à l'Etat et l'Empereur le savait très bien, mais en même temps il était trop au-dessus des Autrichiens pour être apprécié de la Cour. Il possédait le plus beau des palais rempli des plus précieux trésors et on l'accusait d'être français par son langage, son mode de vie, son costume et ses habitudes. Pourtant tout le monde l'imitait.

Mme Batthyany sut bientôt que Bonneval était au mieux avec la Camarilla et n'eut pas beaucoup de peine à monter Eugène contre son protégé. Rien ne fut dit entre les deux hommes et l'on ne pouvait pas parler de brouille mais d'un écran qui peu à peu s'obscurcissait.

La plus grande partie de la correspondance entre l'abbé Dubois et Bonneval se fit par l'intermédiaire du marquis de Biron, afin que nul ne songeât à s'en montrer curieux et déjà à l'intercepter.

En août 1718, la triple alliance devint la quadruple alliance par l'adhésion de l'Empereur.

Le 28 octobre, l'abbé Dubois, devenu secrétaire d'Etat aux Affaires étrangères, écrivait à Bonneval :

« Je n'ai point reçu de compliments sur la place que Son Altesse royale m'a accordée qui m'ait fait plus plaisir que le vôtre. J'ai tort même de mettre au nombre des compliments une marque de votre amitié qui doit être aussi chère par le caractère de sincérité qui l'accompagne que par l'honneur qu'elle m'a fait.

Vous ne doutez peut-être pas que je vous dois la grâce dont vous me félicitez, et que rien n'y a plus contribué que le succès de l'affaire dont j'avais été chargé, que nous vous devons en partie; car M. Schaub m'a rendu un compte exact non seulement des vœux que vous avez faits, mais des bons offices que vous avez rendus à nos bonnes intentions et de tous les soins que vous avez pris. Je vous remercie donc, Monsieur, en premier lieu d'avoir conclu la quadruple alliance et en second lieu de m'avoir fait secrétaire d'Etat. Après de telles obligations jugez si je ne m'estimerai pas heureux lorsque ma place me fournira quelque occasion de vous marquer ma reconnaissance... »

Alberoni avait obtenu du pape Clément XI l'autorisation de lever sur le clergé d'Espagne et des Indes les subsides nécessaires à équiper une flotte pour entreprendre une croisade contre les Turcs. En réalité l'argent collecté allait servir à organiser une armada contre l'Empereur. Par le traité d'Utrecht, Philippe V avait cédé la Sicile au duc de Savoie son beau-père qui avait pris alors le titre de roi. Mais Alberoni, sous prétexte de la déloyauté de Victor-Amédée, fit partir la flotte de Barcelone, sous le commandement de l'amiral Castaneta, qui débarqua en Sicile le marquis de Lede et les troupes nécessaires à la conquête de l'île.

L'amiral anglais Byng croisait dans la Méditerranée pour surveiller l'armada. Le 11 août à la hauteur du Cap Passaro, il attaqua la flotte espagnole, détruisit presque tous les bateaux et mit le reste hors de combat.

L'Empire avait pour tâche de reprendre la Sicile

aux Espagnols afin de la rendre à Victor-Amédée. Le commandement général de l'opération fut confié au feld-maréchal Mercy qui fut arrêté assez longtemps devant la citadelle de Messine. Cela n'étonna pas. On ne connaissait pas le général Mercy pour son génie. Dix ans plus tôt, il s'était rendu célèbre en battant retraite en Franche-Comté, pour ne pas dire qu'il avait fui et perdit une cassette contenant un mémoire rédigé par le prince Eugène sur le démembrement de la France par les Alliés. On imagine les conséquences de cette étourderie.

Dans le dessein de l'éloigner de Vienne, mais aussi parce qu'on savait qu'il serait l'homme de la situation, Bonneval reçut l'ordre de gagner Milan, d'y réunir une armée et d'aller prêter main-forte au général Mercy. Dès son arrivée en Sicile, Bonneval le prit de haut, se rappelant Villeroi qui n'était pas un mauvais homme mais fort borné et dénué tout à fait de lumières. S'il ne traita pas ce général d'incapable il ne le traita pas non plus d'habile. Le fat était excédé. Mais empêché par son impuissance et craignant les suites d'une trop longue résistance des Espagnols auxquels s'étaient joints des insurgés siciliens, il suivit les conseils de Bonneval qui avait fait le siège de plus d'une citadelle.

En effet, avec un renfort de dix mille hommes qu'il avait fait embarquer à Gênes et qu'il commandait comme un seul, Bonneval prit en main les opérations et la citadelle se rendit au bout de dix jours. Le général Mercy crut que c'était grâce à lui, que Bonneval n'avait rien fait, et qu'on le lui avait envoyé inutilement ; il l'accabla de remarques aigres et le ton montait entre les deux hommes.

Ils allèrent ensemble faire le siège de Palerme. Bien qu'il fût convaincu d'avoir échoué à Messine, Mercy s'opiniâtra à vouloir résister aux conseils de Bonneval pour la conduite du siège sous prétexte qu'ils n'étaient pas judicieux. Les choses menaçant de tourner mal, Bonneval dit qu'il allait se retirer avec ses hommes. Mercy céda ; on prit la ville. Alors Mercy se distingua par des actes de cruauté. Il fit torturer la plupart des prisonniers sous couvert de les interroger sur des événements qui n'intéressaient personne, et fit même empaler un chef des guérilleros siciliens. Bonneval s'insurgea contre ces méthodes qu'il avait toujours désapprouvées, et dit à Mercy que ces pratiques n'étaient pas dignes d'un homme civilisé ni d'un preux, et qu'il fallait respecter les ennemis à moins de n'être pas un homme d'honneur. Mercy ne savait pas se battre ; il craignait une provocation et de devoir passer pour un lâche auprès de toute l'armée. Il en écrivit donc à la cour de Vienne et fit un tableau noirci de l'insubordination de Bonneval en temps de guerre.

Bonneval reçut bientôt l'ordre du Suprême Conseil de Guerre aulique dont il faisait partie, de vivre avec une parfaite subordination, harmonie et union avec les supérieurs généraux. Il fut obligé de se soumettre et dans une lettre au prince Eugène, se déclara prêt à « sacrifier ses opinions particulières, son sang et sa vie » ; et il ajoutait : « Mon zèle étant assez vif pour obéir à un inférieur si l'on le croit utile à nos affaires. »

L'Empereur manquait de tout pour cette guerre ; Bonneval qui jouissait à Paris d'une considération particulière y envoya son fils, le colonel de Latour, pour solliciter l'envoi de subsides et de munitions. Le Régent donna immédiatement ordre aux arsenaux de Provence de fournir à Latour toutes les munitions de guerre et toute l'artillerie qu'il demanderait et fit écrire à Bonneval que c'était à sa considération qu'il en usait de la sorte, n'y étant point obligé par ses traités.

Mais Bonneval ne supporta pas longtemps d'être à

la merci de Mercy, et demanda à l'Empereur de le relever de ses fonctions. Madame Batthyany lui écrivit qu'elle faisait tout auprès d'Eugène pour appuyer cette demande.

On ne pouvait pas en douter; une telle amitié ne surprenait pas. Il comprit que sa disgrâce avait commencé quand la Camarilla fut frappée par le prince Eugène d'un coup fatal. Convaincu qu'il ne serait jamais à même de réaliser ses projets d'expansion en Italie tant qu'Eugène aurait une position dominante à Vienne, Victor-Amédée de Savoie, avec l'aide du comte d'Althan, se détermina à abattre son cousin. N'étant pas présent à Vienne, il eut recours à des intermédiaires pour exécuter l'action. L'abbé Tedeschi, un Florentin, et le chambellan impérial, le comte de Nimptsch, beau-frère du comte d'Althan, furent désignés pour monter une sourde affaire de complot dont on voulait accuser le prince.

L'Empereur, sans être complice, joua au confident complaisant de toutes ces intrigues. Afin de mieux mettre au courant Sa Majesté, le comte d'Althan se tenait informé par le comte de Nimpsch de tout ce qui se passait chez le prince. L'abbé Tedeschi s'introduisait chez le prince tandis que le chambellan faisait une enquête afin de dévoiler les machinations de celui-ci. Le valet du comte de Nimptsch, inquiet des sorties nocturnes de son maître dans toutes sortes de déguisements ainsi que d'interminables conciliabules, alla trouver le prince Eugène. Il lui raconta tout ce qu'il savait. Le prince appela le comte Sinzendorf qui entretenait des relations privilégiées avec la Camarilla dans la personne même de la comtesse de Rocca-Stella et lui dit qu'il irait trouver l'Empereur pour exiger une enquête immédiate et un procès. Eugène réunit le conseil privé dont il était président, et s'adressant au comte Trautson, au prince Seilern, au comte de Starhemberg et à Sinzendorf afin d'obtenir leur soutien, demanda audience à Sa Majesté impériale et catholique. L'affaire prit des proportions inquiétantes et, devant la menace de démission du prince, l'Empereur décida de livrer les coupables à la justice et sacrifia le comte Althan.

Bonneval était trop lié avec ce dernier pour qu'on ne le soupçonnât pas d'avoir au moins suivi l'affaire. Il rentra à Vienne à contrecœur ; il n'avait plus envie de vivre dans cette ville dont le séjour lui paraissait insupportable. Sa vie devenait aussi ennuyeuse qu'un mauvais livre d'histoire où les événements sont énumérés comme dans un catalogue sans couleurs et sans relief. Sachant que le prince était au Belvédère, il s'installa au palais d'Hiver en attendant de déménager comme il en avait fait le projet. Il avait envoyé Lacloche en quête d'un appartement.

Il retrouva Rousseau avec plaisir et s'inquiéta de savoir si le prince était très aigri contre lui. Rousseau n'avait rien remarqué de particulier ; le prince ne parlait jamais de Bonneval en son absence, en tout cas pas en public ; quant à la comtesse Batthyany, elle était égale à elle-même et pas un cheveu ne dépassait de sa perruque. Bonneval lui avait écrit qu'elle savait trop qu'il était un homme d'honneur pour jamais révéler leur commerce. Il lui avait promis qu'il lui garderait le secret ; ses alarmes étaient injustifiées et il la priait en conséquence de bien vouloir l'obliger en cessant de le poursuivre d'un intérêt trop assidu. Il ajouta qu'elle se montrerait bientôt ridicule et qu'il le lui aurait prédit. Elle dévoilerait elle-même leur commerce en rendant public son désir de se venger. En femme d'esprit n'était-il pas préférable qu'elle oubliât le passé et consacrât ses soirées à jouer au piquet avec Son Excellence le prince de Savoie ?

Quand il se rendit au palais du prince il fut reçu

avec une froideur marquée, et tout ce qui autrefois aurait pu ressembler à de la familiarité avait disparu. Le prince, d'un naturel froid et peu communicatif, avait repris cette apparence de glace si désagréable à Bonneval, fût-ce chez un roi. Pour se donner l'air noble, Eugène outrait sa guinderie et sans être contrefait, n'ayant qu'une taille courte et un air chétif avec un visage laid, il croyait qu'en bombant le torse et en prenant l'air pincé, il acquérait l'air princier.

Puis Bonneval alla rendre ses hommages à l'Empereur avec lequel il gardait des relations amicales ; Sa Majesté prétendait ne vouloir entrer en rien dans la dispute qui opposait le prince Eugène et son protégé ; néanmoins Bonneval se plaignit des traitements qu'il subissait de la part du Suprême Conseil de Guerre aulique ; en Sicile on l'avait humilié, et il voulait demander réparation. Il revendiqua un privilège exclusif pour l'établissement d'aciéries dont il avait eu l'idée. Il avait pris sous sa protection un ingénieur, M. Block, avec lequel il voulait s'associer afin de fabriquer de l'armement. Il escomptait tirer de grands profits surtout par la fabrication d'une nouvelle baïonnette dont il avait eu l'idée, et pour laquelle il avait fourni un dessin à M. Block afin qu'il dressât les plans de cet objet. Il passait des moments de plus en plus nombreux dans son logis du quartier Saint-Etienne et souvent rejoignait la compagnie dans un cabaret qui s'appelait l'Ecrevisse Rouge où l'on rencontrait beaucoup d'étrangers, des Italiens, des Français et des Anglais. Là, il retrouvait ses amis. En plus de Rousseau et de Latour venaient deux seigneurs qui étaient devenus ses intimes, le prince de Ligne et le comte d'Arenberg. Dans ce cabaret où de belles filles aux charmes blonds servaient les chalands et leur accordaient ce qu'ils voulaient pour de l'argent à condition que la demande se fît discrètement, où un orchestre jouait sans arrêt, les chansons et les épigrammes volaient comme des confettis.

En plus du privilège pour l'exploitation des aciéries, Bonneval, quand l'Empereur l'avait prié de dire ce qu'il désirait pour le remercier d'avoir si facilement obtenu du Régent de France des armes et des munitions lors de l'opération de Sicile, avait souhaité obtenir le gouvernement d'Esseck. Mais la cabale du prince Eugène poussée par le clan des ennemis de Bonneval persuada à l'Empereur de donner ce gouvernement au général Petrasch qui était autrichien quand le comte était français. La rumeur rapporta que le secrétaire à la Guerre von Brockhausen, ancien chef de la police, aurait fait la réflexion tout haut un soir à Schönbrunn : « *Was? Der Franzose, Der will Esseck? Dreck! Und nicht Esseck!* » (Quoi? le Français veut Esseck? Merde et pas Esseck!)

Bonneval, du dépit de voir s'échapper cette occasion de s'éloigner de Vienne honorablement, s'en prit au ministre par ses propos, et un soir d'ivresse à l'Ecrevisse Rouge bourrée de tout ce que Vienne comprenait d'hommes libres et joyeux, chanta une chanson qu'il venait de composer sur un air alors en vogue. Il s'en prenait au ministre et fort imprudemment à l'Empereur même qui ne l'avait pas soutenu contre le comte de Mercy ni dans l'affaire d'Esseck.

Le secrétaire est hautain
Avare fourbe et malin
Il vous dit d'un ton farouche :
César parle par ma bouche
Lampons, lampons, camarades, lampons
Bonneval aura du Dreck
Petrasch aura Esseck
Près de ce référendaire

L'or d'Esclavonie opère
Lampons, lampons, camarades, lampons
Bien sot qui sert l'Empereur
Par un principe d'honneur
Sans vous donner tant de peine
Achetez l'honneur à Vienne.
Lampons, lampons, camarades, lampons.

Cette chanson fit le tour de la ville et tomba comme un brûlot chez le comte de Brockhausen; il alla se plaindre au prince Eugène que son favori se tenait mal; le prince répliqua sèchement qu'il n'y était pour rien et que Bonneval n'était pas son favori. Mme Batthyany, ivre de colère à cause de la lettre que lui avait écrite son ancien amant, représenta au prince que Bonneval, que tout le monde connaissait comme son ami, nuisait beaucoup à sa réputation en faisant des épigrammes. L'affaire arriva jusqu'à l'Empereur qui gardait pour Bonneval des sentiments affectueux, même s'il ne faisait rien pour lui afin de ne pas mécontenter la cabale; il se contenta de rire.

Bonneval alors contre-attaqua; et parce que Mme Batthyany avait dit qu'il était un fripon au comte Schulemberg et à M. de Krichbraun qui l'entendirent et le répétèrent à la comtesse Steyregg qui le dit au comte d'Arenberg qui s'en ouvrit lui-même à M. Rousseau pour savoir s'il le savait, Bonneval composa une chanson de son cru, pria Latour de s'adresser à un écrivain public sous un faux nom et de déposer la somme nécessaire à inonder les quartiers populaires de Vienne de cette chanson. Elle tombait pile. Mme Batthyany était généralement détestée parce qu'on savait qu'elle gouvernait le prince de Savoie et qu'elle était par conséquence responsable de bien des mesures prises et parmi les plus impopulaires. De plus, comme elle était hongroise et du plus haut parage, on la détestait d'avoir trahi la cause du prince Rákóczy, d'avoir pris le parti d'Eugène qui voulait qu'on eût recours contre les insurgés hongrois à la manière forte. Le parti hongrois l'aurait empoisonnée s'il l'avait pu. Dans le peuple, on savait seulement qu'elle avait trahi son peuple et acceptait une occupation étrangère pour les siens pendant qu'elle régnait à Vienne avec un autre étranger, un Français, ou tout comme celui-là, le prince Eugène.

Les gens lurent le factum en riant et se munissant de violes et de violons, ils se mirent à chanter la chanson de Bonneval en dansant. Il osa donc un couplet contre Eugène qui commençait par : « Eugène que la vérité gêne / lui préfère le mensonge / depuis que comme l'éponge / il boit les paroles d'une naine. » Mme Batthyany avait dit fripon à cause de cette allusion à sa taille petite quand elle eût rêvé d'être grande. Cette femme aimait tant régner sur les autres qu'à les dominer physiquement elle eût été satisfaite. Tout Vienne rit de l'allusion et l'on fit des caricatures d'Eugène dansant avec sa naine. La clameur fut grande. Toute l'Europe en fut alarmée et faute de guerre pour qu'il pût s'illustrer, Bonneval faisait parler de lui dans toutes les capitales par son esprit et son insolence. Il avait pour lui le public qui entonnait :

Cette princesse subalterne
insolemment le gouverne
et c'est elle qui décerne
les honneurs à prix d'argent
aux plus offrants ;
alors ses charmes !
Dansons dansons compagnons
Cette princesse subalterne

a pour ancêtre une Bathory
et le diable pour mari
aujourd'hui s'ouvrent les paris
qu'elle veut mettre Vienne en berne
et régner sur la Hongrie
Dansons dansons compagnons !

A Paris on connaissait déjà la nouvelle ; Pesmes de Saint-Saphorin avait écrit à Londres que la guerre était ouverte et que Bonneval n'avait pas peur. Son courage n'étonnait personne ; beaucoup l'admiraient, d'autres le blâmaient.

Mme de Bonneval était dans tous ses états. On ne parlait que de son mari dans l'entourage du Régent. C'était comme une gifle de la France à l'Empire et on en riait ; les Belges vivant sous l'occupation autrichienne furent heureux qu'on osât s'en prendre à cette femme rendue responsable de tous les maux. Elle était la p... du prince mais pas sa paix, disait-on. Mme de Bonneval écrivit à son mari : « J'ai beaucoup souffert des bruits qui se sont répandus ici de votre brouillerie avec le prince Eugène, et je n'ai pas cru vous en devoir parler dès lors que vous ne m'en disiez rien. Quand nos amis deviennent nos ennemis, je les crois les plus dangereux. Je suis disposée à croire que vous n'avez point eu le premier tort, et je n'en puis douter ; mais j'avoue que je souhaiterais fort que vous fussiez bien avec lui, sachant bien que vous ne serez pas capable d'aucune fausse démarche pour vous raccommoder, ce qui me paraîtrait pis que la disgrâce la plus sûre ! »

Tout Vienne était remué et ce qui faisait rire les uns inquiétait les autres. Le clan de Savoie-Batthyany soutenu par des ministres dont le comte de Brockhausen et le comte Okel, insinua à l'Empereur qu'il fallait éloigner Bonneval. Le prince Eugène par un reste d'amitié suggéra qu'il était préférable de l'envoyer dans une capitale française plutôt qu'à Temesvar en Transylvanie et il suggéra que puisqu'il avait l'honneur d'être gouverneur des Pays-Bas, il pourrait prier Bonneval de se rendre à Bruxelles et de veiller sur la garnison.

Bonneval fit don de son régiment à son fils avec l'assentiment du prince Eugène qui éprouvait depuis l'origine beaucoup d'amitié pour le comte de Latour. Au milieu de ces événements il apprit que le cardinal Dubois était mort. Il s'était éteint le 10 août 1723 en laissant à l'extérieur une France puissante et respectée, alliée de l'Espagne et de l'Angleterre, et à l'intérieur un chaos financier, le spectre de la banqueroute et un champ de ruines.

Bonneval avait toujours souhaité se rendre à Bruxelles et l'annonce de sa mutation lui eût plu si elle n'avait eu un air d'exil. Il reçut l'ordre officiellement un matin, sur lequel il était écrit que le service de Sa Majesté impériale demandait absolument qu'il se transportât à Bruxelles pour y prendre le commandement général. Cet ordre fut accompagné du paiement de tout ce qui lui était dû, arriérés de soldes, pension, etc.

Bonneval ordonna à Lacloche de faire les bagages, ce qui voulait dire surtout mettre en caisses des centaines de livres. Il prit deux jours pour saluer ses amis et se mit en route vers Bruxelles sans traverser la France mais en remontant vers le nord par la rive droite du Rhin.

Jean-Baptiste Rousseau apprenant l'exil de Bonneval demanda en grâce au prince Eugène de lui permettre de l'accompagner et fut du voyage avec le comte de Latour, et quatre domestiques en tout. Deux carrosses étaient suivis d'une troisième voiture pour les bagages. Ils traversèrent la Bavière, le Palatinat et furent dans les Pays-Bas autrichiens en décembre 1723. A son arrivée il apprit la mort de Philippe d'Orléans, Régent de France, qui avait succombé le 2 décembre à une crise d'apoplexie.

Le prince Eugène était gouverneur des Pays-Bas espagnols mais comme il ne résidait pas à Bruxelles, il y était représenté par le marquis de Prié, progubernator des Pays-Bas autrichiens. Bonneval le connaissait pour avoir eu affaire à lui pendant l'occupation des Etats pontificaux quelques années auparavant. De simple agent de l'Empereur chargé de terroriser le pape afin de lui faire changer d'avis, il avait monté au faîte des grandeurs, jusqu'à croire qu'il régnait sur la capitale belge. C'était le protégé de Mme Batthyany à qui il devait sa place.

Bonneval dès son arrivée à Bruxelles s'installa à l'hôtel d'Epinoy. Il s'installa avec beaucoup plus de faste qu'il ne l'avait fait partout et commanda à Paris un mobilier complet dû au talent d'Oppenord qui meublait les gens les plus à la mode, depuis que le Régent l'avait lancé en lui faisant décorer le Palais Royal. Tout son monde s'installa avec lui et l'on augmenta l'équipage considérablement. Bonneval entendait vivre comme une Excellence impériale, membre du Suprême Conseil de Guerre aulique et descendant d'une des plus nobles familles françaises, parente du Roi par les Foix et les d'Albret. Il était fier d'une authentique lettre de Henri IV au parlement de

Pau qu'il citait par cœur : « Messieurs, je vous recommande les affaires que mon cousin le maréchal de Biron a devant vous et je vous les recommande avec d'autant plus de chaleur qu'il est mon proche parent par la maison de Bonneval. »

Il y avait à Bruxelles de nombreux Français représentants du gouvernement, hommes d'affaires, financiers, voyageurs en route pour Spa ou qui se rendaient des Etats généraux de Hollande à la cour de Lorraine ou qui voulaient aller des Etats bataves à la cour du Margrave de Bade.

De Paris, Bonneval fit venir un cuisinier, puisqu'ils étaient là les plus réputés d'Europe, qui fournissait sa table de plats ornés et raffinés. Comme on savait qu'il était sans sa femme, les dames se mirent toutes sur le pied de le voir. Il donnait souvent des concerts qui attiraient chez lui la meilleure société. Son orchestre était connu de la ville et bientôt des Pays-Bas ; il donnait de la musique de Corelli et des duos de clavecins et de violons de Bach fort agréables. Ses soupers devinrent célèbres dans tout ce pays.

De temps en temps Prié était invité, rarement parce que Bonneval nourrissait contre lui depuis l'Italie un mépris qu'il cachait difficilement. C'était un fils de rien né dans un recoin obscur d'Italie, sans foi ni honneur, qui prétendait être appelé Marquis comme si l'on s'improvisait noble. Il venait avec la marquise de Prié sa femme qui était en jupe ce qu'il était en homme, fort commune, fausse imitation de grande dame avec une laideur qui voulait se faire passer pour jolie. L'artifice ne manquait pas ni rien qui pût adoucir une figure de gorgone poudrée et peinte, le sourire barré de grimaces tant elle maniait le compliment et ils étaient en train d'y parvenir à Bruxelles, profitant du fait que le marquis était progubernator, pour ouvrir leurs salons où la plupart des gens allaient par convenance et pour faire par là leur cour au prince Eugène dont c'était le représentant.

Leur fille Mme d'Apremont venait d'être abandonnée par son amant le marquis d'Aiseau, fort joli garçon qui avait suivi une duchesse folle de lui et fort généreuse. Cette affaire courait la ville; parce que Mme d'Apremont n'étant pas aimée, pas davantage que ses parents, on se vengeait de sa morgue en publiant son malheur.

A partir du moment où Bonneval fut à Bruxelles, le monde peu à peu déserta l'hôtel des Prié pour lui préférer le sien; on y trouvait bien plus brillante compagnie. Bientôt les gens n'allèrent plus chez le marquis de Prié que par politesse. L'amitié et le plaisir attirèrent chez Bonneval tout le monde. La bourgeoisie suivait l'exemple de la noblesse et lui fut bientôt dévouée.

Bonneval qui, en principe, ne s'occupait d'aucune question d'administration écoutait pourtant les plaintes des habitants de Bruxelles et recevait leurs suppliques qu'il envoyait ensuite à Vienne en les appuyant auprès des amis qu'il avait gardés dans tous les ministères. Le progubernator vexait les Belges de mille manières différentes et faisait peser sur eux le joug de l'occupation. Ils étaient accablés d'impôts. C'était encore pis dans les campagnes où les paysans étaient pillés impunément par les Autrichiens et chargés de corvées dont on les forçait de se racheter par de l'argent. La maison des Prié n'était entretenue que des présents qu'ils exigeaient de toutes parts. Ils en avaient à revendre et en revendaient en effet.

Bonneval tenait un registre de ces malversations parce qu'il prévoyait déjà que le marquis de Prié chercherait tôt ou tard à lui nuire et que la révélation de ces insupportables trafics constituerait sa parade.

Les plaintes des habitants de Bruxelles et des Belges en général augmentant, Bonneval après en avoir composé des mémoires les fit partir pour Vienne. Le grand crédit de la comtesse Batthyany fit blanchir toutes ces accusations ; elles furent regardées comme l'effet d'une cabale dont on accusa Bonneval d'être le chef, à dessein de destabiliser les Pays-Bas autrichiens. L'égérie du prince Eugène le disait à tous ceux qui le voulaient entendre.

En apparence, le marquis de Prié et le comte de Bonneval faisaient bonne figure et nul ne se fût douté à les voir ensemble qu'une telle inimitié les opposait. La marquise de Prié, fort ambitieuse, était au désespoir que sa maison fût désertée. Elle s'en plaignait à ceux qui semblaient les plus attachés à Bonneval et leur faisait des reproches. C'était une femme fort maigre, longue et si haute qu'elle dépassait les autres dames d'une tête comme ces girafes qu'on pouvait voir dans la ménagerie du prince Eugène à Vienne. Son visage long était encore allongé par l'air de dépit qu'elle affichait désormais. Quelquefois, Bonneval, pris de pitié, amenait chez les Prié toute sa compagnie, mais dès qu'il se levait pour sortir, tout le monde le suivait et le salon du progubernator restait vide.

La comtesse d'Apremont, fille des Prié, dès qu'il arriva à Bruxelles fit les yeux doux à Bonneval qui avait sujet de soupçonner que le père et la mère n'eussent point été fâchés qu'il s'y attachât. La marquise lui demanda deux ou trois fois ce qu'il pensait de sa fille ; elle affectait de les laisser seuls ensemble. Il négligeait ces avances et feignait de ne pas s'en apercevoir.

Dans la disposition où se trouvaient Bonneval et Prié, il était impossible qu'il n'y eût pas tôt ou tard quelque éclat. Sa femme et sa fille déçues de l'indifférence du beau général et les membres de leur coterie animaient sans cesse le progubernator contre lui. Prié chercha des histoires au sujet des soldats, des régiments, des soldes et il fit au général quantité de chicanes sur le paiement de ses appointements. Bonneval écrivit à Vienne pour se plaindre et eut le dessus dans ces petites affaires, mais tout à coup au mois d'août 1724 les deux hommes se brouillèrent de la manière la plus violente.

Cette affaire de Bruxelles constitua le point central de la vie de Bonneval ; c'est à cause d'elle qu'il fut contraint de quitter l'Europe ; elle détermina son destin.

Philippe V roi d'Espagne dont l'établissement sur le trône avait coûté tant de sang à l'Europe avait eu de sa première femme Marie-Gabrielle de Savoie un fils nommé Louis à cause du jour de sa naissance, 25 août 1707. Il portait le nom de prince des Asturies, et épousa Louise-Elisabeth de Montpensier, fille du Régent. La grand-mère de la mariée, née la princesse Palatine, Madame la duchesse d'Orléans, écrivait le 6 décembre 1721 :

« On ne peut pas dire que Mlle de Montpensier soit laide, mais c'est bien l'enfant la plus désagréable qu'on puisse voir, dans sa façon de manger, de boire, de parler.

Elle a pourtant de jolis yeux, la peau fine et blanche, le nez bien fait quoique un peu mince, la bouche fort petite ; elle n'a pas versé une larme en nous quittant. »

Le duc de Saint-Simon fut chargé d'accompagner Mlle de Montpensier en Espagne. Il savait que les filles de son cher ami le duc d'Orléans étaient horriblement mal élevées (Paris n'était encore rempli que des extravagances de la duchesse de Berry) mais Louise-Elisabeth l'était encore plus que les autres. On donna un grand bal en l'honneur du mariage mais elle refusa d'y assister en disant : « Le Roi et la reine feront ce qui est de leur goût et je suivrai le mien. »

Dans les jours qui suivirent, les fêtes furent suspendues parce que la princesse des Asturies avait des rougeurs au visage qui se tournèrent en érésipèle. Les beaux-parents royaux furent très inquiets car le père de la mariée avait une fâcheuse réputation de débauché. M. de Saint-Simon parvint à rassurer le Roi en disant qu'il pouvait affirmer que si la vie de M. le duc d'Orléans avait été très licencieuse, elle avait toujours été sans mauvaise suite. Une singulière aventure arriva encore à M. de Saint-Simon le jour qu'il vint prendre congé de la douce princesse. Arrivé avec toute sa suite à l'audience de la princesse des Asturies, qui était sous un dais, debout, les dames d'un côté, les grands d'Espagne de l'autre, il fit ses trois révérences protocolaires puis son compliment. Il se tut ensuite, mais vainement ; la princesse ne lui répondit pas un seul mot. Après quelques moments de silence, il voulut lui fournir de quoi répondre et il lui demanda ses ordres pour le Roi, pour l'Infante et pour Madame, M. le duc et Mme la duchesse d'Orléans. La princesse regarda l'ambassadeur et lui lâcha un rot à faire retentir la chambre. Sa surprise fut telle qu'il en demeura confondu. Un second partit, aussi bruyant que le premier. L'ambassadeur perdit contenance et tout moyen de s'empêcher de rire et jetant les yeux à droite et à gauche, il vit tous les grands d'Espagne et la Cour, leur main sur leur bouche et leurs épaules qui allaient. Enfin, un troisième rot plus fort encore que les deux premiers mit tous les assistants en désarroi et Saint-Simon en fuite avec toute sa suite et des éclats de rire d'autant plus grands qu'ils forcèrent les barrières que chacun avait tâché d'y mettre. Toute la gravité espagnole fut déconcertée, tout fut dérangé : nulle révérence ; chacun pâmant de rire se sauva comme il put sans que la princesse en perdît son sérieux.

Louis Ier n'avait pas dix-sept ans lorsque Philippe V son père, déterminé, disait-il, par de sérieuses réflexions sur les misères de la vie humaine, lui abandonna le pouvoir en abdiquant par un acte signé le 10 janvier 1724. Il se retira avec la reine dans son palais de Saint-Ildefonse, y servir Dieu, penser à la mort et travailler à son salut. (D'aucuns dirent qu'il voulait se rendre disponible pour monter sur le trône de France si Louis XV encore enfant et de santé précaire venait à mourir accidentellement...)

Don Louis prit possession du trône le 18 janvier. Mlle de Montpensier, princesse des Asturies, devenait reine des Espagnes, des Amériques et des Indes; elle n'avait pas seize ans. Jeune et vive, mal élevée par un père, le duc d'Orléans, faible à l'extrême avec ses enfants qu'il adorait, elle ne se pliait guère au pesant cérémonial de la cour d'Espagne. Elle ne manquait pas une occasion d'enfreindre l'étiquette, de bafouer les grands d'Espagne dont l'orgueil n'avait d'égal que la suffisance, de piétiner sa grandesse, d'exiger des accoutrements à son goût et d'introduire à l'Escurial un vent de liberté et d'insolence. A table, dans les grands dîners de cérémonie où elle assistait la tête couronnée par l'une des plus lourdes couronnes de la terre, elle affectait de rejeter les aliments qui ne lui convenaient pas et tournait le dos à son mari. Les grands d'Espagne avaient le privilège de rester couverts devant les souverains : « Pourquoi ne se découvrent-ils pas, demanda-t-elle tout fort dans le silence d'une grande salle, est-ce qu'il pleut? » Elle s'enfermait avec de jeunes caméristes pour chanter des litanies obscènes et on l'accusait de se livrer à des amusements aussi agréables qu'interdits.

Le roi Louis passait son temps chez ses parents à

pleurer de sa misère d'être le mari d'une telle princesse qui n'observait nulle bienséance, qui ne songeait qu'à manger, qu'à se montrer toute nue au grand scandale de ses domestiques, et qu'il ne convenait pas à une reine d'Espagne de mener le train de vie dont il ne pouvait la corriger.

Chaque fois qu'en particulier il s'en était ouvert à elle, elle s'était fermée comme une huître et rien n'avait été encore possible entre Leurs Majestés. L'Espagne n'aurait pas d'héritier si le mariage ne pouvait être consommé. Le Roi se plaignait qu'il n'arrivait à rien avec cette femme, qu'elle ne l'écoutait pas, et qu'il renoncerait à vivre avec elle. Un soir du mois d'août, il faisait si chaud à Madrid que Louise-Elisabeth décida de se baigner dans ce grand bassin d'eau claire qui s'étendait sous ses fenêtres et où personne ne songeait à se plonger. Ils étaient tous enfermés dans des habits où l'on avait peine à respirer et se confinaient dans leur dévotion et la touffeur de leur oratoire. Depuis plusieurs jours, à cause de la chaleur, la reine vivait enfermée chez elle, nue comme les statues dans les jardins de son père. La reine gagna la pièce d'eau avec ses compagnes et elles se baignèrent nues en pleine nuit. Quel beau spectacle sous la lune que toutes ces jeunes filles aux chairs blanches et lisses et aux fesses comme celles des déesses, descendues de leur piédestal pour s'ébrouer dans l'eau autour d'un grand dauphin en bronze que chevauchait un dieu voyeur. Ce spectacle, ce furent les gardes qui le virent.

La clameur fut grande. Elle parvint jusqu'à Paris, Londres, Vienne, Rome, Bruxelles. L'Europe entière résonna des cris de la cour d'Espagne. A Madrid, on convoqua les ministres, les conseils s'assemblèrent; l'Inquisition s'en mêla. Il fut décidé que la jeune reine serait mise aux arrêts dans son appartement, moins pour la punir que pour lui faire sentir vivement les conséquences de sa démarche. De sévères caméristes la surveillaient. On parlait de l'interner dans un château fort.

Quand, à Bruxelles, on en parla, les choses s'enflammèrent. Dès le début que quelqu'un rapporta qu'il y avait scandale à la cour de Madrid, et que c'était à cause de la reine régnante, Bonneval interrompit la conversation en rappelant aux assistants que la reine était française, qu'il l'était aussi, et qu'il se flattait d'être son parent, par les Foix et les d'Albret comme il l'avait démontré. Aussi lui était-il désagréable qu'on plaisantât au sujet de cette reine.

S'il avait vécu à Paris, Bonneval eût été le premier à rire de l'aventure mais à Bruxelles, dans les Pays-Bas autrichiens il en était autrement; en critiquant cette reine on parlait de son pays.

Bien qu'elles fussent au courant que Bonneval n'aimât point qu'on parlât mal de la reine d'Espagne, la marquise de Prié et la comtesse d'Apremont, sa fille, débitèrent publiquement aux assemblées et répétèrent plusieurs jours de suite que la relégation de la reine d'Espagne venait d'une cause bien différente de celle qu'on avait dite. Elles dirent et répétèrent qu'elle avait eu une intrigue de galanterie et que son amant avait été poignardé par ordre du Roi dans l'appartement de cette princesse et son corps jeté par la fenêtre. Les deux femmes nommaient cet amant qu'elles connaissaient par cœur puisqu'il s'agissait du marquis d'Aiseau et prétendaient être parfaitement instruites par différentes lettres venues de Madrid. Ces discours furent rapportés à Bonneval qui se contenta d'abord de les réfuter en montrant leur peu de probabilité.

Mais les discours continuèrent et tout Bruxelles en était infesté. Bonneval s'animait; il tenait des discours véhéments contre les bavards sans encore les nommer.

Mais bientôt, un jeudi, alors qu'il y avait concert chez lui et beaucoup de monde, il dit entre deux morceaux de l'orchestre au milieu d'un silence qu'il n'y avait que des grues et des coquins qui pussent parler avec cette indignité d'une princesse de France et d'une reine d'Espagne et croire qu'on s'introduit aussi facilement dans sa chambre que dans celle des catins qui répandaient ces bruits.

Cette déclaration eût été suffisante mais Son Excellence impériale le général-comte de Bonneval ne s'en contenta pas. Il l'amplifia et la détailla dans un écrit qui courut tout Bruxelles.

« La marquise de Prié et sa fille, la comtesse d'Apremont, écrivait-il, ont dit dans leur maison en pleine assemblée et en présence du marquis de Prié, progubernator des Pays-Bas autrichiens, époux de ladite marquise, et ont continué de faire courir les bruits suivants tant dans d'autres conversations qu'à leur table; savoir : qu'ils avaient des lettres qui portaient qu'un certain d'Aiseau, Flamand, avait été assassiné à Madrid pour avoir été trouvé de nuit chez la reine et que c'était la cause que cette jeune princesse avait été en disgrâce de Leurs Majestés son beau-père Don Philippe et le roi régnant Don Louis. Ce discours fut rapporté au comte de Bonneval, Général d'Infanterie des troupes de l'Empereur, qui a fait publier dans toute la ville de Bruxelles que les hommes qui faisaient de pareils discours étaient des coquins et des malheureux et les femmes des putains et des charognes qui méritaient qu'on leur coupât la robe au cul puisqu'il ne convenait à personne au monde d'attaquer la réputation d'une aussi grande princesse, sortie de la Maison de France et de plus Reine d'Espagne. Que ledit comte de Bonneval n'exceptait aucune maison ni personne de Bruxelles quand ce serait dans celle du marquis de Prié, de sa femme ou de sa fille quoiqu'il soit progubernator de l'Empereur dans les Pays-Bas autrichiens, à moins qu'ils ne lui donnent des preuves incontestables de ce qu'ils ont si publiquement répandu contre cette grande princesse, en présence de tant de monde. »

Ceux à qui Bonneval rendit compte de ce qu'il avait fait le blâmèrent. Ils lui dirent que son procédé était d'un homme d'honneur mais n'était guère prudent; que ses ennemis profiteraient de sa vivacité à tirer sa plume comme son épée et que le moins qui pût lui arriver serait d'être dans de longs et furieux embarras. Bonneval sentit comme eux qu'il avait franchi les bornes de s'en prendre ainsi par écrit au marquis de Prié qui en tant que sous-gouverneur représentait l'Empereur. Il était trop avancé, hélas, pour reculer. Il travailla alors à expliquer l'affaire par écrit pour la cour de Vienne et envoya la narration.

« Monsieur le marquis d'Aiseau, homme de qualité de ces pays-ci et frère aîné du comte de Péer, est allé depuis quelque temps en Espagne pour recueillir une succession. Il y a dix ou douze jours que la comtesse d'Apremont dit à plusieurs personnes que la princesse Christine de Hohenzollern chanoinesse à Misterbilz lui avait écrit que Madame de Rève aussi chanoinesse avait reçu une lettre de son frère qui est en Espagne, par laquelle il lui marquait que le marquis d'Aiseau avait été assassiné.

Monsieur le prince Emmanuel de Nassau, Général major de Sa Majesté impériale et catholique, a dit au comte de Bonneval, à M. le colonel de Latour et M. Rousseau que, étant à l'assemblée de Madame de Prié où étaient Madame la duchesse douairière d'Arenberg qui jouait au quadrille, M. le comte de

Calemberg, M. le prince et Madame la princesse de Horn, l'Internonce, M. le comte de Lannoy, M. le comte de Konigseck, M. le comte de Valsassine et d'autres personnes, Madame la marquise de Prié leur avait conté l'assassinat du marquis d'Aiseau causé par son commerce de galanterie avec la reine et qu'elle avait dit qu'elle ne s'étonnait pas que ce marquis eût élevé son ambition jusqu'à une reine; mais que ce qui la surprenait c'était qu'un garçon aussi bien fait eût pu se résoudre à devenir amoureux d'un petit monstre qui était l'exécration du genre humain et la risée de l'Europe.

Le comte de Bonneval, qui a l'honneur d'appartenir et d'être apparenté à la Maison de France par celles de Foix et d'Albret et qui se tient chez lui où la noblesse vient aussi quelquefois se désennuyer, apprit ce roman comme les autres et se contenta de hausser les épaules tant qu'il crut que la chose ne cheminerait pas plus avant et il se serait contenté comme il a fait quatre jours durant de désabuser ses amis en particulier, s'il n'avait vu que l'acharnement avec lequel on continuait à débiter cette infamie dans la maison du marquis de Prié en avait fait la nouvelle générale. Il crut donc que la calomnie étant devenue publique ne pouvait plus être détruite que par un démenti public et après avoir gardé le silence il écrivit la vérité.

Ce qu'il y a de rare dans cette affaire, c'est que le comte de Péer, alarmé comme on le peut bien penser de cette tragique nouvelle, ayant envoyé un exprès en poste à Misterbilz pour s'informer auprès de Madame de Rève de ce qui en était, elle lui a fait répondre qu'elle ne savait pas ce qu'on lui voulait dire, qu'il y avait plus de cinq mois qu'elle n'avait reçu des lettres d'Espagne.

C'est avec la même fausseté que la comtesse d'Apremont trois jours avant la déclaration du comte de Bonneval, avait avancé pour soutenir cette imposture, en présence de la comtesse de Calemberg, chez qui elle dînait, et du comte de Lannoy, que la duchesse douairière d'Arenberg qui avait soupé la veille avec elle chez le marquis de Prié avait reçu d'Espagne aussi bien que M. de Marmol, la même nouvelle de l'assassinat du marquis d'Aiseau et les raisons qui y avaient donné lieu. Cependant elle a été contrainte d'avouer depuis au comte de Lannoy qu'elle avait allégué faussement cette prétendue preuve. A Bruxelles le 22 août 1724. »

L'essentiel de cette affaire était la hauteur avec laquelle Bonneval avait relevé les calomnies ; il fit donc des efforts pour la justifier et craignant que Mme Batthyany et sa cabale prissent prétexte de cette affaire pour lui nuire encore, il écrivit à l'Empereur la lettre suivante en y joignant la narration qu'il avait faite :

« Sire, j'ai l'honneur d'aborder les pieds du trône de Votre Majesté impériale et catholique, le cœur tout à la fois rempli d'amour, de crainte et de respect pour son auguste personne, et d'horreur pour la cause qui me force à prendre une pareille hardiesse, quoique ma naissance m'autorise à le faire dans le cas dont il s'agit.

L'honneur que j'ai d'être allié au sang royal de France par les Maisons de Foix et d'Albret ci-devant Maison royale de Navarre, ne m'a pas permis, Sire, de voir attaquer par des calomnies réitérées et répandues avec affectation, la gloire et l'honneur de la fille de feu Monseigneur le duc d'Orléans, présentement reine d'Espagne. Votre Majesté impériale et catholique ne me blâmera pas du parti que j'ai pris lorsqu'elle saura que outre l'honneur d'appartenir à cette princesse par le sang, je suis né sujet de la France et que j'y ai mes biens. J'ai encore de si grandes obligations à feu Son Altesse royale, M. Le Régent, son père, et encore présentement à Madame la duchesse douairière d'Orléans par les bontés et la protection dont elle honore mon épouse en France, qu'il faudrait que je fusse le dernier des mortels si dans une occasion où il n'y allait pas moins que de flétrir pour jamais l'honneur de la reine, leur fille, j'étais demeuré dans un silence criminel, ayant de justes motifs pour le rompre.

J'ai lieu de me flatter, Sire, que Votre Majesté impériale et catholique, dont le cœur est si généreux et si magnanime, ne désapprouvera pas que j'aie défendu la cause de cette jeune princesse puisque cette cause est en même temps la vôtre, Sire, et celle de tous les princes et rois de l'Europe, n'y ayant ni guerre ni inimitié particulière entre les têtes couronnées qui puissent autoriser leurs sujets respectifs à attaquer l'honneur de leurs personnes sacrées, et encore moins à le faire par des calomnies.

Le marquis de Prié se donne de grands mouvements ici pour chercher à rendre ma conduite criminelle en me taxant de manque de respect pour Votre Majesté impériale et catholique et pour le gouvernement. Il s'informe si je n'ai rien écrit ou fait écrire en France.

Enfin je ne doute pas que par son habileté il ne croie avoir trouvé quelque chose contre ma conduite. Sur quoi je me remets très humblement au jugement de Votre Majesté impériale et catholique à qui j'ai l'honneur d'envoyer tout ce qui s'est passé là-dessus pour subir, si j'ai manqué, le châtiment de ma faute.

Je ne crois pas, Sire, que Votre Majesté impériale et catholique trouve dans l'écrit sur lequel le marquis de Prié fait tant de bruit ici aucun manque de respect contre la personne sacrée de Votre Majesté, ni contre l'autorité du gouvernement, puisqu'en n'exceptant personne, je ne désigne ainsi que ceux qui ont attaqué la réputation de la reine d'Espagne.

Je n'ai pas manqué aussi de rendre compte au duc de Biron mon beau-père, et à mon épouse, de ce qui se passait ici, ne pouvant cacher à des personnes qui me sont si proches une chose de cette importance; et connaissant, comme je fais, le profond respect et la vénération qu'ils ont pour le plus grand et le plus juste de tous les empereurs, et la certitude où ils sont aussi bien que moi, que Votre Majesté impériale et catholique, qui joint à la qualité du plus auguste monarque de l'Europe celle du plus honnête homme et du plus parfait chrétien, ne souffrira pas que la Maison de Prié étende l'autorité qu'elle a en ce pays-ci jusqu'à calomnier les têtes couronnées. »

Ce n'était pas l'usage de s'adresser directement à l'Empereur. La coutume voulait que les militaires aient leur premier recours au Suprême Conseil de Guerre aulique. Bonneval pour ne pas se mettre à dos le Conseil, écrivit à celui-ci pour justifier sa démarche et tombait en même temps sur Prié de la manière la plus forte.

Il écrivit en même temps à Paris à son épouse, qui se morfondait d'inquiétude à savoir son mari en prise à cette affaire dont tout le monde parlait, et au duc de Biron. Dans le même paquet il joignit une lettre pour le jeune duc d'Orléans. Le malheur voulait que le Régent fût mort. L'intérêt qu'il aurait pris aux affaires de sa fille, l'amitié qu'il avait pour Bonneval auraient fait prendre un tout autre tour à son affaire et Prié eût été heureux qu'il ne lui en eût coûté que l'emploi dont il était si fier.

Bonneval manda au fils du Régent ce qui lui était

advenu et ajouta que, quelque péril qu'il eût vu à se déclarer aussi hautement qu'il l'avait fait, il n'avait pas hésité un moment à se sacrifier pour la gloire de sa maison : qu'il ne doutait pas que Son Altesse Sérénissime ne lui en sût quelque gré et ne manquât dans l'occasion, s'il était nécessaire, qu'elle prenait quelque part à ce qui le regardait.

Le prince lui fit répondre par son chancelier qu'il lui savait un gré infini de son zèle; que cependant l'honneur de la reine sa sœur ne dépendait point des discours impertinents qu'on avait tenus et qu'il eût aussi bien fait de les relever moins vivement et sans prendre personne à partie; que du reste, dans la douleur où il était encore de la mort de son père, il ne se mêlait de rien.

La comtesse de Bonneval fut au désespoir et traita cette affaire d'équipée; elle lui écrivit qu'elle eût été bonne dans les temps anciens où les chevaliers se faisaient les champions de l'honneur des dames, qu'il ne serait jamais sage, qu'il ne pouvait vivre tranquille; que l'homme auquel il avait affaire était cent fois plus habile que lui; qu'il aurait le dessus; que tout Paris riait de son aventure, en un mot que tous l'abandonnaient et qu'ils ne voulaient plus entendre parler de ses affaires.

Cette lettre le fit tomber de haut. Bonneval crut d'abord que tout le monde trouverait qu'il avait fait la plus belle action du monde; au lieu de lui trouver du panache, on osait dire qu'il était ridicule. Ce qu'il appelait honneur passait pour une vertu romanesque qui n'était plus d'usage.

Il ignorait que la reine d'Espagne était la risée de Paris, qu'on se répétait à voix basse les épisodes scabreux que la rumeur portait depuis l'Espagne et que sans aller jusqu'à en dire du mal publiquement, nul ne se gênait pour colporter de bouche à oreille toutes sortes d'infamies qu'on lui prêtait de gaieté de cœur.

Pendant ce temps le bruit courait que la moitié du régiment de Bonneval qui tenait garnison à Mons était passée en France avec beaucoup d'officiers et que leur chef devait bientôt les suivre.

Bonneval s'inquiétait de ces bruits et écrivit immédiatement un billet pour les réfuter, en disant que seulement quatre soldats avaient déserté, que c'étaient des ivrognes mais que si le comte de Bonneval mettait la main sur le coquin qui avait répandu ces bruits, il lui donnerait cent coups de bâton si son père était gentilhomme et s'il ne l'était pas, des valets seraient encore assez bons pour lui donner les étrivières.

Le marquis de Prié, dont le père n'était qu'un obscur roturier, fut piqué au vif par ce mépris et fit répandre le bruit que Bonneval voulait s'évader des Pays-Bas autrichiens à la fin du mois d'août. Sous prétexte de ces bruits, le progubernator ordonna que les portes de la ville restassent fermées jusqu'à dix heures du matin. Toute la garnison était sous les armes, ce qui mit la bourgeoisie de Bruxelles en alarme. Que se passait-il ?

Quand Bonneval se réveilla ce matin-là, il eut la désagréable surprise de trouver sa maison entourée de soldats et d'officiers de la place. Il envoya voir ce qu'il en était et un officier vint dans le moment l'avertir en secret que l'on avait donné l'ordre de l'arrêter s'il sortait de chez lui.

L'ordre avait été donné aux portes de la ville d'arrêter tous les officiers qui sortiraient, quand même ce serait un général. Cela fut publié par la ville. C'était une subtilité romaine que le marquis de Prié inventa pour faire croire au vulgaire qu'ayant eu le malheur de lui déplaire, Bonneval méditait de se sauver en France.

Cette situation dura jusqu'à deux heures de l'après-midi. Le peuple, ameuté par un événement auquel nul ne comprenait rien, venait de plus en plus nombreux autour de l'hôtel d'Epinoy.

Pendant ce temps on tenait grand conseil chez le progubernator, composé du maréchal de Vehlen, du général Wrangel, gouverneur de Bruxelles, du comte d'Elissen, doyen du conseil d'Etat qui venait en qualité de surintendant de la justice militaire, du comte de Baillet, président de Malines, et des comtes Schenellenk et Neni en qualité de secrétaires d'Etat et de Guerre du pays.

Vers deux heures, le général Wrangel demanda à Bonneval d'être reçu avec le comte Neni et le colonel de Brandon. Bonneval les fit entrer, asseoir et leur servit à boire. Ils lui demandèrent aussitôt s'il reconnaissait un certain papier qu'ils lui montrèrent auquel était joint le certificat d'un apothicaire qui portait qu'un valet de Bonneval lui avait fait voir ce billet. Son Excellence impériale le lut et trouva qu'il était tel que celui qu'il avait fait pour lui servir de mémoire (celui qu'il avait envoyé à l'Empereur et au Suprême Conseil de Guerre aulique), tel qu'il l'avait écrit à la réserve de quelques paroles qu'on y avait glissées et qui attaquaient directement le marquis de Prié, sa femme et sa fille.

L'apothicaire qui tenait boutique non loin de l'hôtel d'Epinoy n'avait vu cet écrit qu'en passant, entre les mains du valet et ne pouvait pas se souvenir de l'entière conformité de celui qu'on lui montra de la part du marquis de Prié. Bonneval répliqua aux officiers qu'on voulait se jouer de lui et nia avoir écrit ce billet tel qu'on le lui présentait. Il protesta aussi qu'il ne reconnaissait pas le général Wrangel, le comte

Neni et le colonel de Brandon suffisamment autorisés pour lui faire subir un interrogatoire juridique et qu'il ne se reconnaissait point d'autre supérieur que le maréchal de Vehlen qui avait le dépôt de l'autorité du conseil de Guerre dans les Pays-Bas autrichiens, mais qu'il ferait pourtant pareille déclaration que celle qu'il venait de faire sur son innocence à quiconque le lui demanderait, étant bien aise de faire connaître la vérité à tous ceux qui s'en montreraient curieux. Ces émissaires se retirèrent après des salutations.

Bonneval, dans le salon, entouré de son fils le comte de Latour, de Jean-Baptiste Rousseau et de trois amis de Bruxelles venus chez lui pour l'assurer de leur soutien et de celui de tous les gens honnêtes de la ville, attendit le retour des émissaires. Ils revinrent l'air chagrin. Le progubernator avait fait ordonner les arrêts par le général Wrangel. Bonneval disputa sa compétence à procéder à son arrestation, par une lettre qu'il écrivit en diligence au maréchal de Vehlen.

Le maréchal, au cours d'un conseil extraordinaire qui se tint le lendemain chez le marquis de Prié, représenta au progubernator que l'on ne pouvait rien décider ni juger et que le conseil d'Etat n'avait aucun pouvoir pour étendre son autorité en ce qui concernait la justice militaire. Cela regardait uniquement le conseil de Guerre qui siégeait à Vienne.

Pourtant, le marquis de Prié, contre l'avis des autres, passa outre son droit et ordonna l'arrestation immédiate de Bonneval. Tout Bruxelles était sens dessus dessous. La ville se coupait en deux, mettant d'un côté ceux qui se rangeaient derrière les Prié parce qu'ils savaient que Bonneval avait perdu la faveur, de l'autre ceux qui n'avaient que faire des Prié et de leur faveur ; c'étaient pour les premiers des Autrichiens, des occupants et autres chiens capables de mordre ou de se soumettre à la plus complète servitude. Parmi les derniers, les vrais nobles, les hommes courageux qui sortent de la foule dès qu'il s'agit d'aider, de porter secours, de sauver quelqu'un sur qui les chiens tombent et qui se rameutent autour de la brebis galeuse formant un rond au milieu duquel ils l'enferment ; le rond d'un anneau de chaîne. En Espagne, une femme libre criait qu'elle voulait la liberté et qu'elle ne supportait pas l'étiquette qu'on lui avait collée dessus, l'étiquette de Reine des contraintes, la lourde étiquette espagnole, quand en France on faisait la folie parce qu'on avait pris l'habitude sous le règne de son père le Régent de se laisser aller. La galanterie comme mode de vie, voire la débauche, et la recherche permanente des satisfactions physiques ; le désir, la liesse, le plaisir, l'ivresse. On buvait de plus en plus en France. A Bruxelles, une Excellence impériale approuvait cette liberté.

Le marquis de Prié était un de ces hommes qui ne peuvent souffrir d'avoir en face d'eux quelqu'un qui leur soit supérieur. Sa femme et sa fille l'avaient rendu jaloux de Bonneval presque à l'inconcevable. Il était encore blessé de la manière hautaine dont Bonneval en avait usé avec lui lors de la réception qu'il avait donnée en l'honneur du roi de Pologne, à Camacchio dans son palais. Cette argenterie magnifique et frappée d'armes authentiques... Qui d'autre aurait osé surmonter les armes du pape de ses armes ? Quelle outrecuidance ! Mais comme il enviait Bonneval de cette insolence, de sa noblesse, d'être un grand militaire, l'un des plus illustres capitaines, qui avait servi sous les plus grands chefs !

A l'arrivée du comte à Bruxelles, Mme d'Apremont qui savait tout de tout le monde avait appris que le comte et la comtesse de Bonneval s'étaient à peine connus, et vivaient séparés. Sa méchanceté lui faisait voir le monde entier sauf sa famille avec jalousie ; dire le plus de mal possible sur les autres la comblait. La mère et la fille tirèrent parti de tout dans cette ténébreuse affaire pour nuire à Bonneval dont elles étaient tombées amoureuses et qui leur échappa pour feindre de soupirer auprès de la comtesse de Lannoy. Tout Bruxelles était au courant. Ils se roulaient les yeux doux et l'on disait leur commerce fort avancé.

Dans les dîners, tous les soirs depuis un mois, on parlait de Bonneval ; il était fort populaire, fort aimé, sa noblesse l'avait poussé à s'occuper des intérêts d'une population éprouvée par une occupation étrangère pénible à supporter. Bonneval était français et cela seul suffisait à le détacher des autres qui frappaient les consonnes en parlant et communiquaient entre eux en allemand. Il était couvert de blessures, de gloire et déjà la légende lui prêtait une existence plus romanesque qu'elle n'était. Il était supposé avoir sauvé des femmes, des villes, des enfants.

A trois heures de l'après-midi du même jour, le major de la place, un adjudant de la cour Tigny, de Dresseler, capitaine de dragons dans le régiment de Vehlen, se présentèrent chez Bonneval. Ce dernier avait été averti peu de temps auparavant, secrètement, que la maison était investie par cinquante dragons suivis d'une foule innombrable de peuple. Bonneval se tenait dans le salon qui ouvrait sur une vaste antichambre où se trouvaient de nombreuses personnes venues lui présenter leur compliment. Dans le salon il passa le jour à écrire, à marcher dans tous les sens en se demandant comment il se sortirait de la nasse où il s'était mis par inconséquence. Le marquis de Prié, pensait Bonneval, n'avait aucun honneur puisqu'il usait d'un faux pour l'accuser. Bonneval n'avait pas cru cela possible, étant incapable lui-même de ce genre de démarche. Il avait le tort de présupposer que son ennemi respecterait l'honneur, comme on le faisait sur les champs de bataille, usant de ruse certes, mais ne cherchant jamais le déshonneur par des actions basses, indignes d'un homme noble. La noblesse, c'est l'honneur. C'était la raison par laquelle il avait défendu celui de la reine d'Espagne dont il savait parfaitement qu'elle était libertine, comme lui, comme beaucoup de gens remarquables qu'il avait connus, comme la plupart de ceux qu'il avait aimés. L'austérité l'ennuyait quand elle n'était pas simplement le fait de la fatigue et de l'âge.

Bonneval fit entrer le major de la place et lui demanda quel ordre il avait. L'adjudant Tigny répondit qu'il était chargé de lui remettre celui que le marquis de Prié lui faisait tenir, et dont il lui remit d'abord la copie.

Bonneval demanda l'original pour l'envoyer au maréchal de Vehlen et attendre ses ordres. L'adjudant lui répondit qu'il n'avait ordre de lui remettre que la copie. Bonneval insista pour avoir l'original et l'adjudant continuait à refuser, de sorte qu'il dit à Tigny de signer la copie en présence de la compagnie et ajouta qu'il aimait autant sa signature que celle du marquis de Prié.

Bonneval était prié par Prié de gagner Anvers et contre tous de se présenter à la citadelle et d'y tenir prison jusqu'à nouvel ordre.

On sut cet ordre au-dehors où la foule avait encore grossi. Un détachement d'hommes furieux menacèrent les dragons d'aller casser les carreaux du progubernator. D'autres disaient qu'ils ne laisseraient pas partir Bonneval avec les dragons, dussent-ils se battre pour le défendre.

Pendant ce temps à l'intérieur, on faisait les préparatifs du départ du comte. L'ordre était strict, il devait partir seul, sans escorte. Enfin, vers cinq heures, Bonneval parut sur le seuil de sa maison, en tenue de voyage. Les acclamations de la foule le saluèrent et des hommes renversant les sentinelles placées dans la rue et sur la place devant l'hôtel coururent au pied des marches où le comte se trouvait.

Il leur adressa un discours de remerciement, leur fit compliment de se conduire comme des hommes libres et leur dit qu'il était arrêté mais qu'il les priait de ne rien faire pour empêcher la marche des choses. Il avait confiance dans la justice de l'Empereur.

Son discours fut applaudi et le désordre augmenta autour de la maison ; une bande de jeunes gens du peuple s'en prirent aux sentinelles qu'ils molestèrent. On entendit des cris ; un attroupement se resserrait et la foule était nerveuse quand Bonneval enfourcha le cheval qu'on lui avait avancé avec une belle selle rouge marquée à ses armes.

Il fendait la foule au milieu des acclamations et des saluts quand une très belle jeune fille s'approcha de lui et lui remit un billet.

« Son Excellence M. le général de Bonneval n'a rien à craindre dans sa maison des violences du marquis de Prié ; il sera secouru par les fidèles serviteurs de Sa Majesté, au moindre bruit qu'on entendra dans sa maison, et l'on attaquera en même temps la maison du tyran et l'on prendra ses mesures pour qu'il ne puisse s'échapper, tout Bruxelles étant las de ses violences contre les plus grands seigneurs du pays, de ses voleries et rapines et de toutes les souffrances où nous gémissons, sans aucune espérance de soulagement de la part de la Cour de sorte qu'il ne nous reste aucun autre secours que nous-mêmes. »

C'était signé « Les fidèles sujets de Sa Majesté impériale ». Bonneval alors fut tenté de rebrousser chemin et d'organiser la résistance ; il voyait déjà son hôtel transformé en place forte. Moins que la volonté de se défendre, le bonheur de revoir la jolie jeune fille le poussait à rester à Bruxelles ; il chercha des yeux autour de lui mais la jeune fille avait disparu. Non, ce n'était pas raisonnable de rester ; il fallait se rendre à Anvers et oublier deux yeux profonds sous des arcs parfaits, dans un beau visage dont la pâleur n'avait d'égale que l'éclat.

Il emporta cette image avec lui et sentit qu'il eût pu s'éprendre d'un objet qui jouissait d'attraits aussi ravissants. Dès qu'il eut franchi les portes de la ville, il se mit au galop. Il ne s'arrêta pas qu'il ne fût parvenu à Malines où il trouva à se loger. On lui donna le meilleur appartement de l'auberge qui par bonheur se trouvait être libre, il était composé d'une chambre précédée d'une antichambre pour Lacloche.

Il demanda qu'on lui montât son souper afin d'éviter les voyageurs qui prenaient leurs repas à la table d'hôte ou dans l'un des cabinets du rez-de-chaussée. Il garderait mieux son incognito en ne se mêlant pas au public dont la plupart devaient être au courant de son affaire. On ne parlait plus que de cela dans tous les Pays-Bas autrichiens.

D'avoir chevauché si longtemps lui avait donné le temps de réfléchir et il avait décidé qu'il se réglerait selon son sentiment et qu'il établirait sa conduite au fur et à mesure que les événements se dérouleraient.

Il soupa d'un plat de cèpes, d'un perdreau, d'un râble de lièvre et d'un succulent pâté de venaison qu'il arrosa de deux bouteilles de vin de Bourgogne pour se redonner du cœur, puis il se coucha et s'endormit presque aussitôt.

Dans son rêve il vit le marquis de Prié sous les traits d'un animal nuisible tel qu'il n'en avait jamais vu, issu d'une lignée bizarre d'hommes de peu et de femmes communes et qui avait la figure la plus dégoûtante qu'on pût voir. Madame Prié doublée de la comtesse d'Apremont empoisonnaient la vie d'un homme. Il se présentait de dos dans une lumière crépusculaire et les couleurs d'un Watteau. Qui était cet homme ? Il se le demandait dans son rêve quand une femme d'une beauté extraordinaire apparut et tout à coup il sursauta.

Il venait de se réveiller parce qu'un homme lui avait touché le bras ; il tenait une chandelle. Il se dressa sur son séant. Ce n'était pas son domestique ; il s'étonna ; l'homme se penchait sur lui. Il était masqué.

— Que voulez-vous, Monsieur ?

— Ne parlez pas si fort, on pourrait nous entendre.

— Mais qui êtes-vous, demanda Bonneval, pour oser chez moi prendre l'initiative ?

— Un ami.

L'homme se tenait dans la ruelle et parlait à voix basse. Le masque ne laissait apparaître que le bas du visage où s'ouvrait la plus jolie bouche du monde qui eût fait la fierté de toutes les femmes. Cette bouche était troublante parce qu'elle était d'un homme, mais si ravissante qu'on mourait d'envie de la baiser.

— Je ne sache pas qu'un ami dont j'ignorais jusqu'à ce jour l'existence puisse prendre la liberté de s'introduire dans la chambre d'un homme qui dort.

— Laissez-moi parler, Excellence, et vous saurez tout.

— Prenez un siège !

Bonneval s'assit dans ses coussins, en chemise, pendant que l'inconnu avançait un fauteuil près du lit. Cet homme parut fort jeune ; son visage glabre et sa silhouette si gracile qu'à peine le pensait-on nubile.

— Je ne me suis introduit chez vous qu'à dessein de vous porter une nouvelle ; vous avez des amis qui veillent à votre sûreté et dont l'intérêt pour vous ne laisse pas de leur faire craindre votre renfermement à Anvers.

— L'intérêt que vous me portez, Monsieur, me flatte infiniment. Je vous prie de me pardonner de m'être méfié de vous. Ce mouvement vous paraîtra naturel quand vous saurez que je ne doute pas d'avoir aussi des ennemis. Quelle est la nouvelle que vous venez m'annoncer, Monsieur l'ange ?

— Je vous servirai d'escorte jusqu'à Anvers.

— Je puis chevaucher seul ; mais votre compagnie ne me déplaira pas. Et puisqu'il paraît que vous êtes homme d'esprit...

Le jeune homme allongé dans son fauteuil, les jambes croisées l'une sur l'autre avait, il est vrai, une figure d'ange et comme le plus souvent les anges ont l'air très féminin, il avait aussi la moitié du visage d'une fort jolie femme. Par les orifices du masque de cuir, deux yeux de braise fixaient Bonneval et brillaient de l'éclat le plus intéressant.

Bonneval n'avait jamais eu peur de quiconque, pas même d'une meute de janissaires ivres de chanvre et brandissant leur sabre au clair, mais cette nuit il lui semblait qu'une épreuve différente lui échéait : l'étrange tentation de démasquer la créature qui se trouvait en face de lui voluptueusement étendue dans son fauteuil avec des mouvements de grâce dans les gestes qui suscitaient le désir. Les cheveux étaient d'un brillant rare, épais et noués simplement sur la nuque. C'était Cadogan qui avait lancé la mode de cette coiffure. Il évoqua la chevelure défaite, tombant éployée sur les épaules, et son trouble augmenta. Il était sûr d'être en présence d'une femme ; un parfum naturel, un je-ne-sais-quoi de spécifique et qu'aucun homme n'a jamais, lui donnait à penser qu'il s'agissait d'une femme déguisée. Il allait être plus rusé qu'elle.

— Vous êtes une femme, Monsieur !

— Monsieur ! Qu'insinuez-vous ?

— J'affirme que derrière votre masque se cache le plus joli minois de femme du monde.

— Vous déraisonnez, Monsieur, et si je n'étais pas de vos amis et chargé d'une mission importante qui laisse peu de place à mes sentiments personnels, je pourrais me blesser d'être traité de femme !

— Pourquoi ? est-ce donc si mal d'être une femme ?

— Non, bien sûr, mais pour un homme...

— Si vous n'êtes pas une femme, dit Bonneval, il vous sera indifférent de coucher à côté de moi.

— Dans le même lit ? Vous n'y songez pas !

— Pourquoi ? Si vous êtes un homme cela ne doit point vous rebuter de coucher avec un de vos semblables ! Déshabillez-vous alors, parce que je tombe de sommeil et nous devons quitter Malines aux premiers rayons du soleil.

— Je dormirai dans ce fauteuil.

— Il n'en est pas question ! Je vous cède la moitié de mon lit ; c'est chose fréquente entre voyageurs.

— Mais puisqu'il y a un fauteuil, pourquoi nous serrer dans un lit ?

— Parce que j'ai froid, qu'on vous envoie me sauver la vie et que vous commencez par me tuer de sommeil !

L'inconnu s'avança alors lentement vers le lit ; il parut encore hésiter un instant et se coucha tout habillé en tournant le dos à son compagnon.

— Que ne vous déshabillez-vous point, Monsieur ?

— Je dors toujours habillé !

— Cela n'est guère favorable au sommeil !

— Peu importe ; cela me convient à moi de dormir ainsi ; j'ai même dormi sur mon cheval !

— Alors, bonne nuit, Monsieur !

Quand Bonneval souffla sa bougie, l'autre avait encore son masque. Bonneval se dit que comme dans une bataille difficile, seule la surprise pouvait jouer.

Le prince Eugène n'avait pas autrement remporté Malplaquet. Alors, sans crier « Gare ! » il posa sa main sur le dormeur masqué en faisant semblant de dormir lui-même et ne pouvant pas douter qu'il touchait ce qui faisait la gloire des femmes, il s'aventura jusqu'à prospecter davantage. Nul doute n'était possible ; deux globes comprimés par l'habit souffraient sous les sangles ; il crut de son devoir de les libérer et déboutonna le gilet de la belle dormeuse. Il allait caresser une peau du plus fin satin quand elle se réveilla.

— Monsieur, vous m'avez trahie !

— N'êtes-vous pas la traîtresse, Madame, qui vouliez me faire croire que vous n'étiez pas femme ?

— Le danger me pressait...

— Démasquez-vous, à défaut d'être un homme d'honneur, vous êtes une femme digne d'être honorée.

Elle ôta son masque et dénoua ses cheveux. C'était l'inconnue de Bruxelles, celle qui lui avait glissé un billet dans la main. Ses cheveux défaits tombaient en lourdes boucles sur sa chemise et encadraient son joli visage de l'ébène le plus brillant.

— Il faudra, Madame, que je vous cède mon lit ; les mortels n'ont pas le droit de dormir avec les déesses !

— N'en faites rien, surtout ! Continuons simplement de croire que nous ne sommes pas faits l'un pour l'autre. Et puisque vous m'avez forcée à me démasquer, souffrez que je me déshabille.

— Mais faites, Madame !

— A la seule condition que vous me donniez votre parole.

— Cela fait trop longtemps, Madame, que nous causons ; je ne veux plus rien vous donner ; je veux vous offrir l'offrande qu'exige votre beauté ; je veux mettre au pied de votre autel l'adoration qu'exigent des attributs que je n'ai qu'aperçus mais qui m'ont frappé par leur perfection.

— Vous me ferez perdre ma contenance à me couvrir ainsi de compliments : j'en rougis.

— Madame !

Et Bonneval prit sa main qu'il embrassa et serra fort :

— Monsieur, cessez !

Mais Bonneval continuait et bientôt glissant vers elle, il la prit dans ses bras en même temps que ses doigts cherchaient déjà de quel côté du temple se trouvait la porte. Des soupirs indiquèrent assez qu'on cherchait du bon côté, dans le noir et dans le silence n'étaient les bruits que fait l'amour en ouvrant les portes ; leurs sens s'enflammèrent. L'aube se levait déjà quand leurs corps épousés se demandaient encore du plaisir au milieu de leur lassitude.

Mais Bonneval, à la fin, excédé, s'endormit ; il crut n'avoir dormi qu'un instant, mais sa compagne avait disparu quand il se réveilla. Il n'y avait plus de trace de son passage. Il sonna son valet pour savoir s'il n'avait vu passer personne mais Lacloche se réveillait d'un sommeil profond. Il n'avait rien entendu. Bonneval ne lui dit rien, gardant le secret pour lui-même.

Ils attelèrent aussitôt et se mirent en route vers le nord. Bonneval reprit son soliloque en suivant le galop rapide de son cheval.

Le marquis de Rubbi, gouverneur d'Anvers, l'accueillit au mieux. C'était un honnête homme. Bonneval l'avait reçu chez lui, à Bruxelles. Ils étaient amis. Il eut toute la liberté qu'un prisonnier peut raisonnablement souhaiter et un appartement dans la citadelle, fort bien aménagé et pourvu d'un bureau pour écrire.

Il s'empressa d'écrire au congrès de Cambrai où se

trouvaient des diplomates qu'il connaissait et qui prendraient parti pour lui, il en était certain.

Les plénipotentiaires réunis à Cambrai devaient régler les questions d'intérêt européen. Trois conflits suscitaient discussions et réunions. « Toute société sans lois ou sans chef, avait écrit l'abbé de Saint-Pierre dans son *Projet de paix perpétuelle,* toute union formée ou maintenue par le hasard doit nécessairement dégénérer en querelles et dissensions à la première circonstance qui vient à changer ; l'antique union des Peuples de l'Europe a compliqué leurs intérêts et leurs droits de mille misères ; ils se touchent par tant de points, que le moindre mouvement des uns ne peut manquer de choquer les autres ; leurs divisions sont d'autant plus funestes que leurs liaisons sont plus intimes et leurs fréquentes querelles ont presque la cruauté des guerres civiles. » Mais que faire, se demandait-on à Cambrai, pour empêcher l'Europe d'être en guerre perpétuelle ? On interrogeait ceux qui croyaient savoir, on se consultait sans cesse, mais en politique comme en morale l'étendue de nos connaissances ne prouve guère que la grandeur de nos maux ; et le vide des mots.

Mais le français était là avec toutes ses équivoques qui permettaient de dire sans nommer et rendaient possibles toutes les manipulations habituelles à la diplomatie. Les Puissances Maritimes, l'Angleterre et la Hollande s'étaient arrangées à la paix d'Utrecht pour arrêter le développement commercial des Pays-Bas, devenus autrichiens, en faisant fermer la navigation de l'Escaut et en établissant des tarifs douaniers prohibitifs. Les Belges, financiers et négociants, s'étaient adressés à leur nouveau souverain, l'Empereur, qui avait fondé la compagnie d'Ostende dont l'essor pouvait représenter une redoutable concurrence pour les compagnies de navigation des Puissances Maritimes.

D'autre part, on s'occupait aussi de trouver un établissement pour le fils de Philippe V et d'Elisabeth Farnèse, Don Carlos, dans une principauté italienne, de sorte qu'il ne soit point lésé.

Ensuite, il s'agissait de rapprocher les cours de Vienne et de Madrid en froid depuis les événements de la guerre de Succession d'Espagne. Enfin, l'Espagne voulait récupérer Gibraltar, dont s'étaient emparés les Anglais en 1704 et qu'ils continuaient d'occuper. Les négociations traînaient.

L'affaire entre Bonneval et Prié tomba dans ce congrès comme une nouvelle intéressante ; cela changeait des interminables discussions où nul ne voulait céder du terrain. Bonneval écrivit donc aux plénipotentiaires pour les mettre au courant de sa querelle et défendre son honneur.

« Les personnes de ma naissance ont trois maîtres : Dieu, leur honneur et leur souverain. Vos Excellences savent tout comme moi que nous ne devons rien à ce dernier qui puisse choquer les deux premiers. »

Il priait les plénipotentiaires de répandre sa lettre et la relation de l'affaire qu'il avait faite par écrit. Il occupait depuis son arrivée à Anvers trois écrivains publics qui recopiaient la relation à longueur de journée jusqu'à en avoir assez pour la répandre.

Bonneval insistait sur le fait que cette affaire ne devait pas, comme l'affirmait Prié, être regardée comme une affaire d'Etat mais comme une affaire particulière. Il écrivit que Prié, par ses impertinences, l'avait mis en droit d'oublier le caractère dont il était revêtu. Il avait le sens de distinguer les reliques d'avec l'âne qui les portait. La fable de La Fontaine disait juste et il se plaisait une fois de plus à rappeler ces vers à tous les gens d'esprit.

Un baudet, chargé de reliques,
s'imagina qu'on l'adorait.
Dans ce penser il se carrait,
Recevant comme siens l'encens et les cantiques.
Quelqu'un vit l'erreur et lui dit :
« Maître baudet, ôtez-vous de l'esprit
une vanité si folle.
Ce n'est pas vous, c'est l'idole
A qui cet honneur se rend.
Et que la gloire en est due. »
D'un magistrat ignorant
c'est la robe qu'on salue.

Bonneval écrivit aussi à Paris, au comte de Morville devenu secrétaire d'Etat aux Affaires étrangères. Sans le prier d'intervenir en sa faveur, il lui exposait les faits en attendant que l'Empereur ait décidé qui, du marquis de Prié ou du comte de Bonneval, était un imposteur ! Prié avait en effet écrit, dans une lettre à l'Empereur dont les plénipotentiaires avaient envoyé la copie, que Bonneval était un imposteur sans foi ni religion.

Bonneval se promenait partout où il voulait, muni de son épée dont le marquis de Rubbi avait refusé de le dessaisir et sortait déjeuner ou bien se faisait apporter ses repas dans la citadelle. Son appartement comprenait une vaste chambre et une antichambre pourvue d'un cabinet où l'on pouvait faire dormir quelqu'un. Lacloche s'y installa pour laisser l'antichambre au comte de Latour qui se fit annoncer. Il arrivait de Bruxelles avec des nouvelles.

Bonneval accueillit son fils avec des transports. Ils passèrent la soirée ensemble et soupèrent d'huîtres délicieuses, telles qu'on les trouvait à Anvers, et d'un pâté de perdreau que Bonneval avait fait venir de Malines parce qu'il ne pouvait plus s'en passer. Latour lui dit qu'il avait reçu une lettre anonyme dans laquelle on lui disait que lui, son père, ne se sortirait pas de l'affaire où il s'était fourré, qu'il avait des ennemis puissants à Vienne à la tête desquels était la puissante dame et qu'il valait mieux fuir.

Latour dit aussi avoir reçu une lettre du prince Eugène par laquelle Son Altesse lui témoignait toute son amitié et lui mandait qu'il voulait être considéré comme son protecteur, qu'il voulait être l'obligé d'un jeune et brillant officier à condition qu'il acceptât d'être protégé, évidemment... Bonneval dit à son fils qu'il devait suivre ces avances ou tout au moins faire semblant d'y répondre et qu'il serait important à un moment donné qu'il rompît avec lui en se mettant du côté d'Eugène, de sorte à lui servir d'agent à Vienne comme lui-même l'avait été, s'il parvenait à quitter l'Empire.

Latour comprit ce que son père voulait de lui. Ce rapprochement feint avec le Prince était indispensable comme le serait bientôt la rupture avec son père, de sorte que tout le monde croirait qu'étant devenu le protégé d'Eugène, il se brouillait avec Bonneval. Il serait ainsi en mesure de devenir secrètement un agent de renseignements en relation constante avec Bonneval et dans l'intérêt de la France. Il écrivit le lendemain au prince Eugène pour le remercier de sa lettre et lui dire à quel point il était touché de l'honneur que Son Altesse lui faisait en s'intéressant pour lui ; qu'il voyait peu Bonneval depuis qu'il s'était pris dans son démêlé et qu'il se ferait un plaisir dès son retour à Vienne d'aller présenter ses hommages les plus respectueux à Son Altesse Sérénissime.

Le rheingrave de Salm, revenant de Nancy où il

avait été faire sa cour au duc de Lorraine, vint dîner dans la citadelle avec Bonneval, Latour et le marquis de Rubbi. Ils jouèrent aux cartes pendant que le rheingrave racontait qu'à la cour de Lorraine, les esprits étaient échauffés, qu'on ne parlait que de l'affaire et que la plupart soutenaient Bonneval. Beaucoup étaient d'accord pour dire que l'un était homme d'honneur et l'autre un parvenu. Bonneval avait écrit à tous ses témoins pour leur demander de faire leur déposition par écrit sur ce qui s'était passé. Le comte de Valsassine gouverneur du Limbourg, le comte de Lannoy, colonel et mari d'une grande amie de Bruxelles, hommes d'honneur et d'esprit et fort peu jaloux, signèrent leur déposition remplie en bonne et due forme. Mais bientôt, le comte de Konigseck, écœuré par l'injustice qui se préparait, signa aussi, ainsi que le comte de Calemberg, et le colonel de Bournonville, capitaine de dragons dans le régiment de Vehlen.

Bonneval espérait que le prince Eugène, dont l'amitié l'avait accompagné pendant près de vingt ans, ne le lâcherait pas. Il comptait sur sa justice et lui écrivit une lettre pour le mettre au courant de l'affaire. Il attendait que le Prince reconnût le droit et ne se déclarât pas contre lui et joignit à sa lettre la déposition des témoins qui voulaient bien le soutenir. « Monseigneur, écrivait-il, Votre Altesse Sérénissime aura sans doute été très surprise de me trouver aux prises avec M. le marquis de Prié ; mais elle le sera encore bien davantage si elle lit la copie de la lettre que M. le comte de Lannoy écrit à M. le maréchal de Konigseck son beau-frère, que j'envoie au louable conseil de Guerre à cachet volant pour que V.A.S. soit plus tôt instruite d'une vérité très constante. C'est que M. le marquis de Prié, par je ne sais quel motif, a voulu faire une affaire de ce qui n'était pas l'ombre du moindre objet, pour en composer une, et que par ses impudences et ses hauteurs, il l'a rendue incurable... »

Son Altesse était déjà au courant de tout et, pour l'avoir aimé, connaissait Bonneval mieux que personne. Elle avait adoré l'homme, elle l'avait admiré parce qu'il était d'une bravoure et d'un courage naturels quand lui-même tout Altesse Sérénissime qu'il était, ne retrouvait de force que dans un incessant combat contre ses faiblesses. Le prince se rappelait qu'à Peterwaradin, il avait eu très peur, une peur affreuse et lâche, que le spectacle de Bonneval avait encore rendue plus amère : Bonneval seul au milieu des Turcs, couvert de blessures et continuant de se battre avec le courage d'un chef antique. Le prince savait bien que cette affaire de Bruxelles était la même que celle de Palerme quand Bonneval avait refusé d'obéir au comte de Mercy sous prétexte qu'il ne reconnaissait pas la supériorité de ce dernier. Mais aujourd'hui c'en était trop.

Madame Batthyany qui ne quittait plus le prince et, tous les soirs où il ne sortait pas, venait passer la soirée à jouer au piquet, lui avait insinué jour après jour que Bonneval était en passe de devenir le favori de l'Empereur, que Sa Majesté voudrait bientôt écarter Son Altesse et donner sa place à Bonneval. La jalousie du prince s'éveilla. Il se méfia de son ancien protégé. Voilà que cette affaire de Bruxelles arrivait qui servirait de prétexte à l'écarter. Et, bien que Sa Majesté ne l'aimât point, il resterait le personnage le plus important de l'Empire après l'Empereur. De toute façon, Son Altesse aujourd'hui s'était éprise du comte de Latour qui ne semblait pas hostile à ses avances. Le prince répondit donc à Bonneval d'un ton froid qu'il était ennuyé de toutes ces tracasseries ; qu'il ne pouvait lui dire ce qu'il en pensait mais qu'il devait être assuré que rien au monde ne l'empêcherait de suivre le parti de la justice.

Mais Latour instruisait son père des vrais sentiments du Prince. Il poussait le conseil de Guerre à la sévérité quand l'Empereur tâchait de l'adoucir. La plupart des membres du Conseil pensaient avoir à se plaindre de leur ancien pair. Le secrétaire d'Etat à la Guerre était encore irrité par la chanson que Bonneval avait écrite lors de l'affaire du gouvernement d'Esseck. Chacun avait un grief, une insulte à relever, une vengeance à prendre.

Bonneval écrivit de nouveau à l'Empereur.

« L'honneur d'un cavalier, Sire, est comme la pudicité d'une jeune fille. Ce n'est pas assez pour elle d'être sage ; il faut encore qu'elle étouffe les discours qu'on peut semer contre sa pudeur et de bonne heure ; car sans cela, il en reste toujours la cicatrice. Et comme les lois permettent à une vierge de se servir de toutes sortes d'armes pour défendre sa fleur contre les violences des impudiques qui veulent l'attaquer, il m'a dû être permis par la même raison, de me servir de mes expéditions à Votre Majesté impériale et catholique, et à son louable conseil de Guerre qu'on peut regarder comme des armes sacrées pour remédier à des outrages que l'on faisait à mon honneur n'y ayant rien de trop efficace ni de trop prompt contre de pareilles plaies... »

Pendant que le marquis de Prié était dans des angoisses mortelles parce qu'il craignait qu'on vînt lui annoncer sa disgrâce, Bonneval attendait qu'on lui rendît justice tranquillement. Il continuait de se justifier en envoyant des lettres partout, mais le marquis de son côté, malgré sa peur d'être arrêté si l'on donnait raison à son adversaire, faisait publier des factums où il était écrit que depuis le temps qu'il était à Bruxelles, Bonneval n'avait pas été plus de six fois à l'église ; qu'on faisait gras publiquement chez lui les jours défendus ; qu'il parlait mal de la religion, qu'il avait sollicité les Puissances Etrangères d'entrer dans son affaire qu'il avait portée à la connaissance du congrès de Cambrai et qu'il avait failli faire rompre les relations diplomatiques entre l'Empereur, l'Espagne et la France. Il s'était vanté qu'il perdrait le sous-gouverneur malgré son grand protecteur et la p... sa grande protectrice.

L'emprisonnement se prolongeait et Bonneval ne recevait de Vienne que des réponses vagues et équivoques. Il reconnut à mille marques que les artifices et les procédés de son ennemi prenaient le dessus. Peu à peu, à l'exception d'un très petit nombre d'amis qui s'étaient hautement déclarés pour lui, les autres se retirèrent et enfin l'abandonnèrent.

A Cambrai parce que les agents de Vienne le demandèrent, la France et l'Espagne firent ce que son beau-père et sa femme avaient dit qu'elles feraient, c'est-à-dire qu'elles l'abandonnèrent.

Il reçut alors un billet daté de Vienne et d'une écriture contrefaite, de sorte qu'on ne pouvait pas le reconnaître, rédigé en ces termes :

« Vous êtes un homme perdu, mon cher comte; presque tout le Conseil est gagné. Vous n'ignorez pas que le Prince suivra la pluralité. L'incident est devenu l'affaire principale, il ne sera pas même parlé du fond, dont on se moque ici ouvertement. Vous serez la victime de votre générosité, et peut-être des ennemis que vous a faits votre mérite. C'est à vous de voir si vous voulez vous mettre à leur discrétion. Si vous connaissiez la main qui a tracé ces lignes, vous ne douteriez pas un instant de la vérité de l'avis et de la part que certaine personne prend à ce qui concerne vos jours, votre liberté et votre honneur. »

Ce billet alarma Bonneval. Il balançait entre suivre le conseil qu'on lui donnait et fuir, ou attendre la suite des événements au risque de ne plus pouvoir fuir. Il communiqua à M. de Rubbi, le gouverneur de la citadelle, les raisons qui le faisaient balancer; le marquis ne voulut lui donner aucun avis et le pria de ne point lui dire sa résolution afin de ne pas le forcer à l'empêcher de fuir. Il l'avertit cependant de faire attention au stylet italien et voulait bien lui donner un équipage s'il voulait s'évader.

Bonneval se trouvait dans un grand embarras pécuniaire. Il ordonna à Latour de vendre son argenterie et se fit apporter ses bijoux. Il fit ses adieux au marquis de Rubbi qui fit semblant de ne pas les prendre au sérieux et s'enfuit un soir pendant que le sous-gouverneur soupait avec tout son état-major.

Bonneval se rendit à La Haye et prit un appartement à l'Hostellerie du prince d'Orange. Il était à peine arrivé que l'hôte monta lui dire qu'une dame sollicitait l'honneur d'être reçue. Bonneval connaissait quelques dames à La Haye et se demanda laquelle pouvait être informée quand sa venue était secrète. Il avait confiance dans le marquis de Rubbi et ne pouvait pas croire qu'il l'eût trahi.

Bientôt une dame fort bien tournée et qui avait tout d'une dame de qualité se présenta, accompagnée d'un laquais qu'elle renvoya aussitôt. Elle portait un masque et le capuchon de son manteau étant relevé, il était difficile de deviner sa figure.

— Quelle que soit la raison pour laquelle on vous envoie, Madame, je constate avec bonheur que l'envoyée a de la grâce, et si la nouvelle est aussi bien tournée que l'ange qui me l'apporte, vous allez me dire que je suis roi.

— Je me flatte, Excellence, de vous apporter des nouvelles agréables, même si ce n'est pas une couronne que je vous apporte !

— Sur un coussin de velours je préférerais, couchée, endormie, votre jolie tête plutôt que de la couronne de l'Empire d'Europe.

— Vos plaisanteries ne me feront pas oublier ma mission. Vous avez des amis ; ils vous soutiennent et votre conservation les pousse à s'intéresser pour vous de la manière la plus pressante.

L'inconnue parlait un français correct coloré cependant d'un accent espagnol.

— Le jeu entre nous, Madame, n'est pas égal ; vous savez qui je suis alors que j'ignore jusqu'à vos traits et qu'il se pourrait que vous fussiez une machine animée.

— Vous avez trop lu Descartes ; je ne suis pas venue pour être découverte mais pour vous proposer de fuir. Vous n'êtes pas sans savoir que l'Empereur vous fera renfermer dans la forteresse du Spielberg en Moravie.

— Il ne compte m'y laisser qu'un seul jour !

— Non ; certains feront tout afin qu'une fois en prison vous y restiez. On vous soupçonne d'être un agent de la cour de Madrid et l'on est en train de persuader à l'Empereur que vous le trahissez. La cabale de la Batthyany convainc Sa Majesté que vous soutenez les intérêts d'Elisabeth Farnèse.

— Tout cela est faux ! Pourquoi me mêlerais-je de cette affaire ?

— Vous soutenez les intérêts de la France et ces intérêts veulent qu'une alliance indestructible lie la France et l'Espagne. Les Français voudraient mettre des Bourbons en Italie afin de créer peu à peu en Europe la monarchie universelle. Bientôt les Bourbons, donc la France, domineraient le monde ; ni l'Empire ni les Puissances Maritimes ne le peuvent accepter.

— Que me proposez-vous ?

— La personne qui m'envoie me charge de vous dire qu'à la place du lugubre séjour d'un cachot, elle vous propose un château, un équipage, une suite et tout ce qui convient au rang de Votre Excellence.

— Un château en Espagne, n'est-ce pas ?

— Votre perspicacité, Monsieur, vaut votre génie pour la guerre. Vous connaissez l'Italie mieux que personne... n'est-ce pas ?

— Je vais prendre votre offre en considération ; mais n'attendez pas de moi que je vous donne ma réponse ce soir.

— Je me flatte d'avoir su vous donner envie d'y réfléchir.

— Cela me donnera le loisir de vous revoir ou plutôt de vous voir, parce que je ne laisse pas d'espérer que vous apparaîtrez la prochaine fois dans un autre appareil. Si le déguisement cependant vous plaît, montrez-moi votre visage et cachez que vous êtes une femme de qualité. Venez en servante à visage découvert ; nul ne vous prendra pour une envoyée de la cour de Madrid ; le monde croira que vous passez le jour à plonger dans la cire des boules d'Edam. J'éteindrais volontiers les feux d'une dame comme vous de mes lèvres. Mais je m'égare. Votre vue trouble ma raison. Avec vous, la nature semble n'avoir point été parcimonieuse ; je ne saurais croire que vous transportassiez des fromages sous vos jupons.

— Votre alacrité, Monsieur, me donne une idée juste de vos réflexions.

— Vous ne pensez qu'à votre affaire, Madame, pendant que la vue d'une femme masquée m'inspire la liberté de lui dire n'importe quoi, pour le simple plaisir du badinage et de laisser mon esprit caracoler. Avec quelqu'un qui porte un masque, je ne me sens pas tenu au respect ; il faudrait que je vous connusse pour craindre de vous choquer !

— Vous ne serez pas piqué, Monsieur, que je prenne congé ?

— Venez souper avec moi mais non point sous une accumulation de voiles comme un vaisseau !

— Bonne nuit, Monsieur !

La Haye était une ville où fourmillaient les étrangers ; au milieu des aventuriers qui se réfugiaient en Hollande, des commerçants anglais et italiens, les espions de toutes les sortes pullulaient et La Haye était une des capitales de tous les trafics en Europe. L'âpre rivalité commerciale entre l'Angleterre et les Provinces-Unies d'une part et entre les Puissances Maritimes et les Pays-Bas autrichiens de l'autre pour tout ce qui regardait le commerce avec l'Orient et l'Amérique, faisait de La Haye un centre particulièrement actif où toutes sortes de congrès, de réunions, d'intrigues avaient lieu. La vie à La Haye était libre ; on jouait beaucoup, de la musique bien sûr, la comédie aussi, mais tous les jeux de hasard surtout dont Bonneval raffolait.

Comme celui-ci n'avait rien à faire que d'attendre quelle tournure prendraient les événements, il décida de tâcher de s'enrichir au jeu mais de se procurer d'abord l'argent nécessaire en vendant quelques bijoux. Il commença par se défaire de ceux que le prince Eugène lui avait offerts dont une fort belle paire de boucles en diamant et un anneau surmonté d'une émeraude qui avait appartenu au Pacha de Bosnie. Il ne fut pas étonné que le juif auquel il s'adressa lui proposât une somme qui ne s'élevait pas au tiers de la valeur de ces pierres. Il se rendit dans un tripot simplement vêtu à la française et en gardant son incognito. Il passa le jour au milieu des femmes ivres et faciles et d'une société de gentilshommes et d'aventuriers venus des quatre coins de l'Europe. La chance était pour lui et il quitta la table après avoir gagné deux mille florins qui, joints à ceux que lui avait procurés la vente des pierreries, constituaient une petite fortune.

Une bourgeoise l'attendait chez lui lorsqu'il y retourna ; il reconnut d'instinct la messagère de la veille et ne fut pas déçu dans ses pronostics, sa figure était faite à peindre. Le teint était d'un pastel transparent où des sourcils parfaits mettaient leurs arcs sombres. Et quand cette bourgeoise parlait, on voyait deux rangées de perles au milieu d'une bouche vermeille.

— Je suis la comtesse de Villaviciosa.

Bonneval pensa qu'il serait plus futé qu'elle en lui faisant accroire qu'il irait à Madrid sans pourtant lui donner sa parole ni faire de promesses. Les négociations qu'ils engageraient, elle pour le pousser, lui pour se faire prier d'accepter, nécessiteraient un commerce des plus assidus. Bonneval était amoureux de l'espionne dont la langue se glissait entre ses dents pour prononcer les s dans un délicieux défaut qui donnait au français quelque chose d'exquis. Ailleurs, dans les phrases polies comme des boules de billard, on percevait des duretés ibériques, un son dental qui laissait percevoir quelque chose d'énergique et de passionné qu'ont seules les femmes latines.

Ses chairs étaient d'une blancheur de marbre et d'une chaleur ensoleillée, faites pour les plus exquises caresses. Une carnation de lait donnait aux parties les plus charnues quelque chose de si aimable que Bonneval fut bientôt fou de ces fesses admirables au fond desquelles, comme un secret, un bouton de rose qui s'épanouissait sous la langue la plus libertine donnait accès au plus étroit d'elle-même. Il baisa l'espionne avec la joie exquise de gagner à un adorable jeu, celui de l'amour, mais dénué de toute l'âpreté que donne l'envie de posséder l'objet aimé plutôt que de simplement l'aimer en lui rendant hommage jusqu'à la satiété.

Bonneval vit la comtesse de Villaviciosa tout le temps de son séjour à La Haye. Ils prirent l'habitude de souper ensemble dans son appartement et de passer le reste du temps à deviser et à se donner mutuellement des leçons de tendresse.

A Vienne c'était la consternation. Le séjour de Bonneval en Hollande lui mettait à dos tout le monde. L'Empereur ne pourrait bientôt plus rien pour lui, pas davantage que ses amis. On le savait dépositaire de tous les secrets de l'Empire ; on disait qu'il était à La Haye pour rencontrer des agents anglais. Ses amis s'inquiétaient. Maintenant, Bonneval par sa désobéissance à un ordre impérial se trouvait en faute si grave qu'elle pouvait entraîner une condamnation capitale. Il écrivit alors une lettre au prince Eugène pour lui demander les satisfactions ordinaires en pareil cas dans la nation germanique. Il les avait déjà demandées en vain à l'Empereur contre le marquis de Prié : « Le marquis de Prié a perdu à l'égard du comte de Bonneval, tout l'avantage qu'il pouvait tirer du caractère dont il était vêtu, en sorte que ledit comte est forcé de demander contre ce plénipotentiaire les satisfactions ordinaires, en pareil cas, dans la nation germanique, et particulièrement dans les troupes et armées de Votre Majesté impériale et catholique. »

Aujourd'hui il écrivait à Eugène « que s'il a manqué en quelque chose (ce qu'il ne croit pourtant pas), il a ses juges compétents, desquels il attendra tranquillement la décision ; mais qu'à l'égard de l'offense injurieuse faite et maintenue jusqu'à présent contre lui par cet emprisonnement injuste et violent à Anvers il ne peut s'empêcher de faire connaître à Son Altesse, que, depuis que le nom de service impérial a existé, il n'y a nul exemple d'une pareille démarche contre un homme de son rang dans les armées, excepté dans le cas de lèse-majesté par trahison. Qu'ainsi lui, comte de Bonneval, proteste très solennellement contre l'établissement d'un tel abus, et qu'il ne souffrira point qu'on se serve de lui pour un exemple de cette nature, et qu'il ne veut point qu'on puisse transmettre à la prospérité qu'il ait été le premier dans le service impérial à souffrir un tel attentat *sans en avoir la réparation convenable* ».

Il faut dire que cette manière de plaider sa cause ne flattait guère l'orgueil de ses juges et qu'elle ne pouvait qu'aigrir le prince Eugène contre lui, mais il avait toujours eu pour principe de ne rien faire ni rien dire qui sentît la bassesse ni qui ne convînt à son honneur et à sa naissance.

Tout le monde fut très étonné de la démarche qu'il osa faire ; lancer un cartel au dignitaire le plus important de l'Empire d'Allemagne ! Mais il se justifia en évoquant le passé.

« Vous avez, Messieurs, tous regardé mon procédé contre le prince Eugène, comme un attentat plein d'imprudence et de témérité quoique en Allemagne il soit fort ordinaire que les plus grands princes offrent courageusement les premiers de faire raison aux cavaliers de rang qu'ils ont offensés.

Vous autres, Français, ne sortirez jamais de la sotte habitude de juger des pays étrangers par ce qui se pratique chez vous. Mais apprenez que la France est le seul pays du monde où de petits illustres osent couvrir leur poltronnerie sous le manteau de leur dignité ou de leurs emplois. Le duc de Lorraine, beau-frère de l'empereur Léopold, son lieutenant général dans tout l'Empire étant en Hongrie à la tête de ses armées, et qui valait bien le prince Eugène, de quelque côté qu'on les compare ensemble, s'est bien battu avec un simple lieutenant de cavalerie qu'il avait outragé sans le connaître dans un fourrage ; et il y a mille exemples pareils. Qu'est-ce dans tout cela qui puisse me faire traiter comme si j'avais fait une action indigne de mon sang ? J'ai tâché de mesurer mon épée avec celle d'un des plus braves princes du monde, qui protégeait les calomniateurs d'une grande Reine de l'auguste Maison de France, de gaieté de cœur et par un ancien et injuste caprice. Si tout cela était à refaire, je le ferais encore, au hasard même de tout ce qui m'est arrivé : car la cause que je soutenais m'égalait, pour le moins, au prince Eugène ; et dans ce cas-là et dans nos sentiments différents, je ne lui ferai pas l'honneur de le comparer à moi dans toute cette affaire.

Si dans notre patrie il y a des âmes assez viles pour penser autrement parmi la noblesse, elles sont peu dignes de ce rang, et ne peuvent être comparées aux fiers Germains.

Apprenez aussi que je sais, à n'en pouvoir douter, que plusieurs Rois et Princes d'Allemagne ont fort désapprouvé le procédé du prince Eugène ; car ces derniers sont si braves, qu'il n'y a aucun d'eux qui n'offre le premier satisfaction à un cavalier qu'il a offensé. Le Prince a bien fait voir qu'il n'était pas de cette généreuse nation : cependant il n'aurait rien perdu de ses lauriers en se battant avec moi, Général de l'Empereur, d'une naissance illustre et qui avait acquis quelque renom dans les armées.

Croyez-moi, Messieurs, ces sortes de hauteurs couvrent toujours quelques faiblesses...

L'usage germanique lui défendait une si faible plainte et il le savait mieux qu'un autre, puisqu'il blâmait auparavant tous ceux qui, dans tous les pays du monde, prenaient un parti si timide. Je dis enfin, comme dans l'opéra de *Phaéton :*

Il est beau qu'un mortel jusqu'au ciel s'élève ;
Il est beau même d'en tomber.

Dans toutes les persécutions qu'on m'a faites, je n'ai perdu ni mon bon appétit, ni ma bonne humeur : heureux sont ceux qui ont leur philosophie dans le sang... »

Jean-Baptiste Rousseau ne pouvait plus ouvertement prendre le parti de Bonneval ; il était l'obligé du prince Eugène ; il lui devait son poste aux Pays-Bas aux côtés de Bonneval. Mais il écrivait au comte du Luc qui vivait à Paris depuis qu'il avait quitté son ambassade de Vienne. Il écrivait aussi à Mme de Bonneval ; l'affaire dans laquelle son cher époux était impliqué la mettait dans les alarmes et elle demandait au vieil ami et diplomate des conseils sur la marche à suivre.

« La Haye est un lieu libre, écrivait-elle, par conséquent susceptible de suspicion et des ennemis puissants et empressés à nous nuire se peuvent servir de moins que cela pour la perdre. Je lui ai envoyé un homme en poste pour lui faire part de mes réflexions. »

Bonneval reçut cet homme qui lui représenta qu'il était de son intérêt de gagner Vienne, que tout s'arrangerait sur place avec l'Empereur et qu'on ne l'internerait au Spielberg que pendant quelques jours si ce n'était un seul. Enfin Bonneval, cédant aux conseils qu'on lui donnait de toutes parts (sans qu'il dît jamais à la comtesse de Villaviciosa qu'il céderait à ceux-ci plutôt qu'aux siens), prit la décision de se rendre à Vienne. Il écrivit une lettre à la comtesse de Villaviciosa pour lui exprimer tout le bonheur qu'il avait eu de la connaître et le désespoir où il était de se voir forcé d'interrompre leur commerce sans même lui avoir fait ses adieux ; mais qu'une affaire de la plus grande importance, et qui la regardait, l'appelait ; qu'il lui rendrait sa réponse un peu plus tard sur ce qu'elle lui avait demandé. Il boucla ses malles, écrivit une lettre au dûc de Biron pour lui demander sa décision ; une autre au comte de Latour par l'intermédiaire de Jean-Baptiste Rousseau, de sorte qu'il se tînt au courant de tout ce que déciderait le prince Eugène le concernant; puis il monta en carrosse et fit faire diligence jusqu'à Cologne, où il retrouva son valet qui l'accompagna jusqu'à Vienne. Il s'arrêta pour faire sa cour au margrave de Bade puis à l'Electeur de Bavière qui se trouvait dans sa capitale.

Là il reçut une lettre de Latour qui lui disait qu'à Vienne rien n'était décidé mais qu'il devrait certainement se rendre au Spielberg en attendant le jugement du Conseil Suprême de Guerre aulique. A quelques lieues de Vienne Bonneval reçut l'ordre de ne pas entrer dans la ville et d'aller prendre les arrêts dans la citadelle du Spielberg en Moravie, seul sans domestique. Il fit ses adieux à Lacloche et se dirigea vers Brunn.

Le château du Spielberg avait été autrefois le palais des seigneurs de Moravie avant de devenir la plus rigoureuse prison de l'Empire. Bonneval connaissait la réputation de ce lieu et dit au revoir au monde en franchissant le pont-levis qui s'ouvrait dans la grosse tour carrée.

Le gouverneur de la prison le reçut avec beaucoup de courtoisie, et le conduisit à un appartement situé au-dessus du sien, assez vaste, pourvu de quatre fenêtres et d'un meuble point trop délabré pour une prison. On avait vue sur Brunn qui était la capitale de la Moravie et s'étalait dans une vallée agréable et d'aspect opulent. Il reçut l'autorisation de se promener dans les cours et les jardins du château à sa guise, sur sa parole qu'il ne s'évaderait pas.

Il passa les premiers temps dans l'agitation de son affaire, il écrivit à Paris, à sa femme, au duc de Biron, à son fils, à Jean-Baptiste Rousseau et à l'Empereur. « Sire, quel crime ai-je commis, pour qu'il me soit même défendu de me jeter aux pieds de Votre

Auguste Majesté et d'implorer sa justice ? Je m'étais attendu qu'elle me ferait la grâce de m'écouter, et je ne craignais pas que le crédit de mes ennemis pût aller jusqu'à m'en priver. »

Bonneval fut averti par une lettre de son fils que le conseil de Guerre s'était assemblé à son sujet et que son dessein était de le condamner à mort ou à la prison perpétuelle parce qu'il n'avait pas obéi assez promptement, surtout à l'ordre qui lui avait été signifié de se rendre à Vienne. Mais l'Empereur n'approuvait pas cette rigueur ; le prince Eugène n'avait pas assisté à ce Conseil bien qu'il en fût le président ; il avait dit qu'il avait été trop des amis de Bonneval et qu'il l'avait trop désobligé pour qu'il se trouvât à une délibération concernant son ancien favori.

Bonneval reçut un billet secret qu'il reconnut être de la même main que celui qu'il avait reçu à Bruxelles et qui semblait avoir été écrit par l'inconnue des Malines.

« Ne vous flattez point, mon cher comte ! Tous vos juges sont dans les intérêts de vos ennemis ; on sait à n'en point douter qu'ils vous condamneront à la mort. Sauvez-vous s'il est possible. On a fait tous des efforts pour approcher votre prison ; ils ont été inutiles. Vos ennemis vous craignent ; ils ne veulent pas vous laisser échapper. Tout Vienne est pour vous ; les personnes les plus qualifiées sollicitent publiquement vos juges en votre faveur ; mais elles n'en reçoivent que des réponses dures et désespérantes. Encore une fois sauvez-vous et vivez sinon pour vous, du moins pour ceux qui vous aiment... »

Puis, avec une intelligente lucidité procédant par questions et réponses, il examina tous les points de son affaire et fit son propre procès. Il donnait des explications pertinentes qui tenaient à établir qu'il n'était pas coupable. La dernière question, la plus grave, la désobéissance à l'ordre impérial et le séjour en pays étranger n'est pas éludée; Bonneval disait avoir des excuses; en conclusion, l'accusé portait lui-même la sentence :

« Le comte de Bonneval s'étant rendu violemment suspect de désobéissance et se retirant dans un pays étranger où il a séjourné près d'un mois avant de se mettre en chemin pour Vienne, selon l'ordre de Sa Majesté impériale ayant aussi refusé les arrêts qui lui étaient ordonnés de la part du marquis de Prié son supérieur; en punition de ces fautes, il tiendra prison pendant six mois, avec défense d'en sortir avant leur expiration, sous peine de mort. Permis à lui après ce temps expiré de poursuivre le marquis de Prié en réparation des calomnies dont il prétend que ledit marquis l'a flétri. »

Au conseil de Guerre les vengeances pouvaient s'assouvir sous couvert de la raison d'Etat. Eugène avait trop aimé Bonneval pour s'acharner contre lui aujourd'hui qu'il était vaincu; sa première fureur passée, il n'était pas opposé à la clémence, à condition de faire croire qu'il souhaitait la sévérité. Il ne laissait donc rien paraître et demandait que la justice suivît son cours. La justice, c'était le comte von Brockhausen qui menait les opérations à grand renfort de médisance et allant jusqu'à offrir aux indécis la promesse d'avantages. Brockhausen haïssait Bonneval et tous les Français. Il poussait les autres à voter la décapitation. Starhemberg était facile à convaincre. Il avait toujours détesté le favori du Prince et formait avec Brockhausen et le chancelier Sinzendorf le triumvirat le plus opposé aux desseins de l'Empereur qui se retrouvait seul à soutenir Bonneval. Le billet qu'avait reçu Bonneval mentait. A Vienne peu de monde était pour lui ; on disait qu'il avait trahi, qu'il avait certainement révélé des secrets d'Etat aux Anglais pendant son séjour de La Haye.

Le comte de Thaun seul balançait entre servir le dessein de l'Empereur et se soumettre à Brockhausen pour éliminer le Français qui savait trop de choses.

Jean-Baptiste Rousseau, craignant la colère du prince Eugène, lui avait envoyé un poème :

Mais de son ire éteindre le salpêtre,
Savoir se vaincre et réprimer les flots
De son orgueil : c'est ce que j'appelle être
grand par soi-même, et voilà mon héros.

Ce que le prince Eugène ne pouvait pas pardonner dans cette affaire, c'était que le scandale pouvait compromettre les relations diplomatiques entre l'Autriche et l'Espagne, alors qu'il souhaitait un rapprochement des deux pays afin d'éviter la guerre. Si l'Espagne s'alliait à l'Autriche, elle se détacherait de la France et empêcherait les Bourbons de s'étendre. Il craignait que Bonneval travaillât secrètement à une rupture de cette alliance pour forcer les Espagnols toujours indécis à faire corps avec la France.

Bientôt, le comte de Thaun vint en personne de Vienne lui signifier que le Suprême Conseil de Guerre aulique l'avait condamné à mort mais que l'Empereur par sa bonté spéciale et de sa pleine puissance, avait empêché que ce jugement ne fût prononcé. Le comte de Thaun signifiait à Bonneval au nom de Sa Majesté impériale et catholique qu'il était congédié de son service et qu'il tiendrait prison pendant un an, ensuite de quoi il quitterait les territoires de l'Empire pour n'y jamais revenir sous peine de mort.

Malgré qu'on l'eût prévenu de cette sentence, Bonneval quand il l'entendit fut comme frappé par la foudre. Il se contint en présence du comte de Thaun pour ne pas lui donner le plaisir d'être témoin de sa douleur. Mais il s'y abandonna dès qu'il fut seul.

Ce n'était pas la sentence de mort qui l'affligeait; il avait déjà été condamné à mort autrefois en France, par contumace, et vivait toujours, bien qu'on lui reprochât parfois d'avoir perdu la tête sur les échafauds que la médiocrité, l'envie et la stupidité des hommes avaient dressés sur son chemin. Ce n'était pas non plus la perte de ses charges, des honneurs, l'ostracisme, ni qu'on l'eût traîné aux gémonies. Le comte de Bonneval, sujet français, n'était pas touché par ces mesures; elles provenaient d'ennemis. Il était tel qu'en lui-même les dieux l'avaient voulu comte de Bonneval, plus noble que la plupart sans qu'il eût besoin de rajouter d'autres titres à un titre aussi beau que celui qu'il portait.

Ce n'était pas d'être condamné à un an de prison; ce n'était que le triomphe de la douleur insupportable de son orgueil blessé. C'était la honte d'avoir succombé sous le crédit d'un homme qui lui était en tous points inférieur. Un parvenu, un fils de rien qui n'était anobli que parce qu'il avait brigué son titre et l'avait obtenu à force de flatteries et d'obscurs marchandages. O siècle décadent qui ne reconnaît plus le mérite ni n'accepte la supériorité qu'il exprime et préfère souscrire aux valeurs les plus fangeuses!

Quand il eut calmé l'excès de sa fureur, Bonneval écrivit à l'Empereur :

« Je ne remercierai point Votre Majesté de ce qu'elle a adouci la rigueur de la sentence prononcée contre moi : la mort aurait fini mes peines, et la vie que l'on me laisse ne servira qu'à les multiplier. Votre

Majesté sait que je n'ai jamais imploré sa bonté dans cette affaire ; je ne lui ai demandé que justice.

Comme je crois mon honneur à couvert, comme je ne doute pas que toute la terre ne condamne ceux qui m'ont jugé, ma plus grande peine est que je ne pourrai plus dire comme j'avais fait jusqu'à présent que le trône de Votre Majesté est inaccessible à l'intrigue, à l'artifice, à la brigue, au mensonge et à la calomnie. »

Il se réveilla un matin différent de la veille ; la solitude de la prison avait agi sur lui. Comme ni l'Empereur ni le prince Eugène ni nul autre ne répondaient à ses lettres, il cessa d'en envoyer, se doutant que celles qu'il avait écrites avaient été interceptées et détruites. Ne passaient que des lettres à sa femme et ses réponses où il n'était question que d'affaires privées. Bonneval commandait des livres. Il relisait les *Mémoires* du cardinal de Retz parus à l'époque de son mariage grâce à la duchesse du Maine, qui en avait favorisé l'édition en pensant provoquer la sédition contre le Régent et ressusciter la Fronde. Il relisait aussi ses chères fables de La Fontaine. Il prit goût à un certain aspect de son nouveau séjour et bien qu'il espérât que l'année fût vite écoulée, il ne s'ennuyait pas et le soir jouait aux cartes avec le gouverneur, le surintendant et quelques officiers. Il se demandait souvent où il irait quand il sortirait de la prison, faute de pouvoir écrire à ce sujet aux personnes qui eussent pu le conseiller.

Il se rappelait la proposition qu'on lui avait faite d'aller à Madrid et y songeait sérieusement. Il était hors de question qu'il rentrât en France dans l'état où il était tombé.

En attendant, comme la première fois qu'on l'avait condamné à mort, il se rendrait à Venise où le libertinage lui tiendrait lieu de liberté. Après un an de prison, l'abstinence lui devenait cruelle et à défaut d'amour, faisait souffrir son corps tout entier où le désir exalté et réprimé semait son désordre.

Après quelque temps de sérénité, l'inquiétude prit peu à peu le pas sur l'indifférence. Il tombait dans une mélancolie profonde dont rien n'était capable de le tirer. La seule pensée de se retirer en France le faisait frémir ; sans argent, sans ressources, sans emploi, il ne pouvait qu'être à charge à ses amis et où eût-il été d'ailleurs ? Il n'avait jamais revu sa femme ; le Régent était mort ; mort aussi l'abbé Dubois ; et son frère n'était pas très disposé à le loger dans son château depuis qu'ils étaient en procès. Vivre aux crochets de sa femme et des Biron, il n'en était pas question.

Un jour enfin le gouverneur vint trouver Bonneval et lui annonça sa libération. Il lui demanda quelle route il voulait prendre. Bonneval s'était déterminé pour Venise. Deux officiers le reconduisirent sur la frontière escortés d'une petite troupe. L'un des deux étaient le comte Seilern, un neveu de celui qui avait siégé au Suprême Conseil de Guerre aulique et l'avait condamné ; il fut aimable avec le prisonnier et il lui apprit pour sa consolation que le marquis de Prié avait été démis de ses fonctions dans le même temps de son arrestation et rappelé à Vienne. Cette affaire l'avait tellement secoué qu'il venait de mourir ; qu'on en avait reçu la nouvelle aujourd'hui même, ce 13 janvier 1726.

Le prince Eugène forcé de donner sa démission fut remplacé provisoirement au gouvernement des Pays-Bas par le comte de Daun ancien vice-roi de Naples. Pour rendre sa blessure d'amour-propre moins pénible, l'Empereur donnait au prince Eugène la fonction honorifique du Vicariat des territoires italiens et nommait au gouvernement général des Pays-Bas une personne de sang royal, sa sœur aînée en personne S.A.R. l'archiduchesse Marie-Elisabeth de Habsbourg.

Ses gardes le conduisirent jusqu'au Tyrol et quand ils furent en Vénétie, ils le laissèrent. Le comte Seilern lui défendit par un ordre absolu de Sa Majesté impériale et catholique de jamais remettre les pieds en Autriche sous peine de mort. Bonneval, s'éloignant jusqu'à l'auberge, se retourna et dit : « Mort à l'Autriche ! »

Il faisait froid, la lagune était gelée et dans le lointain Venise mettait contre la ligne grise de l'horizon ses dômes argentés, ses coupoles et ses campaniles. Dans tout ce gris, dans ce blanc de la neige, comme des corbeaux noirs les gondoles traçaient leurs sillages et se croisaient, transportant les gens cachés sous des felzes ; de temps en temps, passaient des visages masqués.

Bonneval se rendit à l'auberge du Sauvage dont l'arrière donnait sur un canal que l'on rejoignait par le Grand Canal. Il faut dire qu'on était dans la saison du carnaval. Bonneval n'avait guère de bagages ni aucun domestique pour le servir. Dès qu'il aurait organisé les choses, il ferait venir son valet. Il craignit que la comtesse Pecci et les autres ne le voulussent point voir à cause de cette affaire de Bruxelles. Quand le bruit se fut répandu qu'il était arrivé, quelques Français et des Allemands vinrent le voir, comme quelqu'un de célèbre qui s'était tiré d'un mauvais pas mais gardait toute l'aura de sa liberté profonde, de son irrespect et de son insolence.

Son impécuniosité le préoccupait, quand un banquier de la ville se présenta à lui. Il lui demanda s'il n'était pas le comte de Bonneval, le fameux comte de

Bonneval auquel il avait ordre de compter dix mille sequins de Venise ; mais défense lui était faite de révéler de la part de qui cet or était versé. Bonneval signa un reçu et le banquier s'en fut. C'est alors qu'il eut un billet par lequel on lui demandait de se rendre au théâtre de San-Samuel afin d'y rencontrer une personne qui s'intéressait pour lui et avait une importante nouvelle à lui communiquer.

Bonneval fit immédiatement monter chez lui le meilleur tailleur et lui demanda de le mettre le plus vite possible sur le pied de paraître dans le monde. Il ne voulait plus que des vêtements neufs parce qu'il lui semblait que le velours de ses manches avait pris pour toujours l'humidité de la muraille du Spielberg et que les dentelles de ses manchettes avaient gardé le gris de la prison.

Il désirait des manchettes éclatantes de blancheur ou dont l'or ne fût pas terni par l'usage ; des gilets en brocart blanc, en faille noire, en tussor bleu ; des habits rouges, verts ou roses qui le rendissent agréable à regarder.

Bien qu'il eût déjà cinquante-deux ans, il ne les paraissait pas ; son allure pleine de grâce, son port de tête noble, ses larges épaules lui donnaient un bel air. Si son visage portait l'empreinte des batailles qu'il avait livrées, si les blessures qu'il avait reçues y avaient laissé leur cicatrice, il gardait un teint de santé, un œil plein d'esprit et quoique ses épais cheveux commençassent à grisonner, Bonneval n'avait pas l'air vieux.

Dès qu'il fut en état de se montrer, il se mit en masque et courut les bals. Partout on le traita avec infiniment de distinction et de respect sans pourtant chercher à lever le masque de son incognito et faisant comme s'il n'était pas reconnu ; mais il ne se méprenait pas sur les sourires qu'on lui adressait à la dérobée et les femmes se pressaient pour voir de près celui qui faisait tant parler de lui et s'était revêtu de toutes les qualités des héros de romans. Il se rendit chez la comtesse Pecci pour apprendre que son amie était morte, l'hiver précédent, de cette maladie qui punit quelquefois les excès qu'inspire l'amour. Elle avait été frappée de migraines pendant que des ulcères se formaient autour de sa bouche ; aussi avait-elle vécu les derniers mois de sa vie renfermée dans son appartement sans vouloir voir personne, pourrissant dans la solitude sur ses meubles précieux.

A l'heure dite, il se rendit à pied à l'Opéra. La place Saint-Marc grouillait de monde ; sur le parvis de la basilique, une troupe bariolée jouait un mystère ; des dresseurs d'ours leur faisaient faire des tours et effrayaient les dames en leur montrant les dents de l'animal. Ou bien c'étaient des Levantins qui faisaient rire les badauds avec des grimaces ; des singes attachés à leur perchoir par une chaîne tendaient leur petite main ridée en demandant l'aumône. Des filles publiques, les épaules à moitié dénudées malgré le froid qui griffait leur chair blanche, traversaient la foule comme un frisson et invitaient au plaisir de leur bouche fardée.

Sur l'étalage des traiteurs, des panini formaient des pyramides au pied desquels de gros fromages du Frioul mettaient leur odeur laiteuse. On vendait aussi des confiseries et des fruits ; l'air sentait la friture, le feu des gitans qui le crachaient de leur bouche, la vermine des pauvres qui vivaient au milieu des riches et ramassaient en priant ou en maugréant ce qui tombait de leurs mains. Un gros homme moustachu, les yeux cachés par des replis de graisse, la tête recouverte d'un foulard d'indienne, faisait des beignets « A la mode de Morée ». Le saindoux fondu mettait autour de cette friturerie l'odeur écœurante d'un fricot de soldats et Bonneval s'éloigna. Au bord du quai, là où il y avait moins de monde, de jeunes gondoliers moulés dans leur culotte noire proposaient à voix basse à qui le désirait le service appliqué de leur virilité plébéienne. Des gondoles passaient, remplies de chants et de musique.

Bonneval eut beaucoup de mal à se frayer un chemin au milieu des rues noires où la foule était si dense que certains en profitaient pour assouvir leur désir et il n'était pas rare de voir des couples masqués copuler dans le recoin d'une porte ou sous l'arche d'un pont. C'était le Carnaval ! Le Salut à la Chair !

Sur les campi, des comédiens jouaient des saynètes en vénitien et la foule tout autour pleurait ou s'esclaffait. Enfin il arriva devant un théâtre que l'on venait de construire. L'air sentait le suif des chandelles, le salpêtre, les pétards que des enfants faisaient éclater en l'air pour esbaudir les passants, l'âcre odeur des femmes, les relents de vin et toutes les senteurs d'une foule en liesse comprimée dans une ville qui semblait bien trop petite pour tout ce monde.

De la salle éclairée a giorno venait de la musique et des chants. Il passait dans une galerie quand un domino masqué l'arrêta qui lui dit :

— Si j'ai l'honneur de m'adresser au comte de Bonneval, je prie Son Excellence de bien vouloir me suivre.

Son guide lui fit parcourir un dédale de couloirs et de galeries éclairées par des lustres en verre de couleurs. On le fit entrer enfin dans une loge d'avant-scène grillée où se tenait une dame vêtue d'une robe de dentelle noire et dont le masque en cuir était doré.

Le domino se retira. A la faveur des applaudissements, le masque d'or lui dit sans se tourner :

— Je suis heureuse, Monsieur, que vous ayez fait diligence.

— Et pourtant j'ignorais que ce serait une douce voix qui me parlerait.

— Ce que je vais vous mander est de la plus haute importance.

— Sommes-nous ici en sûreté, Madame, pour que vous choisissiez ce lieu pour me faire des confidences ?

— Nous pouvons parler en toute liberté ; ce ne sont point des confidences, Monsieur, que j'ai le loisir de vous faire ; vous êtes menacé.

— D'être aimé de vous, j'en étais sûr !

— Je ne suis point ici, Monsieur, pour badiner mais pour vous sauver la vie !

— Rien que cela, et que prétendez-vous faire pour me rendre immortel ?

— Le carnaval vous met de joyeuse humeur mais prenez garde dans la foule aux stylets ! Attendez-vous à trouver sur votre chemin des sbires stipendiés par des gens auprès desquels vous n'êtes point en odeur de cour.

— Ces gens-là m'ont tenu en prison pendant un an, cela ne suffit-il pas ?

— Ils craignent que la liberté recouvrée vous n'alliez jusqu'à révéler certains secrets que vous détenez !

— Je ne sais rien ! De quel secret s'agit-il ? Si c'est une comédie, je veux jouer aussi ! Dites-moi mon rôle !

— Rejoignez-nous !

— Qui êtes-vous d'abord qui m'apparaissez masquée ?

— Je vous l'ai dit : je veille à la conservation de votre vie.

La dame ôta son masque.

— Madame de Villaviciosa ! Quelle surprise ! Je suis fort aise de vous revoir ! J'ai failli mourir de chagrin de n'avoir pas eu le temps de vous faire mes adieux à La Haye !

— C'est par cette raison que vous ne m'avez jamais écrit ?

— Je vous ai écrit tous les jours de ma prison mais on ne vous aura pas fait tenir les lettres ; elles auront été détruites par les mains qui me veulent aujourd'hui supprimer la vie !

— Il faut quitter Venise sans tarder !

— Je ne le puis avant d'avoir vu un ami qui arrive de Paris et qui me fait l'honneur de me vouloir visiter.

— Le comte de Sinzendorf a laissé entendre à M. Patino, notre ministre des Affaires étrangères, qu'il n'était pas question que vous conduisiez une armée espagnole.

— De toute façon il n'était pas dans mon intention de demander à M. Sinzendorf l'autorisation de rejoindre Madrid.

— C'est que la paix est faite entre nos deux pays désormais et la France se montre heureuse de cette alliance.

— Dans ce cas, que voulez-vous de moi, Madame ?

— Vous avez besoin d'argent ?

— Est-ce à vos bons soins que je dois la visite d'un banquier ?

— Ce n'était qu'un acompte ; il ne tient qu'à vous de recevoir davantage.

— Si ce n'était pas d'argent qu'il s'agissait ?

— Vous ai-je refusé à La Haye ce que vous m'aviez demandé ?

— Où irons-nous ? Je suis très mal logé à l'auberge ; dès demain je ferai chercher un autre gîte.

— Ne vous en souciez pas ; M. Patino m'a prié de faire tout ce qu'il sera en mon pouvoir pour vous arranger la vie.

— Quelle prévenance, Madame !

— Je mettrai dès demain un appartement à votre

disposition avec le domestique nécessaire pour le temps que vous passerez à Venise.

— Mais ce soir ? Je brûle de vous serrer dans mes bras !

— J'ai la clef d'un casino où nous pouvons nous rendre sans difficulté.

Ils se remirent en masque et sortirent par l'arrière du théâtre sur un canal où les attendait une gondole fermée. La comtesse donna l'adresse au barcarol.

Au bout de peu, ils débarquèrent. Le casino se trouvait au fond d'un petit jardin couvert de neige. Il comprenait une assez vaste chambre garnie de divans et décorée de miroirs. Un feu était allumé près duquel des mains inconnues avaient pris soin de dresser une table pourvue de tout ce dont les gourmands raffolent. Quelques bouteilles de champagne rafraîchissaient dans une vasque recouverte de givre.

— Soupons, dit la comtesse, en se défaisant de sa baüte pour apparaître les épaules nues et la gorge découverte.

— Voudriez-vous que je soupasse quand mes sens sont affamés ? Je vous dévore déjà des yeux !

— Il n'y a point de domestique ; je répugne à faire entre le barcarol pour nous servir ; auriez-vous l'obligeance de nous donner du vin, Seigneur ?

— Oui, restons seuls tous les deux ! Je serai mieux qu'un domestique, Madame, je serai votre esclave !

Et Bonneval dégainant son épée sabra la bouteille dont le col coupé vola à l'autre bout de la pièce en libérant un flot de mousse blanche.

— Ah ! Quel bonheur ! J'ai ce soir pour la première fois depuis ma libération l'impression d'être libre !

Ils burent et badinèrent jusque fort avant dans la nuit et ils s'endormirent quand les bougies avaient fondu dans les candélabres d'argent et que le feu fut presque éteint. A cinquante-deux ans Bonneval brûlait d'une flamme de jeunesse sur laquelle la beauté de la comtesse souffla si fort qu'elle en fit un incendie.

Dès le lendemain, Bonneval s'installa au dernier étage d'un palais d'où il avait vue sur la lagune. Cela le rassurait de penser qu'à n'importe quel moment il pourrait prendre le large et fuir.

Son logement se composait de quatre chambres en enfilade précédées de deux antichambres. Par un escalier dérobé, l'on avait accès à l'altana, sorte de petite terrasse sur le toit de la plupart des maisons de Venise.

Bonneval décida de garder l'incognito tant qu'il résiderait dans la cité lagunaire afin d'être plus libre de ses allées et venues. Il ne fit donc point porter sa livrée aux quatre valets et aux deux barcarols qui composaient son domestique. Il entendait avoir le train assez modeste d'un étranger de qualité en voyage.

Dès qu'il fut installé, qu'il eut fait venir de Bruxelles ses livres, il passa son temps enfermé à écrire. Il avait commencé, au Spielberg, d'établir le récit des principales batailles auxquelles il avait participé. Il passa plusieurs mois à raconter la campagne de Hongrie et fit recopier ses narrations par un secrétaire français qu'il engagea. M. de Châteauvieux arrivait après dîner, s'installait à un bureau et écrivait sous sa dictée.

Bonneval prenait un grand plaisir à écrire et il écrivait bien. Bientôt, il se rendit compte qu'il en est des narrations comme des batailles ; on dresse un plan et l'on se rend compte bientôt qu'on ne s'y est pas tenu. Dans l'action, vécue ou racontée, il faut improviser au fur et à mesure selon les dangers et les nécessités du terrain. Ainsi lui apparaissait-il que le génie de l'homme de guerre et celui de l'écrivain n'étaient pas si dissemblables qu'on l'eût cru au premier abord. Il fit un long et beau récit de la bataille de Peterwaradin telle qu'il l'avait observée pendant qu'il se battait et après qu'il fut blessé et se trouvait à même de tout observer depuis l'éminence où il se fit placer, au bord du Danube.

On se souvient que lorsqu'il s'était retiré chez sa mère à Bonneval après son duel avec le comte de Beaumont à Toulon, il avait inventé un bateau à fond plat susceptible de faciliter un débarquement de forces en Angleterre en vue d'une invasion. Il avait gardé l'habitude de noter ses idées sur les inventions qu'il faisait. En Autriche il avait voulu fonder une aciérie, fabriquer des armes; il avait dessiné une nouvelle baïonnette. A Venise, inspiré par toute l'eau qui entourait la ville, il eut l'idée d'une installation portuaire consistant en digues mobiles faites d'une matière nouvelle extrêmement malléable et qui durcissait au contact de l'eau. Il pensa que l'on pourrait se servir de cette même matière pour rendre navigables les rivières et même les gros ruisseaux, ce qui éviterait les énormes dépenses d'établissement de canaux. Il adressa ses plans au duc de Richelieu, ambassadeur de France à Vienne, avec lequel il restait en relations.

En même temps qu'il s'occupait à tous ces travaux d'esprit, il accomplissait un travail extrêmement subtil pour le compte de M. Patino, ministre des Affaires étrangères de la cour d'Espagne, représenté à Venise par la belle comtesse de Villaviciosa que Bonneval voyait aussi régulièrement que secrètement. Même les domestiques, ou M. de Châteauvieux ignoraient que le comte, masqué et souvent déguisé, se rendait dans une gondole conduite par un barcarol dont il était sûr, en des lieux toujours différents et fort cachés comme des alcôves afin de s'entretenir avec l'espionne. Il faut dire que Venise ne manquait pas de lieux propices ; les gondoles mêmes glissant silencieusement dans la nuit étaient plus sûres que les palais ou les maisons de plaisance de Murano ou de Torcello dans lesquelles quelquefois il avait retrouvé la comtesse pour des tête-à-tête aussi politiques que libertins.

M. de Sinzendorf avait écrit à M. Patino que, bien qu'il ne doutât pas que l'union de l'Autriche et de l'Espagne serait durable, il n'y avait cependant aucun lien qui ne pût se rompre ; il était donc hors de question que l'Autriche consentît à donner à l'Espagne un général comme Bonneval qui connaissait aussi bien l'Italie et la manière d'y faire la guerre et que, comme il n'avait pas moins de connaissance de la guerre des Flandres, il ne convenait point qu'il pût se mettre au service des Espagnols.

Bonneval avait une autre façon de les servir. Il informait Patino par l'intermédiaire de Mme de Villaviciosa des obstacles que le projet d'établir en Italie Don Carlos, fils de Philippe V et d'Elisabeth Farnèse, en lui donnant les duchés de Parme et de Modène, rencontrait à Vienne malgré toutes les promesses officielles, et conseillait aux Espagnols de prendre des mesures secrètes avec la France et l'Angleterre afin de faire passer Don Carlos dans la péninsule à la tête d'une armée d'occupation. Il disait dans une lettre que Mme de Villaviciosa cacha dans sa manche : « L'Empereur est un fort honnête homme qui ne refusera pas que sa fille, seconde archiduchesse, épouse Don Carlos aux conditions convenues ; mais vous devez être assurés que le prince Eugène, ennemi irréconciliable de toute la famille des Bourbons, s'y opposera ; et, comme chef du Conseil, il entraînera tant qu'il pourra les autres dans son parti. Cependant le comte Louis de Sinzendorf, grand chancelier, peut être gagné car il aime beaucoup l'argent. Le comte Starhemberg n'est point intéressé et ne peut pas être acquis par les dons ; mais sa femme prend de toutes les mains, elle le gouverne et lui fait faire ce qu'elle veut. M. de Penterrieder est un homme de probité à tous les égards, et, quoiqu'il soit parvenu d'un bas état au poste de vice-chancelier qu'il occupe, il est né avec des sentiments tout à fait nobles, un esprit infini et une fidélité inviolable pour les intérêts de l'Empereur. Mais si vous pouvez arriver à lui persuader que rien n'est plus avantageux à Sa Majesté impériale que l'accomplissement de ce mariage, vous aurez alors un partisan fort habile et très accrédité. »

Les renseignements que Bonneval donnait à M. Patino étaient tellement confidentiels que la reine Elisabeth Farnèse, quoique l'établissement de son fils lui tînt à cœur, les ignorait. Les Autrichiens aussi les ignoraient encore, mais pour combien de temps ?...

L'ami français que Bonneval attendait et qu'il se faisait une grande joie de recevoir se fit enfin annoncer : c'était le président de Montesquieu.

L'auteur des *Lettres persanes* avait reçu de Vienne après la parution du livre en 1721 une lettre pleine d'éloges dans laquelle Bonneval lui exprimait toute son admiration. L'écrivain répondit que cette admiration l'honorait et les deux hommes convinrent de se rencontrer dès que l'occasion s'en présenterait. Cette année-là Montesquieu venait d'être élu à l'Académie française et décida d'entreprendre un voyage à travers l'Europe en commençant par l'Italie. Il arriva à Venise le 16 août 1728, accompagné du chevalier Jacob qui lui tenait lieu de secrétaire.

Bonneval le reçut comme une vieille connaissance bien qu'ils ne se fussent jamais vus.

— Je vous sais gré, Monsieur, d'avoir daigné rendre visite à un proscrit.

— Je ne sache pas que vous passiez pour tel et le bruit court que vous vous êtes davantage conduit en héros qu'en criminel.

— J'ai cru devoir défendre l'honneur d'une reine !

— L'honneur n'est plus une valeur de notre époque...

— Je l'ignorais alors ; je l'ai appris à mes dépens !

— Ignoriez-vous que l'héroïsme est devenu celui de la flatterie ?

— Il me répugne de penser que les compliments les plus hypocrites puissent remplacer la bravoure et la fidélité !

— Vous êtes un homme d'un autre temps, Monsieur, un preux !

— Ce fut là l'éducation que me donna mon père et je me flatte de n'avoir point oublié les grands principes de la Noblesse de France.

— Il est aujourd'hui plus important d'être riche que noble si l'on désire obtenir les suffrages de la ville et de la Cour.

— Quant à moi désormais, je préfère devenir philosophe !

— Vous l'êtes déjà, Monsieur, puisque vous n'avez pas peur de la mort !

— Ni même d'être ridicule ! Je suis au-dessus de cela ! A vivre avec la mort, sur les champs de bataille, j'ai pris l'habitude de ne point la craindre ; elle n'est jamais qu'un accident. J'ai vu mon père s'abattre comme une carte un après-midi d'été ; depuis ce jour, la mort ne m'effraie plus !

Comme il faisait une chaleur étouffante augmentée encore par le sirocco qui soufflait, Bonneval proposa de se tenir sur l'altana où l'air était meilleur et fit servir des rafraîchissements. Une toile les protégeait du soleil couchant.

— Quel bonheur d'être aussi haut ! dit M. de Montesquieu ; chaque fois que j'arrive dans une ville je monte sur la plus haute tour afin de voir le plus loin possible et d'embrasser toute la ville.

— Le philosophe est celui qui a une vue d'ensemble, écrit Platon.

— Je le crois volontiers.

Ils parlèrent familièrement de choses et d'autres jusqu'à l'heure du souper, que Montesquieu accepta de prendre avec son ami le chevalier Jacob et M. de Châteauvieux qui venait d'arriver. Bonneval dit qu'il racontait certains épisodes de sa vie militaire et M. de Montesquieu se montra extrêmement curieux de ces récits et se fit promettre qu'on les lui montrerait dès qu'ils seraient achevés.

Bonneval fit servir une excellente collation et du vin blanc du Frioul, agréablement fruité, avec un arrière-goût de feu tout à fait délicieux. Ils en burent à profusion et laissèrent la conversation glisser agréablement vers les bienfaits de la terre. On parla des différentes manières d'accommoder les pâtés de viandes et de poissons ; Bonneval se rappelait le pâté qu'il avait mangé à Malines comme l'un des meilleurs du monde. M. de Montesquieu raffolait des pâtés de brochets et d'anguille, mais ne dédaignait pas bien sûr les pâtés de venaison. Il parla ensuite du vin en connaisseur et dit qu'il possédait une assez vaste vigne autour de son château, dont il prenait soin lui-même et qui donnait un vin remarquable.

Allumés par le vin, ils se mirent à parler de la France dont Bonneval gardait une nostalgie et dont il demandait des nouvelles au voyageur comme s'il se fût agi d'une ancienne maîtresse qui lui fût restée chère. Ils comparèrent les pays d'Europe entre eux et en vinrent à parler des chances que la France s'était d'abord données de régner sur l'Europe et qu'elle avait laissées passer.

— Depuis la destruction des Romains en Occident, il y a eu plusieurs occasions où l'Europe a semblé devoir rentrer sous une même main mais cela n'arriva jamais par la force ; il faudra que les nations s'unissent dans la paix : il n'y a pas d'autre ciment que l'intérêt commun.

— C'est ce qu'écrit l'abbé de Saint-Pierre qui parle d'un parlement où seraient disputés les problèmes de toutes les nations qui composent l'Europe.

— Parce que l'Europe n'est plus qu'une Nation composée de plusieurs ; la France et l'Angleterre ont besoin de l'opulence de la Pologne et de la Moscovie comme une de leurs provinces a besoin des autres : et l'Etat qui croit augmenter sa puissance par la ruine de celui qui le touche, s'affaiblit ordinairement avec lui ! Ainsi serait-il temps de cesser de se combattre pour s'unir ; que peut-on dire de cette maladie de notre siècle qui fait qu'on entretient partout un nombre désordonné de troupes ? Elle a ses redoublements et elle devient nécessairement contagieuse car sitôt qu'un Etat augmente ce qu'il appelle ses forces, les autres soudain augmentent les leurs, de façon qu'on ne gagne rien par là que la ruine commune. Chaque monarque tient sur pied toutes les armées qu'il pourrait avoir si les peuples étaient en danger d'être exterminés et on nomme Paix cet état d'effort de tous contre tous ! Aussi l'Europe est-elle si ruinée, que trois particuliers qui seraient dans la situation où sont les trois puissances de cette partie du monde les plus opulentes n'auraient pas de quoi vivre. Nous sommes pauvres avec les richesses et le commerce de tout l'univers et bientôt à force d'avoir des soldats nous n'aurons plus que des soldats et nous serons comme les Tartares !

— L'Europe ne peut s'unir que sous la menace d'un ennemi commun. Les rois chrétiens s'entendaient contre le Turc...

— Mais recommençaient à se battre dès que la menace était passée, pour empêcher l'un d'eux de prendre le pas sur les autres !

— Il eût fallu que la France réussît à s'imposer.

— Cela n'eût pas été possible et ne le sera jamais ! Aucun pays d'Europe ne pourra réduire les autres à n'être que des vassaux parce que tous s'allieront toujours contre le plus fort. La seule solution sera de s'unir naturellement par des traités, à moins d'agir comme a agi la Grèce et de préférer la désunion et la destruction.

— L'Europe n'est-elle pas, à l'image de l'Olympe, condamnée à la guerre perpétuelle qui constituerait le nerf de sa grandeur ?

— Cela est probable. Sitôt que les hommes sont en société, ils perdent le sentiment de leur faiblesse ; l'égalité qui était entre eux cesse et l'état de guerre commence. Chaque société vient à sentir sa force ; ce qui produit un état de guerre de nation à nation. Les particuliers dans chaque société commencent à sentir leur force ; ils cherchent à tourner en faveur les principaux avantages de cette société ; ce qui fait entre eux un état de guerre.

— La guerre est un art, ne l'oublions pas ; si l'on ne l'aime pas, dit Bonneval, il ne faut pas la craindre sous peine de s'affaiblir dangereusement. Une nation qui aurait peur de la guerre serait vouée à disparaître. N'est-ce pas l'ultime recours pour exister ?

— Vous avez raison, Monsieur, non pas d'aimer la guerre, mais de penser comme vous le faites, mais je tremble qu'on ne parvienne à la fin à découvrir quelque secret qui fournisse une voie plus abrégée pour faire périr les hommes, détruire les peuples et les nations entières.

— Croyez-vous ? Si cette fatale invention venait à se découvrir elle serait bientôt prohibée par le droit des gens, et le consentement unanime des nations ensevelirait cette découverte ; il n'en resterait plus que l'éternelle menace et l'on parlerait de la guerre sans cesse au lieu de la faire et les peuples mourraient de peur plutôt qu'au champ d'honneur !

— Il faudra que grâce au droit des gens les nations se fassent dans la paix le plus de bien et dans la guerre le moins de mal qu'il est possible, sans nuire à leurs véritables intérêts.

— Buvons, Monsieur, à ce siècle futur où les nations civilisées et policées transformeront la violence en des débats réglés qui fassent toujours triompher la justice et la liberté par le recours aux lois !

— Buvons aussi, Messieurs, au plaisir de la conversation ; il n'en est guère de plus grand pour un homme d'esprit...

— Si ce n'est le plaisir du cœur ! rétorqua Bonneval.

La nuit était tombée et le ciel s'était rempli d'étoiles que MM. de Châteauvieux et le chevalier Jacob s'amusaient à nommer à voix basse pendant que le président et le comte évoquaient leurs bonnes et leurs mauvaises fortunes auprès des femmes.

— Regardez toutes ces gondoles dont l'on voit le fanal se refléter dans les canaux, je parierais que toutes s'en vont ou s'en viennent de rendez-vous secrets où l'amour a plus de part que le destin de l'Europe et sa politique !

— Les hommes de ce siècle ne sont occupés que d'aimer et de se battre !

— Surtout à Venise où le libertinage leur tient lieu

de liberté et où un noble se croira libre parce qu'il peut impunément épouser une putain.

— Je ne voudrais pas me marier une deuxième fois, à quoi cela servirait-il? J'aime mieux être indépendant et aimer les femmes à ma guise; sans surtout m'aliéner à des putains!

— Evidemment! Il est très rarement vrai, rajouta le président, que le cœur ne soit fait que pour un seul et qu'on soit fatalement destiné à un seul objet et qu'un peu de raison ne puisse nous destiner à un autre!

— Qui pourrait vivre dans l'ennui d'un commerce aussi restrictif? à moins d'aimer la solitude à deux. C'est étrange, mais l'amour d'union et l'amour de soi sont une seule et même chose et un amant qui veut mourir pour sa maîtresse ne le fait que parce qu'il s'aime, qu'il s'imagine qu'il goûtera le plaisir de sentir qu'il fera de si grandes choses pour elle!

— Je pense qu'il faut davantage une bienveillance générale, parce que rien n'approche plus de l'instinct des bêtes que ces bornes que le cœur se donne lorsqu'il n'est touché que de l'intérêt d'un seul ou de son propre intérêt, ce qui revient au même! Je voudrais vraiment n'avoir qu'un esprit et point de cœur!

— J'aime trop aimer, dit Bonneval, pour souhaiter me passer de cœur et je ne serais pas étonné d'avoir aimé ne fût-ce qu'un instant chaque femme que j'ai tenue dans mes bras; à en n'aimer qu'une, il m'eût paru que je privasse les autres d'amour, si passager fût-il!

— C'est presque là l'amour de la multitude, Monsieur, dit le président en riant, le plus vrai, le plus généreux de tous.

— Le cœur n'est jamais le cœur que quand il se donne parce que ses jouissances sont hors de lui!

— C'est la condition du bonheur de se détacher de soi et d'aller vers des objets extérieurs !

— C'est la raison par laquelle j'aime l'amour ; il me semble aussi qu'il est agréable en ce que la vanité se satisfait sans avoir honte d'elle-même.

— A condition de rester libre et de ne point s'enchaîner à quelque despote en se soumettant à son caprice !

— J'ai tâché toute ma vie de n'être point prisonnier des femmes ni de mes ennemis mais néanmoins c'est par le pouvoir d'une femme que je me suis retrouvé en prison, mais tendre n'était pas ma chaîne et j'ai gémi sous le joug que m'a imposé sa vengeance !

— Lui en voulez-vous ?

— Non, je n'en voudrai jamais aux femmes ; pas davantage à celle-là qu'aux autres ; elle m'a puni des souffrances que j'avais infligées à celles-ci.

— C'est alors l'équilibre de la nature.

— Et l'amour fit de moi le fléau de cette balance-là !

Pendant qu'ils parlaient et buvaient ensemble au clair de lune, en contrebas de la terrasse, sur une sorte de passage qui longeait le toit, il semblait que M. de Châteauvieux et le chevalier Jacob se livraient à voix basse aux prémices d'un commerce secret. Après avoir nommé les étoiles qui scintillaient dans ce beau ciel d'août, ils parurent se laisser aller à un penchant que la nature semblait encourager. Le président eut le bon goût de n'en rien apercevoir et de préférer au spectacle de la tendresse que le climat chaud expliquait celui de la cité marine à ses pieds qui s'embrasait de milliers de lucioles.

Bonneval pensa à Eugène, à son goût pour Latour. Ce dernier avait écrit à son père que tout allait pour le mieux entre lui et le prince et, bien qu'il eût à plusieurs reprises repoussé les avances du prince, il jouissait de toute sa confiance. Dans un langage convenu entre eux, il renseignait son père sur tout ce qu'il avait observé dans l'entourage du prince et sur ce qu'il savait des réunions du Conseil. Il avait même réussi à se rapprocher de Mme Batthyany à force de prévenances en tâchant de réveiller chez cette princesse un goût de la galanterie endormi depuis qu'elle jouait les dévotes à la Maintenon pour mieux cacher une âme de maquerelle.

Latour rajoutait : Vu la hore tefe genia et perhaps la reverrai next die. Cela voulait dire qu'il avait vu la putain (la hore = the whore) à la fête d'Eu(genia) et que peut-être il la reverrait le jour suivant.

L'existence lointaine de ce fils dont il ne parlait jamais était une grande consolation pour Bonneval. Il lui avait appris à se battre, ils avaient vécu ensemble, il s'y était attaché et sa société agréable lui manquait aujourd'hui.

N'était son épouse, qui continuait de lui écrire de temps en temps et de lui donner des nouvelles des siens, il ne recevait aucune lettre de sa famille. Ni sa mère ni son frère ni personne ne prenait la peine de s'inquiéter de sa santé. Nul ne lui offrait le moindre service ni ne lui donnait la moindre marque d'amitié. Il faut dire que son procès avec César-Phoebus continuait et que l'affaire semblait inextricable. L'aîné ne voulait pas reconnaître les droits du cadet et ce dernier s'opiniâtrait à vouloir se faire rendre l'argent qui lui appartenait et dont il avait besoin.

Il menait à Venise une vie paisible et largement tournée vers les plaisirs de l'esprit. A son habitude il se levait tard, se faisait servir son chocolat qu'il prenait en lisant. Depuis que le président était chez lui, il relisait les *Lettres persanes* et Fontenelle dont ils avaient longuement parlé l'autre soir.

M. de Montesquieu occupait la chambre la plus

éloignée de la sienne et Bonneval lui avait donné son valet. Le chevalier Jacob vivait à l'auberge et M. de Châteauvieux chez une veuve de la ville. Ils arrivaient ensemble à l'heure du dîner; en suite de quoi Bonneval se retirait dans son cabinet avec son secrétaire et lui dictait le récit de ses batailles. Le président sortait accompagné du chevalier afin de visiter la ville dont il se montrait curieux; il voulait tout voir et prenait des notes. Le chevalier Jacob avait étudié les arts et s'y entendait en peinture pour avoir été secrétaire, à Vienne, pendant quelque temps, du cardinal Alessandro Albani, connu pour être fort curieux de belles choses. Il guidait le président dans les églises et se faisait ouvrir les maisons qui contenaient des curiosités ou des collections, bien que les Vénitiens ne fussent pas particulièrement accueillants.

Bonneval préférait rester chez lui surtout quand il faisait chaud; il buvait du café ou du vin de Chypre; on lui jouait de la musique. Il n'était pas difficile à Venise pour quelques sequins d'avoir des musiciens dont la ville semblait peuplée. Il avait acheté un clavecin auquel se joignait un violon et ce petit orchestre interprétait des œuvres de Marcello ou de Corelli.

Bonneval ne recevait pas et continuait de vivre dans une solitude à laquelle il avait pris goût en prison. Il décida de faire venir de Bruxelles son cuisinier, et le chargea d'apporter avec lui des papiers et des livres. Les subsides que lui fournissait l'Espagne suffisaient à soutenir son train.

Il n'était pourtant pas question que cette situation durât; il voulait trouver un établissement et entretenait une active correspondance avec l'Espagne, de plus en plus convaincu qu'il allait s'y établir. L'idée de servir une couronne française lui faisait plaisir. A force d'en être éloigné, il s'attachait à sa patrie et n'abandonnait pas l'idée de la voir triompher un jour en Europe, soit par la guerre mais plus vraisemblablement par son influence et par un savant jeu de mariages et de successions. Il avait crié « Mort à l'Autriche » et se laissait aller à rêver de lui faire la guerre. Tôt ou tard l'alliance entre l'Espagne et l'Empereur se romprait et la guerre redeviendrait nécessaire.

Montesquieu passa encore quelques semaines à Venise puis partit pour Milan afin de poursuivre son voyage en Italie. Il écrivait de Milan, le 29 septembre 1728 :

« J'ai vu M. et Mme de Trivulce qui m'ont fait bien des civilités et m'ont bien fait sentir qu'ils n'examinent pas les gens que vous leur recommandez. J'ai déjà vu l'Opéra, ce soir, devenu presque lombard.

Hier comme je lisais l'affaire de Temesvar, il me vint un regret horrible de ne pas vous avoir escroqué Belgrade. Se pourrait-il que travaillant avec la facilité que vous faites, vous ne voulussiez pas vous donner cette satisfaction à vous-même ? La peine est pour M. de Châteauvieux et non pas pour vous. Vous devriez bien me faire ce plaisir. Voulez-vous qu'on vous en aille prier à Venise ? »

Bonneval répondit le 2 octobre :

« Je suis ravi, Seigneur, que vous soyez arrivé à Milan en bonne santé, que vous vous y soyez amusé et que M. le prince de Trivulce en vous faisant les honneurs de cette grande ville, ait en même temps goûté les douceurs d'une aussi bonne compagnie que la vôtre.

J'espère au reste, que vous ne montrerez à personne

la relation de Peterwaradin sans l'avoir bien et dûment corrigée et lui avoir donné cette tournure de langage qui met la vérité dans un plus beau jour ; elle n'a pas besoin de corrections quant aux faits, mais j'attends d'un jour à l'autre tous mes papiers, je pourrai joindre quelques détails qui sont échappés à ma mémoire et qui ne diminueront pas la curiosité du sujet.

Je remets la suite jusqu'à la fin de la guerre de Hongrie, à la réception des mêmes brouillons. J'y joindrai les principaux événements de la guerre des Vénitiens en Morée, à Corfou et en Dalmatie, avec une petite introduction au total qui mettra au fait le lecteur des armements des Turcs contre la République de Venise. Et quand j'aurai mis le tout en ordre, ce qui ne me coûtera pas beaucoup de temps, vous en serez le maître absolu. Quant à mon mémoire, il est à vous. Châteauvieux ne l'a pas encore copié mais c'est de sa faute, je le tarabusterai en votre nom de la belle manière. Il vous assure de ses respects très humbles.

Vous feriez bien de repasser à Venise pour voir toutes les folies du carnaval, la Faustine doit chanter à un des opéras. »

Elle parut sous les acclamations d'un public enfiévré dans *Griselda,* d'Alessandro Scarlatti. Tout le Venise nommé était là. Les nobles et les étrangers en grand habit et le plus souvent masqués. La salle était sous le charme. Les côtés défectueux de l'opéra, l'ennui du rôle qu'elle interprétait, tout disparaissait dans l'intérêt attaché à la prima donna qui était presque tout le temps en scène. Contrairement à son habitude, le public restait silencieux et écoutait. La Faustine ne chantait pas seulement avec la voix douce et touchante qu'on lui connaissait, elle surprenait par la vérité des nuances, la force, la simplicité d'expression qu'elle mettait dans les accents du récitatif, elle émerveillait par la révélation de ses qualités dramatiques, mariant le chant d'un cygne au jeu d'une tragédienne. Et le sentiment du public était que ce soir-là, la Faustine s'était élevée au-dessus d'elle-même et avait doté l'opéra d'une création jusqu'alors sans modèle. Entre les tableaux, on applaudissait à tout rompre et certains lançaient sur la scène depuis les loges ou du parterre, des fleurs ou des billets. Au deuxième acte, assise sur un tabouret devant un clavecin, les pieds nus les plus jolis du monde dans des pantoufles sans quartier, les cheveux non accommodés comme le voulait le rôle de femme abandonnée, un mouchoir négligemment noué autour du cou, le corps deviné dans une robe de mousseline rose, le visage transfiguré par l'ivresse lyrique, la Faustine provoqua dans le public une sorte de frénésie. On applaudissait ; on criait « Brava ! Brava ! » « Bravissima ». Certains tapaient des pieds, d'autres frappaient le plancher avec leur canne pour faire plus de bruit ; cela produisait l'étourdissant tintamarre d'un triomphe.

Aussi, quand à la fin de l'opéra elle se frappait la poitrine avec un cri qui était un adieu d'amour, la salle saluait la cantatrice de ses acclamations qui montaient vers les lustres et le plafond peint où des nuages passaient au milieu des anges nus, dans une volée de cris et de louanges ; une couronne de roses passait de mains en mains au chef d'orchestre qui la déposait aux pieds de l'actrice. La salle trépidante se levait en masse et exigeait que la couronne fût placée sur la tête de la virtuose sublime.

La Faustine ne tirait pas seulement d'un grand talent de chanteuse et d'actrice son éclatant succès ; l'illusion qu'elle produisait sur les spectateurs, elle la devait à un ensemble de soins, de détails, de recherches intelligentes au moyen desquels elle s'efforçait de faire vivre Griselda.

Bonneval occupait la loge de la comtesse de Villaviciosa où se trouvait aussi le Seigneur Diedo, noble Vénitien, homme d'esprit et de goût, fervent admirateur de la Faustine qu'il venait entendre tous les soirs qu'elle chantait. De temps en temps un valet apportait de la limonade glacée ou des sorbets. Bonneval ce soir-là se retira sans accepter de souper avec ses amis, sous prétexte qu'il avait des lettres à faire de la plus haute importance ; il avait envie d'aller jouer. En sortant du théâtre il marcha jusqu'à la place Saint-Marc dans des « calle » pleines de monde. Quand il fut arrivé sous les Procuraties, un homme masqué s'approcha de lui et lui fit sentir à travers sa cape la pointe d'un stylet. Bonneval portait déjà la main à son épée quand l'homme lui signifia d'un regard qu'il était inutile de lutter et lui fit comprendre qu'il était cerné. En effet cinq sbires également masqués se tenaient à distance mais prêts à intervenir. En fait de jeu, c'était sa vie qu'il jouait s'il bougeait d'un pouce.

— Suivez-moi, Monsieur, je ne puis vous parler ici !

En voyant passer Bonneval au milieu de cette foule compacte et masquée nul ne se fût douté que cet homme était prisonnier d'un invisible réseau qu'on avait tissé autour de lui à son insu.

— Suivez le quai, lui ordonna-t-on.

— Par là ?

— Non, vers le quai.

Quand il eut passé le quai des Esclavons et que la foule fut un peu moins dense, l'homme qui le suivait le précéda et s'enfonça dans une calle fort obscure longeant un canal.

— Vous voyez ce canal ; regardez-le comme votre tombeau !

Bonneval blêmit et d'instinct porta de nouveau la main à son épée.

— Il ne servirait à rien de lutter ; vous êtes perdu !

— Il n'est pas dans mes habitudes, Monsieur, de trembler devant un inconnu ! Qui êtes-vous ?

— Je suis celui que vos agissements ont porté à vous punir.

— Quels agissements ? De quoi me parlez-vous ?

— L'ambassadeur de l'Empereur à Madrid a intercepté vos lettres à M. Patino et les a expédiées à Venise.

— Quelles lettres ? De quoi parlez-vous ?

— Vous n'ignorez tout de même pas que le comte de Königsegg est ambassadeur de Sa Majesté impériale et catholique à la cour de Madrid ?

— Tout le monde le sait, c'est une chose publique !

— C'est lui qui a envoyé cette lettre au chancelier Sinzendorf.

Et l'inconnu sortit de sa poche une copie de la lettre que Bonneval avait adressée quelques semaines plus tôt à M. Patino, dans laquelle il disait que le chancelier trahirait pour de l'argent.

Bonneval n'avait pas besoin d'autre preuve ; il savait qu'il était perdu.

— Eu égard aux services que vous avez rendus à Sa Majesté impériale et catholique, vous avez la vie sauve contre votre parole de cesser dans l'instant vos agissements criminels.

— Très bien, je vous sais gré de votre mansuétude.

— Sa Majesté impériale et catholique m'a prié aussi de vous dire que vous étiez pardonné et qu'elle vous faisait l'honneur de bien vouloir oublier toute l'affaire qui vous a conduit en prison.

— Remerciez Sa Majesté pour moi mais dites-lui que j'ai la conscience tranquille et que je ne me sens point l'âme noircie par les crimes dont on a voulu me charger et que Sa Majesté prétend me pardonner. Je n'ai que faire de ce pardon et bien mal m'en prendrait de vouloir servir à nouveau Sa Majesté! Je ne serai pas dupe deux fois!

— Monsieur! Vous insultez à la fonction que je représente ici!

— Dites que je commets un crime de lèse-majesté! Cela m'importe peu! Sa Majesté impériale et catholique n'est pas mon souverain; je ne lui dois aucun respect! Je n'ai qu'un maître; je n'ai jamais eu qu'un maître, Monsieur, et je n'en aurai jamais qu'un seul : le roi de France.

— Vous ne disiez point cela quand vous le trahissiez.

— Si vous étiez homme d'honneur, vous répondriez de cette insulte mais je doute que vous le soyez pour venir accompagné de tous ces hommes de main!

— Faites attention à ce que vous dites; vous pourriez en répondre devant Sa Majesté; je ne relèverai pas votre défi!

— Craignez-vous que je sois trop bonne épée pour vous?

— Monsieur, c'est trop fort!

— Adieu, je ne me battrai pas ce soir, j'ai pitié de vous, je vous laisse la vie sauve.

— Je n'oublierai jamais votre insolence!

— Elle est plus rare que votre lâcheté!

Bonneval rentra chez lui, fit appeler M. de Châteauvieux et dans la nuit lui dicta deux mémoires dans lesquels il exposait ses démêlés avec Chamillart et comment il était passé au service de l'Empereur; dans le second, il racontait l'affaire de Bruxelles et ses conséquences. Il les adressa au duc de Biron en terminant par ce post-scriptum : « J'espère, Monsieur, que vous aurez la bonté de donner copie dudit mémoire à Mme de Bonneval. »

Au dos était écrit : « Je prie mon cousin de vouloir bien remettre et recommander mon mémoire à son Eminence Mgr le cardinal Fleury, et s'il trouve une occasion de le communiquer au ministre de la Guerre M. Le Blanc et à M. de Chauvelin ministre des Affaires étrangères, il obligera infiniment son très humble serviteur. »

Après avoir hésité s'il ne se réfugierait chez les Suisses protestants ou catholiques, ou en Hollande ou en Angleterre, il pensa que le mieux pour lui serait d'aller chez les Turcs. Au moment de la ratification du traité de paix de Passarowitz en 1719, il avait prié l'Empereur de faire partie de la délégation autrichienne qui se rendait à Constantinople. La demande n'avait pas abouti pour de simples questions d'étiquette : étant général de l'infanterie impériale, il ne pouvait paraître que selon son rang ; mais sa présence n'était pas compatible avec la suite d'un ambassadeur impérial.

Le général de Schulembourg, qui était au service de Venise et avait pour Bonneval beaucoup d'admiration, avait écrit à ce dernier de Corfou en l'invitant à y venir passer quelque temps afin de voir les nouvelles fortifications qu'il venait de faire élever.

Bonneval chargea M. de Châteauvieux de se mettre discrètement en quête d'un secrétaire qui sût le turc. Sans beaucoup de difficultés, il trouva un renégat italien, milanais d'origine qui avait vécu à Constantinople et avait déjà été employé comme trucheman par l'ambassade de la Sublime Porte auprès de la Sérénissime République.

Bonneval rencontra M. Damira, lui trouva du bon sens bien qu'il eût un air sournois ou si rusé qu'on n'était pas sûr de le jamais pouvoir connaître ; mais beaucoup d'Italiens ont cet air et Damira parlait turc comme de source ; c'était l'essentiel ; il l'engagea en lui faisant croire qu'il avait l'intention d'aller en Turquie pour voir près de Smyrne les curiosités archéologiques et dans un premier temps, Corfou. M. de Châteauvieux fut aussi prié de trouver deux bons et solides gaillards qui pussent jouer les domestiques et être soldats à l'occasion. Un grand Monténégrin qui avait tout d'un hercule et un Valaque non moins fort furent choisis.

Bonneval écrivit à M. de Richelieu à Vienne afin de lui demander un passeport pour lui et une suite de six personnes, parmi lesquelles Damira, M. de Châteauvieux et quatre domestiques.

Ils embarquèrent de grand matin. Le vent devint aussitôt favorable et ils mirent à la voile. Le vaisseau était petit mais fort bon voilier et fort d'équipage. Bonneval fut logé près du capitaine et servi à la française sclon ses vœux. Il avait fait embarquer de nombreuses caisses de vin pour son usage. Le temps était beau et leur voyage eût été des plus heureux s'ils n'avaient pas été découverts par un pirate. Il vint sur eux. Ils tâchèrent inutilement de l'éviter. Il fallut se battre. Alors Bonneval, comprenant que nul n'était en mesure de prendre le commandement, que la plupart avaient peur des pirates, prit la tête des opérations et parut sur le tillac. Il fit ranger une soixantaine d'hommes qui se trouvaient à bord et leur défendit de tirer avant qu'il le leur ordonnât. Le capitaine le laissait faire, voyant qu'il avait affaire à un maître. Le pirate ne semblait pas plus fort qu'eux. La contenance hardie de Bonneval lui en imposa pendant quelque temps ; il s'approcha cependant et essuya tout le feu des Vénitiens auxquels Bonneval venait de donner l'ordre de tirer. Il se tenait sur le haut du tillac, le sabre à la main. Alors le pirate eut peur et s'éloigna. La traversée ne fut perturbée par aucun autre incident. Le bateau allait quand tout à coup, au lieu de se diriger vers Corfou, il s'arrêta dans le port de Raguse, cité libre située de l'autre côté de l'Adriatique. Bonneval mit pied à terre avec ses gens et muni de son passeport, pénétra sans difficulté dans les Etats turcs voisins.

Il loua des voitures et se hâta de gagner l'intérieur des terres pour s'installer dans la capitale de la Bosnie, Sarajevo. Son arrivée ne pouvait passer inaperçue. Quatre carrosses chargés de bagages et six étrangers armés derrière un chef plein de superbe attirèrent l'attention générale. On s'attroupa autour des nouveaux venus. Seul Damira parlait turc et servait d'interprète. M. de Châteauvieux qui avait eu le mal de mer pendant toute la traversée fut atteint d'une fièvre. On demanda s'il n'y avait point de chirurgien à Sarajevo, s'il n'y avait pas d'hôpital ou quelque derviche qui le pût soigner. Bientôt quatre janissaires au visage barré d'une moustache noire se présentèrent de la part du Pacha de Bosnie sur les territoires desquels on se trouvait, avec ordre de se présenter à lui.

Bonneval s'y rendit accompagné de Damira et d'un valet qui portait de la verrerie de Venise dont Bonneval avait pris la précaution de se pourvoir afin d'en faire des présents, sachant que les Turcs sont très sensibles aux cadeaux.

Achmet Pacha Gazi était un gros homme jaune au chef sommé d'un haut turban garni d'un rubis. Il se tenait assis à la turque sur un amoncellement de coussins en tapisserie dans une chambre sans meubles mais dont le sol était jonché de tapis. Il fit bon accueil à l'étranger, lui fit servir du café à la cardamome et des pâtes de fruit puis, par des circonvolutions compliquées d'arabesques et de figures fleuries, il demanda à Damira quel était l'objet de la visite de son maître en Bosnie. Bonneval prétendit qu'il n'avait aucun dessein particulier si ce n'était de rendre hommage à Son Excellence dont il avait entendu vanter les vertus. Le pacha sourit, flairant le piège. Il trouvait étonnant qu'un particulier fût curieux de voir la Bosnie de si près ; Bonneval qui n'avait pas dit qui il était, mais se faisait passer pour un homme de qualité, répondit qu'il était désireux de connaître l'Europe dans sa totalité et qu'après avoir visité la partie occidentale, il avait pensé voir la Turquie, et peut-être s'y établir si le sultan le permettait.

Dans ce moment, un officier autrichien se présenta, qui venait de la ville frontière d'Esseck dont Bonneval autrefois avait failli avoir le gouvernement.

Bonneval continua de jouer les étrangers en voyage sans se douter qu'il était démasqué et que cet homme l'avait reconnu pour l'avoir vu à Vienne. Il était naturel qu'un simple officier reconnût un Général Feldzeugmeister aussi important et célèbre que Bonneval.

Cet officier écrivit à son quartier général à Esseck et reçut l'ordre de faire savoir au pacha que Bonneval était un transfuge duquel il devrait s'assurer jusqu'au moment où il serait remis au gouvernement impérial par le Sultan, sur l'intervention qui allait être faite par le gouvernement de Vienne à Constantinople.

Bonneval, qui venait de louer une maison dans le faubourg de Sarajevo, accourut avec son trucheman et fit dire au pacha qu'il était calomnieux de le faire passer pour sujet de l'Empereur lui, né français et n'étant plus au service de l'Allemagne depuis quatre ans déjà.

Le pacha, sur l'avis des principaux notables de la ville, offrit à son hôte tout ce dont il pourrait avoir besoin pendant son séjour en Bosnie, mais refusa de le laisser partir et menaça de le faire arrêter s'il tentait d'outrepasser ses ordres et de s'enfuir.

Outré par ces procédés, Bonneval décida de s'en remettre au Grand Vizir et lui écrivit une lettre que Damira traduisit en turc.

« Sarajevo en Bosnie le 28 juin 1729.

Le ciel qui gouverne avec la même facilité les grandes et les petites choses de la terre m'a conduit à Sarajevo et m'a inspiré depuis longtemps le désir de voir de plus près Votre Excellence, dont les vertus, la gloire, l'amour pour les sciences et les arts, sont connus de tout l'univers et surtout dans les pays chrétiens, qui admirent le grand génie de Votre Excellence, la solidité de son esprit et ses grands talents pour le gouvernement du plus vaste empire du monde qui jouit par vos soins, Monseigneur, d'une heureuse paix et d'une prospérité infinie.

Après avoir servi dans les guerres passées plus de quarante ans et avoir occupé les premiers postes des armées du roi d'Allemagne, Dieu a voulu que pour avoir soutenu l'honneur d'une reine d'Espagne que l'on calomniait, j'aie essuyé de la part des Allemands la plus cruelle injustice, les plus dures persécutions ; mais je bénis l'œuvre de Dieu, d'autant plus qu'il m'a mis dans la pensée de venir en ces pays pour offrir ma personne au très grand et très heureux padischa, le plus grand monarque de la terre, par la protection de Votre Excellence.

Je me suis présenté pour cela au seigneur Pacha de Bosnie Achmet, qui m'a permis de mettre par écrit le discours que je lui ai fait le jour qu'il eut la bonté de me donner audience pour l'envoyer, Monseigneur, à Votre Excellence.

Elle y verra un abrégé de l'histoire de cette calomnie ; c'est le papier joint à cette lettre.

Comme le métier des armes que j'ai fait toute ma vie ne m'a pas empêché de m'appliquer à l'étude des sciences, j'espère, Monseigneur, que, soit en temps de paix, soit en temps de guerre, je pourrai toujours vous être utile ; mais quand je ne rapporterais de ce pénible voyage que la satisfaction d'avoir vu dans Votre Excellence le plus grand homme et le plus sage de tous les ministres, je serais satisfait.

Souffrez donc, Monseigneur, que je me remette entièrement sous votre protection dans le dessein que j'ai pris de consacrer ma vie au service du grand seigneur votre maître et que je vous supplie très humblement d'ordonner au seigneur pacha de Bosnie Achmet, de me donner toutes les commodités pour me rendre incessamment avec sûreté au pied du trône, et auprès de la personne de Votre Excellence, à qui je prie Dieu d'accorder une vie pleine de justice et de santé.

Je suis avec un très profond respect, Monseigneur, de Votre Excellence le très humble et très obéissant serviteur.

Le général comte de Bonneval. »

Bonneval avait eu le temps de concevoir son projet, si ambitieux fût-il, mais il n'était pas encore temps de le dévoiler à quiconque. Il savait par les informations qu'il avait reçues de la comtesse de Villaviciosa et de M. de Richelieu que l'Angleterre et la France en suivant ses conseils, s'étaient engagées à faire établir des troupes espagnoles en Italie pour mettre Don Carlos en possession de l'héritage des Farnèse, les duchés de Parme et de Plaisance avec l'expectative et l'héritage prochain du grand-duché de Toscane. La France et l'Angleterre, en attendant le traité de Séville qui allait être signé le 9 novembre 1729, avaient promis leur appui militaire à l'Espagne contre l'Empereur si celui-ci n'acceptait pas ces conditions.

Bonneval, en se mettant au service des Turcs, se

proposait de créer par un extaordinaire projet une menace très grave sur l'Empire.

Il voulait avec l'appui du Sultan une force armée dans les territoires britanniques et en Moldo-Valachie, capable d'intervenir contre l'Autriche et le moment voulu, de soutenir les révoltés hongrois afin de provoquer l'indépendance de la Hongrie, ce qui amènerait la chute de l'Empire tout entier.

Quand il avait crié « Mort à l'Autriche », il ne l'avait pas crié à la légère, mais dès cet instant s'était déployé à imaginer un moyen de faire périr cet Empire honni. Il écrivit de Sarajevo une lettre au prétendant magyar François II Rákóczy afin de se mettre en relation avec lui.

Ce prince, à la tête des Mécontents Hongrois, s'était beaucoup battu contre les troupes impériales qu'il avait réussi à tenir en échec avant d'être enfermé par les Autrichiens dans la prison de Neustadt, d'où il avait réussi à s'enfuir pour se réfugier à Paris. Après avoir longtemps vécu en France grâce aux libéralités de Louis XIV et du roi d'Espagne, il avait accepté l'hospitalité du Sultan en 1717 et résidait à Rodosto sur la mer de Marmara.

Bonneval comptait sur lui pour faire naître des troubles en Hongrie. Il écrivit aussi à l'ambassadeur de France à Constantinople, Louis Sauveur, marquis de Villeneuve.

Dans cette lettre Bonneval réclamait l'appui de l'ambassadeur auprès du gouvernement turc et lui exposait ses projets :

« Au surplus, Monsieur, tant de papes et de rois catholiques se sont alliés aux soudans sarrazins et aux empereurs turcs qu'il faudrait que je fusse un sot pour en avoir du scrupule. Nos princes ne s'allient-ils pas tous les jours avec des souverains protestants, lesquels notre Eglise condamne et traite sur ce point comme les musulmans ?

Comme je suis guéri des préventions de ma nourrice, ma conscience et mon honneur ne me reprochent rien là-dessus, et si je puis ôter à l'Empereur la Hongrie, qui est le séminaire de ses armées, et le réduire à ses pays héréditaires, je rendrai un grand service au Roi, car les Etats s'agrandissent en abaissant leurs rivaux autant que par les conquêtes, et il m'en reviendra beaucoup d'honneur et sans doute encore de profit. Ce sont là mes desseins ; il me faudra quelque temps pour préparer les choses et attendre patiemment une conjoncture favorable, mais le coup n'en sera que plus sûr si l'on ne précipite rien, et comme je ne manque ni de génie, ni d'étude, ni de courage, ni d'expérience dans la guerre, peut-être réussirai-je.

Il est certain aussi que si l'on ne tente pas de ces entreprises, elles ne se font pas toutes seules, et que celles qui ont réussi jusqu'à présent ont dû presque toutes leur origine à des particuliers qui avaient de la conduite et de la bravoure. »

Le marquis de Villeneuve n'était pas homme à prendre d'initiative ; il en référa donc au ministre des Affaires étrangères M. de Chauvelin. Mais l'ambassadeur d'Autriche à Constantinople, le baron de Talmann, ne perdit pas de temps et s'empressa de demander l'extradition de Bonneval des territoires de la Sublime Porte en vertu des traités de Passarowitz.

Pendant que Bonneval attendait les réponses aux lettres qu'il avait écrites, il passait son temps à jouer aux cartes avec ses hommes ou aux dés avec le pacha qui s'avérait être un brave homme. Après les verres vénitiens, Bonneval lui apporta du vin et le pacha en raffola. Cela était interdit par la religion mais l'on faisait semblant de boire du sirop d'orgeat dans les fins verres de Murano si légers qu'ils pesaient à peine entre les doigts.

Larrivière, le cuisinier, avec son talent accoutumé, trouvait moyen de faire faire bonne chère à son maître quoiqu'il fût difficile de se pourvoir en marchandises dont il avait besoin pour cuisiner « à la française ». On trouvait de quoi préparer les repas mais Bonneval, après avoir goûté à la nourriture turque, la trouva trop barbare et préféra s'en tenir aux plats exquis que lui préparait Larrivière. Ce dernier envoyait des hommes pêcher dans le fleuve voisin ; il offrait aux paysans turcs de l'argent en échange du gibier qu'ils ramenaient et dont il faisait des pâtés. Un jour il essaya d'une fricassée de cigognes qu'on trouvait dans cette région, mais ce plat ne fut guère satisfaisant.

Le pacha se faisait volontiers inviter et comme il avait un faible pour les quenelles de brochet et les pâtés d'anguilles, on l'en régalait.

La maison était assez vaste, en bois mais délabrée, pourvue de peu de meubles, sans rideaux aux fenêtres et sans commodités, entourée d'un vaste jardin en friche.

Mais Bonneval avait fait emporter l'essentiel, et l'on ne laissait pas d'être surpris du contraste entre le faste de la table, couverte d'argenterie armoriée, de magnifiques flambeaux et d'éclatantes carafes en cristal de Bohême, et l'indigence du reste. Bonneval s'était mis au mieux avec les janissaires de la région et recevait leurs chefs les Agas à dîner. A force de bonne chère et de vin, il s'en fit bientôt des amis. La seule chose qui lui manquât était d'entendre de la musique, de la vraie musique européenne et non point le tintamarre qu'on était forcé d'entendre à longueur de journée. Châteauvieux savait un peu de violon mais il était trop malade pour jouer. Sa fièvre ne baissait pas et il était devenu d'une maigreur extrême. On soupçonnait qu'une mauvaise maladie l'emportait. Bientôt il ne put se lever. Bonneval allait le voir plusieurs fois par jour. Un soir, il mourut. On informa le pacha qui adressa ses condoléances. Bonneval fit enterrer son secrétaire dans le jardin et écrivit à la mère du jeune homme que son fils n'était plus.

La maison qu'occupait Bonneval se trouvait dans le faubourg de Sarajevo et sans doute parce qu'on y faisait bonne chère, une foule de chiens errants prirent l'habitude de venir se faire nourrir. Bonneval aimait les bêtes. Il adopta ces chiens, leur fournit de la paille où dormir et s'amusa à essayer de les dresser après leur avoir donné un nom romain à chacun; Titus, Marcus et Flavius le suivaient; il disait en riant qu'ils constituaient sa garde prétorienne.

A Vienne on s'inquiétait fort de savoir Bonneval en territoire turc. Ceux-là du Conseil de Guerre qui avaient voté la peine de mort, aujourd'hui disaient que s'ils avaient été écoutés l'on n'en serait pas là et poussèrent le chancelier Sinzendorf à mettre sur pied une opération destinée à supprimer cet homme devenu trop gênant. Bonneval savait tout de l'Autriche, il détenait la plupart des secrets d'Etat, il savait quelles étaient les ambitions de l'Empire et ses moyens. Depuis la prise de Belgrade, la Turquie se tenait tranquille et semblait destinée à mourir avec sa rivale Venise comme deux puissances vidées de leur sens par le temps. Pour les Autrichiens, la menace à l'Est avait donc disparu.

Le chancelier Sinzendorf avait interdit aux Espagnols d'engager Bonneval; ce n'était pas pour le permettre aux Turcs. S'il était assez facile de convaincre les Espagnols de refuser le général proscrit, il en allait autrement avec les Turcs sur lesquels l'Empire avait moins de prise ; à moins, bien sûr, de menacer de guerre la Sublime Porte. On n'en était pas là.

Le chancelier Sinzendorf convoqua ses agents et leur ordonna de trouver en Bosnie le moyen d'éliminer son ancien collaborateur. Un riche Grec qui résidait à Sarajevo servit d'intermédiaire pour acheter le kiaja, c'est-à-dire l'intendant du pacha. On laissa à ce kiaja le choix des moyens pour exécuter sa mission. Il décida d'empoisonner le transfuge.

Le pacha n'était pas mauvais homme et, bien qu'il convoitât le cuisinier de Bonneval qui avait le génie de préparer les quenelles de brochet, il prévint son hôte qu'il était plus prudent de ne jamais boire de café chez lui ni chez le kiaja.

Ce kiaja était un homme du plus mauvais air qui gérait les affaires de la province avec une âpreté et une sévérité extrêmes pour le peuple afin de mieux s'enrichir. C'était un Albanais. Bonneval ne l'aimait pas et ne lui rendait visite que par bienséance. Il savait par ses amis janissaires que cet homme était à craindre et sut gré au pacha de le prévenir du danger.

Larrivière, quelques jours plus tard, trouva que le lait qu'il servait à son maître avait une odeur suspecte, en fit boire à des chiens et ne fut pas étonné qu'ils mourussent le lendemain.

Bonneval ne se sentait plus en sûreté. Tous les aliments passaient entre les mains de Turcs ; tôt ou tard, à moins de ne se plus nourrir, il serait empoisonné. Il fit part de son inquiétude au chef des janissaires, avec lequel il avait le commerce le plus libre.

Cet aga s'appelait Atallah, il avait combattu en Hongrie et souvent parlait de la guerre avec Bonneval. C'était un homme de haute taille, d'agréable figure, et aux manières fort courtoises. Bonneval disait toute l'admiration qu'il avait pour les janissaires depuis qu'il les avait vus se battre. Il demandait à Atallah des détails sur l'organisation de l'armée turque et ils restaient ensemble à boire et à se rappeler la prise de Belgrade à laquelle ils avaient tous les deux participé sans se connaître. Bonneval était naturellement porté à l'amitié et il se sentit mieux à Sarajevo à partir du moment qu'il sut qu'il pouvait compter sur Atallah. Ce dernier lui amena bientôt ses amis, et le soir, souvent Bonneval recevait à souper l'un ou l'autre de ces agas.

Apprenant qu'on en voulait à la vie de son ami, Atallah demanda à être reçu par le pacha et son kiaja avec quatre de ses collègues et leur dit :

« Nous avons appris que quelques personnes tendent à faire enlever et perdre par le feu ou le poison cet étranger ; nous savons ce qui se machine contre lui, et nous connaissons les personnes qui y ont pris part : nous vous déclarons que notre corps de janissaires le prend sous sa protection et que nous lui donnons une garde de dix hommes. S'il lui est fait la moindre insulte et qu'il lui mésarrive, nous ferons main basse sur ceux qui en seront les auteurs, nous les mettrons en pièces et alors nous ne répondons pas de vous-même, seigneur pacha. Nous vous prions donc de nous aider à lui sauver la vie, et à le traiter avec tout l'honneur et la distinction que méritent son rang et sa dignité. »

A Vienne, Sinzendorf apprit que Bonneval avait en Turquie des amis, qu'il avait reconstitué un clan et qu'il serait désormais plus difficile d'agir. Il s'en voulait de n'avoir pas fait assassiner Bonneval à Venise. Celui-ci était à Sarajevo depuis six mois. Feignant de croire que les lettres qu'il avait écrites à l'ambassadeur de France et au Grand Vizir ne leur étaient pas parvenues, il dépêcha un homme de confiance qui se trouvait être le frère d'un des janissaires de sa garde qui lui était le plus attaché. Il le chargea de remettre à ses correspondants de nouvelles lettres où il reprenait ce qu'il avait déjà dit, en précisant que les Allemands n'avaient plus aucun droit sur sa personne et qu'il était rendu au roi de France. Il rajoutait à l'ambassadeur : « Je ne saurais croire que Votre Excellence se soit jointe aux Allemands auprès du Grand Vizir pour suspendre mon voyage et m'arrêter ici, puisque vous n'aviez pour cela qu'à me faire savoir les intentions du roi ! »

Le Grand Vizir doutait que Bonneval fût français sinon l'ambassadeur, pensait-il, se serait empressé de le réclamer. Le kiaja du Grand Vizir dit à l'émissaire de Bonneval qu'il reçut : « Comment se peut-il, s'il est de sa nation, que l'ambassadeur de France ne redemande pas un homme de sa condition, pendant que, tous les jours, il se donne tous les soins possibles pour se faire rendre des gens de rien, qui se réfugient chez nous et qu'il sait être français ? »

Le marquis de Villeneuve avait écrit à Paris pour demander ce qu'il devait faire. Le secrétaire d'Etat aux Affaires étrangères lui avait répondu :

« Vous ne devez pas le voir et vous éviterez même toute communication avec lui mais en observant aussi de ne lui point nuire. Peut-être même qu'il n'y aurait pas grand inconvénient et nous ne serions pas fâchés qu'il résidât à Constantinople, qu'il y acquît de l'estime et de la confiance, et que l'Empereur eût lieu d'appréhender qu'il devînt, soit par les conseils, soit par l'exécution, le mobile et l'instrument des Turcs contre une partie de ses Etats, mais il ne faut pas, en quelque manière que ce soit, que la France puisse être soupçonnée d'y entrer, et le roi ne veut fournir à la cour de Vienne aucun prétexte de plainte, surtout en des cas où cette cour ne manquerait point de qualifier nos procédés de projets contraires à la religion. »

Le marquis de Villeneuve ne retint qu'une seule phrase : « Qu'il n'y ait ni la moindre apparence, ni le moindre soupçon de correspondance ou d'intelligence entre vous et lui. »

Il ne comprit pas qu'il devait faciliter l'installation de Bonneval en Turquie sans donner à penser qu'il était pour quelque chose dans ces facilités. Une phrase vague auprès du Grand Vizir eût suffi. Les Autrichiens eussent mis cela sur le compte d'une nouvelle amitié, d'un soutien turc, sans penser que la France y était pour quelque chose.

Le nouveau Premier ministre, le cardinal Fleury, n'aimait pas Bonneval ni aucun de ceux qui avaient occupé les premières places sous la Régence. Fleury s'était par exemple opposé à l'élection de Montesquieu à l'Académie française parce qu'il le croyait libre penseur, et de surcroît il était partisan de la paix avec l'Autriche.

Villeneuve était partisan lui aussi de la paix avec l'Autriche et, à force de dîner avec le baron de Talmann, il avait pris l'habitude de lui faire part de ce qu'il savait des intentions de son gouvernement. Il avait de son maître et protecteur le cardinal Fleury la manie de divulguer aux étrangers, comme s'ils étaient de véritables amis, les informations qui eussent dû rester secrètes.

Mais le secrétaire d'Etat aux Affaires étrangères Chauvelin, comme Bonneval, était anti-autrichien, sans pouvoir le montrer ouvertement.

Les projets de Bonneval d'armer la Turquie contre l'Autriche étaient connus ; ils plaisaient à beaucoup et les plus fins à Versailles percevaient quelle issue pouvait avoir cette intelligente manœuvre.

Bonneval avait éclairci ses idées au sujet de l'Europe. Les discussions longues qu'il avait eues avec le président de Montesquieu à Venise, au sujet de la monarchie universelle, l'avaient éclairé sur le sens qu'il fallait donner à la politique, afin de faire aboutir le dessein tant caressé par les Français : avoir la prééminence en Europe.

Bonneval considérait qu'en réduisant l'Autriche à ses Etats héréditaires, on l'empêcherait définitivement d'avoir de l'importance. Mort à l'Autriche ! Le règne des Bourbons devait s'étendre à l'Europe tout entière et, par un jeu continu de mariages et de successions, comme le préconisait l'abbé de Saint-Pierre, dans la paix, la famille des Bourbons occuperait tous les trônes et l'Europe s'unirait sous le gouvernement de la France. Mais il fallait d'abord éliminer l'Autriche. On s'occuperait ensuite de l'Angleterre en alliant tout le continent contre elle. La finalité de l'Europe était de s'unir afin de former une monarchie universelle faite de toutes les nations ne parlant plus que le français et s'arrêtant où commençaient les déserts tartares. Tandis que les uns avaient accepté la Pragmatique Sanction qui mettrait l'archiduchesse Marie-Thérèse sur le trône des Habsbourg à la mort de son père l'empereur Charles VI, les autres, Bonneval en tête, ne rêvaient que d'écraser l'Autriche une fois pour toutes.

L'heure était venue de la prendre en étau et de porter le fer et le feu sur toutes ses frontières. On voulait lui prendre l'Italie, les Pays-Bas, une partie de l'Allemagne, la Hongrie, et la vaincre.

La Turquie, depuis le traité de Passarowitz en 1717, vivait dans la conscience de son impuissance face à une Europe dont l'armement et l'art de la guerre étaient bien plus modernes que les siens. Elle craignait de se battre contre l'Autriche qu'elle savait plus forte et, par conséquence, ne voulait pas la mécontenter. La guerre que la Turquie devait mener contre la Perse et qu'elle était en train de perdre, affaiblissait l'Empire ottoman encore davantage et poussait le Sultan à se soumettre à la puissance de Vienne. Achmed III régnait depuis 1703. Il était beau, mou, sans énergie et préférait les délices des bains aux conflits avec l'Autriche.

En Perse, Thamas-Kouli-Khan qui prêchait la rigueur, la force et la prépondérance de la Perse menaçait d'envahir l'Empire et de l'assujettir. Le Grand Vizir Ibrahim se rangeait en tout aux ordres du Sultan afin que ce dernier n'eût jamais envie de lui demander des comptes. Son grand plaisir était son gigantesque harem et les fortunes immenses qu'il avait accumulées à force de concussion.

Le Sultan et son Grand Vizir décidèrent sur les instances du baron de Talmann de rendre Bonneval aux Autrichiens qui le réclamaient.

Au bout d'un an qu'il était à Sarajevo, Bonneval apprit, par un courrier dont il s'était assuré la complaisance, qu'un ordre allait partir de Constantinople, signé du Grand Vizir et adressé au pacha de Bosnie, afin de le livrer aux Autrichiens qui viendraient le prendre à la frontière.

Il ne restait plus que trois jours pour trouver une solution. Bonneval convoqua Damira et lui demanda ce qu'il lui conseillait de faire. L'Italien pensait que la seule solution était de se convertir à l'Islam. Bonneval trouvait cela fort. Lui qui n'était pas très porté sur la religion répugnait à en changer ; apprendre de nouvelles simagrées l'ennuyait. Il avait mis cinquante ans à oublier les mauvaises habitudes que les jésuites avaient voulu lui donner, ce n'était pas pour aller aujourd'hui de nouveau au catéchisme et s'emplir la tête d'un manichéisme de mauvais aloi qui veut mettre d'un côté les victimes, de l'autre les bourreaux ; non, pensait-il, la nature est plus contradictoire !

Pourtant il craignait d'être livré aux Allemands ; on l'écorcherait vif ou plus vraisemblablement l'enverrait-on pourrir dans un cul de basse-fosse. Il se demanda ce que penserait sa famille s'il devenait musulman. Ce qu'on en penserait en France. Non qu'il ne trouvât important d'avoir l'une ou l'autre religion puisqu'il n'en acceptait aucune, mais que la chose parût irréversible le gênait. Pourtant ne pourrait-il abjurer et prétendre qu'il ne s'était converti que sous la menace et dans le dessein d'être utile à la France ?

Il demanda à Damira d'aller trouver un de ces oulémas qui sont les docteurs de la Loi coranique et de le prier de venir lui apprendre les rudiments de la religion musulmane.

Bonneval n'avait jamais appris de turc que ce qui lui était nécessaire pour communiquer avec ses amis janissaires. Damira servit donc de trucheman entre les deux hommes malgré les résistances de l'ouléma qui eût préféré un tête-à-tête.

L'imam en arrivant leva les mains vers le ciel ; il embrassa Bonneval et pleura sur lui en l'appelant son fils. Il faut dire que c'était un vieillard que l'air grave et majestueux rendait respectable. Il parla en homme pénétré de la sainteté de Mahomet et du bonheur de ceux qui suivaient sa Loi, mais c'était un homme raisonnable qui, s'il aimait sa religion, n'en était pas entêté jusqu'au fanatisme et à la superstition ; Bonneval le trouva d'assez bonne composition. Il commença tout de suite son instruction. Après lui avoir fait un assez grand discours sur l'unité de Dieu, sur sa puissance il se rabattit sur la mission de Mahomet.

Le dessein de Bonneval n'était pas de disputer ; ce n'était que pour la forme qu'il se faisait instruire. Après ces généralités, l'imam entra dans le détail de la Loi. Il convint que dans le Coran, il y avait bien des choses qui, prises à la lettre, pouvaient paraître ridicules, mais qu'il fallait les entendre allégoriquement. Il avoua qu'il ne les entendait pas toutes et que plusieurs étaient pour lui des mystères impénétrables. Le bon sens, ajoutait-il, demande qu'on s'attache à ce qu'on peut entendre et qu'on respecte ce qu'on n'entend pas. Ainsi, continua-t-il, sans vouloir vous faire comprendre ce que je n'entends pas moi-même, venons aux lois pratiques et à la morale en quoi consiste surtout la religion, dont l'essentiel est de régler les mœurs. Il dit mille choses plaisantes par rapport aux femmes et il entreprit sérieusement de lui prouver que Mahomet avait eu raison de n'en admettre en son paradis que ce qu'il en faudrait pour les bons musulmans. Sur l'article du vin, il dit que c'était un poison également funeste au corps et à l'esprit et la source de tous les désordres. Il lui fit une description pathétique d'un homme ivre. Bonneval ne pouvait garder son sérieux et riait aux larmes. L'iman pensa se fâcher et lui répondit d'un ton assez sec que Dieu était le maître de défendre l'usage de quelque aliment et de quelque boisson que ce pût être. « Ce n'est pas, dit-il en s'adoucissant, qu'on ne puisse absolument en boire comme une médecine ; vous par exemple qui y êtes accoutumé, il peut vous être nécessaire : si cela est, n'en buvez qu'en secret et évitez le scandale. Je ne parlerais pas de la sorte à un homme moins judicieux et moins discret que vous. »

Puis l'imam parla de la pluralité des femmes. Il dit qu'elle n'était pas ordonnée mais seulement permise. Je crois, dit-il en souriant à son élève, que cette permission ne vous déplaira pas, je vous conseille même de vous en servir afin de faire voir que c'est sincèrement que vous embrassez notre Loi. Mais Bonneval dans l'immédiat ne pensait pas aux femmes.

Il avait la moitié d'un siècle et déjà le goût de la retraite et de la lecture prenait le pas sur la galanterie.

Bonneval décida alors avec l'imam du jour pour se faire circoncire. Il eut beau demander que la chose fût tenue secrète, tout Sarajevo le sut et en fit une espèce de fête. Les musulmans ont aussi des parrains pour cette cérémonie. Le pacha voulut bien être l'un d'eux et l'aga des janissaires l'autre. Bonneval fut complimenté par toutes les personnes de considération de la ville qui venaient lui rendre visite en accompagnant le plus souvent le compliment d'un présent.

La cérémonie de circoncision eut lieu un dimanche. Bonneval invita ses parrains, le kiaja, les principaux notables de la ville et ses amis janissaires. La maison était pleine de monde. Il fit servir un grand dîner à la française sur une table ornée de sa belle argenterie avec beaucoup de quenelles, des pâtés de poisson, de viande de volaille, de venaison, de cromesquis de poulet, de petits pigeons rôtis et des choux à la crème fraîche, de la crème bachique et toutes sortes de confiseries européennes qui firent les délices des Turcs. Il sacrifia tout ce qui lui restait de vin de Champagne qu'il fit mettre à la glace et sans parler de vin, il en servit à tout le monde et tout le monde en but sans poser de questions. L'ouléma lui-même qui devait pratiquer l'opération, faisant semblant de croire qu'il s'agissait de jus de fruits, en but plusieurs verres. En suite de quoi Bonneval s'enferma avec le religieux et Damira qui traduisait au fur et à mesure ce que les deux hommes disaient. L'ouléma était si ivre que sa main tremblait et qu'il s'avoua incapable d'opérer. Bonneval lui fit dire qu'il ne devait pas s'inquiéter; qu'on ferait comme si la circoncision avait eu lieu; que nul ne connaîtrait la supercherie et que les choses étaient bien ainsi, puisque Dieu avait tout vu et savait qu'il était un saint homme. Pour éteindre les derniers scrupules de l'ouléma, on lui promit sur l'honneur de lui garder le secret, et Bonneval lui fit donner une bourse pleine d'or. Ils restèrent enfermés le temps nécessaire pour faire accroire aux autres qu'on opérait. Enfin Larrivière apporta des cuisines un bout d'intestin de mouton tout saigneux qu'il déposa sur un plat d'argent et que Damira s'empressa d'aller montrer aux invités comme la preuve que tout avait été exécuté selon la tradition. On se passa le prépuce de main en main mais nul ne regarda de très près ni ne chercha à connaître la vérité ; tous étaient bien plus soucieux de continuer à boire.

L'essentiel, au fond, était qu'on sauvât les apparences. Les invités applaudirent en voyant passer la dépouille chrétienne. Le néophyte resta couché huit jours, ayant l'air de souffrir. Tous allèrent le voir dans sa chambre et le félicitèrent d'être devenu musulman. Sous les draps, il riait de sa farce.

Le pacha de Bosnie informa le Grand Vizir que Bonneval s'était fait turc. Ibrahim Pacha fit venir le baron de Talmann pour l'informer qu'il n'était plus question d'extradition. L'Allemand repartit en fureur, à cause de cette nouvelle ruse de l'insaisissable Bonneval.

Sur les instances du pacha de Bosnie, le Grand Vizir accorda au nouveau converti une pension afin de lui permettre de vivre à Sarajevo selon son rang.

Bonneval fit venir de Venise les livres et les effets qu'il avait laissés et s'installa à Sarajevo en attendant des jours meilleurs ; il fit planter son jardin de fleurs. Comme il s'intéressait aux sciences et à l'industrie, il pensa pouvoir s'enrichir en fondant une société minière. Il avait engagé des hommes dans le but de commencer des travaux puis, abandonnant son projet, il se remit à la lecture, à la rédaction de différents mémoires sur ses batailles et les inventions qu'il avait faites. Sa correspondance avec ses amis et sa famille était régulière et continue. Damira remplaçait M. de Châteauvieux dans les fonctions de secrétaire.

Bonneval était en train de se demander s'il ne finirait pas ses jours en Bosnie à attendre d'improbables événements qui lui permissent de jouer un rôle, quand Achmet Pacha Gazi le fit appeler.

Le pacha se trouvait dans sa salle d'audience avec son kiaja et semblait en proie à une grande agitation. Il venait de recevoir un courrier de Constantinople l'informant que la révolution faisait rage dans la capitale de l'empire et que les janissaires avaient massacré le Grand Vizir Ibrahim et quatre autres ministres et qu'ils n'avaient laissé le Padischah en vie que pour le déposer et mettre à sa place l'un de ses neveux Mahmoud Ier. Le récit du pacha était extrêmement long, fleuri, et compliqué de toutes les circonstances qui avaient accompagné les exécutions des dignitaires, mais il ressortit bientôt de son discours qu'on ignorait encore quel parti l'emporterait et, de toutes les factions qui s'affrontaient à l'intérieur du Sérail, nul ne pouvait encore dire laquelle imposerait sa loi. On savait que le chef des eunuques noirs, le Kislar-Aga Beschir, avait pratiquement réduit la révolution avec ses troupes et qu'il avait fait exécuter les deux principaux chefs des émeutiers Padrona Pacha et Ali Padra. Cela s'était passé dans les derniers jours de septembre et pendant le mois d'octobre ; mais dans la confusion, les nouvelles n'arrivaient pas, ou arrivaient si déformées qu'il fallait en prendre à toutes les sources pour démêler le vrai du faux.

Bonneval passa l'hiver à attendre des éclaircissements et fut sorti de son lit un beau matin par un courrier qui avait fait diligence depuis Constantinople et lui apportait la nouvelle que le nouveau Grand Vizir Topal-Osman l'invitait à venir à Constantinople. Enfin, cette invitation tant attendue arrivait. Bonneval se rendit chez le pacha afin de demander des précisions, mais le pacha n'était informé que par des sources indirectes. Il savait que Topal-Osman avait été choisi parce qu'il était un grand chef militaire; qu'il aimait les Français pour avoir été sauvé par l'un d'eux. Un jour qu'il fut capturé par un corsaire qui l'avait conduit dans l'île de Malte, on lui laissa le choix entre la captivité et la liberté à condition qu'il payât une forte rançon. Faute d'argent, il eût été gardé par le corsaire si le capitaine du port qui était français, un nommé Arnaud, ne lui avait avancé sur parole la somme nécessaire.

Dès qu'il fut nommé Grand Vizir, Topal-Osman fit venir à Constantinople son bienfaiteur et le couvrit de présents après lui avoir remboursé sa dette. Sa reconnaissance s'étendait à tous les Français.

Comme il était au courant des démarches que Bonneval avait faites auprès de son prédécesseur et qu'il vivait à Sarajevo, il décida de le faire appeler et de lui donner un emploi.

Achmet Pacha Gazi reçut Bonneval avec tous les égards qu'inspire aux plus serviles la faveur, en le priant d'oublier toutes les tracasseries dont il avait été l'objet pendant son séjour à Sarajevo et de n'en point faire la réclame. Achmet Pacha Gazi rejeta toute la faute sur les Autrichiens et sur son kiaja et pria le protégé du tout-puissant nouveau Grand Vizir d'intercéder pour lui auprès de Son Excellence.

Bonneval ordonna à sa petite troupe de plier bagages et de lever le camp. Comme il était désormais turc, il ne voulait pas sortir des frontières de l'empire et au lieu de redescendre à Raguse pour s'y embarquer, il décida de traverser la Bosnie et de rejoindre Thessalonique en Macédoine afin d'y prendre le bateau pour Constantinople.

Sur son pantalon de soie bleue, Bonneval avait revêtu un caftan bordé de zibeline et orna sa tête d'un imposant turban de trois livres qui n'était pas désagréable à porter. Cela remplaçait le casque de la guerre. Trois chariots composaient tout l'équipage. Dans le premier prirent place Bonneval, Damira et un homme de garde pour la défense; dans le second le cuisinier Larrivière qu'il emmenait avec lui à Constantinople, quatre domestiques turcs et dans le dernier chariot le Monténégrin et le Valaque tout en armes avec les bagages du comte.

A l'heure du quindy, le cortège s'arrêtait et quel que fût l'endroit où l'on se trouvait, tout ce qu'il y avait de turc se précipitait au sol et faisait sa prière, le front à terre et tourné vers l'orient.

Bonneval leur fit dire que si c'était pour lui qu'ils se livraient à toutes ces simagrées ils pouvaient s'interrompre tout de suite. Larrivière bientôt servit du vin à tout le monde. Il s'était pourvu de nombreux tonneaux.

Le soir, le cortège s'arrêtait dans un de ces khans qui, nombreux dans toute la Turquie, étaient des espèces d'auberges où les voyageurs avaient le loisir de s'arrêter, pour y loger sans qu'on y eût aucun égard ni à la qualité ni à la religion, chacun y était le bienvenu, sans qu'on fût obligé de donner quelque chose pour son gîte. Au contraire, on donnait du pain à ceux qui en avaient besoin et quelque argent pour leur subsistance. Il y avait de ces khans qui étaient grands comme des églises, en sorte que les chariots et les chevaux y étaient mis à couvert. Le long des murs courait une sorte d'estrade garnie de grosses nattes de jonc où s'installaient les hommes pour dormir. Il y avait aussi de petites cheminées où les voyageurs faisaient leur cuisine. Aux portes, on trouvait toujours des marchands qui vendaient tout ce dont on avait besoin pour se nourrir.

Chaque soir Larrivière achetait des volailles, de la viande et des légumes et de l'excellent mouton et confectionnait un dîner qu'on prenait sans vaisselle, afin de ne point attirer l'attention des autres voyageurs, chrétiens grecs, juifs ou Turcs qui vivaient ensemble comme des nomades.

Thessalonique, située à l'extrémité d'un golfe qui en porte le nom, était environnée de très belles murailles. Du côté de la mer, la ville était défendue par de grosses tours et du côté de la terre par une citadelle.

Bonneval était trop pressé de rejoindre Constantinople pour s'attarder à visiter cette belle et grande ville. Il s'embarqua dès son arrivée.

On voit Constantinople d'assez loin avant d'y arriver. Le site où la ville est bâtie forme un amphithéâtre qui s'abaisse sensiblement vers le bord de la mer, de sorte qu'on découvre tout à la fois les maisons et les mosquées dont les minarets s'élèvent comme des hampes de drapeaux. C'est un des plus beaux coups d'œil qu'on puisse avoir. Le port de Constantinople était l'un des plus beaux du monde non seulement pour la capacité, qui était si grande que trois cents vaisseaux pouvaient y mouiller en même temps, mais encore pour la commodité : car la partie du canal qui y entrait se joignant à une petite rivière qui s'y déchargeait, emportait tous les immondices qu'on y jetait et tenait toujours le port si net et si profond que les plus gros vaisseaux pouvaient s'approcher du rivage sans aucune crainte.

Le vaisseau mouilla entre les Sept-Tours et le grand Sérail, et Bonneval debout sur le pont fut absolument charmé de la beauté de cette ville avec ses sept collines sommées d'une mosquée, et ses maisons entourées d'arbres et de verdure.

Deux chiaoux se présentèrent de la part du Grand Vizir pour souhaiter au nouvel arrivant la bienvenue et lui dire que Son Excellence l'enverrait chercher pour lui donner audience dès qu'il serait reposé des fatigues de son voyage. Le Grand Vizir mettait à la disposition de Bonneval une maison dans le quartier franc qui s'appelait Pera, au-dessus de Galata où s'étaient établis de nombreux Vénitiens, en face du grand Sérail, entre le Bosphore et la Corne d'Or.

Le transport des voyageurs du bateau jusqu'à la rive se fit dans des caïques qui étaient de grosses barques en bois, et de là des porteurs se chargèrent des bagages.

La maison destinée à Bonneval se trouvait dans une rue étroite et pentue. C'était une vaste maison en bois pourvue de nombreuses chambres dont la plupart s'ouvraient sur une belle terrasse d'où l'on avait une vue dégagée. D'un coup d'œil, l'on embrassait toute la ville jusqu'au Sérail en face qui se trouve bâti à l'extrémité d'une pointe rocheuse et paraissait être une ville à part où l'or brillait partout. Cette maison était en bois, comme la plupart des maisons turques, et si délabrée qu'on se demandait comment elle pouvait encore tenir debout. Le jardin était en friche mais vaste et bien orienté.

La pension que touchait Bonneval depuis un an ne suffirait jamais à soutenir un train convenable à Constantinople. Le comte chiffrait déjà le montant approximatif des travaux de réfection de sa maison quand on lui annonça qu'un chiaou qui venait de la part du Grand Vizir l'attendait dans l'antichambre. Damira traduisit l'invitation que transmit cette estafette de la part du Grand Vizir de le venir voir en son palais le lendemain.

Bonneval envoya chercher un bon tailleur et lui commanda pour le lendemain matin une tenue d'apparat. Il choisit un caftan en brocart rouge, des babouches en cuir argenté bordées de perles noires, un salvar, pantalon large et bouffant bordé d'or et un magnifique feredjeh en brocart blanc également brodé d'or, bordé de zibeline. Ce feredjeh était un manteau de fête assez ample et que les dignitaires portaient par-dessus le caftan. Il commanda aussi deux turbans, l'un simple en soie blanche, l'autre plus riche, bleu et or, en attendant de le pouvoir garnir de pierreries et de perles, comme les plus importants seigneurs de l'empire. N'ayant pas un sou, le comte expliqua au tailleur qu'il était parent du roi des Français, très noble et illustre personne ; qu'il voulait bien lui faire l'honneur d'être son obligé jusqu'à ce que les fonds qui lui étaient dévolus lui fussent versés.

Le tailleur sortit à reculons fort impressionné par la noblesse de son nouveau client qui lui avait promis sa pratique s'il travaillait bien et fit force révérences et salamalecs accompagnés de bénédictions. Quand il fut arrivé à la porte, il proposa humblement au noble étranger de lui vendre une ou plusieurs de ses filles qui étaient parmi les plus blanches et les plus belles qu'on pût trouver à Constantinople, et douées de tous les talents, pensez-donc, des circassiennes !

Les janissaires conduisirent le comte à travers un beau jardin planté de sycomores et de figuiers du pharaon dans lesquels se nichaient des oiseaux par milliers produisant dans l'air clair où la nuit étendait encore son empreinte, leurs cris auxquels se mêlait l'appel du muezzin éclatant dans les lointains comme des fleurs au bout des minarets aux pointes dentelées. Les tulipiers dressaient leurs branches contre la façade d'un kiosque, en céramique fort décorée d'arabesques et de fleurs, dans lequel on entra.

Le Grand Vizir Topal-Osman était un homme déjà âgé au visage serein couvert en partie d'une barbe blanche, au regard plein d'esprit et au ton courtois. Il portait une robe de soie violette brodée d'arabesques de perles et sur la tête un turban formé de deux torons de soie rouge et or auxquels se mêlaient des rubis et des diamants. Une aigrette de perles et de diamants donnait au personnage quelque chose d'un oiseau fier et grand.

Bonneval ne portant sur la tête que le turban simple en soie blanche, s'inclina profondément devant Topal-Osman qui s'avança vers lui en s'inclinant à son tour et portant une main à son cœur.

D'entrée de jeu, ces hommes se lièrent d'amitié. Topal-Osman raconta à Bonneval qu'un Français lui avait sauvé la vie, l'avait traité en homme d'honneur, et que depuis ce jour il vouait aux Français une reconnaissance infinie. Bonneval se vit flatté par une reconnaissance qu'il ne méritait pas et s'engagea à prouver son mérite au service du Padischah si Sa

Hautesse daignait l'accepter, comme l'avait fait l'empereur d'Allemagne en son temps.

— Bien sûr, lui dit le grand vizir, j'ai appris que vous étiez un grand soldat et je vous sais déjà précieux. Imaginez-vous que l'ambassadeur d'Allemagne M. von Talmann est venu me trouver pour nous menacer de la guerre si l'on vous engageait à nous servir ! J'ai répondu à M. von Talmann que s'il avait des ordres de la part de son maître pour me parler sur ce ton, il les devait produire et que j'en prendrais mon parti. Dites à votre maître, rajoutai-je, que je lui déclare aussi la guerre et par provision je vais vous envoyer prisonnier aux Sept-Tours, dans la prison des étrangers à Constantinople. La cour de Vienne n'a rien à voir à la conduite que tient le grand seigneur mon maître. Il lui est permis de faire aller les musulmans, et particulièrement M. le comte de Bonneval, où bon lui semble dans l'étendue de son empire. Là-dessus, je fis signe aux janissaires qui s'emparèrent de M. von Talmann et le jetèrent sans trop de ménagements à la porte. Mais pour qui donc se prennent ces Allemands ? Je vous le demande !

— Pour les maîtres de la terre ! Et si la France n'était pas là pour briser leur ambition, cela ferait longtemps que l'univers se serait soumis à leur volonté de conquêtes ! Je les connais ; je sais tout de leurs moyens, de leurs buts, de leurs armes et de leurs ressources, pour avoir vécu plus de vingt ans en Autriche et m'être battu pour eux.

— Je vous disais que vous nous seriez précieux !

— Je vous aiderai à leur faire la guerre, je vous aiderai à les vaincre et je n'aurai de cesse que d'avoir mis le prince Eugène à genoux et l'Allemagne à feu et à sang !

— J'aime entendre ces dispositions et je reconnais bien là l'esprit guerrier des Français ; je me félicite d'être devenu Grand Vizir pour me donner le bonheur de laver la honte de notre défaite passée. Les Autrichiens nous ont vaincus...

— Parce qu'ils sont plus modernes ! s'écria Bonneval. A Peterwaradin, il me souvient d'avoir compris pourquoi, si nombreux fussent-ils, les Turcs ne pouvaient pas vaincre les armées chrétiennes. Vos soldats étaient les plus braves parmi ceux que j'ai vus, mais le manque d'organisation de l'armée, l'absence de coordination entre les différents corps, la méconnaissance où sont les Turcs du bataillon carré, tout cela a provoqué votre défaite plus que la supériorité des Autrichiens qui n'ont sur vous que l'avantage de mieux connaître l'art de guerre !

— Vous nous l'apprendrez, par Allah, afin que nos armées deviennent aussi fortes que celles des Européens.

— Je vous ferai une armée aussi moderne que l'armée française qui est la meilleure d'Europe. Je connais l'armée allemande, l'anglaise pour avoir combattu à ses côtés, la hollandaise par les mêmes raisons, la hongroise, la prussienne, la russe ! bref ! toutes les armées du monde, et je vous garantis que celle de mon Roi est la plus forte. Les autres nations de l'Europe n'ont eu raison de la France qu'en s'alliant toutes contre elle alors que mon pays s'est toujours battu seul contre tous. De tous temps nous fûmes seuls, assaillis de tous côtés par des ennemis rameutés contre notre grandeur. Saviez-vous que les armées de Louis XIV étaient plus nombreuses que celles de l'Empire romain à son apogée ? Aucune nation d'Europe n'a jamais eu d'armée plus nombreuse ! Eh bien, si l'Empire ottoman se joignait à la France, vous voyez quelle formidable force cela ferait ; les Anglais se mettraient avec nous parce qu'ils s'allient toujours aux plus forts ! Alors l'Autriche et son Empire seront rayés de la carte et la Russie ne vous menacera pas.

— Dès aujourd'hui par la volonté de mon maître et de votre Seigneur, le Sultan, je vous nomme général en chef du corps des coumbaradis.

— Votre Excellence me fait un grand honneur et je vous prie de dire à Sa Hautesse, en attendant qu'elle daigne souffrir que j'aille me jeter aux pieds de son trône, que je servirai sa couronne comme celle de mon Roi et que je m'emploierai à entraîner les bombardiers afin de leur faire gagner la guerre!

A partir de ce jour, Bonneval en pantalon de peau et caftan de cuir rouge commença à entraîner les bombardiers dans la plaine de Scutari sur la rive asiatique du Bosphore. Le corps des bombardiers qui s'éleva bientôt à plus de quatre mille hommes était formé de soldats provenant de toutes les contrées de l'empire ottoman mais aussi de transfuges des armées européennes qui, après avoir déserté, s'engageaient chez les Turcs où ils pensaient pouvoir mieux faire fortune.

Le monde est toujours plus petit qu'on le croit. Le hasard voulut que la première fois que le nouveau chef des bombardiers passa les troupes en revue, il se blessa en tirant son épée du fourreau. Il dit : Noun de Di! ce qui lui arrivait très rarement de jurer en limousin. Aussitôt, comme un écho parmi les janissaires, une voix répondit :

— Té Véqui noutré moussur! (Eh! c'est notre monsieur!)

Bonneval fit sortir des rangs le Limousin vêtu en Turc et lui demanda :

— D'enté seis-tu? (D'où es-tu?)

— Sei de Coussac, notre moussur! (Je suis de Coussac notre monsieur!)

— Qué fas-tu aqui ? (Que fais-tu là ?)

— Faï lou soudard (Je fais le soldat).

Bonneval fut ravi de cette rencontre et prit le bonhomme à son service et sous sa protection. Il le nomma garde personnel et lui donna le titre d'ordonnance. Marcaleix, c'était le nom du soldat, se dévoua d'emblée à son maître comme un serf à son seigneur. Il adorait notre monsieur.

Il entraînait ses hommes suivant sa méthode et insistait à son habitude sur la discipline. Sa sévérité n'avait d'égale que sa justice et le chef se fit aimer de ses hommes dont tous se seraient fait tuer pour lui ; bientôt ils l'adorèrent et l'on pouvait voir chaque soir un petit cortège l'accompagner jusqu'au caïque qui le ramenait à Galata en lui faisant traverser la Corne d'Or. Cette escorte donnait de lui au peuple une haute opinion. Il devenait un homme important, les marchands et la canaille le regardaient passer. Comme les bruits couraient vite en Orient, toute la ville savait déjà par le tailleur qui l'avait raconté à tous ceux qu'il rencontrait que le noble français général des bombardiers était parent du roi des Français ; qu'il avait presque régné sur l'empire d'Allemagne.

Le Grand Vizir fut si satisfait de voir quels progrès avait faits l'armée qu'il alloua à Bonneval une pension plus importante et lui fit don de la somme nécessaire à restaurer sa maison.

Bonneval chercha à voir l'ambassadeur de France, mais le marquis de Villeneuve que Bonneval continuait d'appeler Sauveur, comme un ordinaire roturier, restait invisible.

Il fit venir un entrepreneur et lui demanda de refaire sa maison à l'exception de la partie sud, celle qui donnait sur l'Europe et sur la mer, avec le dessein d'y faire effectuer plus tard des travaux de son goût. Toute la partie sur la rue, devant laquelle se trouvait un autre jardin, fut décorée dans le plus pur goût turc. Stucs, arabesques, colonnettes, miroirs, boiseries historiées et chantournées, rien ne fut oublié. L'entrepreneur pourvut les pièces de sofas, d'ottomanes recouvertes de tapis, de coussins, de soieries, de fontaines pour l'été, de rideaux pour l'hiver, de moustiquaires pour les insectes et de tables pour le café. Le sol était jonché de tapis et des brûle-parfums en cuivre diffusaient ces senteurs dont l'Orient était imprégné et qui se mêlaient dans les rues à l'odeur forte des égouts, du mouton qu'on faisait rôtir à longueur de journée, du poisson qu'on grillait au bord du Bosphore, de la viande vendue au soleil et sur laquelle les mouches énormes paraissaient bleues comme des blessures.

Il fit arranger le jardin de devant à la turque et commença à dessiner au sud un jardin à la française. Il se trouvait que Marcaleix avait été jardinier, avant de signer, un soir de beuverie, son engagement dans l'armée du Roi ; il avait suivi un corps armé qui avait accompagné le prince de Dombes à Belgrade et là il avait été fait prisonnier. Bonneval lui promit une belle récompense s'il parvenait à créer un jardin comme on les faisait en France. Bientôt, à grand renfort de buis, de balustrades, de millepertuis que Marcaleix se procurait en fraude à l'ambassade de France, de portiques et d'allées de sable, Bonneval pouvait voir de la fenêtre de sa chambre le jardin de son enfance qui s'ouvrait sur la mer infinie d'un côté, et sur Constantinople de l'autre.

La partie sud de sa maison, Bonneval entendait la faire arranger à la française, mais il trouvait bon d'attendre un peu d'être mieux introduit auprès du Sultan avant de risquer de faire scandale en montrant qu'il entendait garder les habitudes de l'Europe et ne prenait les turques que par bienséance. Il ne parlait pas turc, et n'étaient les mots strictement nécessaires, il ne s'exprimait qu'en français ou en italien. A Constantinople, à la suite d'une longue fréquentation des Vénitiens, on savait l'italien et certains parlaient français ; c'était en ce temps-là la langue dont on usait le plus souvent chez toutes les nations.

Bonneval, comme beaucoup de ses compatriotes, n'aimait guère parler une langue étrangère et priait ses soldats d'apprendre la sienne. Ainsi peu à peu les bombardiers apprirent-ils de sa bouche des rudiments de français. Dans son travail d'organisation, à la tête du corps des bombardiers, Bonneval était secondé par des hommes qu'il avait choisis pour encadrer les Turcs, et dont la plupart étaient des transfuges européens ou les fils de ces renégats. L'un d'eux était un abbé défroqué qui s'appelait McCarthy. Cet homme plein d'esprit se trouvait à Constantinople pour fuir la prêtrise et assouvir ses passions. Il raffolait de jeunes garçons et de femmes. Constantinople fournissait les deux sans réserve.

D'entrée de jeu, Bonneval n'eut avec la religion qu'un commerce discret. Il n'allait pas à la mosquée. Quand il était chrétien, il s'était abstenu d'aller à l'église et ne parlait jamais de religion et le moins possible des jésuites qu'il exécrait, ce n'était pas pour se faire passer pour un derviche à Constantinople. Il imposa aux Turcs son irréligion et les Turcs, beaucoup plus tolérants sur ce chapitre que les Viennois, ne s'en offusquèrent pas. Il se fit ami en revanche du Grand Muphti et gagna son estime. Le vin étant interdit par la religion musulmane, il s'abstenait de boire en public mais ne cachait pas qu'il servait du vin chez lui et qu'on y trouvait du champagne qu'il faisait venir par l'intermédiaire d'un frère d'une connaissance de Marcaleix qui travaillait à l'ambassade de France et passait les commandes à Marseille d'où tout ce qui était nécessaire provenait.

S'habiller à la turque l'amusait comme s'il fût à carnaval et il ne trouvait pas désagréable de vivre en larges pantalons ou en robe légère sous un climat aussi chaud l'été que celui de Constantinople.

Tous les jours une foule de gens venait assister aux exercices des bombardiers dans la plaine de Scutari. On disait de lui qu'il allait sauver la Turquie. Le peuple l'aimait.

Bonneval était si préoccupé par son installation à Constantinople, par ses exercices et par l'intérêt qu'il portait à tout, qu'il n'avait guère encore posé les yeux sur une femme. Mais il voyait avec plaisir la maison se remplir d'esclaves fort jolies que Damira achetait à une foule de Turcs qui les venaient proposer ; il ne se sentait pas véritablement disposé à ouvrir un harem. Mais on lui fit le reproche qu'il n'avait pas de femmes. Il préférait, à la française, sous prétexte de bienséance, les commerces secrets entretenus à l'insu de tous avec des femmes susceptibles de savoir jouer à l'amour comme d'autres jouaient aux cartes. Aussi l'idée d'un harem lui déplaisait ; il n'aimait pas les femmes prisonnières. Il prétendit d'abord qu'il était marié en France et ne voulait pas contrevenir aux règles, puis il dit qu'il était trop vieux. Les Turcs le trouvèrent mauvais. Décidément c'était partout pareil. Les uns se croyaient obligés de régler l'existence des autres. Il se donnait tout entier au corps des bombardiers qu'il voulait rajeunir et jeter sur l'insolente Autriche.

Il faut dire que l'armée turque avait besoin d'être remise sur pied. La Turquie qui passait pour avoir une armée nombreuse, ne l'avait que peu aguerrie. Tout se réduisait à peu près aux janissaires qui formaient un corps de cinquante mille hommes avec à peine vingt mille chevaux. Dans toutes les provinces ou bachalies, quand il eût fallu des milices nombreuses, il y en avait fort peu. Les bachas, pachas ou gouverneurs étaient chargés du soin de les réunir mais ils préféraient garder l'argent destiné aux milices et se passer de soldats. Ne pouvant se soutenir en place que grâce à l'argent qu'ils versaient eux-mêmes à ceux qui dominaient dans le Sérail ou au Divan, on peut bien juger s'il leur en fallait. C'était le règne de la concussion.

Chaque année, les pachas envoyaient au Grand Vizir une liste des troupes qu'ils avaient dans leur bachalie. La liste était réelle; c'était dire qu'il y avait une foule d'hommes inscrits mais nul ne savait où ces hommes se trouvaient, qui faute d'entraînement ne savaient pas se battre. Seul un très petit nombre d'hommes tenait garnison dans la capitale de chaque bachalie, dans quelque forteresse mal équipée, quand ils ne restaient pas chez eux. Jamais on ne réunissait ces hommes ni ne les exerçait, de sorte que lorsqu'on les faisait marcher, ils étaient aussi inexpérimentés que si l'on venait de les enrôler sur-le-champ. De plus, ces troupes étaient un ramassis du rebut des peuples de l'empire. Ceux qui avaient les moyens de payer le bacha se faisaient exempter de service; aucun ne s'engageait volontairement. Bonneval se rappelait les batailles qu'il avait livrées contre les Turcs. Ces hommes, en nombre innombrable, à peine vêtus et ne sachant pas se défendre ni se battre, étaient envoyés en premier à l'ennemi et formaient une sorte de rempart facile à franchir et misérable derrière lequel se plaçait tout ce qui avait un peu d'expérience de la guerre. Dans cinquante mille Français ou Allemands il y avait plus de soldats que dans deux cent mille Turcs.

Les janissaires mêmes qui formaient l'élite de l'armée ottomane n'étaient pas ce qu'ils auraient dû être. C'était un corps nombreux mais presque sans règle et sans discipline. Ils n'étaient pas divisés en régiments et à peine savaient-ils former un bataillon. Les officiers subalternes étaient peu respectés, et il soufflait facilement un vent de révolte dans les rangs agités par toutes sortes de luttes intestines ; les agas se battaient entre eux. Le corps des janissaires, trop grand, sans divisions, ne pouvait guère se soutenir au combat et quand il était enfoncé et entamé comme il l'avait été à Peterwaradin, à Belgrade et dans toutes les batailles que les Turcs avaient perdues, il n'avait plus d'organisation dès le début, et le désordre se communiquait au point de devenir bientôt irréparable ; il était impossible à quiconque de rameuter ces troupes qui se troublaient dans la moindre évolution qu'on leur faisait faire sur le champ de bataille.

Pour la cavalerie, les Turcs eux-mêmes ne l'estimaient pas, pour tout dire. C'était une multitude confuse de spahis qui voltigeaient sur leurs chevaux en sachant à peine se mettre en escadron. Ils ne savaient pas faire une charge régulière, encore moins se rallier après l'avoir faite ; ni hommes ni chevaux n'étaient stylés ; on n'en prenait guère soin. Voyant quel intérêt Bonneval portait à ces questions, le Grand Vizir Topal-Osman le pria de la part de Sa Hautesse le Sultan de présenter un mémoire pour proposer des améliorations.

Bonneval commençait à rédiger ce mémoire quand le Grand Vizir Topal-Osman fut forcé de se démettre de ses fonctions pour voler sur la frontière persane et prendre le commandement des armées de ce côté-là, avec le titre de pacha de Trébizonde. Il vainquit Thamas-Kouli-Khan qui assiégeait Bagdad mais fut à son tour battu et tué à Kerbouk le 26 octobre 1733.

Le nouveau Grand Vizir Ali Pacha Hekim-Oglou était fils d'un renégat d'origine italienne. Bonneval pensa que la meilleure chose à faire était de gagner immédiatement sa faveur. Quoiqu'il n'éprouvât pour lui nul élan d'amitié. Sans dire que Topal-Osman lui avait commandé le mémoire sur les armées, Bonneval le proposa au Grand Vizir. Il le flatta en lui représentant que Son Excellence seule était à même d'en comprendre la portée ; il sous-entendit que le mémoire était le fruit de son initiative, mais que c'était sous l'inspiration de Sa Hautesse qu'il vénérait qu'il l'avait rédigé, et qu'à le favoriser Son Excellence gagnerait et qu'elle en retirerait toute la gloire.

Ali Pacha Hekim-Oglou, sous un aspect épais, ne manquait pas d'esprit et comprit d'emblée tous les avantages que l'on pouvait retirer des propositions de Bonneval. Il convoqua le comte dans son palais et le reçut avec beaucoup d'égards en lui promettant qu'il lui ferait bientôt obtenir une audience du Sultan Mahmoud.

Le mémoire fut rédigé puis traduit en langue turque par Damira. Il commençait ainsi :

« C'est par obéissance aux sublimes ordres de Sa Hautesse, que le comte de Bonneval, le plus soumis de ses sujets, ose lui offrir cet écrit, contenant les réflexions qu'une longue expérience dans la profession des armes lui a donné lieu de faire. Il les soumet toutes à la profonde sagesse qui dirige et fait prospérer tous les desseins de Sa Hautesse.

De tous les emplois dont un homme peut être chargé, c'est celui de général d'armée qui demande les plus grands talents. Il faut qu'il ait un grand génie et un grand cœur, qu'il connaisse les pays où il fait la guerre, les avantages qu'il peut tirer de leur situation. Il faut qu'il connaisse ses troupes, les officiers qui les commandent, leurs qualités particulières, et qu'il sache en faire usage. Il faut, autant qu'il est possible, qu'il connaisse l'armée ennemie aussi bien que la sienne, non seulement pour le nombre de troupes dont elle est composée mais pour le caractère de ceux qui les commandent, surtout du général. Ce n'est pas assez qu'il forme lui-même des desseins et des entreprises, il faut qu'il prévoie et qu'il devine ceux que son ennemi peut former ; et qu'en allant lui-même à son but il empêche l'ennemi d'aller au sien.

A ces considérations générales le comte de Bonneval va joindre le détail de la manière dont les Français et les Allemands forment leurs armées, les dressent, les conduisent. »

Le comte résumait alors avec clarté le mode de recrutement, d'encadrement, d'organisation, de tactique. Il continuait :

« C'est à quoi se réduisent les réflexions du comte de Bonneval. Il y ajoutera en général que ce n'est point la multitude d'hommes qui fait une bonne armée ; que c'est la discipline, l'exercice, la surbordination ; l'habileté des principaux chefs, le grand nombre des officiers subalternes, le respect, l'estime que le simple soldat a pour eux. Le fameux Alexandre a conquis l'empire d'Orient avec une poignée de monde ; dix mille Grecs, autrefois, se retirèrent dans leur pays malgré plus de cent mille Persans qui les entouraient de toutes parts.

La guerre est un art des plus difficiles. Pour la faire avec succès, le courage, l'intrépidité ne suffisent pas. Il faut de la méthode. Si elle manque, en vain a-t-on des troupes nombreuses et braves, il n'est pas possible qu'on réussisse. Leur bravoure, leur nombre ne sert qu'à multiplier les pertes. »

Il continuait en disant que l'unique chose à faire était d'imiter les chrétiens et de prendre leurs méthodes :

« 1° Que toutes les troupes de Sa Hautesse soient armées comme les Allemands.

2° Qu'elles soient divisées en régiments, en bataillons, en escadrons, en brigades.

3° Que les officiers soient multipliés et distingués autant que le gouvernement le peut permettre.

4° Que les exercices soient uniformes de manière que toute une armée soit aussi prompte à faire les mouvements et les évolutions que le pourrait faire un corps particulier.

5° Que ces exercices se fassent d'abord par petites troupes, ensuite par bataillons et par escadrons.

6° Qu'on les fasse battre ensemble pour qu'ils apprennent à se mêler, à se rallier, pour que la cavalerie s'accoutume au feu de l'infanterie, et que celle-ci apprenne à se défendre contre la cavalerie, surtout pour que l'une et l'autre combattent de pied ferme, sans jamais quitter ses rangs et sans se débander.

C'est par pure obéissance que le comte de Bonneval a écrit ce mémoire, persuadé que ses faibles lumières sont autant au-dessous de celles de Sa Hautesse et de son Divan que la lumière de la plus petite étoile est au-dessous de celle du soleil. Le zèle a animé son obéissance et il proteste qu'il serait au comble de ses vœux si, par quelque service, il pouvait reconnaître les bienfaits dont la libéralité de Sa Hautesse l'a comblé. »

Le mémoire fut reçu avec reconnaissance. On lui donna de l'argent parce qu'on savait que c'était le meilleur moyen de lui plaire et de l'encourager.

Bonneval dépensait beaucoup. Sans savoir s'il

résiderait longtemps à Constantinople, il s'installa comme s'il y devait finir ses jours dans l'agrément, le raffinement et le luxe. Dès qu'il mesura qu'il était en faveur aussi bien auprès du Grand Vizir que du Sultan, Bonneval mit en application ses projets d'aménagement et fit faire en grand, à la française, la partie sud de la maison. Par l'intermédiaire de l'ébéniste de l'ambassade qui se trouvait justement à Constantinople pour des travaux, Bonneval fit exécuter des boiseries, des parquets de sorte que ses appartements fussent tout à fait comme à Paris. Il fit venir de France du mobilier au goût du jour ; un meuble entier pour le salon, des commodes, des lits, des bureaux, une multitude de sièges, et toutes les étoffes nécessaires aux tentures et aux rideaux. Quand les chambres furent lambrissées, peintes et dorées, et que l'on se fût cru dans un hôtel de la rue Saint-Dominique avec un ravissant jardin à la française sous les fenêtres, Bonneval se sentit mieux. Il vivrait dans cette partie seul, sans y inviter de Turcs, mais se réservant le plaisir d'y recevoir les Européens. Quand il était dans cette partie de la maison, il s'habillait à la française, ôtait son turban, mettait des bas de soie et des chaussures à boucles de diamants. Il fit même venir un tailleur français de passage pour se faire tailler de nouveaux vêtements qui fussent à la mode. Pour la première fois de sa vie, pour être au goût de l'époque, de temps en temps il portait une perruque poudrée, cela lui faisait plaisir.

Jamais il n'avait vécu aussi agréablement. L'ambassadeur de Suède lui offrit, parce que Bonneval regretta à table ses chiens de Sarajevo, une petite chienne de deux mois de la même race que ceux que la reine d'Espagne avait offerts à Vendôme. Les Hollandais avaient reçu de ces chiens en présent du roi du Siam et l'abbé de Choisy racontait qu'on les prisait fort là-bas pour leur intelligence et leur esprit. Bonneval s'éprit de la petite chienne et s'amusa à l'élever et à lui apprendre des tours. Il l'appela Coquine ; elle le suivait partout.

Il remplit ses caves de milliers de bouteilles des meilleurs vins, rouges, blancs et champagne. A force de dépenses il se procurait tous les produits venant de France. Friand de quenelles, de pâtés, de soufflés et de gâteaux, il lui arrivait de composer les menus avec son cuisinier et il le poussait à inventer des recettes avec les poissons qu'on trouvait fort frais. Il payait de bon prix les homards qu'on lui rapportait quand ils étaient beaux, et qu'il faisait accommoder à une sauce qu'il avait inventée en prenant le corail des oursins et en y mêlant du champagne et des œufs d'esturgeon qu'on trouvait facilement à Constantinople. Il avait commandé une nouvelle argenterie qu'il avait fait frapper à ses armes où figurait aussi une fleur de lys surmontée d'un croissant à cause de la prédiction que le curé de la paroisse avait faite quand il était né et qu'un violent orage avait dévasté la région, ce 14 juillet 1675. Cette argenterie aux formes contournées et composée d'un nombre considérable de plats et de couverts était l'une des plus belles que l'on pût voir. Elle avait été exécutée par un orfèvre de Paris qui jouissait d'une bonne réputation et s'appelait Germain. Il était le fils de Pierre Germain, élève de Lebrun, qui avait exécuté divers travaux d'ornement pour le Palais de Versailles. Cette argenterie était aussi belle que celle que ce même Germain avait exécutée pour le grand-duc de Florence.

Le sultan Mahmoud fut si content du mémoire que Bonneval lui présenta qu'il décida de le nommer pacha. Bonneval prit dès lors le nom d'Achmet et fut prié de se rendre au pied du trône. Il s'y rendit par un beau jour de mai.

Une double haie de janissaires l'attendait devant sa porte. Ils lui servirent d'escorte jusqu'au palais. Sur le parcours les curieux s'étaient massés. Derrière les moucharabys des maisons, les femmes étaient agglutinées pour voir passer ce fameux Français dont tout le monde parlait et qu'on admirait comme un héros. Des spahis ouvraient la marche puis venaient les janissaires qui entouraient le cheval de Bonneval-Achmet Pacha, qui était l'un des plus beaux de l'écurie du Grand Seigneur et que les janissaires avaient amené avec eux. Il était magnifiquement caparaçonné.

Vêtu d'un nouvel habit : pantalon en velours puce, caftan bleu de France et turban blanc garni de diamants et d'une magnifique aigrette de rubis que lui avait envoyée le Grand Vizir, Bonneval marchait en compagnie du Bostangi-Bachi et du chef des eunuques blancs. Des janissaires fermaient la marche. Partout retentissaient les cris de joie et les vieux remerciaient le Prophète et bénissaient le nouveau pacha.

Le cortège arriva enfin au Sérail. Des pachas vêtus d'habits magnifiques attendaient Bonneval à l'entrée de la première cour et le conduisirent jusqu'à la troisième. Là, seul le Bostangi-Bachi et le chef des eunuques blancs, le capou Agassi franchirent le portail aux côtés du pacha et le conduisirent jusqu'à une porte au bout de cette cour. On pria alors le pacha de descendre de cheval. Une porte s'ouvrit et le caïmacan, qui est celui qui remplace le Grand Vizir au gouvernement quand celui-ci va commander les armées au loin, conduisit le pacha jusqu'à une salle, richement décorée et dorée, où se trouvait le Grand Vizir. Après beaucoup de salutations, le Kislar Aga qui était le chef des eunuques noirs, arriva, qui dit que

Sa Hautesse montait sur son trône. Le Grand Vizir et le caïmacan introduisirent alors le nouveau pacha dans la salle du trône. Bonneval fit les salutations qu'on lui avait apprises et dit combien il était pénétré de l'honneur que lui faisait Sa Hautesse en voulant le distinguer parmi le nombre innombrable de ses sujets. Il ajouta qu'il ne serait heureux que lorsqu'il aurait versé son sang au service de Sa Hautesse. Le Sultan répondit qu'il le voyait avec plaisir et qu'il ne doutait pas qu'il lui fût aussi fidèle qu'il l'avait été partout ailleurs. Achmet-Bonneval Pacha en fit le serment en s'inclinant le plus bas que son ventre naissant le lui permettait. L'un des effendis, qui sont des sortes de secrétaires d'Etat, s'approcha ensuite et remit à Bonneval une patente après l'avoir lue tout haut; elle déclarait Achmet Pacha, pacha à trois queues; c'était la plus haute distinction. Le nouveau pacha s'agenouilla, frappa le tapis trois fois de son front et se retira.

Le Grand Vizir donna un grand dîner dans son palais, auquel assistèrent les principaux dignitaires de la Cour. Des almées dansèrent au son des tarabouks et des tarbouchs qui étaient respectivement des flûtes et des tambours.

La nourriture n'était pas désagréable mais le vin faisait cruellement défaut et tout semblait devoir être moins amusant sans l'ivresse du vin...

Bonneval fut ensuite reconduit comme on l'avait cherché. Mais au cortège, pour plus de faste, s'ajoutaient trois estafiers portant trois queues de cheval sur des hampes dorées. On lui laissa le cheval qu'il avait monté, distinction d'autant plus grande que Sa Hautesse s'en était servie.

Quand Bonneval fut de retour chez lui, la sultane favorite que l'on appelait la Kadine lui envoya l'un de ses eunuques le complimenter et l'assurer que ce qu'on venait de faire pour lui n'était qu'un prélude de ce qu'on ferait dans la suite. L'eunuque ajouta que la Favorite s'intéressait pour lui et qu'elle tâcherait de lui obtenir des audiences particulières du Sultan. A chaque pays ses coutumes, et si Bonneval gardait dans son particulier ses habitudes européennes, force était pour lui, maintenant qu'il était pacha à trois queues, de faire au moins semblant de respecter les usages les plus répandus en Turquie. Ainsi comprit-il que certains trouvaient mauvais qu'il n'eût point de harem. Le Grand Muphti vint et après beaucoup de douceur lui représenta qu'il ferait bien de se conformer à l'usage des personnes de son rang. Quelque reste d'inclination pour le sexe lui fit supporter ces conseils mais on eut beau faire, il se fixa à ne point passer la demi-douzaine de femmes. Il commença par faire venir les deux filles dont le tailleur lui avait vanté la beauté. Elles étaient à peindre. L'une était brune et mate de peau, l'autre blonde et son teint était si blanc qu'on eût dit une Anglaise ; elles furent si heureuses d'échapper à l'empire de leur père qu'elles ne cessèrent pas de manifester leur joie à tout propos. Bientôt il informa ces deux femmes qu'il allait leur donner la compagnie de quatre autres femmes. Elles promirent d'avance de bien vivre avec celles qu'il leur donnerait pour compagnes à la seule condition qu'il voulût les choisir en y regardant bien à leur esprit et à leur caractère. Point de Grecques surtout, ajoutèrent-elles en l'embrassant, elles sont fières, hautaines ; une seule suffirait à troubler notre société !

L'appartement destiné aux femmes se trouvait dans le prolongement de la maison turque et était en bon état. Il y avait des bains, des cuisines et, en haut du bâtiment, une grande galerie pour les esclaves. Damira fut chargé d'en acheter et de meubler le harem mais Bonneval ne voulut pas entendre parler d'eunuques, ni noirs ni blancs. Il désirait que les femmes se gouvernassent seules et que rien dans son harem n'eût l'air d'une prison.

Il y avait à Constantinople des marchands de femmes réputés. Ils possédaient des magasins où l'on pouvait se rendre et choisir selon son goût. Comme la plupart de ces filles étaient de différents pays, on leur apprenait le turc, on leur apprenait à chanter, à danser à la mode turque et à faire différents ouvrages de broderie. Bonneval se rendit dans le plus grand de ces magasins. Les filles y étaient vêtues simplement de sorte que rien n'empêchait de voir leur taille et tout ce qui pouvait constituer leur agrément. On les voyait à visage découvert ; la seule précaution à prendre était de le leur faire laver car souvent on les fardait pour cacher les défauts de leur teint. Le marchand, sur le certificat de la matrone qui les avait visitées, répondait qu'elles étaient toutes vierges à l'exception des noires qui compensaient ce défaut par une connaissance approfondie de l'amour. Elles avaient appartenu à un Anglais ; c'était dire qu'elles s'y entendaient dans toutes les perversités possibles et les moins imaginables.

Le marchand avait donné à Bonneval une liste où l'âge et le caractère de ces femmes étaient marqués. Plus elles étaient instruites et plus elles étaient chères. Bonneval ne se décida pour aucune d'elles dans ce magasin et alla en voir d'autres ; il s'en fit même un divertissement. Dans la plupart de ces maisons, l'ordre était extrême et tout était réglé un peu comme dans un couvent. Quelques femmes et des eunuques veillaient au bon ordre des choses. La désobéissance, la mauvaise humeur, les caprices et les querelles y étaient punis avec sévérité. Pour faire voir les filles, on les faisait passer dans une salle sur laquelle donnait une fenêtre garnie d'une grille pour se dissimuler.

Sans qu'elles vissent le client, ce dernier avait le loisir de les considérer. Quand l'une d'elles intéressait, on la faisait venir dans une sorte de parloir afin de la mieux connaître mais défense était faite de la toucher. Un eunuque surveillait l'entretien. Si on le lui demandait, elle chantait, dansait et montrait les ouvrages qu'elle savait faire, mais l'on n'avait cure de ses talents de broderie et l'on préférait ceux des caresses. Ces sortes de visites ne coûtaient rien, bien qu'il fût de bon ton de laisser quelques sequins aux matrones et aux eunuques qui avaient soin de ces filles.

Sur une des listes, Bonneval vit une Française. Il ne put résister à l'envie qu'il eut de lui parler. Il la fit venir pour savoir par quel hasard elle se trouvait dans cette maison. Il l'avait remarquée lorsqu'elle avait traversé la salle. Sa taille était bien prise, mais médiocre ; son visage n'avait rien de frappant quoique chaque trait fût assez régulier ; peut-être le chagrin avait-il terni les couleurs qui l'eussent rendue belle. La Française lui raconta son aventure.

« Je suis des environs du port de Sète, dit-elle, mon père est gentilhomme. Vingt années de service ne lui ayant valu que le titre de lieutenant de frégate tandis que d'autres moins anciens, et à ce qu'il prétendait, moins méritants que lui, étaient ou capitaines, ou lieutenants de vaisseau du Roi, il quitta la France et passa chez les Vénitiens, il y a douze ou treize ans. Il s'y est avancé et a aujourd'hui un établissement considérable dans une île de l'archipel, la plus voisine de Chio. Dès qu'il se vit en état de dédommager ma mère de ce qu'elle quitterait pour le venir joindre, il ne cessa de la presser de se rendre auprès de lui avec mon frère et moi. La crainte d'un si long voyage et des dangers qui en sont inséparables, que nous n'avons que trop éprouvés, fit longtemps balancer ma mère sur le parti qu'elle avait à prendre. Enfin, continuellement pressée par les instances les plus vives et les plus tendres, elle se détermina à partir. Elle vendit le peu de bien que nous avions et fit une somme de vingt mille francs. Nous nous rendîmes à Marseille où nous nous embarquâmes sur un vaisseau qu'on nous assura être un bon voilier et heureux, ayant fait plusieurs fois cette traversée sans avoir été attaqué.

Nous eûmes le temps et les vents à souhait et nous n'étions plus qu'à une demi-journée de Chio lorsque nous fûmes rencontrés par deux corsaires turcs dont un seul aurait suffi pour nous prendre. Ils se réunirent pour nous attaquer. Le combat ne fut pas long, ou plutôt il n'y en eut point ; à peine tira-t-on trois ou quatre coups de fusil. Maîtres de notre vaisseau, ils partagèrent le butin. Nous en fîmes partie. Je fus séparée de ma mère et de mon frère, sans que j'aie pu savoir ce qu'ils sont devenus ; sans doute sont-ils dans la même inquiétude à mon égard. Mon frère n'a que douze ans, ma mère n'en a pas quarante. C'est une des belles personnes qui se voient et des mieux faites. Pour moi, je n'ai pas encore dix-neuf ans.

Le capitaine à qui j'échus en partage me parut fort content de m'avoir. C'était un homme de trente ans, bien fait, et qui tout corsaire qu'il était avait dans la physionomie un certain air de douceur qui me rassura. Il me fit conduire dans sa chambre et me donna une espèce de cabinet qui la joignait. Il me consola du mieux qu'il put et me fit entendre par ses signes que je pouvais être sûre qu'il ne me ferait aucune insulte ; il en ajouta d'autres qui me firent comprendre qu'il m'aimait et que si je voulais répondre à son amour, il me mettrait au nombre de ses femmes, et que j'y tiendrais le premier rang. A tous ces signes, je ne répondis que par des cris et par des larmes.

Nous ne fûmes sur mer que deux jours. Je ne puis dire où nous débarquâmes, car c'était la nuit et je fus conduite dans sa maison. Ce que je sais, c'est que nous avons été trois jours en route lorsqu'on m'a amenée à Constantinople. Il me fit mettre dans l'appartement de ses femmes et me donna pour me servir une vieille esclave française. On me laissa quelques jours de repos. Cette femme, par ordre du corsaire, me représenta l'amour qu'il avait pour moi et me donna mille raisons pour me déterminer à y consentir. Je résistai à tout, et répétai sans cesse que j'aimerais mieux mourir. On me menaça d'user de violence, ou de m'abandonner à des gens qui n'auraient pour moi aucun égard ; on m'ôta les habits assez propres qu'on m'avait donnés ; on me mit au rang des servantes. Je fus inébranlable. Après cinq ou six mois de persécution, la mère du corsaire le détermina à me vendre. Il m'a envoyée ici sous la garde de son plus fidèle eunuque. Il y a six semaines que je suis dans cette maison. Ces revues qu'on nous fait faire de temps en temps me sont plus insupportables que la mort la plus cruelle. Quelque triste que soit la vie que je mène ici, je ne crains rien tant que d'en sortir.

Vous êtes français, Monsieur, vous me paraissez un seigneur turc. A voir les respects que mon maître a pour vous il faut que vous soyez de ce pays-ci en grande considération ! »

Bonneval se fit connaître. « Ah ! s'écria-t-elle, vous êtes un homme d'honneur ; vous avez été chrétien, peut-être l'êtes-vous encore dans le cœur ; vous savez avec quelle horreur une fille chrétienne, bien élevée, regarde l'espèce de prostitution à laquelle on veut me livrer. Au nom de Dieu, tirez-moi d'ici, rendez-moi à mon père. Il est en état de vous restituer tout ce qu'il pourra vous en coûter. Mais ne le fût-il pas, je suis sûre que vous êtes assez généreux pour payer le plaisir de faire une bonne action. »

Ses prières et ses larmes attendrirent Bonneval. Il n'hésita pas un moment de faire ce qu'elle souhaitait. Comme le marchand craignait que le chagrin ne la fît mourir, Bonneval en fut quitte pour cinq cents sequins. Il la fit conduire chez lui. La joie de se voir délivrée la rétablit bien vite. Elle parut alors ce qu'elle était, parfaitement belle. Bonneval fit faire des recherches afin de découvrir où étaient sa mère et son frère. L'enfant était déjà au nombre des pages du Grand Seigneur; déjà il avait été circoncis. Ainsi il était impossible de le ravoir. Pour la mère, un vieux musulman fort riche l'avait achetée. Après avoir inutilement essayé de la gagner, il l'avait reléguée dans une de ses maisons de campagne pour avoir soin de la basse-cour. Elle coûta à Bonneval mille sequins.

Il fit embarquer la mère et la fille dans le premier vaisseau qui partit pour Chio. Le père, au comble du bonheur de les retrouver, lui envoya exactement ce qu'il avait déboursé et y ajouta un beau présent.

C'était une coupe d'or assez grande avec un couvercle de même métal. La gravure en rehaussait infiniment le prix. Elle représentait la mort d'Astyanax que les Grecs précipitèrent du haut d'une tour. Andromaque sa mère y était dans l'attitude la plus touchante. On lui assurait que c'était une antique que l'on avait trouvée en démolissant une maison. Il se dit que si le prince Eugène voyait cette coupe il donnerait n'importe quoi pour l'avoir.

Cette aventure et les soucis qu'elle impliqua détournèrent quelque temps Bonneval de penser à pourvoir son harem. Il ne s'en occupa que quand les deux femmes furent parties. Il retourna alors chez le marchand et trouva sur la liste plusieurs Persanes. Une d'elles lui plut infiniment. Elle était grande et parfaitement bien faite. Son teint était d'une blancheur éblouissante que relevaient encore ses yeux et ses cheveux noirs. Ce qui le frappa davantage fut un certain air de fierté répandu sur son visage qui la lui fit regarder comme une fille de condition. Il la fit venir au parloir; il lui parla par l'intermédiaire de Damira qui l'accompagnait dans ces visites. Il fut aussi content de son esprit qu'il l'avait été de la figure. « Je serais inconsolable, lui dit-elle, de me voir dans un pays étranger, si je ne savais que mon sexe me condamne à passer mes jours enfermée dans un harem, assujettie à la volonté de celui à qui ma destinée m'aura livrée. Peu importe que ce soit en Perse ou en Turquie, j'y aurai la même religion, à peu de chose près, j'y suivrai les mêmes usages et les mêmes coutumes. L'air de M. le pacha, continua-t-elle, me fait espérer un sort plus heureux que n'est ordinairement celui d'une esclave. Puissant Mahomet, s'écria-t-elle, inspire-lui des sentiments favorables pour moi! » Bonneval n'avait pas besoin d'inspiration; sa beauté, son esprit avaient fait sur lui toutes les impressions qu'elle pouvait souhaiter. Il lui dit que ses espérances ne seraient pas trompées et que l'envie qu'elle paraissait avoir d'être à lui, ajouta-t-il, « cette envie est-elle sincère, et n'est-ce point le désir de sortir d'ici qui vous fait parler de la sorte? » « Non, répliqua-t-elle, d'un ton qui marquait un peu de dépit et de colère, je ne sais ce que c'est de trahir mes sentiments et tout esclave que je suis au monde ne serais capable de m'abaisser jusqu'à mendier par des manières feintes l'attachement d'un homme, quel qu'il pût être! »

Ce dépit lui plut; il l'agaça encore. Elle lui parla toujours sur le même ton et lui fit voir de plus en plus qu'elle avait des sentiments. Il convint du prix avec le marchand; cela faisait six mois qu'elle était chez lui. Une pistole par jour pour l'entretien de ces filles, c'est un prix fait, dit-il. Par considération pour le pacha, à ce qu'il dit, il la laissa à trois cents écus.

Le marché fait, Bonneval fit venir la Persane et lui dit qu'elle était à lui. « Je vous suivrai, lui dit-elle, mais s'il est vrai que vous m'aimiez, j'ai une grâce à vous demander, qu'il faut s'il vous plaît que vous m'accordiez ; jamais je ne vous en demanderai que j'aie tant envie d'obtenir. Une de mes compagnes est ici ; nous avons été élevées ensemble, elle a été prise avec moi. A force de prières et de larmes nous avons obtenu d'un officier turc qui nous a prises, qu'il ne nous séparerait pas et qu'il nous vendrait au même maître. Serez-vous moins humain, Seigneur ? Du reste, elle est digne qu'un honnête homme l'aime, je ne suis rien en comparaison. Je m'étonne que vous ne l'ayez pas distinguée. Nous nous sommes juré une amitié éternelle, nous sommes si étroitement unies qu'il est difficile que nous vivions l'une sans l'autre. La prière que je vous fais en ce moment, je ne cesserai point de la faire que vous ne l'ayez exaucée. »

Bonneval voulut voir cette compagne, on la fit passer dans la petite salle. Elle n'égalait pas celle qui lui faisait tant d'instance en sa faveur, mais elle en approchait fort. En un mot, elle lui plut. Le marchand fut raisonnable, il ne la lui vendit que mille écus, y compris les frais de séjour. Le même marchand avait aussi des esclaves d'un rang inférieur ; les Persanes en choisirent chacune deux pour les servir. Le jour même, lorsque la nuit fut venue, Bonneval les fit conduire chez lui. Les circassiennes furent charmées de la compagnie qu'on leur avait choisie et ne parurent point du tout jalouses de les voir du moins aussi belles qu'elles.

Bonneval pensa que ces quatre beautés suffiraient pour un pacha de son âge. De partout on vint le féliciter de cette espèce de mariage dès qu'on le sut. Il donna à dîner aux dignitaires de la Cour où l'on parla beaucoup de la beauté de ses femmes sans que quiconque bien sûr ne les vît.

La Sultane favorite tint parole et obtint pour Bonneval des audiences privées du Sultan.

La cause de l'intérêt que portait la Sultane à Bonneval était simple. Elle était fille de Topal-Osman, le Grand Vizir mort à la guerre contre les Perses, et partageait l'amitié qu'éprouvait son père pour les Français, n'était l'ambassadeur de France lui-même, le marquis de Villeneuve, qu'elle ne pouvait souffrir, parce qu'il avait eu la maladresse de vouloir l'ignorer quand elle était devenue favorite.

Bonneval traversait la Corne d'Or dans un caïque et abordait à l'extrême pointe du Sérail où se trouvait un escalier dérobé taillé à même la roche qui conduisait à un kiosque où se tenaient le Sultan Mahmoud et le Grand Vizir Ali Pacha Hekim-Oglou.

Bonneval flattait le Sultan sur la bravoure de ses troupes. Le Sultan Mahmoud disait qu'il avait du plaisir à entendre ces discours et qu'il priait Achmed Pacha de continuer son œuvre de transformation. Ils parlaient d'une alliance éventuelle avec la France et d'une guerre contre l'Autriche à laquelle Bonneval poussait la Sublime Porte.

Ces audiences ne restèrent pas longtemps secrètes. Les nouvelles circulaient à Constantinople avec une incroyable rapidité; les bruits couraient de bouche à bouche, de mouche en mouche aussi qui étaient des espions qui pullulaient partout, soit qu'ils fissent partie de la police secrète du Grand Vizir ou d'une faction rivale, ou qu'ils fussent à la solde d'un ambassadeur étranger. Tout ce que faisait Bonneval intéressait au plus haut point l'ambassadeur d'Allemagne, le baron von Thalmann; on s'en voulait beaucoup à Vienne de n'avoir pas condamné Bonneval à mort quand il en était temps. Mais les pachas, qui voyaient d'un fort mauvais œil l'ascension de Bonneval, payaient aussi des mouches pour savoir ce qu'il ourdissait avec le Grand Seigneur. Ils voulurent avoir copie du mémoire de Bonneval et s'inquiétèrent des réformes que le chef des bombardiers voulait faire parce qu'elles les dérangeraient. Plus les pachas trouvaient les réformes de Bonneval justes, plus ils lui croyaient de capacité, plus ils appréhendaient qu'on ne le chargeât d'exécuter son mémoire et que cette exécution ne lui frayât le chemin de la plus haute faveur.

Le Sultan commençait à craindre un mécontentement général des principaux officiers de la Porte. Certains trouvèrent moyen de se faire entendre du Grand Seigneur : « Achmed Pacha est un inconstant, disaient-ils, il a quitté la France, sa patrie, il a quitté les Allemands. Il paraît aussi ambitieux qu'inconstant. Qui sait s'il ne cherchera point bientôt chez les Perses un établissement plus considérable que celui qu'il a trouvé parmi nous ? » Mais le Grand Muphti, le Grand Vizir et le Kislar Aga, la Sultane favorite surtout soutenaient Bonneval de leur mieux et tâchaient de réparer auprès du Grand Seigneur les mauvais offices de la cabale des pachas.

Dans son mémoire, Bonneval, par exemple, préconisait de pourvoir les mousquets d'une baïonnette et demandait qu'on en fabriquât d'après les dessins qu'il avait faits lors de son séjour à Vienne et qu'il avait perfectionnés en prison. Cette baïonnette était d'après lui la meilleure qu'on pût faire et la plus efficace ; comme elle était longue, elle permettait d'atteindre plus loin et dans les chocs d'infanterie, elle faisait plus de morts. Il reprenait son idée d'aciérie et parlait d'en établir à Brousse qui était une ville où les pachas avaient l'habitude d'aller en villégiature. Certains pachas lui reprochèrent de chercher à s'enrichir en faisant fabriquer des armes inutiles ; les autres mesures qu'il préconisait ne le rendaient pas plus populaire. Il exigeait l'organisation d'un corps spécial de médecins et de chirurgiens pour l'armée ; la nécessité d'assurer l'exacte paie des soldes ; il vantait l'avantage d'avoir pour soi les populations dans les pays où l'on fait la guerre et demandait que soient interdits les exactions et le pillage. Les officiers qui s'enrichissaient par le pillage, et ils étaient nombreux, voyaient d'un mauvais œil qu'il fût interdit.

Pendant ce temps, la situation européenne se dégradait et la guerre s'abattit une fois de plus sur l'éternelle Europe.

L'Electeur de Saxe, roi de Pologne sous le nom d'Auguste II, mourut en février 1733. C'était ce roi que Bonneval avait reçu à Camacchio. Il n'était point parvenu à rendre la monarchie héréditaire et la succession de Pologne divisait les nations. Louis XV soutenait les prétentions de son beau-père Stanislas Leczinski qui avait déjà régné passagèrement. Grâce à l'appui de son gendre, Stanislas fut élu en septembre. Mais la cour de Vienne, soutenue par la Russie avec qui elle avait un traité d'alliance, fit procéder à une contre-élection en faveur d'Auguste III, fils du roi défunt. Le ministre des Affaires étrangères fit en sorte que le cardinal Fleury, malgré lui, fût forcé de déclarer la guerre à l'Autriche. Ce ministre, M. de Chauvelin, faisait partie du clan des anti-Autrichiens, comme Bonneval, tandis que le cardinal Fleury et l'ambassadeur de France à Constantinople, le marquis de Villeneuve, désiraient pactiser avec l'Autriche.

La Pologne fut envahie par les armées russes et le roi Stanislas se réfugia à Dantzig d'où il parvint à s'échapper sous un déguisement pour rejoindre la France. La France ne se porta que lentement au secours de la Pologne, mais attaqua l'Autriche en Italie et sur le Rhin. Les troupes françaises, commandées par le maréchal de Berwick, franchirent le Rhin et prirent Philipsbourg. En Italie, le vieux maréchal de Villars s'empara du Milanais avant de mourir à Turin. Les Espagnols étaient alliés de la France sous le commandement du fils d'Elisabeth Farnèse, Don Carlos, ils s'emparèrent de Naples.

Peu après le début des hostilités en Italie, Bonneval eut l'immense douleur d'apprendre la mort de son fils le comte de Latour. Cette nouvelle le plongea dans une affliction aussi grande que secrète; jamais il n'avait dit à quiconque qu'il avait un fils, et ce fils mourait au combat sans qu'il l'eût jamais revu. En plus d'un fils, il perdait un agent fidèle avec lequel, depuis son départ de Bruxelles, il correspondait secrètement de sorte qu'il savait à peu près tout de ce qui se passait à la cour de Vienne et dans l'entourage du prince Eugène de la faveur duquel le défunt avait toujours joui.

La France, dans cette guerre, voulait gagner l'appui de la Turquie sans pour autant s'allier à elle; le cardinal Fleury ne voulait pas d'alliance avec l'Infidèle. Son ambassadeur à Constantinople, le marquis de Villeneuve, s'efforçait de convaincre la Turquie sans s'engager pour autant. Mais Bonneval, de son côté, poussait le Sultan à exiger une alliance véritable. Il était convaincu que cette alliance serait extrêmement bénéfique pour la France tant d'un point de vue strictement militaire que d'un point de vue commercial; l'empire ottoman qu'il commençait à bien connaître lui paraissait être un partenaire de choix afin de contrer l'expansion autrichienne d'un côté et celle de la Russie au Nord.

De plus en plus souvent le Sultan posait à Bonneval des questions sur les différents Etats d'Europe occidentale; Bonneval répondait à ces questions par des mémoires que Damira traduisait en langue turque : « Quelle est la force militaire et la richesse du roi de France? » demandait Mahmoud.

Bonneval exposait quels étaient les revenus du Roi en temps de paix et en temps de guerre. Il donnait le détail des forces militaires, expliquait le mode de formation des officiers, mettait en valeur le corps des ingénieurs pour l'entretien des places fortes et la direction des sièges et des opérations de tranchées.

Le Sultan posa la même question pour l'Espagne. Puis Bonneval dressait un tableau des différents Etats de l'Europe en insistant sur les avantages que la Sublime Porte trouverait à s'allier avec la France afin de former un réseau d'alliances dans lequel entreraient l'Espagne, les Etats italiens, gouvernés bientôt par les Bourbons, la Suède, la Pologne et la Hongrie après qu'on l'aurait détachée de l'Autriche en favorisant le mouvement des Mécontents et en soutenant le prince François II Rákóczy.

Ce soutien aux révoltés hongrois, les Mécontents, était une idée que Bonneval caressait depuis longtemps. Il en démontra tous les avantages au Sultan. Il lui fit aussi remarquer quel danger représentait la Russie, dont l'empire s'étendait d'une façon dangereuse pour la sécurité de la Turquie d'un côté et de l'Europe occidentale de l'autre. Bonneval pensait que la France et la Turquie avaient un égal intérêt à fortifier la Pologne pour endiguer l'expansion de la Russie à l'Ouest qui n'avait comme dessein que de s'agréger au corps germanique. Si la Russie étendait son empire sur une partie de l'Allemagne, écrivait-il, les autres nations d'Europe n'auraient plus que la ressource de former une ligue de défense contre elle.

Quant aux prétentions de la Russie au Sud, elles étaient claires. Bonneval signalait le danger de voir un jour cette nation avide et ambitieuse se répandre dans toute l'Asie. Dans la guerre contre les Persans, on avait relevé des cadavres de soldats russes qui servaient comme auxiliaires !

Le plus grand danger pour la Turquie était de voir les Russes s'installer sur les bords de la mer Noire ; cela leur donnerait bientôt une ouverture sur la Méditerranée, tout à fait contraire aussi aux intérêts de la France et de l'Angleterre.

« Il est certain, écrivait Bonneval au Sultan dans un mémoire secret, que les Moscovites, par leur agrandissement subit, changent tout le système de l'Europe. Leur situation les rend alliés indispensables de l'Empereur et par conséquent ennemis de la Porte et de la France. »

Au cours de la guerre de Succession de Pologne, l'empire d'Autriche perdit une partie de ses territoires italiens ; Bonneval prévoyait que Vienne chercherait des compensations dans les Balkans et que cette poussée vers l'Est, répondant à la politique suivie depuis longtemps par le prince Eugène, menacerait la Sublime Porte.

La Russie n'attendait que l'occasion pour reprendre le projet de Pierre le Grand d'occuper le littoral de la mer Noire en étendant son influence jusqu'aux portes mêmes de Constantinople.

Bonneval rappela au Sultan que les empereurs d'Orient du temps de l'empire byzantin avaient toujours veillé à maintenir autour de Constantinople une zone assez large afin d'éloigner tout danger d'invasion. Souvent Bonneval, pour prouver ses démonstrations, puisait dans l'histoire de Constantinople qu'il connaissait aussi bien que celle de l'Europe ; il connaissait toutes les étapes de la grandeur et de la chute de Byzance et suppliait le Sultan de ne pas suivre le funeste exemple d'un effondrement qui aurait pu être évité.

Ainsi Bonneval, dont le rôle devenait de plus en plus important, conseillait-il au Divan de faire un effort d'armement encore plus grand. Mais il ne préconisait pas seulement le relèvement militaire de l'empire ottoman, il jugeait nécessaire d'augmenter la prospérité économique. Il conseillait de nouer des relations avec le Grand Mongol et d'intensifier le commerce avec l'Extrême-Orient. A cette fin, il suggérait que pourrait être entrepris le percement d'un canal qui, disait-il, avait existé du temps des Pharaons et permettrait de relier la Méditerranée à la mer Rouge et de transporter directement les marchandises de l'Inde et de la Chine jusqu'à Alexandrie et au Caire qui deviendraient alors des ports très importants.

La Russie, dont les représentants s'étaient secrètement concertés avec l'Autriche, engagea les hostilités contre les Tartares, vassaux de la Turquie. Moscou envoya deux armées sous le commandement du général Münich et du maréchal Lascy pour s'emparer d'Azof et occuper la Crimée.

Le Sultan voulait confier la défense d'Azof à Bonneval mais la pression des pachas fut si forte qu'il n'osa passer outre, craignant une révolte des janissaires. Mais Bonneval, bien qu'il ne fît pas partie de cet auguste conseil, fut invité par le Sultan et le Grand Vizir Ali Pacha Hekim-Oglou à assister aux délibérations du Divan. Il ne prenait pas la parole aux assemblées, faute de savoir le turc, et se faisait traduire par Damira ce qu'on y disait; il attendait la fin des réunions pour répondre aux questions que le Sultan lui posait. Bonneval expliqua au Sultan qu'il soupçonnait l'attaque d'Azof comme une manœuvre de diversion de la part des Russes et qu'il n'y fallait pas voir une menace sérieuse. L'offensive ne deviendrait décisive que si les provinces danubiennes étaient occupées, ce qui voulait dire qu'il valait mieux garder l'œil ouvert sur l'Autriche qui ne tarderait pas à attaquer l'Empire à son tour, afin de soutenir son allié russe. Cette attaque, pensait Bonneval, serait si déterminante qu'il valait mieux garder intactes les troupes les plus aguerries. Mais les pachas crièrent qu'il fallait riposter tout de suite et l'on disait que Bonneval devait être à la solde de l'impératrice de Russie pour dissuader le Sultan de lui résister !...

La stratégie de Bonneval était arrêtée depuis longtemps ; il en avait déjà parlé au Sultan et la lui rappela en quelques lignes. Il préconisait de provoquer la sécession de l'Autriche et de la Hongrie afin de réduire l'Empire à ses Etats héréditaires et de donner à la Turquie et à la France un allié de choix dans la personne du prince Joseph II Rákóczy.

Ce prince vivait avec sa petite cour à Rodosto en Rumélie sur les bords de la mer de Marmara. Deux des fils de ce prince étaient retenus comme otages à Vienne. L'aîné, Joseph, venait de parvenir à s'échapper de sa prison et le vieux prince attendait avec impatience son arrivée à Rodosto lorsqu'il mourut le 8 avril 1735 sans l'avoir revu.

Bonneval para immédiatement le coup du destin et décida avec l'accord du Grand Vizir Ali Pacha Hekim-Oglou, qui restait son allié malgré les pressions qu'il subissait de la part du marquis de Villeneuve qui voulait le détourner de Bonneval afin de le gagner à sa cause, d'investir le prince Joseph du rôle qu'on voulait faire jouer à son père. Joseph Rákóczy, malgré ses trente-cinq ans, pour avoir passé la majeure partie de sa vie en prison, n'avait aucune expérience politique ou militaire ; Bonneval se dit qu'il parviendrait d'autant mieux à le gouverner. Il écrivit une lettre au prince et la terminait de la façon suivante :

« Le troisième parti et qui me paraît le meilleur, c'est qu'en quelque lieu que vous trouvent les deux députés de la Nation hongroise et de la cour de S.A. le prince votre père, de glorieuse mémoire, vous partiez avec eux sans retardement pour la cour de France, incognito autant que cela se pourra, pour consulter le ministère sur les opérations que vous aurez à faire et vous assurer des secours nécessaires, tant de la part de la France que de l'Espagne pour vous soutenir à la tête des Mécontents de Hongrie, qui commencent à se soulever, et pendant ce temps-là je ménagerai vos intérêts dans ce pays-ci plus que les miens propres. Nous examinerons le lieu le plus convenable pour que, sans vous arrêter en aucun endroit, vous puissiez en toute sécurité vous unir à vos partisans si le nombre en est assez considérable ; sinon on pourra concerter avec quelque pacha comme pourrait être celui de Cockzin ou autre lieu sûr, où vous pourriez aviser secrètement vos amis de votre voisinage, étant certain que les Hongrois n'attendent que cela pour faire un soulèvement de quoi je juge par les relations de ce pays que son S.A. le prince votre père, de glorieuse mémoire, m'a fait l'honneur de me communiquer quelque peu de temps avant que Dieu l'eût appelé à lui et par des avis que nous avons reçu nouvellement. »

Le marquis de Villeneuve de son côté informait le ministre des Affaires étrangères M. de Chauvelin des démarches de Bonneval et joignait un double de la lettre ci-dessus qu'il avait réussi secrètement à se procurer. « Par le compte, écrivait-il, que je viens d'avoir l'honneur de vous rendre des desseins que l'on avait d'attirer le jeune prince dans ce pays-ci et des mesures que l'on avait prises pour y réussir, vous reconnaîtrez que le comte de Bonneval ne se trouverait pas mêlé dans de pareilles affaires s'il n'avait quelque part à la confiance du Grand Vizir ; c'est aussi par son canal que se négocie le traité d'alliance de la Porte et de la Suède, et je dois vous dire que, dans tout ce qui peut concerner les intérêts de cet empire, par rapport aux princes chrétiens, le comte de Bonneval est non seulement consulté mais que ses avis sont de très grand poids et presque toujours suivis. »

A Versailles, la situation n'était pas claire. D'un côté, le cardinal Fleury voulait la paix avec l'Autriche ; Villeneuve était à ses ordres. De l'autre côté le parti anti-autrichien conduit par le meilleur ami de la comtesse de Bonneval, le marquis de Belle-Isle, soutenait Bonneval et voulait la guerre. M. de Chauvelin flottait entre les deux. Ses idées le portaient à soutenir Bonneval et son devoir le forçait à suivre Villeneuve et le cardinal Fleury. Il se tenait au courant des pérégrinations du prince Rákóczy qui de Naples se rendit à Rome puis à Venise, pour enfin arriver à Marseille. Le cabinet se réservait le droit de décider quelle attitude adopterait la France envers ce prétendant. Le ministre des Affaires étrangères approuva prudemment le marquis de Villeneuve d'avoir refusé d'écrire la lettre que Bonneval lui avait demandé de joindre à la sienne. « Nous ne devons pas prendre sur nous de contribuer à déterminer ce prince au point qu'il s'en fasse un titre pour prétendre que, dans la suite, c'est à nous à prendre soin de son sort. »

Bonneval continua d'exercer ses troupes en vue de la guerre qu'il savait imminente. Il apprit alors que le prince Eugène était mort à Vienne quelque temps auparavant, le 20 avril 1736, alors il ne douta plus d'arriver à faire triompher les Turcs. L'heure de la revanche avait sonné !

Le prince Rákóczy arriva à Rodosto le 5 décembre 1736. Bonneval se rendit aussitôt auprès de lui.

Les Autrichiens informés par leurs espions à Constantinople décidèrent d'envahir la Bosnie. On pensait à Vienne que la Turquie ne saurait se défendre mais l'armée ottomane réorganisée par Bonneval résista bien et força les Autrichiens à reculer. Les Turcs reprirent Nisch et avancèrent vers Belgrade.

Sur les conseils de Bonneval, le Sultan décida d'accueillir le prince Rákóczy officiellement à Constantinople comme s'il fût souverain de Hongrie.

Dans la nuit du 2 au 3 décembre, une sultane illuminée fit son entrée dans le port de la ville sous les acclamations de la foule et mouilla entre les Sept-Tours et le Sérail. Au cours d'une audience solennelle, le prince magyar est reçu par le Sultan Mahmoud Ier qui lui fait des présents dignes d'un roi. Le Grand Vizir est chargé d'établir un traité avec la Hongrie.

Le marquis de Villeneuve informe le gouvernement français de ces événements.

Par ce traité signé le 20 janvier 1738, Joseph Rákóczy est reconnu par le Grand Seigneur comme prince de Transylvanie et chef de la Hongrie.

Bonneval conseille alors au prince de Transylvanie de prendre toutes les précautions diplomatiques nécessaires et lui dicte une lettre à la cour de France, à laquelle il joint copie du Manifeste que Bonneval a rédigé et adressé aux princes chrétiens par l'intermédiaire de leurs ambassadeurs à Constantinople qu'il avait invités à titre personnel chez lui, à l'exception bien sûr de l'ambassadeur d'Autriche M. Talmann, et celui du Czar.

Dans ce Manifeste le prince de Transylvanie, par la

plume de Bonneval, se plaint des mauvais traitements qu'il a subis à Vienne et déclare qu'il a été injustement dépouillé de l'héritage de ses aïeux. Parce qu'il ne peut supporter les maux dont sa chère patrie est accablée, il déclare qu'il va prendre les armes en suivant l'exemple du roi Saint Etienne. Le prince termine sa lettre en déclarant qu'une fois le royaume de Hongrie et la principauté de Transylvanie rétablis, il ne refusera pas la médiation des puissances impartiales pour le règlement des limites et l'ajustement des autres difficultés qui pourraient se rencontrer.

Le 31 janvier 1738, Bonneval conseilla au Sultan de diviser ses troupes en trois corps : le premier se rendrait à Bender pour garder la forteresse ; le second commandé par le Grand Vizir devait être dirigé sur Nisch et faire parvenir des secours en Bosnie et le troisième commandé par le prince Rákóczy, secondé par un officier formé par Bonneval, le comte Salviati, renégat d'origine italienne, entrerait en Hongrie pour attaquer les Autrichiens.

Bonneval réunit ses troupes dans l'Hippodrome de Constantinople et adressa un discours aux officiers : « Ce n'est pas tout, leur dit-il, que de battre l'ennemi, ni de gagner des batailles, il faut savoir profiter de la victoire. Un officier est bien médiocre lorsque, charmé d'avoir défait un parti, il se contente de la gloire qu'il croit avoir acquise et comme s'il n'osait achever de le détruire, ou de le mettre hors d'état de nuire une autre fois, il lui donne le temps de se reconnaître et de se rallier ; de sorte qu'après avoir fait couler des ruisseaux de sang, c'est toujours à recommencer, pour n'avoir pas su profiter de ses avantages.

Je sais que les plus habiles au métier de la guerre font des fautes que de simples soldats aperçoivent, et dont ils murmurent, car ils connaissent parfaitement le génie, les talents et la valeur de ceux qui les commandent ; mais ils ne leur rendent justice et ne les estiment que lorsqu'ils sont estimables : alors ils ne se rebutent point des fatigues ni des périls, quand leurs chefs en montrent l'exemple. Le désintéressement dans un capitaine est ce qui lui affectionne sur toutes choses les soldats.

Si un officier ne demeure toujours ferme et tranquille au milieu des plus grands dangers, il est impossible qu'il puisse donner ses ordres avec tout le sang-froid et toute la présence d'esprit qui lui sont nécessaires pour ne point faire de bévues ou de contretemps. Enfin, ce n'est point en massacrant un grand nombre d'ennemis, qu'on doit prétendre de se signaler. Quand on les a vaincus et mis en déroute, il faut modérer l'ardeur du soldat qui s'acharne au carnage et se contenter de l'honneur de la victoire ; en un mot, il faut que la prudence soit égale au courage, avoir de la contenance et de la fermeté dans toutes les occasions dangereuses qui arrivent ; saisir avec adresse les circonstances favorables, surtout dérober aux ennemis la connaissance de la situation où l'on se trouve, et avoir de grands ménagements pour les soldats qui s'exposent à tant de fatigues, et qui sacrifient leur vie pour nous acquérir de la gloire. »

Après ce discours qui lui valut les acclamations des soldats, il régla avec les officiers la marche des troupes jusque sur les frontières. Bonneval s'il l'avait pu, serait bien parti se battre lui-même contre les Autrichiens. Mais le Sultan avait besoin de lui à Constantinople, et les pachas refusaient qu'il partît s'illustrer à la guerre et se mît sur le pied de commander aux armées.

Après une marche pénible à cause des pluies torrentielles qui ne cessèrent de tomber, le prince Rákóczy entra à Tchernavoda à une vingtaine de kilomètres de Toustchouck, le 10 février. On lui assura que les Transylvains et les Catans (qui étaient des soldats impériaux d'origine hongroise) étaient prêts à faire leur soumission.

Le 2 mars, le prince Rákóczy envoya au prince de Valachie un manifeste par lequel il exhortait la population transylvaine à embrasser sa cause et à secouer le joug des Autrichiens. Le prince de Valachie fit en sorte que ce manifeste fût distribué dans toutes les bourgades et les villages du pays. Les Autrichiens apprenant cette nouvelle envoyèrent en toute hâte une armée qui ravagea Campina.

Le 29 avril, l'Empereur d'Autriche riposta à l'insurrection en demandant au pape d'excommunier le prince Rákóczy et fit mettre sa tête à prix. Il offrit dix mille florins si le prince était livré vivant et six mille s'il était livré mort. Le 7 mai, le prince de Valachie recevait une lettre du caïmakan l'invitant à désigner l'endroit qui lui paraîtrait le plus favorable pour l'entrée du prince Rákóczy en Transylvanie.

Vers la mi-mai on apprit à Constantinople la victoire du Grand Vizir à Crotska. Elle remplit la population d'orgueil. Les réjouissances furent excessives et le prophète Mahomet eut bien des éloges. Le Sultan et les pachas qui voulaient être bien vus firent de grands présents aux mosquées et aux derviches ; les festins, les jeux, les danses, les courses de bagues occupèrent pendant plusieurs jours la population mais cette allégresse s'évanouit comme une ombre dès que la nouvelle arriva de la mort du Grand Vizir et de la défaite de Panzova. On ne parla plus que d'apaiser le Prophète par une procession solennelle.

Le Sultan ordonna d'abord un jeûne général qui fut fixé au premier vendredi de la lune. Il dura pendant trois jours, sans qu'il fût permis même aux enfants de prendre aucun aliment jusqu'au lever des étoiles.

Pendant ces trois jours le Muphti et tous les ministres de la Loi musulmane, revêtus de cilices, les yeux baissés, la barbe négligée, devaient parcourir les places publiques et entrer dans toutes les mosquées en criant : *Ja mosateh ilubuad Eitoh !* Ce qui voulait dire : « Ouvre, Grand Dieu, les portes de ta Grâce ! »

Selon la même ordonnance, le cercueil de Mahomet fait d'après le modèle de celui de La Mecque devait être exposé dans l'Hippodrome sur des tréteaux d'argent.

Voilà donc Constantinople en grand deuil. Cette ville qui, peu de jours auparavant, faisait répéter sa joie aux échos des rochers du Bosphore, était ensevelie dans la plus bruyante des tristesses ; les places retentissaient des plaintes lugubres des derviches, les mosquées ne désemplissaient pas, et les processions traversaient la ville en tous sens. Les plaintes, les doléances avaient succédé à la musique, au jeu, à la danse et à tous les divertissements. La ville avait passé de l'orgueil de la victoire au découragement. Le jeûne et les autres cérémonies s'exécutèrent avec autant de régularité que de zèle. Nul n'y manqua et Bonneval même, si peu enclin à la religion, se rendit en grand appareil à la Mosquée Bleue du Sultan Ahmed. Marchant devant lui, trois estafiers, portant au bout d'une hampe de deuil les queues de cheval, emblèmes de sa dignité, poussaient des plaintes pendant qu'un cortège le suivait en pleurant. Lui-même se moquant de ces cérémonies qu'il trouvait ridicules adopta un visage impassible où les plus attentifs pouvaient lire la tristesse ou la consternation. Il était furieux en lui-même de cette défaite qu'il attribuait à l'impéritie des principaux officiers des janissaires ivres de rodomontades et d'opium.

Enfin une procession termina le jeûne. Elle traversa la ville de part en part. En tête du cortège, des derviches revêtus de cilices portait un cercueil ouvert rempli d'ossements des janissaires et des spahis tués à la bataille, auxquels se mêlaient des sabres rompus, des casques, des cuirasses écrasées et des arcs brisés. Marchaient ensuite trois cents religieux vêtus de méchants habits, teints de sang et tachés de cendre. Ils se frappaient sans arrêt la poitrine en poussant des hurlements effroyables. Les suivaient des hommes nus des épaules à la ceinture qui se macéraient avec des faisceaux d'épines et se lacéraient avec des fouets jusqu'au sang. Puis des spahis sans turban, environnés d'une foule de pachas sabre au clair, portaient le tombeau du Prophète. Chacun se prosternait jusqu'à terre quand il passait. Les turbans des pachas étaient maculés de sang et, fouettant le sol avec une queue de cheval qu'ils tenaient à la main, ils remplissaient l'air de poussière en criant.

Derrière eux, simplement armés de bâtons, plus de mille janissaires scandaient ensemble : « Dieu mon protecteur qui me pardonne ! » Le Grand Muphti leur répondait en écho : « Seigneur, pardonnez-moi mon ingratitude ! » Les spahis qui l'entouraient portaient des coffres remplis d'argent qu'ils jetaient au peuple. Mais il était interdit sous peine d'être empalé vif de ramasser les pièces avant que la procession fût passée. Des pénitents aux vêtements déchirés et tachés de sang se macéraient en pleurant et en disant : « J'invoque Dieu de ma bouche afin qu'il me fortifie contre mes ennemis. » Enfin, derrière eux se pressait une foule de peuple pleurant et hurlant : « J'invoque Dieu de ma bouche afin qu'il me fortifie », et tout Constantinople retentissait de cette supplique.

On épargna à Bonneval de suivre cette procession avec les autres pachas. Il se contenta de la regarder passer en déplorant la superstition des peuples qui croient que Dieu supplée à l'imbécillité des officiers et à l'impéritie des chefs. Si on l'avait laissé conduire l'armée, il n'était pas douteux que Dieu se fût montré plus clément. Après s'être prosterné au passage du cercueil de Mahomet et devant le Grand Muphti, Bonneval rentra chez lui, ôta à la hâte ses vêtements de pacha, revêtit une culotte en soie noire, des bas blancs, un gilet de brocart et se retira dans sa bibliothèque, loin du peuple et de ses mascarades pour lire jusqu'à l'heure du dîner *les Mille et Une Nuits* d'Antoine Galland dont le duc de Biron lui avait envoyé les volumes en lui écrivant que M. Galland avait vécu à Constantinople plus de cinq ans. Il prit un plaisir infini à suivre ces aventures.

A la nuit, un chiaou envoyé par le Reis effendi, c'est-à-dire le ministre des Affaires étrangères, apprit à Bonneval que les nouvelles de Transylvanie étaient mauvaises. La guerre s'enlisait. La population, contrairement à ce qu'on avait attendu, était molle à se révolter. L'habitude du joug, la crainte des représailles en cas de victoire des Autrichiens, la bulle d'excommunication du pape à l'encontre du prince Rákóczy, tout concourait à freiner l'élan des plus braves. L'insurrection s'éteignait. La conjoncture se compliquait à loisir.

Bonneval ne pouvait plus ignorer que la France souhaitait que la paix se fît entre les Autrichiens et la Sublime Porte, mais le traité entre le Grand Seigneur et le prince Rákóczy rendait cette paix impossible, bien que le nouveau Grand Vizir Méhémet-Yegen Pacha la désirât autant que son ami le marquis de Villeneuve.

Villeneuve écrivit à la cour de Vienne qu'il faisait tout pour faciliter la conclusion de cette paix, en donnant un moyen au Grand Vizir de se débarrasser des engagements qu'avait pris son prédécesseur avec le prince Rákóczy sous l'influence du comte de

Bonneval. Bonneval eut connaissance de cette correspondance par un des espions de l'ambassade de France.

Quelques jours plus tard, il apprit que la Kadine, qui le soutenait auprès du Sultan, était morte en mettant au monde une fille. Bonneval n'avait jamais vu cette femme qui, dès son arrivée à Constantinople, lui avait témoigné son amitié ; elle ne lui avait même jamais écrit mais il savait par son eunuque favori Baschir qui était devenu par la suite Kislar Aga, c'est-à-dire chef des eunuques noirs, qu'il ne se passait pas un jour sans qu'elle trouvât le moyen de défendre ce cher pacha Bonneval contre ses ennemis qui étaient nombreux dans le Sérail.

Bonneval, faute de pouvoir obtenir une audience du Sultan qui s'était retiré dans son deuil, lui écrivit pour le pousser à refuser la paix en lui représentant que, quand bien même elle paraîtrait avantageuse à Sa Hautesse, ces avantages n'étaient rien en comparaison de ceux que la Sublime Porte retirerait d'une guerre prolongée.

A Paris, le ministre des Affaires étrangères Chavelin fut disgracié et remplacé par un homme plus soumis aux ordres du cardinal Fleury, Amelot.

Mais le parti anti-autrichien qui s'opposait à cette médiation de la France entre l'Autriche et la Turquie trouva un chef dans le petit-fils de Nicolas Fouquet, le marquis de Belle-Isle, ami intime de la comtesse de Bonneval. Bonneval fut tenu au courant par le duc de Biron son beau-père, avec qui la correspondance était régulière. Voyant qu'il n'y avait plus de temps à perdre, Bonneval pressa la Suède de déclencher une offensive contre la Russie afin que Moscou fût obligé de rappeler une partie de ses troupes qui se trouvaient en Crimée.

Le cardinal Fleury influencé par un espion moldave stipendié par la Russie et que la tsarine Anna Ivanovna, nièce de Pierre le Grand, eut l'habileté d'envoyer auprès du cardinal comme ambassadeur, déclara qu'il ne pouvait accepter la destruction de l'Autriche par les Infidèles.

Brusquement, un des grands obstacles à la paix disparut. Le prince Rákóczy fut trouvé mort le 10 novembre 1738 à Czernadova.

Bonneval apprit de source sûre que le prince avait été assassiné ; il décida immédiatement d'appeler en Turquie le dernier fils de François II Rákóczy.

Deux jours plus tard, Bonneval obtint copie de la lettre que le marquis de Villeneuve avait adressée au chancelier Sinzendorf pour lui annoncer que la paix était quasiment signée. Bonneval appela Damira et lui dicta une lettre au Grand Seigneur pour lui dire que les menées de l'ambassadeur de France et du Grand Vizir qu'il avait soudoyé étaient contraires à l'intérêt de la Sublime Porte et que Sa Hautesse perdrait beaucoup à faire la paix après avoir tant dépensé pour préparer la guerre.

Le lendemain, son espion à l'ambassade l'informa que le marquis de Villeneuve avait touché quatre millions cinq cent mille livres des Autrichiens et des Russes, pour les distribuer à son choix. Le Grand Vizir, Méhémet-Yegen Pacha, devait en avoir le plus gros lot après le marquis de Villeneuve bien entendu. Le Bostanji-Baj, le Reis effendi ainsi que d'autres officiers de la Porte se partageraient le reste à proportion des services qu'ils avaient rendus à l'ambassadeur de France !

Enfin, pour comble de malheur, la Suède renonçait à attaquer la Russie.

Le soir du 29 novembre, Bonneval se trouvait chez lui, dans la partie française de sa maison, entouré de plusieurs Européens de passage à Constantinople dont l'ambassadeur de Suède, le baron d'Hoepken, auquel il devait la délicieuse société de sa petite chienne, M. le marquis de Cambron et deux officiers de vaisseau avec lesquels il avait joué aux cartes pendant qu'un jeune enseigne de vaisseau, le comte de Lamothe, interprétait au clavecin un air italien.

Damira s'entretenait avec l'ambassadeur de Hollande à voix basse quand Soliman Bey s'approcha de lui et lui dit le plus bas possible :

— J'ai de mauvaises nouvelles, Monsieur le comte.

— Si mauvaises que vous ne pouvez pas attendre la fin de la partie ?

— Il me semble que oui.

— Bon, je vous rejoins !

Et Bonneval, élevant la voix, s'adressa aux officiers :

— Ces messieurs me pardonneront, mais il faut que je me retire quelque moment pour une affaire de la plus haute importance ; continuez sans moi, je vous prie.

Quand il passa près de son interprète, il lui dit d'un air jovial :

— Remplacez-moi, Damira ; le jeu est bien avancé, finissez ce que j'ai commencé, vous gagnerez !

Et il sortit de la pièce. Soliman l'attendait dans l'antichambre.

— Alors, mon ami, qu'y a-t-il de si pressé ?

— Au lieu de la porter au Grand Seigneur, Damira a donné la lettre que vous lui avez dictée au marquis de Villeneuve.

— Quoi ?

— Le drogman de l'ambassade est de mes amis et il vient de m'en informer.

— Damira ! Le traître ! Qui l'aurait cru ? Il avait toute ma confiance ! Es-tu sûr de ce que tu avances ?

— Monsieur de Villeneuve a couru chez le Grand Vizir où se trouvait l'ambassadeur d'Autriche.

— Que vont-ils faire ?... Je me le demande ; mais pour la paix, il vont la signer cette nuit ! Traître de Villeneuve ! Quant à Damira... et dire qu'il ose encore me regarder dans les yeux ! Je ne veux pas faire d'esclandre devant le monde ; il vaut mieux que je dissimule et comme il se retire toujours le dernier je lui parlerai. Merci de m'avoir prévenu, mon ami.

Bonneval rentra dans le salon et malgré qu'il fût fort échauffé par ce qu'il venait d'apprendre, il n'en montra rien, mais refusa la place que voulait lui rendre Damira avec sa courtoisie ordinaire, et alla se placer seul près de la fenêtre, d'où il pouvait voir, à l'autre bout du jardin, l'ombre de ses femmes derrière les festons des moucharabys et entendre la musique orientale qui venait de l'étage des esclaves. L'air sentait le pittospore auquel se mêlaient de lointains relents de mouton rôti. Il était accablé. Combien Damira avait-il touché de Villeneuve pour faire pareille chose ?

A l'autre bout de la pièce, le jeu avait cessé et

Damira, après avoir salué ses partenaires et M. d'Hoepken, vint vers Bonneval :

— Je suis forcé de me retirer, Monsieur le comte ; une affaire m'appelle.

— Déjà, vous nous quittez plus tard d'habitude.

— Oui, mais ce soir...

— Je comprends. Allez mon ami, mais revenez demain matin à la première heure, j'ai à vous entretenir moi aussi d'une affaire d'importance.

— Vous ne voulez pas m'en parler tout de suite ? Je suis à votre disposition, l'affaire qui m'appelle peut attendre.

— Non, revenez demain, ce n'est pas si pressé.

Comme l'ambassadeur de Hollande était parti sur ses pas, Bonneval s'excusa auprès de ses hôtes et prit congé d'eux, mais il leur fit apporter du champagne en les priant de continuer à se distraire. Soliman l'accompagna dans son appartement et l'aida à se déshabiller.

— Qu'allez-vous faire ?

— Je ne sais pas ; je vais y réfléchir ; la nuit porte conseil, mais sois là demain quand Damira arrivera.

— Vous ne souhaitez pas que je vous fasse la lecture ?

— Non mon ami, tu es bon mais il faut que je me repose !

Il se coucha, il souffla sa bougie mais, ne trouvant pas le sommeil, il la ralluma et essaya de lire ; les lettres du conte de M. Gallant dansaient devant ses yeux. Il se releva, ouvrit la fenêtre parce qu'il respirait mal et se mit à marcher de long en large dans la chambre, en chemise et pieds nus avec l'espoir enfin de fatiguer son exaspération mais il n'y parvint pas et déjà le ciel devenait rose et la nuit fraîchissait ; il s'allongea et ferma les yeux. Il s'endormit et crut se réveiller aussitôt à cause du bruit qu'on faisait dans sa chambre ; il se trouvait à Bruxelles et les soldats du maréchal Vehlen avaient envahi sa maison pendant que dehors une foule de peuple rameutée par le bruit criait : « En prison ! en prison ! » On lui liait ensuite les poignets et les chevilles et on le conduisait dans une forteresse. Une immense porte en fer se refermait avec un fracas épouvantable. Il sursauta.

— Monsieur le comte, Monsieur le comte ! Réveillez-vous !

— Que se passe-t-il ?

Soliman se penchait sur lui, l'air affolé.

— Monsieur le comte, on vient vous arrêter !

— Quelle heure est-il ?

— Sept heures.

Des chiaoux entrèrent dans la chambre. Soliman se précipita vers eux.

— Je vous ai dit d'attendre dans l'antichambre ! Où vous croyez-vous ?

— Où est Achmet Pacha ?

Ils regardaient autour d'eux avec des yeux étonnés cette élégante chambre aux lambris gris réchampis d'or pâle et dont le mobilier était si différent de ce qu'ils avaient l'habitude de voir.

— Je ne veux pas de Turcs ici ! s'écria Bonneval.

Mais les chiaoux ne parlant pas français ne comprirent rien et continuèrent de regarder au mur les tableaux de Watteau et le portrait de Bonneval peint par Pierre Cavin à l'époque de son mariage.

— Faites sortir ces gens que je m'habille.

Soliman leur dit en turc que Son Excellence serait prête dans quelques instants et les pria de descendre l'attendre dans le salon turc.

Ils répondirent qu'ils avaient reçu l'ordre du Grand Vizir de ne pas perdre de vue le pacha et de l'emmener avec eux.

— Que disent-ils ? demanda Bonneval.

— Ils disent qu'ils vont attendre dehors.

Soliman alors, leur mettant de l'argent dans la main qu'ils acceptèrent en maugréant, les poussa dehors.

— Aide-moi à m'habiller !

Bonneval revêtit la tenue qu'il avait portée le jour où on l'avait fait pacha et se coiffa du même turban bleu garni de diamants et d'une aigrette de rubis.

Le salon turc était rempli de janissaires qui bavardaient entre eux et des quelques chiaoux auxquels s'étaient joints des voisins attirés par le brouhaha de cette étrange arrestation.

Tous se levèrent quand Son Excellence entra et s'inclinèrent avec respect. Bonneval s'adressa à son secrétaire :

— Demande-leur où ils ont ordre de m'emmener. Je suppose aux Sept-Tours, en ma qualité d'étranger ?

Les janissaires répondirent que le Grand Vizir leur avait donné l'ordre de l'emmener immédiatement à Castamouni en Asie Mineure.

— L'exil ? Tiens par exemple ! J'aurais cru que l'on me condamnerait à avoir la tête tranchée ! Que l'on m'y condamnerait et je me demandais si je me laisserais faire ou si je m'enfuirais ! Allez savoir si je n'aurais pas fait comme ce pauvre favori dont le Kislar Aga Beschir m'a raconté l'autre jour l'histoire.

— Quelle est cette histoire, Monsieur le comte ? demanda Soliman à voix haute.

Les janissaires dirent aux chiaoux de se taire parce que Son Excellence Achmet Pacha allait parler.

Bonneval s'assit à la turque sur son divan recouvert d'un tapis puis pria ceux qui étaient venus l'arrêter de s'asseoir et leur dit :

« Oui, l'autre jour, mon ami vénéré le Kislar Aga Beschir m'a raconté l'histoire de ce pauvre favori qui avait encouru la disgrâce du Sultan, notre Grand Seigneur très vénéré. Ne connaissez-vous pas cette histoire ? Non, répondirent les janissaires.

Ce pauvre favori eut comme les autres des envieux de sa fortune, qui, ayant conjuré sa perte, réussirent si bien dans leur entreprise qu'ils persuadèrent au Grand Seigneur de s'en défaire, malgré l'amitié qu'il lui portait. Parce qu'on ne trouvait pas de raison apparente de le faire mourir publiquement, on jugea à propos de l'éloigner de la Porte, c'est-à-dire de la cour du Grand Seigneur.

A cet effet Sa Hautesse lui témoigna que, tant content de son assiduité proche de sa personne, il voulait lui en marquer sa reconnaissance et qu'il le faisait pacha de Damas qui est une des plus belles bachalies. Il reçut en même temps l'ordre d'aller à Constantinople préparer son équipage. La Cour était alors à Andrinople.

Ce pauvre favori jugea bien que cet éloignement que le Grand Seigneur faisait de sa personne était une marque évidente qu'on voulait s'en défaire. C'est pourquoi il partit aussitôt d'Andrinople, prenant seulement avec lui deux de ses plus fidèles domestiques et, étant arrivé sur le soir à un gros village qui est à cinq ou six lieues d'Andrinople... »

— Dégridir, dit un janissaire, ce doit être Dégridir !

— Peut-être, je ne sais plus ; peu importe !

« Donc, parvenu à ce village, il ne voulut pas aller plus avant. Les habitants du lieu qui connaissaient son mérite furent bien surpris de le voir avec un si petit équipage et un des notables de la ville lui ayant offert son logis, il y resta pour y passer la nuit et ordonna à ses domestiques de préparer à souper pour plusieurs personnes qu'il croyait devoir le suivre de près.

En effet, peu de temps après son arrivée, deux chiaoux le vinrent trouver. Il leur demanda où ils allaient et ils répondirent qu'ils venaient le congratuler de ce qu'étant délivré de l'esclavage de la Cour, il allait jouir d'une si belle bachalie. « Non, non ! leur dit-il, ce n'est point là le motif de votre venue. Dites ingénument la vérité, ne venez-vous pas pour avoir ma tête ? » Ils protestèrent que non mais ne pouvant pas les croire, il leur dit : « Vous avez beau dissimuler, je suis persuadé que vous avez ordre de me faire mourir. Je vous demande seulement un peu de temps pour faire ma prière pendant que vous souperez. » Puis, leur ayant fait servir le souper qu'il avait commandé, il se fit apporter de l'eau pour se laver suivant la coutume avant de faire sa prière, après laquelle il alla trouver les deux chiaoux et leur dit : « Vous avez pris maintenant votre réfection et moi j'ai fait ma prière. Il n'y a plus rien qui puisse retarder l'exécution de l'ordre que vous avez de me couper la tête. Me voilà prêt à recevoir le coup, faites donc maintenant votre devoir. »

Ils avouèrent pour lors que cet ordre leur avait été donné mais que réfléchissant sur son innocence et sur son mérite ils étaient résolus de ne le pas exécuter. « Eh ! quoi ! leur dit-il, ne savez-vous pas que le Grand Seigneur est le maître de nos vies aussi bien que de nos biens ? Il m'a fait trop d'honneur de me souffrir si longtemps proche de sa personne et je serais fâché de vivre un seul moment contre sa volonté ! C'est pourquoi je vous conjure d'exécuter au plus tôt l'ordre que vous avez de lui porter ma tête. »

Il n'est pas possible d'exprimer toutes les raisons que le zèle lui faisait produire pour persuader à ces chiaoux l'obligation qu'ils avaient d'exécuter sur lui l'ordre du Grand Seigneur ; mais plus il leur faisait d'instance pour le faire mourir, d'autant plus ils le jugeaient digne de vivre et lui déclarèrent que c'était en vain qu'il les presserait d'exécuter un ordre qu'ils croyaient très injuste et que même, ils étaient honteux de s'en être chargés ; de sorte que ce pauvre favori, voyant qu'il ne pouvait rien gagner sur eux, s'adressa à ses deux domestiques et leur dit : " Mes amis, je ne puis assez reconnaître la fidélité que vous avez toujours eue pour moi. Il ne me reste que le déplaisir de ne pouvoir maintenant récompenser suffisamment vos bons services. Agréez du moins les chevaux que nous avons amenés et mon petit équipage. Je vous le donne de bon cœur, si le Grand Seigneur n'en dispose autrement. Mais après tant de bons services que j'ai reçus de vous, rendez-moi encore celui d'exécuter sur moi l'ordre du Grand Seigneur puisque ces chiaoux ne veulent pas l'exécuter. C'est le dernier témoignage que je désire de votre fidélité et qui me sera le plus grand de tous. Je vous prie seulement qu'après ma mort vous fassiez enterrer mon corps sur le bord du chemin et que vous y fassiez élever un tombeau afin que le Grand Seigneur mon maître passant par ici et voyant le lieu de ma sépulture, se resouvienne de ma fidélité et puisse dire en ma faveur : — Dieu et Mahomet, notre grand Prophète, lui fassent miséricorde ! " Ces deux domestiques furent du temps sans pouvoir répondre, que des yeux, faisant assez connaître par l'abondance des larmes qu'ils versaient qu'ils ne pouvaient lui obéir. Mais enfin leur maître ne cessant de les conjurer tantôt par la fidélité qu'ils avaient toujours gardée, tantôt par l'obligation qu'ils avaient de respecter les ordres du Grand Seigneur qui désirait sa mort, ils répondirent que s'il avait à mourir ce ne devait pas être par leurs mains et que, s'il était question de répandre leur propre sang pour son service, ils étaient prêts à le faire, mais que s'agissant de tremper leurs mains dans le sien, rien ne saurait leur faire commettre un si horrible crime. C'était incroyable de voir l'empressement avec lequel ce pauvre favori recherchait la mort que tout le monde fuit avec tant de lâcheté. Il ne pouvait blâmer les justes sentiments de ses deux domestiques mais il redoubla ses invectives contre les chiaoux, les accusant d'infidélité aux ordres du Grand Seigneur et, faisant venir plusieurs personnes du lieu où il était, il leur représenta l'obligation qu'ils avaient tous de faire exécuter l'ordre de Sa Hautesse, qui demandait sa tête. Les uns s'excusaient sur ce que cet ordre ne s'adressait pas à eux ; les autres demeuraient dans l'admiration et dans le silence mais enfin, il trouva un malheureux boucher qui fit l'exécution. »

— Ah ! Seigneur Pacha ! Il vous serait arrivé la même chose si l'on nous avait donné l'ordre de vous assassiner, mais l'on vient simplement vous chercher pour vous emmener à Castamouni où vous jouirez de tous les bienfaits de la vie !

— Me laisserez-vous le temps de préparer mon équipage ?

— Nous avons ordre de vous emmener tout de suite mais n'est-il personne de votre suite qui puisse se charger de faire vos bagages ?

— Soliman, va dire aux gens de se préparer ; préviens Larrivière, Marcaleix, fais charger les chameaux et rattrape-nous !

— Je veux bien laisser quelques-uns de mes hommes, dit le chef des janissaires, pour lui servir d'escorte s'il transporte des biens et des femmes, mais dépêchez-vous, Excellence, avant qu'un autre ordre n'arrive qui vous condamne à mort ! Vous devez cet adoucissement à l'amitié que vous porte le Kislar Aga Beschir qui, en souvenir de l'ancienne Kadine, a demandé votre grâce à Sa Hautesse quand le Grand Vizir voulait votre vie...

— Je suppose que M. Sauveur n'a rien fait pour l'adoucir.

— Qui est M. Sauveur ?

— Celui que vous connaissez sous le nom de marquis de Villeneuve.

— Il lui a dit que vous n'étiez plus français ; qu'en conséquence il n'avait à se mêler aucunement des affaires intérieures de l'empire.

— Le traître ! Messieurs ! Je suis prêt !

Le chef des janissaires accompagna Bonneval jusqu'à Brousse qui était une fort jolie et ancienne ville où les empereurs de Byzance autrefois ne dédaignaient pas de séjourner. On y prenait les eaux ; Bonneval s'y arrêta deux jours afin d'attendre l'arrivée de son équipage.

Soliman raconta qu'il avait eu beaucoup de mal à emporter le nécessaire parce que des icoglans étaient arrivés sitôt après le départ de Son Excellence pour mettre des scellés sur les portes de sa maison après avoir dispersé les femmes et les esclaves selon la coutume. Un drogman envoyé par le Grand Vizir s'était emparé de tous les papiers qui se trouvaient dans le secrétaire de M. le comte.

Mais Bonneval ne craignait rien parce qu'il avait tous les papiers importants cachés dans son turban. Il eût été fort ennuyeux que, grâce aux bons soins de M. Sauveur, les secrets d'Etat de la France tombassent entre les mains des Autrichiens. Ces secrets étaient des lettres codées que Bonneval échangeait avec certaines personnes résidant à Versailles et que l'on faisait passer par l'Italie et plus précisément par le Saint-Siège depuis que son fils Latour n'était plus là pour jouer les intermédiaires.

Bonneval fut heureux de revoir Soliman, et bientôt la petite troupe escortée par deux janissaires armés se remit en route. Ils passèrent par la montagne et se dirigeaient vers Balikésir, quand brusquement ils furent attaqués par des bandits. Bonneval organisa la défense et dirigea le combat de sorte qu'au bout de peu trois bandits déjà étaient morts et deux autres blessés mortellement. Les derniers s'enfuirent en abandonnant leur équipage qui consistait en quatre chevaux sur lesquels étaient des femmes et leurs esclaves. Ces deux femmes étaient noires comme de l'obsidienne et couvertes de bijoux d'or. Il les offrit aux janissaires en témoignage de reconnaissance. Les deux hommes furent enchantés. Le lendemain ils dirent à Bonneval qu'il leur avait fait un bien beau et bien bon cadeau et qu'aucune femme ne valait celles-là, tant elles étaient silencieuses et dociles. Autrefois, Bonneval eût essayé de ces négresses mais il avait passé l'âge de ces divertissements et commençait doucement de se retirer dans une vie plus conforme à son âge ; boire, manger, lire lui suffisaient largement quand autrefois il ne cessait de courir l'aventure, toujours désireux de plaisir, de folies et de femmes. Il éteignait les appétits de sa jeunesse ; aujourd'hui il se plaisait à mettre ensemble son petit monde. Il n'ignorait pas que Soliman entretenait un commerce avec la belle Persane. Il avait donné la fille au garçon puisqu'il avait les moyens de faire le bonheur ; il aimait beaucoup Soliman et avait le dessein de l'adopter et d'en faire son fils. Il avait la nostalgie de l'époque où, à Vienne, il vivait entouré de Rousseau, de son fils et de ses amis une vie pleine d'amitié et de bonne société.

Un jour pourtant, peut-être, il quitterait la Turquie et rentrerait en France ; il en trouverait le moyen et il irait mourir en Limousin sur la terre de ses ancêtres.

Ils arrivèrent à Castamouni vers la fin de l'après-midi. C'était une bourgade point trop pauvre avec quelques beaux édifices et une sorte de maison en ruine pour le pacha, qui lui tenait lieu de palais. Bonneval vit d'un mauvais œil les trous dans le plafond, les marches d'escalier arrachées et les jardins envahis d'herbes folles ; les rosiers étaient remontés de liserons. Dès le lendemain il convoqua des artisans et les chargea de restaurer la maison. Cette entreprise plut aux habitants de Castamouni qui se trouvaient fort démunis de travaux à exécuter depuis qu'il n'y avait plus de pacha pour lequel travailler. Ils passèrent un mois à peindre, orner, réparer et dorer les quatre salons et les six chambres de cette demeure où un méchant mobilier persan lui faisait regretter les jolis meubles qu'il avait laissés à Constantinople.

Mais il s'habituerait vite à ce nouveau séjour et ce petit malheur d'être exilé n'était déjà plus regardé, par un génie comme le sien, que comme un changement de place sur terre fort indifférent.

Il écrivit, dès qu'il arriva, à toutes les personnes auxquelles il avait l'habitude d'écrire, pour les informer de sa disgrâce.

Mais on la connaissait déjà. Le marquis de Villeneuve ne pouvait pas la tenir secrète. A Versailles Louis XV présenta en personne, au duc de Biron, ses regrets. Beaucoup de monde s'intéressait pour Bonneval.

Mme de Bonneval écrivit au secrétaire de l'ambassade de France M. de Peyssonel : « Je compte, Monsieur, que vous ne négligerez pas de me mettre au fait de tout ce qui concerne M. de Bonneval. Je vous assure que je serai très sensible à cette attention. Je n'ai jamais osé me confier à personne pour ne le pas exposer, parce que tout me paraît dangereux pour lui. Le pays où vous êtes est si orageux que tout doit faire trembler. »

M. de Peyssonel répondit à la comtesse que son mari semblait bien se porter et que les nouvelles de Castamouni étaient bonnes.

« J'ai été chargée, Monsieur, dit-elle dans une autre correspondance, de recevoir votre lettre. Les nouvelles qui se débitaient sur M. de Bonneval et que les Allemands avaient une grande affectation de répandre et d'exagérer, tous ces bruits ont souvent fait sur moi une impression vive dont je n'ai jamais cherché à me défendre. Ses malheurs ont toujours été aussi étroitement liés à ma sensibilité que ma destinée. Je ne veux point pénétrer dans l'inconstance des hommes en général : j'ai la timidité de mon sexe mais je me révolte contre les craintes qui en sont inséparables et je désire avec ardeur qu'il trouve au moins la tranquillité dans le genre de vie que ses ennemis l'ont forcé de prendre. Le succès des armes ottomanes ne me touche point comme citoyenne, quoique j'en conçoive tous les avantages pour la France. J'avoue que je suis uniquement occupée de l'ingratitude de l'Empereur et du désir qu'il soit puni d'avoir outragé un homme qui l'avait bien servi et qui avait si souvent répandu son sang pour lui. Ce sentiment est peut-être criminel. Je cherche à l'étouffer, mais les prospérités du Grand Seigneur me font bien sentir que je suis bien éloignée de cette perfection; l'humanité ne perd jamais ses droits. J'ai toujours uniquement désiré l'estime de M. de Bonneval. Un sort singulier ne m'a jamais laissé que cette espérance; le reste de ma vie sera employé à mériter ses sentiments, et j'espère qu'il n'aura jamais pour moi ou pour ma mémoire que des souvenirs qui ne blesseront point ma délicatesse. Vous savez, Monsieur, que ma santé est bien misérable depuis bien des années. Le régime que j'observe depuis longtemps m'a un peu soulagée, mais je ne puis m'en écarter sans me retrouver aussi languissante que lorsque vous étiez ici. On m'assure cependant que ma poitrine n'est pas encore attaquée et n'est plus dans un péril prochain. Vous m'avez fait un très grand plaisir de rendre compte à M. de Bonneval de la situation de ses affaires; je n'ai eu en vue, lorsque j'ai désiré qu'il en fût instruit, que la justification de ma conduite lorsqu'il était à Venise. Il connaît Monsieur son frère qui ne veut se dépouiller de rien et qui se croit seul dans le monde. Je vous prie de dire à M. de Bonneval que je fais des vœux bien sincères pour son bonheur. »

Elle écrivait encore : « Je ne dis rien de la conduite de M. de Villeneuve; elle m'a toujours paru singulière; mais dès qu'un homme est en place je ne veux me mêler de rien et je n'en parle point. C'est M. le cardinal Fleury qui l'a mis à Constantinople et qui le protège beaucoup. Je vous prie de me mander l'état de santé de M. de Bonneval et le lieu où il est. Je dois m'intéresser à tous les événements de sa vie, et je n'ai jamais eu à me reprocher de n'y avoir pas donné toute mon attention et ma sensibilité que rien n'a pu déranger et que rien n'altérera. Je ne doute point, Monsieur, que vous n'ayez appris à M. de Bonneval la situation présente de ma famille; et que M. le comte de Biron qu'il a vu enfant, est à présent l'aîné de la maison ou du moins celui qui est destiné à avoir nos titres, l'abbé ayant pris un état qui l'exclut du mariage. Il est cependant l'aîné et le duché lui revient de droit; mais il l'a cédé au comte de Biron et je ne doute pas que le comte soit incessamment marié. Il vient de paraître à la tête du régiment du Roi à Compiègne et on a été fort content de lui. Jamais ce régiment n'a été sur un si bon pied. Je me souviens que M. de Bonneval avait de l'amitié pour lui et qu'il en avait bonne opinion. Le dernier de tous et que l'on appelle le marquis de Gontaut est à présent colonel d'un régiment qui porte le nom de Biron et vient d'hériter de M. d'Urfé qui lui a donné tout son bien. Ce n'est pas un objet considérable; mais un cadet qui est pauvre a toujours besoin de secours ; et je dois prendre d'autant plus d'intérêt à ce qu'il ait une fortune, qu'il a toujours partagé avec moi ce qu'il a eu. Je n'ai jamais abusé de son amitié ; mais il est bien rare d'en rencontrer une aussi vive dans un jeune homme quoique frère. Je suis très persuadée que M. de Bonneval ne sera pas fâché de savoir tous ces détails. Je lui connais un cœur sensible ; et le peu que j'ai été à portée d'étudier son caractère, il m'a paru que les choses qui touchent le cœur lui font impression. Il a essuyé tout ce que l'ingratitude a d'horreur. Le prince de Lichtenstein qui est ambassadeur ici a fait tout ce qu'il a pu en arrivant pour me voir ; je n'ai jamais voulu avoir aucun commerce avec lui. Il me semble que ce serait une chose indécente que le ministre d'un potentat qui nous a tant coûté fût en aucune relation avec moi : il est venu dans cette maison ; mais un jour qu'il me surprit chez ma mère il ne sut jamais qui j'étais et comme je ne vais presque point dans le monde et jamais dans les lieux publics, il m'est bien aisé de me soustraire à qui il me plaît. »

Madame de Bonneval mourut l'année suivante sans avoir jamais revu un mari qu'elle n'avait connu que pendant dix jours !

L'exil à Castamouni fut de courte durée et Bonneval après la brusque disgrâce du Grand Vizir Méhémet-Yegen fut rappelé à Constantinople en mai 1739 à la seule condition qu'il ne s'opposerait pas davantage aux négociations qui aboutirent à la paix de Belgrade signée en septembre 1739 entre la Turquie et l'Autriche, puis entre la Turquie et la Russie. La Sublime Porte récupérait des territoires perdus lors de la paix de Passarowitz, comme la Serbie et la Valachie, et du côté de la Russie gardait les territoires de la mer Noire.

Bonneval reprit sa vie d'avant l'exil. Il ne sortait que pour passer ses troupes en revue et se rendre au Sérail, aux audiences privées que lui accordait le Sultan, tout repentant de cet exil et se sentant coupable de l'avoir accepté. Mais Mahmoud était faible et, pour avoir passé sa jeunesse en prison sans maître et sans éducation, si ignorant qu'on se demandait comment il aurait pu gouverner sans les conseils assidus du Divan et des vizirs et de tous ceux qui avaient quelque ton pour le convaincre de la vérité. Bonneval avait toujours flatté son orgueil de prince et sa fierté de Turc. Mais il en est du métier de conseiller que l'on risque à tout instant la disgrâce; y avait-il plus instable que ce Sultan ? Villeneuve lui avait tenu le discours de la paix et de la peur mais il était renvoyé. Depuis que Bonneval était de nouveau en grâce et que le Sultan le convoquait souvent, les avantages se faisaient tous les jours plus nombreux. Le Sultan lui offrit une émeraude de grande beauté que Bonneval piqua dans son turban. Il lui alloua une pension supplémentaire au titre de conseiller privé. Et enfin Achmet Pacha fut fait Bey, premier Bey de Roumélie et gouverneur de Caramanie, ce qui l'élevait au premier rang dans la hiérarchie ottomane.

Un jour, peu de temps après le retour de Castamouni, Soliman trouva le pacha évanoui dans sa bibliothèque, sa chienne près de lui semblait le veiller ; il venait de subir une sorte d'attaque ; il respirait mal. On courut chercher un médecin à l'ambassade de France. Il arriva en diligence suivi de près par un secrétaire, M. Chevrier, qui venait prendre des nouvelles.

On fit une saignée au pied, et à force de soins Bonneval reprit connaissance. Il se plaignit de douleurs diffuses et d'oppression. Le médecin prescrivit immédiatement un régime d'où le vin était exclu et, pensant que le pacha souffrait d'une indigestion, fit préparer une potion par un apothicaire, d'yeux d'écrevisses, de sel de quinquina, de sel d'absinthe et de cloportes en poudre. Il représenta au malade qu'il était important qu'il prît ce remède et que les cloportes auraient raison de l'obstruction parce qu'ils vivent, dit-il, dans de vieilles caves sur le nitre qui, passant par les petits canaux de ces animaux, acquiert le plus haut degré de perfection et de volatilité où il puisse être, et tout le monde sait, ajouta-t-il, que le nitre est admirable contre tout épaississement du sang.

Que le sang du pacha fût si épais, il ne pouvait y

avoir aucun doute ; il mangeait comme quatre, buvait autant et depuis quelques années avait considérablement grossi.

— Evitez aussi de vous échauffer, Monsieur, par des aliments épicés et si vous pouviez aussi vous passer du commerce des dames...

— Les dames ! Mais depuis que je suis à Constantinople, c'est là un commerce auquel je ne pense plus ! Je n'ai de harem que par convenance mais je ne sache pas y avoir jamais mis les pieds pour une autre raison que la bienséance. Ces femmes-là d'après la loi musulmane sont mes femmes ; ne faut-il pas que je les honore de temps en temps d'une visite de courtoisie ? Deux d'entre elles ne s'aiment qu'entre elles, tant mieux pour elles ; l'autre est devenue la femme de Soliman et la quatrième est indifférente à tout, sauf à la musique dont elle joue admirablement. Si vous avez envie d'entendre du clavecin, venez un soir, vous entendrez jouer ma protégée !

— Je n'insinuais pas que vous fussiez libertin, Monsieur.

— Je le fus dans ma jeunesse, enragé même, mais c'est un amusement qui ne va guère avec l'âge ; je préfère boire !

— Il faudra vous en passer.

— Mais oui, mon brave, mais oui, comptez là-dessus !

Dès que le médecin fut parti, Bonneval appela Soliman et lui dit :

— Cette maladie ne me plaît guère. J'ai toujours joui d'une excellente santé mais l'âge me fait l'effet qu'il fait à tous, il m'éteint. J'ai donc décidé de penser à ma mort et à ta vie et de t'adopter.

— Monsieur le comte !

— Oui ! Tu seras mon fils selon la loi turque et tu hériteras à ma mort de mes biens et de mes titres ; et cela, que je sois encore à Constantinople ou que je sois chez moi !

— Comment ? Vous comptez donc partir ?

— Il se peut que je rentre en Europe ; j'ai des projets là-dessus !

— Vous ne m'en avez jamais parlé !

— Je veux que tout cela reste secret. Tu m'as compris ?

— Mais comment serait-il possible que vous partiez, avec la position que vous occupez ici ? On ne quitte pas la Porte comme cela lorsqu'on est musulman, vous ne l'ignorez pas !

— J'ai mon plan et je t'en parlerai lorsqu'il sera tout à fait arrêté ; maintenant, mon cher fils, retire-toi, il faut que je me repose avant de me rendre chez le Grand Vizir pour une affaire d'importance.

— De quoi s'agit-il ?

— D'un traité avec la Suède ; il y a quelque temps il s'est inquiété de ce pays ; je voudrais le pousser à ne pas trop tarder. Je me suis entretenu avec le ministre de Suède l'autre soir quand il est venu dîner...

— Vous ne pourrez pas vous rendre chez le Grand Vizir dans l'état où vous êtes ; voulez-vous me charger d'aller le trouver ?

— Ce n'est pas une mauvaise idée ! Tu lui expliqueras toutes les données du problème ; en seras-tu capable ?

— Vous ignorez, Monsieur, que je traduis la plupart de vos mémoires et que depuis le temps je commence à m'y entendre.

— Apporte-moi du papier et une plume afin que je fasse ton adoption dans les règles et mon testament en même temps.

— Vous n'allez point mourir !

— Mais si ; Dieu seul sait quand, peut-être cette nuit, peut-être dans dix ans ; je préfère que mes affaires ne soient pas embrouillées. Tu t'occuperas de la chienne, n'est-ce pas ?

Bonneval suivit le régime d'abstinence que lui avait prescrit le médecin pendant deux jours puis, affamé par cette diète qui lui avait fait du bien, il organisa un grand dîner pour l'ambassadeur de Hollande, auquel il mangea comme six et but jusqu'à s'étourdir, comptant sur le miracle de la poudre de cloporte pour se soulager de son malaise.

Désormais il avait toujours quelque invité à demeure ; des Européens en voyage, ou venus à Constantinople en mission.

Le chevalier de Bauffremont était arrivé depuis peu et c'était un plaisir chaque soir de dîner en bonne compagnie autour d'une table raffinée et ornée.

« J'ai reçu, mon frère, la lettre que vous m'avez fait l'honneur de m'écrire par M. le chevalier de Bauffremont. C'est un cavalier qui a beaucoup de mérite. Je n'avais pas besoin de la description que vous me faites de son illustre maison, dont vous vous dites parent, pour en être instruit, et je vous rends grâce de m'avoir procuré sa connaissance. Joyeux, aimable et sans souci, tel qu'il s'est présenté, j'ai senti qu'il est de ces personnes qu'on aime d'abord ; aussi avons-nous vécu, dès le premier instant, comme si nous nous étions vus toute notre vie :

Il est des nœuds secrets, il est des sympathies, etc.

Remerciez je vous prie le marquis de Rothelin, de l'honneur de son souvenir. Dites-lui qu'il m'est tout aussi cher qu'autrefois et faites-lui bien mes compliments. Assurez Madame la Marquise et ma nièce, de mes respects ; mais pour mon neveu le Comte son époux, il n'en est pas digne, puisqu'il n'est pas capable de vous donner des héritiers de votre nom ; mais je suis fort content de mon autre nièce, la marquise de Charmasel, pour sa fécondité qui peuple la Cour de marmots et de marmotes, qui jasent nuit et jour. Embrassez-la de ma part, ainsi que M. le Marquis son époux. Vous pourriez cependant en faire autant à mon cher neveu, s'il vous promettait de travailler à faire des enfants, non comme un homme de sa qualité, qui ne ménage les devoirs du mariage qu'avec son épouse, mais comme les crocheteurs de la Seine, qui vivent de bonne foi dans le sacrement. S'il y réussit, je lui rendrai mon estime ; car il a toujours eu mon amitié. Envoyez-le aux bains avec sa femme ; qu'ils prennent les pilules de Belloste, et puis, qu'ils aillent ensemble à La Rochelle, manger force coquillages et de bonne marée, et je leur réponds d'un gros garçon neuf mois après.

J'irai offrir mes très humbles services à ma nièce, car j'ai plusieurs preuves de ma fécondité ; mais cela m'est impossible quant à présent. Ainsi, en attendant mieux, elle ne ferait point mal de suivre le conseil du Grand-Duc de Toscane, à sa fille Catherine de Médicis, quand elle partit pour la France : *cara figlia, a donna d'ingegno, non manco figlio anza*.

Que votre belle-fille se donne bien de garde de nous donner par sa stérilité, de tristes preuves de sa vertu : les enfants d'une naissance équivoque ne sont pas les plus mauvais ; témoins Alexandre-le-Grand, et le Prince..., qui ressemblait si parfaitement au Marquis D..., fils unique du maréchal D..., dans sa jeunesse, qu'on ne doutait pas qu'ils ne fussent frères.

Dieu préserve de mal tous les enfants entés dans les plus grandes maisons, et ceux qui en descendent... Amen.

Vous me reprochez, mon frère, de ne vous avoir point écrit depuis que je suis en Turquie ?... Mais vous le premier, et tout le reste de mes parents, hors mon épouse, m'avez-vous donné signe de vie dans le temps de mes affaires d'Allemagne, et depuis même qu'elles ont été terminées?... Un seul de vous tous, m'a-t-il offert le moindre service et donné la moindre marque d'amitié? Quoique tout mon crime fût d'avoir appelé le prince Eugène en duel, pour avoir rompu les liens de notre intime amitié, qui durait depuis dix-huit ans, pour soutenir contre moi une imposture qui attaquait l'honneur d'une très vertueuse Reine, par la seule antipathie qu'il a très fidèlement nourrie toute sa vie contre l'auguste sang de France, ce que je lui ai reproché mille fois dans le temps de notre familiarité, comme une faiblesse indigne de lui.

C'est pour cela seul, et non pour mon procès avec le marquis de Prié, que j'ai été condamné à une année d'arrêt, dans le château de Brunn, à la perte de mes charges dans le service de Sa Majesté impériale; et à ne point approcher la Cour plus près que de deux lieues, en quelque endroit qu'elle allât : précaution que l'on prit contre ma vivacité ordinaire et naturelle.

Mais enfin, de garde en garde, je me suis établi en Turquie avec un turban de quatre livres pesant sur la tête, la barbe et l'habit longs, ce qui me fait mourir de rire, quand je pense à la raison de cette mascarade, qui n'aurait pas dû me conduire jusque-là. Je dois cependant, à toute ma maison, mon apologie là-dessus et c'est à vous que je l'adresse, comme étant le chef, sous la condition du secret.

Lorsque j'arrivai de Venise en Bosnie, province frontière du Sultan, je fus arrêté à Sarajevo, capitale de ce pays, à la sollicitation d'un officier de l'Empereur, qui s'y trouva le jour même que j'y fis mon entrée. Les Allemands en étant avertis, employèrent des sommes considérables pour me faire remettre entre leurs mains comme Allemand. Après plus de quinze mois d'arrêts (jugez pendant ce temps de mes inquiétudes!) l'ordre de me remettre entre leurs mains fut expédié. Ce fut alors pour ne pas tomber entre celles de mes plus cruels ennemis (car l'un des articles du traité de Passarowitz portait qu'on se rendait réciproquement les sujets fugitifs des deux empires), ce fut alors, dis-je, que je quittai le chapeau pour le turban, qui seul pouvait me sauver.

Si l'Ambassadeur de France à la Porte m'eût réclamé comme Français, on m'aurait remis à l'instant même entre ses mains ; mais c'est ce qu'il n'a jamais voulu faire, et je n'ai pu trouver d'autres raisons en sa faveur. Si ce n'est qu'étant arrière-petit-fils d'un juif, d'une petite cité près d'Avignon, il était ravi de pouvoir vendre un chrétien, n'étant pas venu assez tôt pour crucifier le Messie. Son père était marchand de draps à Marseille, où ses ancêtres s'étaient retirés, et où il était parvenu, de petit avocat, au grade de lieutenant civil avant de sauter à l'ambassade de Constantinople.

C'est donc à lui qu'il faut s'en prendre si je porte le turban. Vous jugerez bien aussi avec tout le reste de l'Europe, où je suis connu comme *Gloria Patri*, qu'un homme aussi décisif et aussi déterminé que je le suis dans mes résolutions, n'aurait pas différé quinze mois à se faire turc, si tel eût été mon dessein, en passant dans les Etats du Sultan, et que je n'aurais pas attendu le moment qu'on m'allait livrer aux Autrichiens, pour me déclarer tel. Cette déclaration était le seul moyen de me sauver de leurs pattes : je me serais dit diable plutôt que de me voir à leur disposition.

Sachez que j'aime mieux, en dépit de l'opinion de nos tristes cagots, être où je suis et comme je suis, que d'être mort écorché vif et en bon chrétien, dans l'Allemagne.

Mais je m'aperçois trop tard que voilà une bien longue et bien sérieuse tirade pour un homme de mon humeur, et je veux l'égayer, en vous donnant une idée de ma situation en chanson, sur un air qui convient assez bien au sujet.

CHANSON

Bonneval n'est point décrépit,
Comme des sots l'ont dit ;
Son vin, sa maîtresse
Sont le joyeux support
De sa vieillesse
Jusqu'au jour de sa mort.

De France il fut chez l'Allemand ;
De là chez le Sultan.
Quoique sur terre
Sans habitation,
Elle est entière
A sa dévotion.

Ne venez têtes d'oisons
Blâmer ses actions :
La terre ronde
Est son vaste manoir
Où tout le monde
Reconnaît son pouvoir.

Son cœur ne fut, ni ses vertus,
De revers abattus :
Un grand courage,
Que Minerve conduit,
Sauve d'un naufrage
Où le poltron périt.

Il s'est comme soumis les lieux
Où l'ont conduit les cieux :

Tel qu'Alexandre,
Les peuples, à l'envi,
Viennent se rendre
Et chercher son appui.

Alcibiade, si prôné
Comme Bonneval né,
De sa patrie
Injustement chassé,
Pour son génie
Fut partout caressé,

Tel est votre frère cadet,
Dont l'éloquent caquet,
Toujours sincère
Sérieux ou badin
A l'art de plaire
A tout le genre humain.

Voilà, en style gaillard et même un peu grivois, M. le marquis, une esquisse qui peut vous faire juger de ma situation en Turquie. Il ne reste plus, pour achever le tableau, que de vous donner une idée de ma manière de penser, qui tient beaucoup de celle des anciens philosophes. Le voisinage de leurs tombeaux me fait souvenir de leurs sages maximes, aussi bien que mon gros Plutarque qui ne me quitte point, et qui, comme vous savez, est mon ancien bréviaire. Cet article sera encore en chanson s'il vous plaît, puisque je suis en train d'en faire. Elles viendront bonnes, médiocres ou mauvaises ; il faudra bien vous en contenter.

J'ai su tirer de ma raison
Cette sage leçon :
Qu'on est parjure,

Si l'on ne suit les lois
De la nature,
Jalouse de ses droits.

Sur ce solide fondement,
Je vis joyeusement
Sur le Bosphore,
Provoquant mes désirs
Pour croître encore
S'il se peut mes plaisirs.

A l'exemple d'Anacréon
Et comme lui barbon ;
Sur le Bosphore,
Souvent à verre plein,
Jusqu'à l'aurore,
Je sirote mon vin.

Cérès, Bacchus et les Amours
M'accompagnent toujours ;
Sur le Bosphore,
Narguent les ennemis,
Du Dieu qu'adore
Le peuple de Paris.

Si le passé n'est plus pour vous,
Gémissez, graves fous !
Sur le Bosphore
Je jouis du présent...
Est bien pécore
Qui n'en fait pas autant !

Je ne doute pas mon cher Frère, que vous ne trouviez ma morale un peu légère pour un homme de mon âge, surtout si, comme moi, vous n'avez pas la force de voir dégringoler votre machine vers le tombeau, pendant que votre âme, sur le haut du précipice, goûte la joie et les plaisirs, et jouit d'une tranquillité parfaite à l'aspect d'un sort inévitable à tout ce qui est né. Mon opinion est donc que Dieu n'a rien décrété qui ne soit bon et utile, et que, par conséquent, la mort n'est pas seulement un mal imaginaire, mais qu'elle doit être un bien, puisqu'elle entre dans l'ordre général et universel établi par le créateur de toutes choses.

C'est sur cette vérité incontestable que je profite joyeusement de la vie qui s'enfuit comme un éclair, et qu'il ne m'a donnée que pour ma présente félicité ; sur quoi, je répète souvent ces derniers vers de l'ode de Malherbe, sur la mort :

Vouloir ce que Dieu veut, est l'unique ressource
Qui nous met en repos.

Au surplus, je me porte parfaitement bien : je n'ai ni goutte, ni toux, ni gravelle ; je monte à cheval comme à vingt ans et prends à pied un exercice raisonnable ; mais le démon qui tourmentait Saint-Paul jusqu'à lui donner un soufflet, m'a quitté, dont je suis bien marri ! Il est vrai qu'il vient encore de temps en temps, les matins, me rendre visite... mais passons là-dessus. Mon ancienne passion pour la guerre se réveille quelquefois, étant encore assez vigoureux pour faire plus d'une campagne ; mais, pour vous dire la vérité, le dernier maître que j'ai servi, m'ayant presque dégoûté de presque toutes les cours du monde, il faudrait que j'eusse le choix du Souverain pour m'engager encore peut-être que celui que je choisirais ne voudrait pas de moi... ici, je fais ce que je veux, je vis comme bon me semble, rien ne me manque ; j'ai même assez pour contenter mon humeur prodigue, que toute la terre m'a reprochée. Il est vrai cependant que la vie trop tranquille que je mène paraît quelquefois étrange à un homme qui, comme moi, a vécu depuis son enfance dans le tumulte des armées et le fracas du grand monde, et que, sans mes livres, dont j'ai une raisonnable provision, j'aurais peu d'amusements conformes à mon goût.

Ne croyez pas pourtant que je sois mécontent de mon sort. Les deux derniers vers du sonnet de Job, de Benserade, viennent ici tout à propos. Après avoir décrit les maux de ce saint homme, il finit ainsi :

Il s'en plaignit, il en parla ;
J'en connais de plus misérables.

Au reste, mon frère, il faut que j'aie fait, sans m'en être aperçu, une grande provision de bonne renommée dans les pays chrétiens, puisque, malgré ma situation extravagante, je reçois ici des amitiés de tout ce qu'il y a de plus grand et de meilleur en Allemagne ; et que même les Autrichiens ne m'ont pas refusé, auprès des ministres du Sultan, des louanges qui, comme vous le croyez bien, n'ont point été mendiées. Mais ce qui vous paraîtra plus surprenant, c'est que divers cardinaux, archevêques et évêques, autrefois de mes amis, me donnent quand ils en ont l'occasion, des témoignages très sincères de la continuation de leur estime et de leur amitié ; que plusieurs têtes couronnées m'ont fait le même honneur ; que les ministres chrétiens qui sont ici, et qui sont presque tous de mes amis, auront sans doute divulgué, de vos côtés, que je suis le même comte de Bonneval d'autrefois et que *l'habit ne fait pas le moine*. Il n'y a que ce petit Ambassadeur auquel je n'ai jamais pu m'accoutumer ; nos sentiments et nos humeurs étaient antipathiques : ce qui ne m'a pas empêché qu'en toute occasion, je n'aie cherché d'établir, dans ce pays-ci, les affaires, conformément à la gloire ou aux intérêts de Sa Majesté Très Chrétienne. Les deux Ministres de Suède à la Porte sont témoins que c'est moi qui ai fait accepter la médiation de notre grand Monarque après l'avoir proposée de mon côté au Grand Vizir, voyant que celle des deux Ambassadeurs d'Angleterre et de Hollande, qu'on avait déjà acceptée, n'était pas trop bien vue. Cependant, l'Ambassadeur français a fait sonner bien haut son crédit dans la réussite de cette affaire, qui n'a pourtant d'autre source que moi.

Je méditais depuis longtemps l'alliance de la Suède avec le Sultan. La compétence des deux Ambassadeurs d'Angleterre et de Hollande comme médiateurs m'embarrassait. Je crus en leur substituant un Ambassadeur de France, trouver tout l'appui dont j'avais besoin, à cause de l'ancienne alliance des Suédois avec notre Couronne ; mais à peine vit-il son auguste Maître accepté pour médiateur qu'il me fit exiler.

Cependant, mon cher Frère, personne ne peut ignorer que les Moscovites sont les plus grands ennemis de la France et que les Suédois sont les plus anciens et les plus sincères alliés de notre Couronne. Tel est donc le ministre que nous perdons. Son successeur est arrivé ici depuis un mois : c'est M. le comte de Castellane, homme de guerre et d'une grande maison. Je n'ai encore fait aucune connaissance avec lui. Il suit les inspirations de l'autre, nous n'aurons pas grand commerce ensemble.

Je vous salue et vous embrasse. »

« Je trouvai M. de Bonneval, écrivit le chevalier de Bauffremont, de la meilleure compagnie du monde. Personne n'a plus d'esprit, sans parler de ses talents distingués pour la guerre, qui auraient dû le conduire à une plus grande fortune. Il possède les belles-lettres à un degré éminent et joint à ces connaissances une sagacité d'esprit qui lui fait sentir les choses au premier mot. Il sait l'histoire à fond. Toutes les sources de l'histoire ancienne et moderne, profane et sacrée lui sont également familières. On ne peut citer aucun trait qu'il ne connaisse.

Sa conversation est extrêmement intéressante par les morceaux historiques dont il la sème (sans affecter le savant), on peut au pied de la lettre se passer de bibliothèque : il connaît avec la même étendue, la politique, les intérêts des princes, respectivement à la situation de leurs Etats. Je crois qu'il sait par cœur tous les traités qui se sont faits depuis cinq cents ans, la constitution du corps germanique, ses libertés, l'autorité légitime de l'Empereur sur les princes allemands, le point où ces princes sont indépendants de la Majesté impériale, leur généalogie et celle de toute la noblesse allemande ; enfin toutes ces matières épineuses, sur lesquelles on a composé des livres immenses, sont familières au comte de Bonneval. Il les explique avec une grâce, une énergie, une force qui enchantent et rendent sa conversation aussi instructive que délicieuse.

J'ai plus appris, ces deux mois que j'ai vécus avec lui, que je n'aurais fait par plusieurs années de lecture. Il connaît la géographie supérieurement et sait la situation de tous les Etats de l'Europe aussi bien qu'il connaît celle de Constantinople. Il sait à mille hommes près la quantité de troupes que chaque prince peut mettre sur pied, connaît leurs revenus, leurs ressources de leurs Etats, etc. C'est un génie universel et du premier ordre. Il m'a dit que depuis l'âge de quinze ans, et dans le temps de ses plus grandes dissipations, il a trouvé le secret de lire, tous les jours de sa vie, quatre heures. Quand il était enfant et que son précepteur était couché, il se levait et, à la lueur des charbons du feu, il lisait couché sur le ventre, des heures entières sans voir d'autres lumières.

Il a une mémoire prodigieuse, de l'esprit naturel, une grande expérience. Il n'est pas étonnant qu'avec ses talents et la culture qu'il a, il soit devenu profond dans l'histoire, la géographie et les autres connaissances nécessaires à un homme d'esprit et qui rendent si agréable dans la société.

Les Turcs le regardent comme un général de réputation, qui peut être très utile par ses lumières. Ils connaissent son indifférence pour leur religion et, contents de la profession extérieure qu'il en fait, ils le laissent en repos sur cet article.

Je me souviens qu'étant un jour chez lui il parut tout à coup un officier du Grand Vizir qui lui dit que Son Excellence le demandait au moment même. Il partit sur-le-champ et me dit en riant : " Je ne vous fais point d'excuses de vous quitter si brusquement. Il faut que je m'en aille. Les Grands Vizirs ont le droit de faire couper la tête quand il leur plaît. Il ne faut pas faire attendre ces messieurs-là, il y aurait trop de conséquences. "

Je lui fis promettre qu'il me dirait le lendemain (en cas que ce ne fût pas un mystère) ce que lui voulait le Premier ministre de l'empire ottoman. Il me le promit et m'invita à dîner. Je me rendis à l'assignation à l'heure marquée et lui demandai ce que le Grand Vizir avait de si pressé à lui communiquer la veille.

Il me répondit que ce ministre lui avait dit après les premiers compliments : " Je lis les gazettes avec soin et les fais traduire. Je vois qu'il est fait mention d'un roi de Prusse. Par la situation de ses Etats, nous conviendrait-il d'entrer en traité et en alliance avec lui ? " Là-dessus M. de Bonneval lui répondit que les Etats du roi de Prusse étaient un ruban fort long, de peu de largeur, et lui expliqua la position des provinces qui composent son royaume et lui fit un tableau de ses forces en lui expliquant quelles étaient ses ressources, quel était l'état de ses troupes, de ses finances. Le Grand Vizir le chargea à la suite de cette conférence, de faire une carte de la Prusse, accompagnée d'un mémoire raisonné de ses forces et de tout ce qui concernait ce pays. »

M. de Villeneuve fut remplacé par le comte de Castellane à l'ambassade de France, alors à l'inimitié d'autrefois succéda l'amitié la plus vraie.

M. de Castellane était tout ce qu'aimait Bonneval ; il avait autant d'esprit que d'humour et toute la finesse du monde. Ils convinrent ensemble que la stratégie de Bonneval contre l'Autriche était ingénieuse et qu'elle pourrait être reprise dès que l'occasion se présenterait. Bonneval confia à l'ambassadeur qu'il entraînait le plus de troupes qu'il pouvait et ne cessait de harceler le Sultan afin qu'il achetât des armes et des canons.

Eugène était mort, mais Bonneval n'avait pas assouvi sa haine de l'Autriche ; elle était si vive qu'elle lui survivrait.

De plus en plus, c'était chez Bonneval que se tenaient impromptues des réunions d'ambassadeurs européens alliés de la France. Il n'était pas rare de voir réunis l'ambassadeur d'Angleterre, ceux de Hollande, de Suède et de Naples. On y parlait librement de l'Europe et de la nécessité d'empêcher les potentats qui se dressaient à l'Est de s'agrandir au détriment de ceux de l'Ouest. Mais on y évoquait aussi les dissensions internes et les conflits entre les différentes nations. L'Angleterre et la France étaient en conflit ouvert.

L'Angleterre perdait peu à peu les avantages qu'elle avait obtenus à la fin de la guerre de Succession d'Espagne. La France, elle, avait reconquis l'hégémonie commerciale en Méditerranée. L'exportation de ses marchandises et notamment de ses draps sur les grands marchés du Levant, Constantinople, Smyrne, Alep s'était considérablement accrue depuis 1715. Aux Indes, en Amérique du Nord, les possessions françaises s'étendaient en menaçant les positions britanniques. L'Espagne de son côté remettait en question les clauses économiques du traité d'Utrecht dont l'Angleterre avait tiré grand parti. En 1738, Philippe V protesta contre la présence sur les côtes américaines de nombreux bâtiments anglais de fort tonnage. Les ministres espagnols déclarèrent qu'ils ne renouvelleraient pas à son expiration en 1744 le traité de l'Asiento qui avait donné à l'Angleterre le monopole de la traite des Noirs dans les colonies espagnoles. Les incidents se multipliaient. Des vaisseaux espagnols arraisonnèrent en pleine mer des navires anglais et se livrèrent contre les équipages à des brutalités qui furent exploitées par la propagande. Un capitaine de vaisseau exhiba au Parlement les oreilles que les Espagnols lui avaient coupées. L'indignation des Anglais atteignait à son paroxysme. Enfin le ministre Walpole déclara la guerre à l'Espagne en 1739.

La France ne pouvait pas se désintéresser des affaires de l'Espagne dont le roi était le petit-fils de Louis XIV ! Et puis une victoire anglaise aurait compromis la politique d'expansion coloniale de la France. Aussi, en août 1740, Louis XV envoya-t-il une escadre aux Antilles qui força les Anglais à se disperser et à renoncer à leurs attaques sur les colonies espagnoles.

Brusquement, à la même époque, les relations sur le continent européen se tendirent jusqu'à craquer. L'empereur Charles VI mourut le 20 octobre 1740.

L'air sentit dès lors les batailles rangées, la poudre des canons, le feu et le sang. L'Empereur avait passé les dernières années de sa vie à faire approuver par les différents souverains d'Europe la Pragmatique Sanction qui devait assurer à sa fille aînée Marie-Thérèse le trône des Habsbourg. Tout le monde avait signé avec des sourires et des compliments, mais dès que Sa Majesté catholique fut éteinte on oublia les signatures et l'on se dit qu'il était temps d'en finir avec l'Autriche. Le nouveau roi de Prusse Frédéric II, monté sur le trône six mois plus tôt, ne se sentait pas lié par la signature de son père le roi-soldat Frédéric Ier et jeta ses armées sur la Silésie dont il s'empara.

Le brillant marquis de Belle-Isle, ami fidèle de Mme de Bonneval et fait maréchal par le Roi, conduisait à Versailles le parti anti-autrichien et poussait à la guerre. Il forma en Allemagne une ligue qui réunit certains princes dont l'Electeur de Bavière Charles-Albert, le roi de Sardaigne et le roi d'Espagne, tous désireux d'en finir avec la Maison d'Autriche. Les Bavarois et les Français entrèrent alors en Bohême et s'emparèrent de Prague dont l'Electeur de Bavière fut fait roi avant d'être élu empereur à Francfort sous le nom de Charles VII. La guerre semblait devoir se terminer par la capitulation de l'Autriche mais Marie-Thérèse se montra fort habile.

Pour briser la coalition qui s'était formée contre elle, elle traita avec Frédéric II auquel elle abandonna la Silésie. Elle s'allia avec George d'Angleterre dont elle obtint des subsides et le secours de ses troupes hanovriennes. Elle accorda l'autonomie à la Hongrie pour en avoir des soldats. Les Magyars ennemis d'hier et même certains Mécontents se rallièrent aux Habsbourg dans le moment même qu'ils auraient pu se libérer définitivement du joug autrichien. Bonneval enrageait; sa santé s'en ressentait. Par d'habiles promesses de territoires, Marie-Thérèse détacha de la France l'Electeur de Saxe et le roi de Sardaigne, Victor-Amédée.

Bonneval alors employa tout son crédit auprès du Sultan pour lui persuader de reprendre des négociations d'alliance avec la Suède et la Pologne. Il voulait inquiéter Moscou et empêcher les Russes d'amener en Allemagne des forces contre la France. Mais son projet véritable était plus important et reprenait celui d'autrefois, prendre l'Autriche dans un étau de forces à l'Est et à l'Ouest; mais cela voulait dire amener le Sultan à engager sa belle et nouvelle armée dans une guerre dont il ne retirerait pas un avantage direct.

Pendant ce temps, les troupes françaises en Bohême étaient acculées à une difficile retraite; au Hanovre, elles étaient battues par l'Electeur lui-même, c'est-à-dire George II roi d'Angleterre. Dans les Flandres Maurice de Saxe, prince d'Allemagne et maréchal français, fils bâtard d'Auguste II de Saxe, roi de Pologne et d'Aurore de Koenigsmark, battait les troupes ennemies. Il conquérait méthodiquement toute la Belgique où il remportait les victoires célèbres de Fontenoy, de Raucoux et de Lawfeld. Mais en Italie où une fois de plus les armées rivales se livraient bataille, les Français éprouvaient des échecs.

La situation s'aggravait. Les impériaux de Marie-Thérèse se répandaient dans toute l'Italie et menaçaient d'envahir le midi de la France; Bonneval était inquiet de toutes ces mauvaises nouvelles, il fallait faire quelque chose, et vite. Alors il eut l'idée de faire proposer par le Reis effendi Moustapha Pacha la médiation du Sultan Mahmoud. Il fit adresser un projet de paix à toutes les cours européennes en leur proposant d'envoyer des plénipotentiaires à Venise où se tiendrait le congrès de la Paix.

Le moment était extrêmement bien choisi. Chacun

pouvait sortir de cette nouvelle guerre sans trop de dommage. Mais les cours étrangères, soupçonnant une machination de la diplomatie française, ne répondirent pas au projet du Sultan si ce ne fût la cour des Deux-Siciles dont le ministre avait passé quelque temps chez Bonneval à Constantinople et se trouvait dans la confidence de ce projet.

Don Carlos, fils d'Elisabeth Farnèse et roi des Deux-Siciles, c'est-à-dire des royaumes de Naples et de Sicile réunis à l'issue de la guerre de Succession de Pologne, gardait pour Bonneval une vive amitié depuis que le comte s'était occupé de ses affaires et restait en relation secrète avec lui. Bonneval, dès qu'il fut de retour de Castamouni, lui écrivit pour lui adresser tous ses compliments et lui dire combien la France lui manquait, ou tout du moins l'Europe ; non qu'il craignît pour sa vie en Turquie, mais parce qu'il devenait vieux et n'avait pas envie de mourir musulman. Don Carlos avait envoyé immédiatement à Constantinople le comte Finioccaty avec une lettre chiffrée dans laquelle Sa Majesté des Deux-Siciles témoignait toute son affection au comte et lui assurait qu'on ferait tout son possible à Naples pour faire sortir Bonneval de Turquie. Un bateau serait à sa disposition ; s'il ne pouvait le prendre, lui expliqua le comte Finioccaty, on pourrait jouer à l'enlèvement du pacha et l'embarquer par surprise un jour qu'il irait faire une excursion en bateau sur le Bosphore. L'idée n'était pas mauvaise, mais le moment pour la mettre en application n'était pas le meilleur. Et puis, Bonneval se demandait ce que l'on penserait d'un homme de son rang fuyant comme un voleur. On l'empalerait vif à coup sûr si on le rattrapait. Peut-être fallait-il attendre une bonne occasion pour quitter Constantinople ? Dans tous les cas, il semblait impératif de garder le secret sur ces projets de départ et Bonneval, qui parfait facilement de ce qui le préoccupait à ses proches et à ses amis, ne dit mot de cela, pas même à Soliman que l'on pouvait considérer à juste titre comme le plus intime de ses proches.

Mourir à Naples plutôt qu'à Constantinople n'avait pas vraiment d'attrait ; non, ce dont rêvait Bonneval c'était de mourir en Limousin au milieu des siens ; ce dont il rêvait, c'était d'être enterré dans la terre de ses ancêtres à côté de son père et de ses aïeux.

Il savait par M. de Castellane que le Roi l'estimait et était convaincu de l'amour qu'il vouait à la France et de son dévouement pour la Maison des Bourbons ; ceux de France, bien sûr, mais également ceux d'Espagne et des Deux-Siciles ; aussi ne désespérait-il pas que le Roi le rappellerait officiellement. Le Sultan serait forcé d'obtempérer sous peine de mécontenter Sa Majesté. Voilà un départ de Constantinople qui lui convenait. Avec tous les honneurs dus à son rang. Il était entré clandestinement parce qu'il n'avait pas d'autre choix ; mais fuir, non, il ne pouvait en être décidément question. Bonneval remercia le comte Finioccaty et le pria d'adresser à Sa Majesté des Deux-Siciles tous les humbles respects de son serviteur mais il demandait un peu de temps pour réfléchir à la proposition que Sa Majesté lui avait faite. Le comte Finioccaty remit au pacha, en attendant, plusieurs milliers d'écus de France comme témoignage de reconnaissance pour son intervention dans une récente affaire qui opposait les Deux-Siciles à la Hollande. Bonneval avait directement traité avec l'ambassadeur de Hollande un soir que Son Excellence était venue dîner.

Vers la mi-juillet de cette année-là, un jeune Vénitien se présenta, porteur d'une lettre de Monseigneur le cardinal Acquaviva.

Bonneval le reçut dans son salon français vêtu à la

française. Pour se prouver à lui-même qu'il n'était pas si malade que le médecin voulait bien le dire, il se leva de son siège avec difficultés il est vrai et alla au-devant de ce messager suivi de sa petite chienne qui, à force de manger, semblait aussi congestionnée que son auguste maître. L'envoyé du Saint-Siège s'appelait M. de Casanova.

— Que puis-je faire, Monsieur, pour l'envoyé d'un cardinal de l'Eglise romaine que je ne peux plus appeler « mère » ?

— Je vais être très honnête, Monsieur, je ne suis pas venu apporter cette lettre, mais c'est parce que je venais que Son Eminence m'a prié de vous la faire tenir.

— Et par quelle raison alors vouliez-vous venir à Constantinople ?

— L'histoire est longue à raconter en un mot, je fuyais.

— Vous aussi ? Vous n'allez tout de même pas vous faire musulman ?

— L'idée ne m'a pas passé par la tête.

— Tant mieux ! mais, si je comprends bien, sans cette lettre vous ne seriez jamais venu ici où vous n'avez nul besoin de moi !

— C'est vrai, mais je me crois très heureux de m'être procuré par là l'honneur de connaître dans Votre Excellence un homme dont toute l'Europe a parlé, dont elle parle encore et dont elle parlera longtemps.

Après avoir fait des réflexions sur le bonheur d'un jeune homme comme lui qui, sans nul souci, sans dessein, ni but déterminé, s'adonnait à la fortune avec cette confiance qui méconnaît la crainte, Bonneval lui dit que, la lettre du cardinal Acquaviva l'obligeant à faire quelque chose pour lui, il voulait lui faire connaître trois ou quatre amis turcs qui en valaient la peine. Il l'invita à dîner, lui promettant de lui envoyer un janissaire qui le garantirait des impertinences de la canaille et qui lui ferait voir tout ce qui méritait d'être vu.

La lettre du cardinal Acquaviva annonçant M. de Casanova pour homme de lettres, Bonneval se leva en lui disant qu'il voulait lui faire voir sa bibliothèque. Casanova le suivit au travers du jardin et ils entrèrent dans une pièce garnie d'armoires grillagées, et derrière le treillis de fil de fer on voyait des rideaux.

Tirant une clef de sa poche Bonneval ouvrit et au lieu d'in-folio on pouvait voir couchées soigneusement des rangées de bouteilles des meilleurs crus. Bonneval riait de bon cœur de la surprise du Vénitien.

— C'est là ma bibliothèque et mon harem ; car étant vieux, les femmes abrégeraient ma vie, tandis que le bon vin ne peut que me la conserver ou au moins me la rendre plus agréable.

— J'imagine que Votre Excellence a obtenu une dispense du Muphti ?

— Vous vous trompez, car il s'en faut bien que le pape des Turcs ait autant de pouvoir que le pape des chrétiens. Il ne peut en aucun cas permettre une chose défendue par le Coran ; mais cela n'empêche pas que chacun ne soit le maître de se damner si cela l'amuse. Les Turcs dévots plaignent les libertins, mais ne les persécutent pas. Il n'y a point d'Inquisition en Turquie. Ceux qui n'observent pas les préceptes de la religion, disent-ils, sont assez malheureux dans l'autre vie, sans qu'il soit besoin de les faire souffrir dans celle-ci.

Casanova passa encore un moment avec le pacha qui lui demanda des nouvelles des Vénitiens qu'il avait connus, notamment Marc-Antoine Diedo. Casanova lui répondit que ceux qui l'avaient connu l'aimaient encore et ne se plaignaient que de son apostasie. Pousser jusqu'à ce point l'obédience, c'était beaucoup. C'était parier avec le diable ! Bonneval dit qu'il était turc comme il avait été chrétien et qu'il ne savait pas le Coran plus qu'il n'avait su l'Evangile.

— Je suis sûr que je mourrai tranquille et beaucoup plus heureux dans ce moment-là que le prince Eugène. J'ai dû dire que Dieu est Dieu et que Mahomet est son prophète. Je l'ai dit et les Turcs ne se soucient guère de savoir si je l'ai pensé. Je porte le turban comme un soldat est obligé de porter l'uniforme de son maître. Je ne savais que le métier de la guerre et je ne me suis déterminé à devenir lieutenant-général du Grand Turc que lorsque je me suis vu réduit à ne plus savoir comment faire pour vivre. Quand je quittai Venise, la soupe avait mangé la vaisselle ; et si la nation juive m'eût offert le commandement de cinquante mille hommes, j'aurais été faire le siège de Jérusalem.

Quand Casanova se retira, Bonneval lui dit que depuis qu'il était en Turquie il n'avait pas passé deux heures aussi agréables que celles qu'il lui avait procurées.

La lettre qu'avait apportée M. de Casanova était écrite de la main du Cardinal Acquaviva mais sur les instances de Sa Sainteté le Pape Benoît XIV pour lequel Bonneval, comme la plupart des gens éclairés de son époque, avait une sincère admiration. Tolérant, ennemi des superstitions, homme d'esprit, lettré, il enchantait par sa conversation. Le Cardinal lui représentait une nouvelle fois qu'il serait le bienvenu à la cour pontificale, tout musulman qu'il était, s'il voulait sortir de Turquie et que Sa Sainteté avait pris déjà des mesures avec Sa Majesté des Deux-Siciles afin de faciliter l'évasion du pacha.

Bonneval était touché par l'intérêt qu'on lui portait

mais il ne se sentait capable de prendre aucune décision pour l'instant.

Le lendemain, le pacha envoya à son invité un janissaire comme il l'avait promis. Casanova trouva Bonneval vêtu en Turc dans la partie turque de sa maison. Ses convives ne tardèrent pas à arriver et ils se mirent à table au nombre de huit et tous montés en ton de gaieté. Le dîner fut entièrement à la française, tant pour le cérémonial que pour les mets.

La conversation fut en italien et les Turcs ne dirent pas un mot dans leur propre langue pour se communiquer la moindre observation. Chaque convive avait à sa droite une bouteille d'excellent bourgogne blanc que tous burent sans rien dire comme si ce fut du thé ou n'importe quel breuvage permis par le Coran. Bonneval mangeait, sa chienne sur les genoux. La conversation passa d'un sujet à l'autre avec une légèreté toute française. Puis, quand le dîner fut fini, les convives se rendirent dans un salon turc. On leur apporta du café à la cardamome et des chibouks, suivant la mode. Quand Casanova se retira, le pacha lui promit de lui envoyer tous les jours le janissaire qui l'avait amené, pour exécuter ses ordres.

Quelques jours plus tard Bonneval invita Casanova à l'accompagner chez le Reis effendi Ismaïl où il put voir en grand un exemple de luxe oriental.

Le sol était jonché de somptueux tapis d'Orient, sur lesquels des dizaines de serviteurs aux chevilles garnies d'armilles d'argent marchaient en silence pendant qu'un petit orchestre derrière un écran de soie jouait de la musique turque. Les divans recouverts de brocarts, le marbre des bassins où des jets d'eau chantaient et les murs tapissés de miroirs mettaient sous les grands lustres de Venise l'éclat de l'or et de l'argent. La nourriture était servie avec profusion. Chacal, chameau, crotale, cigogne, ortolans ; on mangea les viandes les plus extraordinaires accommodées avec toutes les épices de l'orient. Puis on servit des sorbets exquis et préparés de différentes façons et enfin, toutes sortes de pâtisseries aux goûts bizarres.

Il y avait beaucoup de monde et la conversation fut presque toute en turc ce qui causa beaucoup d'ennui à Bonneval, qui ne le parlait toujours pas, et à son invité. Le Reis effendi, s'apercevant que le jeune Vénitien restait à l'écart, l'invita à faire avec lui un tour de jardin. Casanova accepta.

Mais il revint au bout d'un moment tout rouge et demanda à Bonneval la permission de se retirer.

— Que vous arrive-t-il, mon ami ?

— Rien de grave, rassurez-vous, mais je préfère me retirer.

— Quelqu'un vous aurait-il insulté ? Je vous demande en grâce de me le dire !

— Non, il ne s'agit pas de cela !

— Alors ?

— Je vous demande en grâce de me garder le secret.

— Je vous donne ma parole ! De quoi s'agit-il ?

— Eh bien, imaginez-vous que Ismaïl Pacha, après m'avoir fait traverser le jardin, m'a fait entrer dans un pavillon de repos où il lui vint tout à coup des fantaisies que je n'ai pas trouvées de mon goût et que je fus forcé d'abattre en me levant un peu brusquement !

— Il ne s'agit que de cela ? Que vous a-t-il dit ?

— Il m'a dit qu'il n'avait voulu que plaisanter.

— J'aurais dû vous prévenir qu'avec votre figure, vous risquiez ce genre d'aventure. Selon les mœurs turques, Ismaïl Pacha n'a voulu que vous donner une grande preuve d'amitié. De toute façon n'ayez aucune crainte, il ne recommencera pas ; vous pouvez le revoir en toute tranquillité.

— Quelles mœurs étranges !

— Vous les trouvez étranges parce que ce ne sont pas les vôtres ! Le prince Eugène les trouvait normales ainsi que le duc de Vendôme et le duc d'Elbeuf et d'autres princes, des papes et des prélats ! et tant de gens que j'ai connus. Non, je crois que ce sont simplement des mœurs différentes dont on se cache un peu plus en Europe. Ici, c'est chose courante ; pour les jeunes gens, la complaisance est un moyen de s'élever. Dans ce pays-ci on ne devient pas ministre sans se soumettre aux règles de l'amitié ; les bains sont une pépinière de grands vizirs.

— Ah bon ?

— Oui, les Turcs aiment badiner de cette manière-là ; cela est sans conséquence.

Casanova prenait des airs de jouvenceau qui s'effraie du monde tel qu'il est. Ignorait-il les sourdes pressions de l'amour qui poussaient la moitié de la terre à caresser et l'autre moitié à se faire caresser jusqu'au jour où la main qui caresse tue ?

— Je ne voudrais pas que vous rentriez à Rome avec une mauvaise idée de mon génie. M. de Bauffremont que j'ai eu comme hôte il y a quelque temps et dont je vous recommande le commerce, c'est un homme d'esprit et d'infiniment de goût, M. de Bauffremont ne parlait que de mes lumières et de ma connaissance de l'histoire ; mais il n'est pas homme véritablement à parler des choses de l'amour ; il préfère les idées plus abstraites. Vous ne quitterez pas Constantinople sans essayer des Turques ; on en dit le plus grand bien ; quant à moi, je vous l'ai dit, je me retire. Toute ma vie j'ai lu Montaigne, cet homme exceptionnel écrit qu'il s'est retiré vers trente-trois ans à cause de la pelade ; moi je remercie le ciel de n'avoir jamais eu la vérole ; j'ai vu dans quel état était le duc de Vendôme, une sorte de verrue lui tenait lieu de nez et il était souvent couvert de pustules.

— J'ai connu le prince Lozzi à Rome ; il était effrayant à voir ; je prie Dieu d'être épargné de cette affreuse punition.

— Toutes les blessures restent. Depuis la bataille de Peterwaradin je porte une plaque d'argent tenue par des bandages et je souffre de cette blessure et de deux autres blessures encore à l'épaule et au bras. C'est vrai que l'on n'est pas grand-chose et puisque nous sommes à l'image de Dieu, il faut qu'il soit orgueilleux et mortel. Et le Dieu de Constantinople n'est pas autrement ; eux font des salamalecs quand chez nous les bigots font des génuflexions et des auto da fe, le monde est autrement, il n'est pas différent. Je me rappelle les conversations que nous avions à Vienne, M. de Leibniz et moi. Cet homme était l'Allemand dans toute sa perfection alliant quelque chose de supérieur à une grande simplicité. Nous passions notre temps à parler de ses monades et de l'identité des marguerites dans un champ et de celle des hommes.

M. de Casanova vint bientôt faire ses adieux au pacha. Bonneval lui répéta combien il avait été heureux de le connaître et lui remit une lettre chiffrée pour le cardinal Acquaviva dans laquelle il témoignait à Son Eminence tous ses respects en le priant de transmettre à Sa Sainteté l'expression de son humble dévotion ; mais quant à l'affaire qui les préoccupait, et dont Son Eminence avait bien voulu l'entretenir dans la lettre qu'il avait remise à M. de Casanova, il fallait réfléchir et attendre un moment plus favorable.

Peu de temps après le départ de M. de Casanova, la santé du pacha empira brusquement. On eut beau le gaver de poudre de cloporte et d'autres drogues, on eut beau le saigner et le purger d'importance, rien n'y fit. On diagnostiqua des accès de goutte qui cachaient d'autres maux dus à l'humidité du climat de Constantinople pendant l'hiver et qui tournèrent à une sorte de rhume doublé de fluxion qu'on prétendit soulager avec du miel fondu dans l'eau chaude. Voyant que le remède n'était d'aucun effet, le médecin de l'ambassade assisté d'un médecin turc préconisa l'esprit de vitriol.

Le pacha ne pouvait plus marcher ; il restait étendu tout le jour près d'un feu, sa petite chienne sur les genoux, assoupi ou dans un état de complète léthargie dont rien ne le pouvait tirer. Mais de temps en temps il sortait de cet état contre toute attente et semblait alors tout à fait lucide. Vers la mi-mars, M. de Castellane se précipita à son chevet porteur d'une lettre ultra-secrète de la cour de Versailles. Bien qu'elle fût entièrement chiffrée, Bonneval n'eut aucune difficulté à la lire. Elle était écrite à la demande du Roi par M. d'Argenson, ministre des Affaires étrangères.

« Monsieur, Sa Majesté m'ordonne expressément de vous écrire qu'il est essentiel pour la France que vous déterminiez les Turcs à faire une diversion vers la Hongrie. Il n'est pas de leur intérêt que la reine de Hongrie reste la maîtresse de toute l'Italie. Et il est dangereux que cela arrive, si elle n'est forcée d'en détourner ses troupes pour les porter à la défense de ses propres Etats. Elles ont passé le Var et sont actuellement en Provence.

Le Roi a fait assembler une armée à Lyon qui pourra faire repentir ses ennemis. Cependant Sa Majesté serait à la fin forcée de souscrire une paix qui, laissant à la reine de Hongrie ses anciens Etats avec beaucoup de troupes aguerries, la laisserait aussi plus formidable aux Turcs. Leur intérêt exige donc qu'ils s'arment dans l'occurrence présente pour concourir par eux-mêmes à la diminution de cette puissance. Le refus de leur médiation est un prétexte raisonnable et le danger à venir une raison qui ne leur permet pas de balancer.

Si à ces raisons il fallait ajouter des présents, j'ai ordre de vous dire que vous pouvez promettre et que l'on tiendra vos engagements. Il faudrait cependant ne pas promettre des sommes excessives et se réduire à cent mille écus et moins si vous le pouvez et à la condition qu'ils ne seraient remis que lorsque la guerre s'irait commencer.

Vous aurez la bonté d'en communiquer avec M. de Castellane et de prendre avec lui les arrangements qui vous paraîtront convenables. Il recevra des ordres. Mais, Monsieur, j'ai ordre de vous présenter un motif qui vous sera bien cher. Le Roi se déterminerait à reconnaître un pareil service. »

Le pacha s'affaissa dans ses coussins et fut pris de suffocations ; M. de Castellane fut effrayé et appela à l'aide. Soliman accourut avec le médecin qui dégagea le cou du pacha pour qu'il pût mieux respirer. le médecin lui frotta la plante des pieds avec de l'esprit-de-vin puis avec de l'arsenic. Le pacha se réveilla et, semblant sortir d'un rêve, il montra la fenêtre ; Soliman s'empressa de l'ouvrir.

— Le Roi va m'envoyer un bateau. Je vais partir. Je vous dis adieu.

Les assistants se regardèrent. Le pacha tenait encore sa lettre à la main, que nul n'aurait pu lire parce qu'elle était chiffrée et que seul Bonneval connaissait la clef de ce chiffre. Bonneval semblait aller mieux ; il relut la lettre.

— J'attends ce moment depuis si longtemps !

— Quel moment ? demanda M. de Castellane.

— La France ! Je vais revoir la France !

— Quand ?

— Le bateau m'attend.

Alors Bonneval se dressa tout à coup et voulut se lever mais il retomba et semblait de nouveau complètement inanimé. Autour de lui on piétinait et le parquet grinçait ; non ce n'était pas le parquet c'était le pont...

Comme une immense cathédrale brûlant de tous ses ors se dresse le *Soleil-Royal* au milieu de quarante-trois navires serrés les uns contre les autres. Des vagues de sang déferlent contre l'immense château de proue au pied duquel, noble et grand se tient, impavide, le maréchal de Tourville ; les dentelles de son jabot sont éclaboussées de sang. On entend des cris ; le canon tonne sans arrêt. Les hommes courent dans tous les sens ; les voiles flambent comme des torches ; la fumée est si dense qu'on ne distingue plus rien au milieu du vacarme ; des matelots hurlent ; le navire saigne par tous ses dalots, un corps décapité s'effondre au milieu des haubans et des débris de bois ; le chevalier de Bonneval regarde la mort en face, il n'a pas peur, la guerre enchevêtre les cadavres et les vivants ! Le centre anglais fléchit ! crie brusquement l'amiral de Tourville ! Le marquis de Villette donne alors les signaux de retournement de la marée. Tourville ordonne le mouillage. Tout se brouille ; la mer monte...

— Monsieur de Bonneval !

Le pacha ouvrit les yeux. M. de Castellane se penchait sur lui.

— Comment vous sentez-vous ?

— Eh bien ! il ne s'agit pas de laisser repasser le Var aux Autrichiens ! Il faut les massacrer, sans pitié, et ne pas s'amuser à faire des prisonniers, car le pain est cher en Provence. Dans une autre occasion on pourrait dire qu'il faut faire un pont d'or à l'ennemi qui fuit; mais ici, cet ennemi va tomber sur Gênes. Il faut lui couper les jarrets, tout au moins! Sultan! le Roi me demande d'intervenir...

Bonneval voulut se lever, mais Soliman le retint.

— Vous n'y pensez pas, Monsieur le comte, vous ne pouvez pas sortir dans l'état où vous êtes!

— Que dit cet homme? demanda le pacha, en se tournant vers l'ambassadeur de France.

— Faites préparer ma tenue de combat cria-t-il, il faut que je conduise les armées, les bombardiers m'attendent; nous partons faire la guerre en Hongrie! On va massacrer les Autrichiens; nous ne ferons pas de quartiers! Allez chercher Latour! Je veux le voir immédiatement!

— Latour? Qui est Latour? demanda M. de Castellane.

— Taisez-vous! D'où vient cette musique?

— Quelle musique?

— Corelli! Vous vous souvenez? Ah, ma douce amie, que vous étiez jolie! que vous sentiez bon!

— Que dit-il? demanda M. de Castellane à Soliman.

Mais déjà le pacha était retombé dans sa léthargie.

Le 19 mars l'état du malade empira; on avait beau hurler à son oreille, il n'entendait plus rien. Il fut impossible de lui faire avaler la moindre nourriture pendant les deux jours qui suivirent. Soliman ne quittait pas son chevet; de temps en temps, il faisait entrer le médecin qui se tenait dans la pièce voisine, ou l'imam qu'il avait fait venir afin de donner au mourant les derniers sacrements, dès qu'il serait capable de les recevoir et de répondre aux paroles rituelles. A longueur de journée les ambassadeurs étrangers et tous les amis du pacha à Constantinople envoyaient prendre des nouvelles; l'antichambre était remplie de drogmans et de chiaoux. Tout à coup, le 23 mars à la brune, sans reconnaître qui que ce fût près de lui, le comte se mit à réciter à voix haute une ode de Malherbe :

N'espérons plus, mon âme, aux promesses du monde,
Sa lumière est un verre et sa ferveur une onde
Que toujours quelque vent empêche de calmer.
Quittons ces vanités, lassons-nous de les suivre.
C'est Dieu qui nous fait vivre,
C'est Dieu qu'il faut aimer.
En vain pour satisfaire à nos lâches envies,
Nous passons près des rois tout le temps de nos vies
A souffrir des mépris et ployer les genoux :
Ce qu'ils peuvent n'est rien ; ils sont comme nous sommes
Véritablement hommes,
Et meurent comme nous.

Voulant profiter de la lucidité du pacha, Soliman appela l'imam qui se trouvait dans la pièce voisine. Lorsque le comte vit entrer le religieux, il sourit et immédiatement ferma les yeux pour ne jamais les rouvrir. Il était dix heures du soir ce 23 mars 1747. Le comte Claude Alexandre de Bonneval était dans sa soixante-treizième année.

Le lendemain, le corps du comte revêtu de son caftan de brocart blanc, la tête sommée de son grand turban bleu garni de l'émeraude que lui avait offerte le Sultan fut exposé dans la mosquée de Tophana. Tout le Constantinople nommé, et même le peuple, défila devant sa dépouille mortelle. Puis on enterra le pacha dans le cimetière du couvent des derviches de Pera, non loin de sa maison.

Un mausolée fut élevé qui portait l'épitaphe :

« Bonneval, Achmet Pacha, que tout le monde connaît, abandonna sa patrie pour embrasser la foi musulmane. Il s'acquit, à la vérité, un nom parmi les siens, mais en venant chez les musulmans, il y gagna la gloire et l'éternité. Ce fut un sage du siècle, qui, en ayant éprouvé la grandeur et la bassesse, et qui, connaissant le bien et le mal, distingua la beauté et la laideur, pleinement convaincu de la caducité des choses de ce monde.

Il épia l'heureux moment de passer à l'éternité et il but le calice, la nuit d'un vendredi qui se rencontra la nuit de la naissance du plus glorieux des prophètes. Ce fut l'heureux temps qu'il choisit pour se rendre à la miséricorde. Et il passa sans hésiter de cette vie à l'autre.

Qu'on récite pour l'amour de Dieu l'exorde de l'Alcoran pour l'âme d'Achmet Pacha, chef des bombardiers. »

Pour les noms propres, l'auteur a suivi l'orthographe de l'époque, dont les règles n'étaient pas encore fixées.

DU MÊME AUTEUR

Aux Éditions Gallimard

LE VOYAGE À NAUCRATIS, *roman.*

LE PASSAGE DU DÉSIR, *roman.*

LE MARCHAND D'OUBLIES, *nouvelles.*

TERRASS HOTEL, *roman.*

COLLECTION FOLIO

Dernières parutions

1715.	Albert Memmi	*Le Scorpion ou La confession imaginaire.*
1716.	Peter Handke	*La courte lettre pour un long adieu.*
1717.	René Fallet	*Le braconnier de Dieu.*
1718.	Théophile Gautier	*Le Roman de la momie.*
1719.	Henri Vincenot	*L'œuvre de chair.*
1720.	Michel Déon	*« Je vous écris d'Italie... »*
1721.	Artur London	*L'aveu.*
1722.	Annie Ernaux	*La place.*
1723.	Boileau-Narcejac	*L'ingénieur aimait trop les chiffres.*
1724.	Marcel Aymé	*Les tiroirs de l'inconnu.*
1725.	Hervé Guibert	*Des aveugles.*
1726.	Tom Sharpe	*La route sanglante du jardinier Blott.*
1727.	Charles Baudelaire	*Fusées. Mon cœur mis à nu. La Belgique déshabillée.*
1728.	Driss Chraïbi	*Le passé simple.*
1729.	R. Boleslavski et H. Woodward	*Les lanciers.*
1730.	Pascal Lainé	*Jeanne du bon plaisir.*
1731.	Marilène Clément	*La fleur de lotus.*
1733.	Alfred de Vigny	*Stello. Daphné.*
1734.	Dominique Bona	*Argentina.*
1735.	Jean d'Ormesson	*Dieu, sa vie, son œuvre.*
1736.	Elsa Morante	*Aracoeli.*
1737.	Marie Susini	*Je m'appelle Anna Livia.*
1738.	William Kuhns	*Le clan.*
1739.	Rétif de la Bretonne	*Les Nuits de Paris ou le Spectateur-nocturne.*

1740.	Albert Cohen	*Les Valeureux.*
1741.	Paul Morand	*Fin de siècle.*
1742.	Alejo Carpentier	*La harpe et l'ombre.*
1743.	Boileau-Narcejac	*Manigances.*
1744.	Marc Cholodenko	*Histoire de Vivant Lanon.*
1745.	Roald Dahl	*Mon oncle Oswald.*
1746.	Émile Zola	*Le Rêve.*
1747.	Jean Hamburger	*Le Journal d'Harvey.*
1748.	Chester Himes	*La troisième génération.*
1749.	Remo Forlani	*Violette, je t'aime.*
1750.	Louis Aragon	*Aurélien.*
1751.	Saul Bellow	*Herzog.*
1752.	Jean Giono	*Le bonheur fou.*
1753.	Daniel Boulanger	*Connaissez-vous Maronne ?*
1754.	Leonardo Sciascia	*Les paroisses de Regalpetra,* suivi de *Mort de l'Inquisiteur.*
1755.	Sainte-Beuve	*Volupté.*
1756.	Jean Dutourd	*Le déjeuner du lundi.*
1757.	John Updike	*Trop loin (Les Maple).*
1758.	Paul Thorez	*Une voix, presque mienne.*
1759.	Françoise Sagan	*De guerre lasse.*
1760.	Casanova	*Histoire de ma vie.*
1761.	Didier Martin	*Le prince dénaturé.*
1762.	Félicien Marceau	*Appelez-moi Mademoiselle.*
1763.	James M. Cain	*Dette de cœur.*
1764.	Edmond Rostand	*L'Aiglon.*
1765.	Pierre Drieu la Rochelle	*Journal d'un homme trompé.*
1766.	Rachid Boudjedra	*Topographie idéale pour une agression caractérisée.*
1767.	Jerzy Andrzejewski	*Cendres et diamant.*
1768.	Michel Tournier	*Petites proses.*
1769.	Chateaubriand	*Vie de Rancé.*
1770.	Pierre Mac Orlan	*Les dés pipés ou Les aventures de Miss Fanny Hill.*
1771.	Angelo Rinaldi	*Les jardins du Consulat.*
1772.	François Weyergans	*Le Radeau de la Méduse.*
1773.	Erskine Caldwell	*Terre tragique.*
1774.	Jean Anouilh	*L'Arrestation.*
1775.	Thornton Wilder	*En voiture pour le ciel.*

1776. XXX — *Le Roman de Renart.*
1777. Sébastien Japrisot — *Adieu l'ami.*
1778. Georges Brassens — *La mauvaise réputation.*
1779. Robert Merle — *Un animal doué de raison.*
1780. Maurice Pons — *Mademoiselle B.*
1781. Sébastien Japrisot — *La course du lièvre à travers les champs.*
1782. Simone de Beauvoir — *La force de l'âge.*
1783. Paule Constant — *Balta.*
1784. Jean-Denis Bredin — *Un coupable.*
1785. Francis Iles — *... quant à la femme.*
1786. Philippe Sollers — *Portrait du Joueur.*
1787. Pascal Bruckner — *Monsieur Tac.*
1788. Yukio Mishima — *Une soif d'amour.*
1789. Aristophane — *Théâtre complet*, tome I.
1790. Aristophane — *Théâtre complet*, tome II.
1791. Thérèse de Saint Phalle — *La chandelle.*
1792. Françoise Mallet-Joris — *Le rire de Laura.*
1793. Roger Peyrefitte — *La soutane rouge.*
1794. Jorge Luis Borges — *Livre de préfaces*, suivi de *Essai d'autobiographie.*
1795. Claude Roy — *Léone, et les siens.*
1796. Yachar Kemal — *La légende des Mille Taureaux.*
1797. Romain Gary — *L'angoisse du roi Salomon.*
1798. Georges Darien — *Le Voleur.*
1799. Raymond Chandler — *Fais pas ta rosière !*
1800. James Eastwood — *La femme à abattre.*
1801. David Goodis — *La pêche aux avaros.*
1802. Dashiell Hammett — *Le dixième indice* et autres enquêtes du Continental Op.
1803. Chester Himes — *Imbroglio negro.*
1804. William Irish — *J'ai épousé une ombre.*
1805. Simone de Beauvoir — *La cérémonie des adieux*, suivi de *Entretiens avec Jean-Paul Sartre (août-septembre 1974).*
1806. Sylvie Germain — *Le Livre des Nuits.*
1807. Suzanne Prou — *Les amis de Monsieur Paul.*
1808. John Dos Passos — *Aventures d'un jeune homme.*

1809.	Guy de Maupassant	*La Petite Roque.*
1810.	José Giovanni	*Le musher.*
1811.	Patrick Modiano	*De si braves garçons.*
1812.	Julio Cortázar	*Livre de Manuel.*
1813.	Robert Graves	*Moi, Claude.*
1814.	Chester Himes	*Couché dans le pain.*
1815.	J.-P. Manchette	*Ô dingos, ô châteaux ! (Folle à tuer).*
1816.	Charles Williams	*Vivement dimanche !*
1817.	D. A. F. de Sade	*Les Crimes de l'amour.*
1818.	Annie Ernaux	*La femme gelée.*
1819.	Michel Rio	*Alizés.*
1820.	Mustapha Tlili	*Gloire des sables.*
1821.	Karen Blixen	*Nouveaux contes d'hiver.*
1822.	Pablo Neruda	*J'avoue que j'ai vécu.*
1823.	Mario Vargas Llosa	*La guerre de la fin du monde.*
1824.	Alphonse Daudet	*Aventures prodigieuses de Tartarin de Tarascon.*
1825.	James Eastwood	*Bas les masques.*
1826.	David Goodis	*L'allumette facile.*
1827.	Chester Himes	*Ne nous énervons pas !*
1828.	François-Marie Banier	*Balthazar, fils de famille.*
1829.	Pierre Magnan	*Le secret des Andrônes.*
1830.	Ferdinando Camon	*La maladie humaine.*
1831.	Milan Kundera	*Le livre du rire et de l'oubli.*
1832.	Honoré de Balzac	*Physiologie du mariage.*
1833.	Reiser	*La vie des bêtes.*
1834.	Jean Diwo	*Les Dames du Faubourg.*
1835.	Cesare Pavese	*Le camarade.*
1836.	David Shahar	*L'agent de Sa Majesté.*
1837.	William Irish	*L'heure blafarde.*
1838.	Horace McCoy	*Pertes et fracas.*
1839.	Donald E. Westlake	*L'assassin de papa.*
1840.	Franz Kafka	*Le Procès.*
1841.	René Barjavel	*L'Enchanteur.*
1842.	Catherine Hermary-Vieille	*L'infidèle.*
1843.	Laird Koening	*La maison au bout de la mer.*
1844.	Tom Wolfe	*L'Étoffe des héros.*
1845.	Stendhal	*Rome, Naples et Florence.*

1846. Jean Lartéguy — *L'Or de Baal.*
1847. Hector Bianciotti — *Sans la miséricorde du Christ.*
1848. Leonardo Sciascia — *Todo modo.*
1849. Raymond Chandler — *Sur un air de navaja.*
1850. David Goodis — *Sans espoir de retour.*
1851. Dashiell Hammett — *Papier tue-mouches.*
1852. William R. Burnett — *Le petit César.*
1853. Chester Himes — *La reine des pommes.*
1854. J.-P. Manchette — *L'affaire N'Gustro.*
1855. Richard Wright — *Un enfant du pays.*
1856. Yann Queffélec — *Les noces barbares.*
1857. René Barjavel — *La peau de César.*
1858. Frédérick Tristan — *Les tribulations héroïques de Balthasar Kober.*
1859. Marc Behm — *Mortelle randonnée.*
1860. Blaise Pascal — *Les Provinciales.*
1861. Jean Tardieu — *La comédie du langage*, suivi de *La triple mort du Client.*
1862. Renée Massip — *Douce lumière.*
1863. René Fallet — *L'Angevine.*
1864. François Weyergans — *Françaises, Français.*
1865. Raymond Chandler — *Le grand sommeil.*
1866. Malaparte — *Le soleil est aveugle.*
1867. Muriel Spark — *La place du conducteur.*
1868. Dashiell Hammett — *Sang maudit.*
1869. Tourgueniev — *Pères et fils.*
1870. Bruno Gay-Lussac — *L'examen de minuit.*
1871. Rachid Boudjedra — *L'insolation.*
1872. Reiser — *Phantasmes.*
1873. Dashiell Hammett — *Le faucon de Malte.*
1874. Jean-Jacques Rousseau — *Discours sur les sciences et les arts. Lettre à d'Alembert.*
1875. Catherine Rihoit — *Triomphe de l'amour.*
1876. Henri Vincenot — *Les étoiles de Compostelle.*
1877. Philip Roth — *Zuckerman enchaîné.*
1879. Jim Thompson — *Deuil dans le coton.*
1880. Donald E. Westlake — *Festival de crêpe.*
1881. Arnoul Gréban — *Le Mystère de la Passion.*
1882. Jules Romains — *Mort de quelqu'un.*
1883. Emmanuel Carrère — *La moustache.*

1884. Elsa Morante — *Mensonge et sortilège, tome I.*
1885. Hans Christian Andersen — *Contes choisis.*
1886. Michel Déon — *Bagages pour Vancouver.*
1887. Horace McCoy — *Adieu la vie, adieu l'amour...*
1888. Donald E. Westlake — *Pris dans la glu.*
1889. Michel Tauriac — *Jade.*
1890. Chester Himes — *Tout pour plaire.*
1891. Daniel Boulanger — *Vessies et lanternes.*
1892. Henri Pourrat — *Contes.*
1893. Alain Page — *Tchao pantin.*
1894. Elsa Morante — *Mensonge et sortilège, tome II.*
1895. Cesare Pavese — *Le métier de vivre.*
1896. Georges Conchon — *L'amour en face.*
1897. Jim Thompson — *Le lien conjugal.*
1898. Dashiell Hammett — *L'introuvable.*
1899. Octave Mirbeau — *Le Jardin des supplices.*
1900. Cervantès — *Don Quichotte, tome I.*
1901. Cervantès — *Don Quichotte, tome II.*
1902. Driss Chraïbi — *La Civilisation, ma Mère !...*
1903. Noëlle Châtelet — *Histoires de bouches.*
1904. Romain Gary — *Les enchanteurs.*
1905. Joseph Kessel — *Les cœurs purs.*
1906. Pierre Magnan — *Les charbonniers de la mort.*
1907. Gabriel Matzneff — *La diététique de lord Byron.*
1908. Michel Tournier — *La goutte d'or.*
1909. H. G. Wells — *Le joueur de croquet.*
1910. Raymond Chandler — *Un tueur sous la pluie.*
1911. Donald E. Westlake — *Un loup chasse l'autre.*
1912. Thierry Ardisson — *Louis XX.*
1913. Guy de Maupassant — *Monsieur Parent.*
1914. Remo Forlani — *Papa est parti maman aussi.*
1915. Albert Cohen — *Ô vous, frères humains.*
1916. Zoé Oldenbourg — *Visages d'un autoportrait.*
1917. Jean Sulivan — *Joie errante.*
1918. Iris Murdoch — *Les angéliques.*
1919. Alexandre Jardin — *Bille en tête.*
1920. Pierre-Jean Remy — *Le sac du Palais d'Été.*
1921. Pierre Assouline — *Une éminence grise (Jean Jardin, 1904-1976).*

1922.	Horace McCoy	*Un linceul n'a pas de poches.*
1923.	Chester Himes	*Il pleut des coups durs.*
1924.	Marcel Proust	*Du côté de chez Swann.*
1925.	Jeanne Bourin	*Le Grand Feu.*
1926.	William Goyen	*Arcadio.*
1927.	Michel Mohrt	*Mon royaume pour un cheval.*
1928.	Pascal Quignard	*Le salon du Wurtemberg.*
1929.	Maryse Condé	*Moi, Tituba sorcière…*
1930.	Jack-Alain Léger	*Pacific Palisades.*
1931.	Tom Sharpe	*La grande poursuite.*
1932.	Dashiell Hammett	*Le sac de Couffignal.*
1933.	J.-P. Manchette	*Morgue pleine.*
1934.	Marie NDiaye	*Comédie classique.*
1935.	Madame de Sévigné	*Lettres choisies.*
1936.	Jean Raspail	*Le président.*
1937.	Jean-Denis Bredin	*L'absence.*
1938.	Peter Handke	*L'heure de la sensation vraie.*
1939.	Henry Miller	*Souvenirs souvenirs.*
1940.	Gerald Hanley	*Le dernier éléphant.*
1941.	Christian Giudicelli	*Station balnéaire.*
1942.	Patrick Modiano	*Quartier perdu.*
1943.	Raymond Chandler	*La dame du lac.*
1944.	Donald E. Westlake	*Le paquet.*

mpression Bussière à Saint-Amand (Cher),
e 13 avril 1988.
Dépôt légal : avril 1988.
Numéro d'imprimeur : 2497.

SBN 2-07-037945-0. / Imprimé en France.
Précédemment publié au Mercure de France
SBN 2-7152-1408-1.)